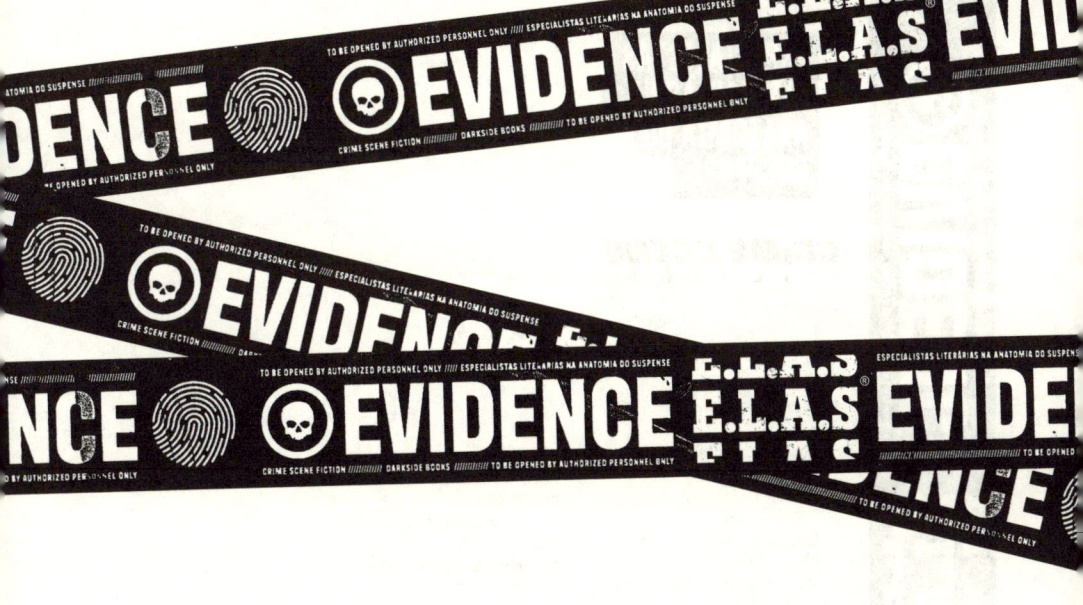

KATIE
SISE  E.L.A.S® ESPECIALISTAS
LITERÁRIAS NA
ANATOMIA DO
SUSPENSE

ESPECIALISTAS
LITERÁRIAS NA
ANATOMIA DO
SUSPENSE

CRIME SCENE°
F I C T I O N

THE BREAK
Copyright © 2022 by Katie Sise
Todos os direitos reservados.

Design de Capa por Zoe Norvell

Tradução para a língua portuguesa
© Vinícius Santos Loureiro, 2024

Diretor Editorial
Christiano Menezes

Diretor Comercial
Chico de Assis

Diretor de Novos Negócios
Marcel Souto Maior

Diretor de MKT e Operações
Mike Ribera

Diretora de Estratégia Editorial
Raquel Moritz

Gerente Comercial
Fernando Madeira

Gerente de Marca
Arthur Moraes

Gerente Editorial
Bruno Dorigatti

Editor
Paulo Raviere

Adap. de Capa e Proj. Gráfico
Retina 78

Coordenador de Arte
Eldon Oliveira

Coordenador de Diagramação
Sergio Chaves

Designer Assistente
Jefferson Cortinove

Preparação
Fabiano Calixto

Revisão
Lucio Medeiros

Finalização
Roberto Geronimo
Sandro Tagliamento

Impressão e Acabamento
Ipsis Gráfica

DADOS INTERNACIONAIS DE CATALOGAÇÃO NA PUBLICAÇÃO (CIP)
Jéssica de Oliveira Molinari CRB-8/9852

Sise, Katie
    Ela não pode confiar / Katie Sise; tradução de Vinícius Santos Loureiro.
    — Rio de Janeiro : DarkSide Books, 2024.
    320 p.

    ISBN: 978-65-5598-355-5
    Título original: The Break

    1. Ficção norte-americana 2. Suspense
    I. Título II. Loureiro, Vinícius Santos

24-1021   CDD 813

                Índice para catálogo sistemático:
                    1. Ficção norte-americana

[2024]
Todos os direitos desta edição reservados à
DarkSide® Entretenimento LTDA.
Rua General Roca, 935/504 – Tijuca
20521-071 – Rio de Janeiro – RJ – Brasil
www.darksidebooks.com

KATIE SISE

ELA NÃO PODE CONFIAR

TRADUÇÃO VINÍCIUS SANTOS LOUREIRO

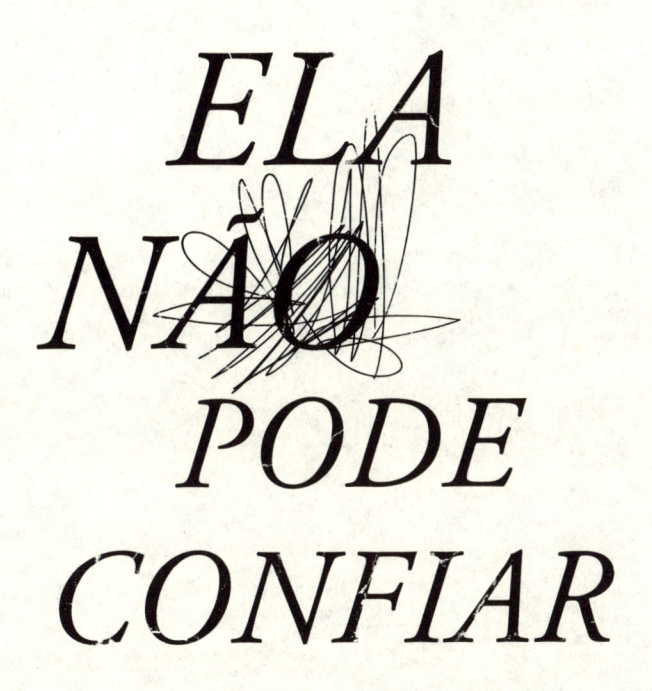

E.L.A.S®

DARKSIDE

*Para todas as mulheres que
tiveram um parto traumático*

*Para qualquer um cujo caminho
para criar uma família tenha
sido marcado pela perda*

*Para cada mulher que lutou
contra a doença mental pós-parto*

PARTE 1

ELA
NÃO

PODE
CONFIAR

UM

Rowan. Segunda-feira à tarde. 7 de novembro.

Eu me tornei uma escritora de mistério depois que mataram meu pai. O assassinato dele virou a chave dentro de mim. O questionamento, a imaginação, a trama: tudo isso é o que faço, o que sempre fiz. Ou, pelo menos, é o que digo nas entrevistas.

Mas, às vezes, fico deitada na cama no meio das horas longas e furtivas da madrugada e me pergunto se essa é a verdade por trás de tudo. Contamos a nós mesmos todos os tipos de histórias sobre o nosso passado. E talvez até nos convençamos de que são verdadeiras. Eu digo a mim mesma e a todo mundo que vivo nos mundos sórdidos dos meus romances por causa do esfaqueamento do meu pai. Que escrevo mistérios com heroínas que os resolvem porque nunca consegui resolver o assassinato dele.

Não tenho ideia se isso faz de mim uma boa escritora ou uma boa mentirosa.

Tenho poucas lembranças de quando me tornei mãe há algumas semanas, apenas de desmaiar na rua e ouvir sirenes enquanto sangrava. E, então, três dias atrás, perdi a cabeça e acusei nossa linda babá de 22 anos, June, de ferir nosso recém-nascido. Porém June não tinha feito nada. É por isso que a psicóloga Sylvie Alvarez está sentada aqui ao lado do berço da minha filha Lila, certificando-se de que estou apta para cuidar dela.

Sylvie está tomando chá de lavanda sentada em um pufe de couro macio, olhando para o meu rosto enquanto meu marido, Gabe, perambula no fundo como um zagueiro de futebol. Ele é grande demais para esse quartinho de neném com suas pequenas coisas, com nosso pequeno bebê. Dizem que ela é uma das melhores psicólogas de Nova York, e veio me ver como um favor, pois conhecemos sua colega de quarto. Gabe implorou que fizesse uma visita domiciliar para que não tivéssemos que levar o bebê na friagem.

Ainda não consigo me lembrar do parto. Lembro dos bisturis, do sangue e da sensação de ar frio contra a minha pele enquanto me levavam às pressas para a sala de cirurgia. Gabe me contou a maior parte do que aconteceu, contudo tenho a sensação de que está tentando minimizar como foi ruim. Não apenas a cirurgia de emergência, mas a parte em que acordei da anestesia e os médicos colocaram uma menina berrando no meu peito e comecei a gritar com toda minha força sem parar. Como disse meu marido, comecei a me sacudir com tanta intensidade que foi necessário tirar Lila de mim e me sedar outra vez. Às vezes, não acredito em Gabe, mas acredito nisso. A única coisa que me lembro daquele lampejo momentâneo é de como minha filha era escorregadia e como tentar mantê-la segura em meus braços era igual a tentar segurar água. As lâminas cirúrgicas ainda estavam à vista, reluzindo freneticamente no canto da minha visão, e eu estava apavorada porque Lila era tudo o que sempre quis.

"Se você quiser falar sobre o que aconteceu com sua babá", diz Sylvie, com sua voz suave como manteiga. "Se você estiver pronta para falar sobre June. Se você lembrar."

Olho para Sylvie, para as rugas que ressaltam a pele ao redor de seus olhos. Estou equilibrada na beira da poltrona de amamentação, meu corpo enrolado como uma mola que poderia se libertar e escapar com Lila caso fosse necessário. Eu beijo o topo da cabeça de meu bebê, minha boca toca seu cabelo escuro e felpudo. Quero apertá-la contra meu peito e enterrar minha cabeça na curva de seu pescoço, inalar o cheiro de sua pele e jamais parar. Porém receio que Sylvie sinta que ainda há algo de terrivelmente errado comigo, e se ela achar que não posso cuidar de minha filha, então será o fim: vão tirá-la de mim. Ou me trancar em uma ala e entregá-la ao Gabe, e ele não a merece. Sei que é uma coisa horrível de se dizer.

"Claro que me lembro do que aconteceu", digo, e na minha mente vejo a imagem de June: seu rosto ovalado com olhos verdes brilhantes, como o sol sobre a água do oceano, sua pele bronzeada suavizada pela juventude e pela genética que a favorecia, sua risada — tilintando, quase assim. June era tão magnética.

Sim, me lembro.

June está viva. Rowan, você não a matou, não é?

Fecho os olhos, o que torna tudo pior porque June ilumina a escuridão por trás das minhas pálpebras: uma mecha de cabelo claro sobre o ombro, pulseiras amontoadas em seus pulsos magros, de modo que ela retinia enquanto se movia de um cômodo ao outro em nosso apartamento carregando Lila. Pensar no que fiz com a babá parece tortura.

"June está bem agora, não é?", pergunto a Sylvie, meu coração batendo forte, Lila quente em meus braços. Quente demais? Coloquei a palma da minha mão na parte de trás de seu pescoço, como já vi outras mães fazerem, para tentar descobrir uma febre. "Você me disse isso ontem", comento, piscando. "Isso ainda é verdade, certo?"

Sylvie mergulha o saquinho de chá. "Sua babá está bem", diz, como se não fosse nada.

Aquela janela aberta. E se eu tivesse feito algo a June naquela noite? Estava tão aterrorizada, tão certa de que a babá machucaria minha filha. "Você se lembra?", Sylvie pergunta, me incitando com as sobrancelhas para cima, esperando.

Gabe desvia o olhar como se não pudesse suportar ouvir a história mais uma vez. Posso sentir a mudança de sua atenção como uma força física dentro do quarto, como uma correnteza. Ele não me olha mais nos olhos.

Bum. Algo bate na cozinha, e me assusto. Agora que afugentei June, a mãe de Gabe, Elena, está de volta. E está batendo panelas e frigideiras como se estivesse cozinhando, contudo é mais provável que esteja dando voltinhas na direção da porta fechada do quarto para ouvir nossa sessão de terapia. Quero minha própria mãe, mas ela está muito longe, comendo feijão verde cozido em um centro de idosos na parte rica da cidade.

Toco a curva suave da unha de Lila. "Eu me lembro", digo, porque de todas as coisas que não consigo me lembrar de antes do nascimento e do momento em que quase morri no parto de minha filha — o barulho dos monitores, todos aqueles rostos mascarados sobre mim — lembro-me exatamente do que fiz com June há três dias, a forma como senti seus ombros finos em minhas mãos, e a sensação de seus tendões e ossos como se fossem feitos de nada, como um esqueleto oco de pássaro que eu poderia esmagar entre as pontas dos meus dedos. Lembro-me de sacudir seus ombros e gritar coisas horríveis na frente de seu rosto bonito e retorcido:

O bebê desapareceu!

O que você fez?

Lembro-me de empurrar June em direção à janela enquanto ela lutava comigo. Não queria machucá-la, porém chegamos muito perto da janela do sexto andar, que estava aberta, pois eu ficava preocupada com a possibilidade de que Lila esquentasse demais. Ainda posso sentir, como um aviso repentino, o frio do vento. Foi um dos primeiros dias gelados de novembro, o ar carregado com a iminência do inverno, escurecendo já às cinco, fazendo com que pessoas como eu queiram chorar pela falta de luz do dia. E se eu não tivesse olhado para baixo naquele momento e visse Lila dormindo profundamente em seu berço, se não tivesse saído disso...

"A janela", conto a Sylvie, precisando preencher o silêncio com palavras. "A janela principal de nossa sala estava aberta e eu estava empurrando June em direção a ela, pois eu estava muito chateada, não queria machucá-la ou qualquer coisa do tipo, estava apenas tentando descobrir de uma vez o que tinha acontecido com Lila. Lembro de como Gabe correu para a sala quando me ouviu gritar e que ficou paralisado quando nos viu. June estava soluçando, seu rosto melado de coriza", digo. Não sei por que mencionei o detalhe da coriza. Talvez por ter sido a primeira vez que não achei a babá bonita. "Então, meu marido nos perguntou o que aconteceu e June correu em direção à porta. Gabe tentou impedi-la, mas ela passou por ele."

Então ela abriu a porta do nosso apartamento, onde dois vizinhos já haviam se reunido no corredor por causa do barulho.

Ela me acusou de machucar o bebê de vocês, Gabe, disse a babá, e me envergonho ao lembrar. Sei que Sylvie está percebendo.

"Lembro que meus pensamentos pareciam desarticulados", relato. "Era como se não conseguisse me ater a eles. Então, olhei para baixo e vi Lila, e ela estava bem."

Minha garganta aperta. Lila se mexe em meus braços, soltando um choro sonolento que me puxa para fora do passado ensanguentado e para dentro daquele instante. Ao vê-la abrir e fechar a boca como um peixe, sei que ela quer comer. Ainda sou muito nova com a maternidade para me sentir confortável fazendo isso na frente de Sylvie, mas não posso deixá-la passar fome, então desabotoo minha camisa e a levo ao meu peito. A pega não está certa e estremeço de dor. O calor percorre meus membros.

Por sorte, Sylvie não diz nada. Nem Gabe, embora sinta que percebeu. Seria bom se ele viesse até mim, esfregasse minhas costas ou talvez me desse um copo d'água.

"O que a fez pensar que June tentou machucar seu bebê, Rowan?", Sylvie pergunta, sua voz tão baixa que mal consigo ouvi-la.

Olho para Lila, para sua boca rosada se movendo até meu peito, nascida sabendo ser amamentada em algum lugar dentro de seu cérebro, apenas instinto. Olho para seu rosto perfeito. Escrevo por profissão, mas tenho apenas clichês para descrever minha filha:

Perfeita.

Tudo.

Celestial.

Minha.

"Não faço ideia", digo em voz calma.

Sylvie se reacomoda no pufe. Não parece confortável. A mobília é deslumbrante, porém não é exatamente um ótimo lugar para sentar o corpo e descansar. Às vezes, quando olho ao redor, tudo parece errado, como se por acidente houvesse escolhido a vida errada — o homem errado? — e agora não posso abrir caminho de volta para tudo o que deveria ser.

Mas isso não pode estar certo: amo Gabe e, sem dúvidas, amo Lila. Tudo é como deveria ser. E vou melhorar. Sim, eu vou. Tenho que acreditar nisso.

DOIS

Rowan. Segunda-feira à noite. 7 de novembro.

Gabe acompanha Sylvie para fora do quarto de Lila.

"Tchau, dra. Alvarez", digo às costas de seu suéter de caxemira bege, e ela se vira. Seus olhos parecem fundos sob as luzes do teto.

"Tchau, Rowan", retribui.

Ela não se despede de Lila. Permaneço na porta, observando Gabe e Sylvie atravessarem o corredor, suas sombras persistentes, escorregando pelas paredes e pelo chão de carvalho antes de desaparecer. Balanço com a Lila. Mesmo com tudo o que aconteceu nas últimas três semanas desde que ela chegou a este mundo, seu olhar de olhos abertos me faz sorrir: meus lábios se curvam quando ela fixa o olhar para mim, um sorriso secreto que significa algo diferente de tudo que já significou.

A mãe de Gabe aparece depois que Sylvie vai embora. Ajeita o cabelo cacheado atrás da orelha e examina o meu rosto.

"Elena, oi", cumprimento, um pouco estúpida. Não sei como falar com minha sogra depois do que fiz com a babá. Sei que ela acha que enlouqueci, que não estou bem o suficiente para cuidar do bebê. Posso sentir isso. Seguro Lila com força, sem querer lhe passar minha filha.

"Posso segurá-la?", Elena pergunta.

Mordo o lábio. "Não", respondo. Limpo a garganta. "Sinto muito", acrescento, mas não lhe passo Lila e não digo mais nada.

O rosto de Elena fica corado. "Está na minha hora", diz, olhando para Lila como se quisesse dizer exatamente o oposto.

"Obrigado por fazer o jantar", digo, sentindo culpa.

Uma vez, Elena disse que Gabe gosta de seus sanduíches cortados na diagonal e me arrependi de lhe contar que nunca tinha feito um para ele. Sempre pensei que cuidava dele de outras maneiras, porém agora não tenho tanta certeza. Talvez Elena sentisse que faltava algo em mim.

"Como foi a terapia?", pergunta Elena, com a voz um pouco trêmula. Gostaria de pensar que ela não tem direito à resposta, mas todas as vezes que quero desgostar de Elena, penso em sua amizade com minha mãe, em como a visita rigorosamente duas vezes por semana, levando-lhe palavras cruzadas. E se minha mãe estiver se sentindo bem, Elena a busca do centro de idosos e a leva ao jogo de bingo semanal em um porão da igreja em nosso bairro, e então elas vêm nos ver depois para tomar chá. Minha mãe apenas fica lúcida metade do tempo, mas gosta de visitas e sou grata por isso. Isso toma conta de mim agora — aquela calorosa sensação de ser grato a alguém.

"Correu tudo bem", digo a Elena, querendo lhe dar um pouco mais, mas exausta demais para entrar no assunto. "Simplesmente não posso acreditar que fiz isso com June", digo mais para mim do que para Elena. "Ela estava apenas tentando nos ajudar."

"Talvez você não precise de uma jovem complicando as coisas por aqui", comenta Elena, com os dedos brancos envoltos na alça de couro de sua bolsa.

"Elena, por favor", digo, erguendo Lila mais alto. "Você não pode mesmo pensar que isso é culpa de June." Elena estava indiferente com a babá desde que havia começado suas horas noturnas de meio período aqui, o que me deixou mal. Era quase óbvio para a mãe de meu marido que estávamos substituindo sua presença autoritária por alguém que estávamos pagando.

Elena abre a boca para dizer alguma coisa, mas então Gabe retorna após acompanhar Sylvie. "Pronta?", pergunta à mãe.

Minha sogra me dá um beijinho na bochecha e eles vão embora. Na ausência deles, olho ao redor do nosso apartamento e mal o reconheço. Nós temos muitas versões de todas as coisas de bebê. Há um balanço para Lila na cozinha para que possamos comer enquanto ela dorme com a mão fechada sobre sua cabeça, e outro na sala de estar ao lado da janela principal onde escrevo meus romances. Há dois pares de tapetes de brinquedo sob uma meia-lua de animais de pano pendurados, duas chupetas azul-turquesa e dois berços para quartos diferentes em nosso apartamento. Quando colocamos Lila em um desses berços, rezamos para que continue dormindo. Então, quando a bebê não dorme, o desespero desce sobre nós, uma respiração fria implora para que nossa filha descanse, o desejo visceral de ficar debaixo das cobertas com ela e de não acordar é tão forte que poderia me engolir inteira. Gabe me disse que eu não deveria mimá-la, trazendo-a para a nossa cama, e é nesses momentos que percebo que ele não sabe nada sobre mim e Lila. Isso me assusta, mas não tanto quanto deveria.

Ela está aqui. Ela está bem.

Isso é o que digo a mim mesmo uma e outra vez quando seguro Lila perto — perto demais. Tenho que ter cuidado, pois é uma bebê muito delicada. Não consigo tirar os olhos dela, com muito medo de que, se desviar o olhar, desaparecerá como poeira. Quando adormeço, sonho que ela se foi. Sonho com acidentes indescritíveis, com médicos e enfermeiras me trazendo bebês diferentes um após o outro e colocando-os com muita brutalidade em meus braços, depois puxando o cobertor para revelar um recém-nascido que não é Lila. Nos meus sonhos, a polícia vem. E me dizem que os médicos sentem muito, porém a lâmina entrou muito fundo, atingindo Lila onde não deveria. Acordo gritando por ela.

Calma, Rowan. Tenho que melhorar. Preciso.

Tento respirar, me concentrar nas engenhocas de segurar bebês chamadas de andadores, mas seus tons amarelos e verdes neon se desfocam. Lila tem apenas três semanas de idade e não está nem perto de estar pronta para andadores, então os animais de plástico nos olham dos cantos do quarto com olhos arregalados e sorrisos perturbados. Ontem, Gabe bateu o pé em um dos andadores. *Rowan, pelo amor de Deus, não precisamos da caridade das pessoas*, disse, xingando baixinho, irritado por eu ter aceitado os andadores de presente e por eles estarem ocupando tanto espaço, e bravo comigo, em geral, por não aguentar o tranco.

Posso ver o desgosto por mim em seus profundos olhos castanhos. Gabe gosta que as coisas sejam bonitas e serenas. Mesmo quando éramos jovens, virava o rosto para longe de qualquer coisa desagradável e eu costumava pensar que era porque também era um escritor e nós somos muito sensíveis, sem dúvida. Porém agora não tenho tanta certeza. Agora, me pergunto se não é apenas um pouco cruel estar tão indisposto a olhar para os cantos escuros.

É claro que não precisamos de caridade, respondi de volta, mesmo que tenha passado uma vida inteira reunindo coisas velhas, dizendo obrigado quando meus amigos da faculdade assumiram grande empregos e me doaram roupas e bolsas de segunda mão enquanto eu estava tentando viver como romancista.

Pelo menos Gabe e eu compramos apenas um carrinho. Pelo menos não esbanjamos com tudo. Enquanto eu ainda estava no hospital, Gabe devolveu o outro, pesado, que tínhamos escolhido a princípio e encontrou uma versão menor que caberia no saguão do nosso apartamento. Acho que percebeu que nossos vizinhos não aceitariam bem um carrinho perdido no corredor, bloqueando a saída de incêndio e deixando farelo de cereal. Nossos vizinhos são mais requintados do que nós. Pelo menos, mais requintados do que eu.

Elena está dizendo algo para Gabe na porta, mas não consigo entender.

Sinto falta da babá. Sinto falta de como era o nosso apartamento quando ela estava aqui, e é nisso que estou pensando quando a ideia me vem à cabeça: preciso ir até June, encontrá-la, me desculpar. Por que não pensei nisso antes?

Vou para o meu quarto, direto para a minha cama. Embalo Lila em um braço, afasto os cobertores e entro neles com ela. Então, deitei minha filha sobre o lençol, e ela parece tão pequena em seu macacão branco, seus membros magros se mexendo, suas mãos se abrindo. Gabe chega à porta do nosso quarto e espera, sua forma escura contra o retângulo quente de luz, sua mão grande descansando preguiçosamente na moldura de madeira. "Rowan", diz com voz calma, a palavra pesada com algo que não consigo captar. Queria saber no que estava pensando. Tenho certeza de que não consegue acreditar a que ponto chegamos: uma psicóloga verificando se estou bem o suficiente para cuidar da nossa filha recém-nascida. Mas, tratando-se de Gabe, nunca se sabe. Às vezes, o olhar revela seu julgamento. Não costumava estar na ponta desse olhar, então talvez seja apenas que agora a pessoa que ele vê está muito mudada: os círculos sob meus olhos, o cabelo emaranhado, a flacidez da pele. Estrias vermelhas e brancas me entalham como um ataque de urso, da parte inferior da barriga até os seios. Meu estômago ainda está inchado e ainda estou sangrando. Penso nas minhas amigas que não conseguiram engravidar, e fico tão grata por ter Lila, de verdade. Mas isso é normal três semanas após o parto?

Talvez não seja a minha aparência — talvez devesse dar mais crédito a Gabe. Talvez o casamento dificulte as coisas para todos os casais, torne as bordas mais afiadas e embote a superfície, de modo que não seja mais algo perfeito e brilhante. Ou talvez ele esteja me olhando assim porque sente medo. De qualquer forma, é muito difícil observá-lo sem pestanejar, então desvio o olhar, meus olhos encontram alguém mais indulgente. "Lila Gray", digo para minha garotinha e posso sentir meu marido endurecer na porta quando acha que não posso vê-lo. "Li-la-aah Gr-a-ay", repito, adicionando as sílabas, deixando as palavras se alongarem como fios desenrolados, minha voz beirando um gemido que achava que nunca acertaria. Mas acho que deve vir com o território.

"Rowan", repete Gabe, desta vez com um tremor mínimo. Não ergo os olhos.

Gray é meu nome de solteira. Gabe e eu sempre dissemos que o usaríamos quando tivéssemos filhos, mesmo quando tínhamos vinte e poucos anos e perambulávamos pela parte baixa de Manhattan em jeans rasgados, camisetas e tênis Converse, entrando e saindo de cafeterias e bares quando sentíamos vontade, quando estávamos escrevendo de manhã, dormindo à tarde e trabalhando em bares à noite.

Caí em uma crise depressiva quando ficamos noivos. Já tive uma antes, quando era pequena, outra quando era adolescente e depois mais uma na faculdade. Elas estão impressas na minha vida como manchas de tinta e às vezes Gabe as usa contra mim quando precisa. Certa vez, disse que se preocupava em ter filhos comigo, pois temia que após ter nosso bebê eu poderia cair outra vez naquele profundo poço de desespero e não conseguir sair. Quando contei à minha mãe sobre aquela preocupação, ela disse, *Você sempre voltou, Rowan*. Contudo, agora é difícil para minha mãe sempre ser persuasiva o suficiente para me lembrar das coisas que preciso que me lembre. Sua demência veio com rapidez — ela era minha e, de repente, não era mais.

Eu costumava pensar que Gabe lançava meu estado mental de volta contra mim pois, no fundo, tinha medo de ter filhos. Contudo talvez sentisse medo de *mim* e possivelmente estivesse parcialmente certo nisso. Veja o caos em que estamos agora. Mas não somos todos vulneráveis a um colapso mental? Estamos todos andando por aí com esses grandes cérebros que podem falhar, dividir, reprimir, obcecar ou ficar insanos a qualquer momento.

"Você gosta dela?", Gabe pergunta. Por alguma razão ridícula, penso primeiro em Lila em vez da psicóloga.

"De Sylvie?", pergunto, e Gabe confirma.

"Gosto", digo. Meus dedos tocam a pele translúcida das pernas de Lila. Traço os padrões rendados que o sangue faz sob a superfície, imaginando as veias e todos os perfeitos sistemas em operação dentro de seu minúsculo corpo. "Embora esteja talvez um pouco calma demais", acrescento sobre Sylvie.

"É provável que seja parte de seu trabalho", comenta Gabe com um encolher de ombros. "Mas, sim, ela tem uma calma quase irreal, especialmente para uma nova-iorquina."

Isso me faz sorrir — ele me entendendo e concordando comigo. "Você me culpa pelo que aconteceu com June?", pergunto, as palavras saindo da minha boca antes que perceba o que estou dizendo.

"*Não*", responde sem hesitar, como se tivesse que convencer a nós dois dessa única coisa. "Você está diferente desde o parto. A culpa não é sua. É muita coisa — você perdeu muito sangue", observa, "e foi tão *ruim*." Lágrimas enchem seus olhos escuros, me surpreendendo. Gabe chorou apenas uma vez na minha frente durante todo o nosso relacionamento, e isso aconteceu há apenas algumas semanas no hospital quando acordei e o vi segurando Lila ao lado da minha cama. "Você só tem que colocar sua mente de volta no lugar", afirma, e então as lágrimas param e se torna sólido outra vez, como sempre. "*Integrada*", diz. "Não foi essa a palavra que Sylvie usou? Foi um trauma o que aconteceu, assim como os médicos disseram. Você foi para outro lugar", continua. "É quase como se você fosse outra pessoa, como se tivesse esquecido quem todos nós éramos. Foi..."

Ele faz uma pausa. Falou demais e sabe disso. Sou inundada pela culpa. "Sinto muito", desabafo. "Vou ficar mais forte. Eu vou."

"Não é sua culpa", repete mais uma vez. "Você quase morreu no parto de Lila." Soa como uma fala que ele escreveu em um roteiro ou para os vários programas de TV que escreveu antes de roteirizar o filme que mudou sua carreira. Não soa como algo que jamais pensei que aconteceria conosco.

Ficamos quietos por um momento. E então digo, suavemente e apenas porque parece justo: "Foi um trauma para você também". Dou um tapinha no lugar vazio na cama porque quero que ele venha até nós. Quero sentir como é deixá-lo entrar no mundo secreto meu e de Lila, quero que pertença ao nosso universo, pois sei que, no fundo, precisa fazer isso ou então não vamos sair dessa. "Venha", o exorto. Tento parecer calorosa e convidativa, mas soa um pouco desesperado. Desço os olhos sobre Lila. Os dedos de seus pés são como pequenos confeitos e fico maravilhada como são pequenas as unhas de seus pés, e então imagino como vou começar a pintá-las quando ela tiver três anos. Talvez antes.

"Por que está sorrindo?", Gabe pergunta, ainda parado na porta.

"*Ela*", digo quando ele não entende. "Estou sorrindo por causa de Lila." O rosto dele está imóvel. "Venha se deitar conosco", o convido, com um tremor na voz do qual não gosto, o mesmo que percebo, às vezes, em reuniões com meu editor quando nos sentamos com as equipes de marketing e vendas e tento ser mais animada, mais inteligente, mais adorável. "Gabe, por favor", o chamo, mas é difícil encará-lo por um período significativo de tempo com Lila atraindo meu olhar como um ímã.

"Rowan", diz Gabe. O telefone dele toca, e acho que Lila e eu perdemos sua atenção, no entanto ele enfia o telefone no bolso da calça de moletom e se abaixa na nossa cama. Vejo as linhas em sua pele morena, seu cabelo escuro amarrotado e grudado em lugares que não deveria. Se o bebê não estivesse aqui, eu estenderia minha mão para tocar seu ombro, seu estômago, outras partes. Contudo ela pesa três quilos e pode muito bem ser uma rocha por tudo o que coloca entre nós.

O aquecimento se arma com um estrondo, cheirando a fumaça mais do que deveria. Olho para Gabe para ver se percebeu o ocorrido, mas ele não parece incomodado com isso. Está olhando para mim como se não soubesse o que fazer, e então desliza em nossa direção. Ele é grande — 1,90 m — e quando se aproxima o colchão afunda e ofego, preocupada se Lila vai rolar para o espaço vazio e será esmagada. Nada disso acontece, entretanto meu pulso continua o mesmo, e volto aos lençóis de hospital encharcados, a camisola que não cobria o suficiente. Balanço minha cabeça para clareá-la, mas ainda está lá: a maneira como meu corpo — tudo de mim, dos pés aos dentes — não conseguia parar de tremer.

Gabe se apoia em um cotovelo. Sua camiseta cinza sobe e posso ver a curva de seu bíceps, seu antebraço flexionado. Sempre amei suas mãos e tento me concentrar nelas agora para afastar as imagens do hospital. Toco o inchaço no estômago de Lila. "Acho que me lembro de chegar ao hospital", comento. "Continuo pensando na camisola."

Gabe abre a boca como se quisesse dizer algo.

"O quê?", pergunto, nervosa. O zumbido do aquecedor preenche o ar entre nós. Nosso quarto fica muito mais quente do que o resto do apartamento.

"Não havia tempo suficiente para vestir a camisola", diz Gabe. "Não até muito mais tarde. Cortaram seu jeans e a cobriram com um cobertor."

Engulo. A sensação quando você perde um arquivo no computador e nada do que fizer vai trazê-lo de volta.

"Talvez esteja apenas misturando esse momento com o que aconteceu depois", diz Gabe com cuidado, "quando tudo já tinha acabado."

"Quando o que já tinha acabado?", pergunto. "O parto?" Que maneira estranha de dizer isso.

"Sim", responde Gabe, seu corpo se inclinando sobre nós, fazendo a cama afundar outra vez. "Depois do parto."

Me aproximo de Lila, querendo colocá-la no meu peito, mas sabendo que devo compartilhá-la também com Gabe.

"Deveríamos dormir enquanto ela está dormindo", comenta Gabe, seus olhos vagando pelo rosto de Lila. "Ela é tão linda", ele diz, e eu juro que está prestes a chorar de novo. Isso me deixa desconcertada. "Poderíamos dormir algumas horas antes de sua amamentação noturna", sugere com a voz rouca, engolindo de volta qualquer emoção que estivesse lá.

"Tudo bem", respondo. E afasto os cobertores com os pés, quente demais.

Gabe apaga o abajur e o quarto fica escuro. Eu o sinto acomodando-se ao lado de Lila, porém o fato de ele dormir ao lado da bebê me deixa muito ansiosa. E se ele cair em um sono profundo e rolar? Seguro-a e a coloco sobre meu peito. Ouço o som da respiração de Gabe, sentindo o peso sólido de Lila sobre mim enquanto meu próprio peito sobe e desce.

Penso na babá outra vez, imaginando-a em sua inconfundível combinação de blusa branca de gola alta e jeans largo, vestindo-se sem parecer em nada com os outros tantos jovens de Nova York, com cortes à máquina, cabelo descolorido, piercings no nariz e vestidos curtíssimos. June tinha um estilo retrô, como uma versão de vinte e poucos anos de Blake Lively com longos cabelos loiros com luzes e pele dourada.

E se eu for até ela hoje à noite?

Sei onde mora, os bares e lojas da vizinhança que gosta, pois realmente a escutava todas as vezes que saímos com ela e Harrison, que agenciava a carreira de roteirista de Gabe. De volta àqueles encontros duplos no final da noite estrelada de Nova York, eu era alguém totalmente diferente: minha personalidade de romancista best-seller, acho, alguém inteligente e talvez até glamourosa. Alguém que June poderia ter admirado. Desde que Lila chegou, tudo está tão diferente. *Eu estou* tão diferente. Fico com muito medo o tempo todo.

Deveria ser eu a me desculpar com June. Lido muito melhor quando é pessoalmente, quando posso me explicar, e, no fim das contas, o que poderia piorar a situação caso visse a babá outra vez? Qualquer coisa que pudesse dizer ou lhe fazer não seria nada em comparação com o que já fiz.

Meus pensamentos se suavizam enquanto estou deitada aqui, de olhos abertos, contando as rachaduras no teto, traçando a teia de aranha das linhas com meu olhar. Várias e várias vezes.

Sim.

É isso o que vou fazer — me encontrarei com June hoje à noite. Vou esperar até Gabe adormecer e então vou sair para encontrá-la. Porque faz sentido lhe dizer pessoalmente que sinto muito, para vê-la outra vez.

Só dessa vez.

TRÊS

Rowan. Segunda-feira à noite. 7 de novembro.

Meia hora depois, o relógio aponta seis da tarde, mas poderia muito bem ser meia-noite. Gabe está dormindo profundamente, seus músculos não se contraem mais, todo o seu corpo parado. Saio da cama com o máximo de silêncio, porém o atrito da minha pele provoca um *ruído* nos lençóis. Congelo, Lila sobre meu peito. Como Gabe não se mexe, prossigo deslizando com suavidade sobre o acetinado que ele gosta, maravilhada, como sempre, com o silêncio que faz nesse apartamento. Deve ser a maneira como nosso antigo prédio foi construído, de forma tão sólida, uma fortaleza que bloqueia os barulhos de trânsito e os gritos humanos lá em baixo. Fico feliz que seja tranquilo para Lila, contudo uma parte de mim ainda anseia pelo caos — posso admitir isso. Não dá para viver na cidade por tanto tempo e não se tornar alguém que precisa do caos e da barbárie de Nova York.

Percorro o chão na ponta dos pés e saio do nosso quarto em direção à luz fraca na cozinha. O traje de neve de Lila é branco como a lua em contraste a nosso sofá de couro, e a deito com delicadeza, sussurrando baixinho e rezando para que não chore. Seus membros parecem muito frágeis conforme os ajeito nas mangas. Continuo passando por momentos terríveis em que imagino algo terrível acontecendo com ela — como seus ossos quebrando enquanto tento colocá-la no traje de neve — e todo o meu corpo estremece. Quando imagino, parece tão visceral, como se tivesse acontecido de verdade.

Lila acorda para respirar, mas a pego e acomodo dentro do canguru, e então ela volta a dormir e ficamos bem. Estamos prontas. Cruzo o apartamento na ponta dos pés, em direção à cozinha. A fantasia de um pedido de desculpas que me absolve é como uma descarga elétrica em minhas veias. June vai me perdoar. Sei que vai. É estranho o quanto quero vê-la outra vez. Sempre senti que a entendia. Lembro-me de ter 22 anos e de todo o desejo que vem com a idade, as muitas vidas que poderiam ser suas e como elas estão todas lá para serem vividas. *Escolha com inteligência*, sempre quero dizer a June, mas ela tem sua própria mãe para isso.

Na cozinha, pego meu celular. Não ligo. Deixo um bilhete para Gabe, um rabisco rápido do lápis no papel para que ele não se preocupe.

Precisava de um pouco de ar fresco. Volto logo. Bjs, R

Mesmo com o bilhete, ele vai se preocupar quando meu telefone cair direto na caixa postal, e tento não pensar em como ficará com medo de que sua esposa instável esteja sozinha com seu bebê. Tento não pensar em mim dessa forma, mas se a carapuça serve...

A pediatra garantiu a Gabe e a mim que não havia problema em sair nesse clima se a bebê estivesse vestida de maneira adequada, e eu vesti meu próprio casaco, de tamanho maternal, enorme, que poderia muito bem ser um saco de dormir. Fecho o zíper sobre Lila para que fiquemos ainda mais aquecidas, no entanto a imagino superaquecendo bem ali contra mim e de repente estou inundada de pânico. Como poderia saber a temperatura em que o bebê deve ficar? Por que não fiz um curso de recém-nascidos?

Abro a porta da frente do nosso apartamento e entro na luz brilhante do corredor, pensando nos momentos seguintes ao que fiz com a babá — ouvindo as vozes de nossa vizinha, a sra. Davis, e depois de Mart, a ex-estrela da Broadway que mora ao lado da sra. Davis, os dois perguntando se estávamos bem. Ainda posso ouvir Gabe os tranquilizando, que estava *tudo bem,* enquanto June escapava para o elevador.

June trabalhou à noite para nós por apenas um curto período de tempo, mas todos que a conheceram gostavam dela. A sra. Davis a contratou para alimentar seu gato enquanto ficou hospitalizada por alguns dias para um procedimento cirúrgico, e ela voltou para casa encantada ao encontrar flores silvestres em um vaso e uma plaquinha de boas-vindas que a cuidadora havia pendurado e assinado como se fosse o gato. E sempre que June e eu a encontrávamos no corredor, a sra. Davis parecia se comprazer em dar à nossa babá olhares secretos e cansados se me visse paranoica e verificando três vezes se Lila estava presa no carrinho da forma correta.

Beijo o topo do chapéu de lã de Lila. "Aqui vamos nós, garotinha", digo, enquanto coloco minha chave na fechadura. Ouço um *baque* suave quando se fecha, e espero que não seja suficiente para acordar Gabe. Ando depressa pelo corredor. Há escadas e um elevador, contudo nosso prédio é tão antigo que não há como a escada ser construída de acordo com os códigos de segurança atuais. Há grades de ferro intrincadas, com muito espaço entre os lances: bonitas, porém traiçoeiras para uma criança ou um bêbado. Se você tombar para o lado, há uma lacuna muito grande entre as grades em ambos os lados da escada — você poderia facilmente cair para a morte seis andares abaixo. Não acredito que nunca notei isso antes de me tornar mãe. Costumava subir bêbada, usando saltos de oito centímetros, voltando à noite com Gabe. Mas agora passo pela lacuna em direção ao elevador com a mão sobre o corpo de Lila, mesmo sabendo que, em tese, minha filha está segura dentro dessa coisa chamada canguru. Por um momento, juro que ouço passos atrás de mim e congelo, imaginando meu marido me perseguindo, furioso. Contudo, não há ninguém.

O elevador soa e Lila e eu entramos, engolidas pela pequena caixa quando as portas se fecham. Olho por cima da cabeça do bebê em direção ao tapete, nos cantos, sentindo o desejo insano de procurar evidências de que June estava aqui há alguns dias. Um fio de seu cabelo loiro? Um entalhe nas fibras do carpete das botas de salto alto que ela sempre usava? Em meus romances, há sempre evidências corporais — você não pode simplesmente varrer alguém da face da terra. Nós, seres humanos, somos muito substanciais, não somos? Nossas vidas digitais se espalham pela internet. E a vida real é confusa, com sua pele, cabelo e fluidos corporais. Você só tem que olhar.

O elevador se abre com um tremor. Lila e eu atravessamos um piso de mármore, passando por um sofá de veludo vermelho com braços dourados. É meio kitsch, mas perfeito, arrastado para casa por Mart, a estrela da Broadway, de um teatro de Midtown que estava fechando. Nosso prédio é assim: uma mistura de nova-iorquinos das antigas e hipsters (meio) jovens, como Gabe e eu. Um papel de parede decadente rosa e dourado reveste o lobby, e se você se aproximar dele, verá que o rosa é na verdade um desfile de pequenos flamingos. A luz de um candelabro brilha através do teto arredondado e uma porta secreta se abre para uma escada que leva até as entranhas escuras do edifício, onde um salão de bilhar permanece empoeirado à espera de jogadores.

Henri, o porteiro, desvia o olhar do *New York Times*. "Boa noite, sra. O'Sullivan", diz, com seu leve sotaque sueco. Está na casa dos 50 anos, bonito, e sempre me dizendo que eu o lembro de seus parentes nórdicos em sua terra. "Ainda não posso acreditar nesse cabelo escuro", comenta sobre Lila pela quinta ou sexta vez desde que a trouxemos do hospital para casa, olhando para as mechas escuras serpenteando por baixo de seu chapéu. Está comentando a respeito do cabelo escuro de Lila porque o meu é loiro, quase branco. Forço um sorriso para Henri e tento parecer normal e sob controle, pois Henri é a primeira pessoa com quem Gabe vai falar se tentar me ligar e não conseguir.

"Estamos apenas saindo para um passeio", digo, para que possa retransmitir isso a Gabe caso ele venha à nossa procura até o saguão de calça de moletom e cabelo desgrenhado.

"Não está um pouco frio para o bebê?", Henri pergunta.

Olho para ele, cheirando o limpa-vidros, que é o que sempre cheiro aqui pois Henri é bastante meticuloso com as portas de vidro. "A-acho que não", gaguejo por fim, tentando não deixar a insegurança transbordar pelo meu rosto.

"Então, me deixe abrir essas portas", se oferece, de volta a um sorriso que é experiente e profissional.

Ele abre as portas para nós e depois faz uma careta dramática para o ar frio.

Prossigo, segurando Lila com mais força, colocando os pés na calçada. Começo a andar pela rua Washington e passo pela minha loja de roupas favorita. Cruzo olhares com a dona esbelta atrás do vidro. Ela sorri para mim e eu sorrio de volta. Gosto de relacionamentos fáceis como esse, o tipo que existe ao fazer compras dentro de uma caixa de vidro confinado como uma boutique. Talvez me sentisse sozinha antes de Lila chegar. Talvez seja por isso que é um soco no estômago tê-la aqui agora me consumindo. Me demoro por um momento, admirando os batons alinhados como balas de prata em uma fileira atrás de uma janela. A proprietária abaixa o olhar. Lila solta um pequeno gemido, o que me arranca do transe.

Começo a andar pela calçada de novo. Pego meu telefone e tento falar com minha amiga Artika, que não vem retornando minhas ligações. Meus amigos escritores têm esse hábito: compreensivelmente emaranhados em suas próprias coisas. Pelo menos meus amigos da faculdade respondem às fotos que envio com emojis e comentários de como Lila está linda.

O telefone toca e toca. Estou prestes a desligar quando Artika atende. "Rowan", fala, sem fôlego. "Espere um pouco." A música estronda no fundo e ela deve ter colocado o telefone no mudo, porque um silêncio mortal permanece por alguns instantes. Então ela tira do mudo e posso ouvir outro momento de música até que uma porta bate e a música desaparece. "*Rowan*", repete Artika, a palavra soando frouxa, como se tivesse bebido um pouco. "Como você está?", pergunta, sua voz mortalmente séria. Gabe lhe contou que sofri uma hemorragia e quase morri no parto. Ele também é amigo dela. Eles colaboraram em um roteiro uma vez.

"Estou bem", respondo, tentando fazer minha voz soar confiante. "Quero dizer, no geral, estou melhorando bastante." Que mentira.

Artika fica em silêncio. Ela é uma escritora de suspense e adora um drama, então me imagino lhe contando como meus dedos queimavam sobre os ombros magérrimos de June enquanto a empurrava em direção à janela aberta ou como parecia que estava queimando viva enquanto nos lançávamos juntas em direção à brisa gelada, as palavras como lâminas subindo pela minha garganta: *O bebê sumiu! O que você fez?* Empurrando, afastando, então meu olhar recaindo sobre Lila dormindo profundamente em seu berço. Percebendo que eu tinha feito algo muito errado...

Limpo a garganta. Não posso dizer a Artika nada disso, é claro, porque todos os meus amigos escritores saberiam de uma hora para outra e eu preferiria que não soubessem. Preciso que Artika fale algo do outro lado, que me tire de mim, mas ela não fala. Está tão quieta que tenho certeza que a perdi. O sinal de celular é irregular por esses lados. "Tika?", pergunto e quase me desconecto, mas então escuto sua voz, "Como está a pequena Lila?".

Diminuo um pouco o passo, deixando para trás duas mulheres com casacos de pele e batom vermelho.

"Lila está ótima", digo rapidamente. E, então: "Ela é perfeita, na verdade". Uma longa pausa.

"Isso é bom", diz Artika. Fico me perguntando se isso tudo a deixa entediada. Normalmente, a essa altura, em qualquer conversa, ela já teria me contado uma novidade interessante de algum escritor, como um dos jovens escritores que orientamos conseguindo um agente ou um amigo em comum trocando de editora. Estamos quietas outra vez e fico paranoica que Gabe tenha dito a Artika o que fiz com June, e, de repente, me arrependo de ter ligado para ela. Paro na calçada, me sentindo sozinha, vendo os nova-iorquinos passarem por mim com suas próprias crises particulares.

"Estou tão feliz que esteja se recuperando", diz Artika com uma voz cautelosa, e a imagino usando o que fiz com June em uma cena futura, mal ocultando minha identidade e colocando tudo lá para todo mundo ver. Trocamos mais algumas gentilezas superficiais, e então saio do telefone rapidamente e tento me livrar daquela sensação. Aperto o passo outra vez, descendo a rua na escuridão a caminho de June.

QUATRO

Rowan. Segunda-feira à noite. 7 de novembro.

Estou prestes a atravessar a rua Attorney quando vejo Harrison, o agente de Gabe, com um gorro de crochê em frente ao prédio de tijolos cinzentos do Lower East Side, onde mora June. Nós o conhecemos há quase uma década. Ele contratou meu marido para sua agência, WTA, antes que Gabe tivesse escrito algo realmente grande, o que é uma raridade. Harrison sempre diz que *viu o futuro nas páginas de Gabe*, e estava certo. E foi por Harrison que conhecemos June; eles estão namorando desde o verão.

O agente arqueia a cabeça para trás para olhar em direção às janelas como se estivesse procurando por June entre o brilho das vidraças, seu corpo iluminado pela claridade leitosa de um poste de luz. Venho resmungando por toda a caminhada até aqui, sequer reparando nos estranhos na rua enquanto praticava minhas desculpas à babá, mas calo a boca assim que vejo seu namorado, preocupado que ele me veja e ligue para Gabe. Algo na maneira como a luz do poste ilumina seu gorro de lã cinza, seu sobretudo chique e suas luvas de couro marrom faz com que ele pareça um personagem saído de um filme *noir*, como se a chuva fosse cair a qualquer minuto. Ele toca a campainha algumas vezes e depois muda para o celular, presumivelmente para ligar para June. Está exposto em sua angústia, sua pele lisa contraída em uma expressão sombria que em raras vezes vejo; deve ter plena certeza de que ninguém o vê, exceto os estranhos de Nova York que não acham nada fora do normal, pois ele nunca agiria dessa forma se soubesse que eu estava assistindo.

Harrison tem um temperamento controlado com primor. Das vezes em que o vi falando ao telefone com seus escritores, é uma performance meticulosa cheia do que soa como empatia, e quando o vejo em uma conversa com um produtor ou executivo de cinema, vejo um tubarão de sangue frio. Talvez ele seja realmente as duas coisas; talvez isso seja apenas o que é preciso nesta indústria. Talvez seja muito fácil ser um romancista, aquele com quem todos falam em tons calmos e encorajadores, mimando o processo criativo como um recém-nascido.

"*June*", o ouço dizer em seu telefone, e o desespero em sua voz deixa meu rosto quente. Ele fala em um ritmo constante que me faz pensar que é uma caixa postal. Pesco apenas alguns trechos.

"*Você está aí, June? Preciso ver você. Eu só quero falar com você...*"

Balanço um pouquinho para que Lila fique dormindo e aquecida. Na verdade, é bom ser quem está assistindo. Sou eu quem tem recebido tantos olhares de apreciação nos últimos tempos. Sei que devia chamar o Harrison, mas não posso arriscar que ele ligue para o Gabe. Penso em sair e tentar lhe dar um pouco de privacidade, no entanto, após a palavra seguinte ele enfia o telefone no bolso. E então vai embora.

Espero um instante, observando a luz da rua sair de vermelho para verde enquanto Harrison desaparece na esquina. Dou um tapinha nas costas de Lila enquanto atravesso a rua em direção a June, pensando que, se ela estiver em casa, é óbvio que não está no humor de receber visitas, pelo menos não de Harrison e, com toda certeza, não minha. Mas se eu pudesse entrar no prédio de alguma forma e bater em sua porta, ela poderia abrir se me visse pelo olho mágico. *O elemento surpresa é uma técnica poderosa*, que costumava me lembrar de uma professora de escrita da Universidade de Columbia, com seus saltitantes cachos cinzentos.

Paro do lado de fora do prédio de June e espero. Adolescentes jogam bola no outro lado da rua em uma quadra que parece pertencer a uma escola pública. Um poste os ilumina o suficiente para que se possa ver a transpiração brilhando em seus rostos. Nova-iorquinos passam por mim — uma mulher carregando compras de mercado, um menino andando de skate, outro virando seu telefone para tirar fotos do grafite que ilustra o prédio de June. Evito seus olhares erguendo Lila mais alto para que possa pressionar meus lábios em sua bochecha. Estou rastejando ao longo da margem do pavor enquanto espero e assisto, me sentindo como uma perseguidora por fazer algo assim.

Finalmente, sai do prédio de June um homem falando ao telefone e trazendo consigo um balde cheio de água cinza. "Com licença", digo em voz cordial, tentando parecer que sou daqui enquanto passo por ele no calor do corredor. Acho que consegui, mas então ouço sua voz.

"Esqueceu a chave?", pergunta, e me viro para vê-lo segurando a porta da frente como se decidisse não sair. Seus olhos percorrem todo o meu rosto. Murmura um tchau no telefone e desliga, parecendo ainda mais desconfiado de mim enquanto me olha. Um pouquinho de água cai do balde sobre o linóleo. "Você é nova aqui?", pergunta. O ar frio corre para dentro enquanto nos olhamos. Lila solta um gritinho que é suficiente para chamar a atenção para ela. Ele fecha a porta e suas feições se suavizam. "Estou visitando June Waters no apartamento 4D", digo com um tremor nos lábios. Nunca estive aqui antes, mas sei o número de seu apartamento por causa do currículo que deixou conosco por formalidade. "June é nossa babá", explico e gesticulo para Lila.

"Entendo", diz ele, balançando a cabeça como se tudo se encaixasse. "Pode subir, então, o elevador é no fim do corredor."

Sigo antes que ele possa mudar de ideia, sentindo seus olhos nas minhas costas enquanto atravesso o chão sujo. Lila está agitada, definitivamente acordando agora.

Pegamos o elevador e descemos no quarto andar. Fora do apartamento de June, 4D, há um par solitário de botas de chuva verdes e um guarda-chuva amarelo. Um pedaço de papel amassado está sobre o tapete de boas-vindas. "Nós vamos bater baixinho", digo para Lila. Levanto a mão para bater e ouço um cachorro latindo. Eu não tinha ideia de que June possuía um cachorro. Bato com mais força do que queria e o cachorro enlouquece. Minha filha começa a chorar um pouco e a embalo perto de mim, prometendo que vou tirá-la do canguru no momento em que entrarmos. Tento forçar um meio-sorriso no meu rosto pois tenho certeza que June vai olhar pelo olho mágico e não quero parecer tão louca quanto me sinto. Porém é difícil com o bebê chorando, o que fica mais alto quanto mais tempo ficamos aqui.

"Posso ajudar?", alguém pergunta de um apartamento no final do corredor. Me viro e vejo uma mulher idosa com cabelos brancos como a neve projetando a cabeça pela porta.

"Estou bem!", respondo. "Apenas visitando."

"Oi?"

O cachorro está latindo tão alto que demoro um segundo para perceber que esse *oi* veio da porta do apartamento de June. Me viro e me deparo com um cara de vinte e poucos anos. Ele está segurando um cachorrinho pequeno que não para de latir.

Lila geme. O leite corre em meus seios tão rápido que sinto como se tivessem pegado fogo. Uma lâmpada no teto está quase queimando, fazendo com que as feições do cara pareçam trêmulas e dispersas.

"Oi", digo. Preciso tirar a Lila desse canguru. "June está em casa? Posso entrar? Sou Rowan, June é nossa babá. Essa é Lila..."

Lila está chorando e soluçando como se estivesse sem fôlego, de um jeito que nunca ouvi antes, e, então, de repente, estou chorando também.

"Você está bem?", a mulher de cabelos brancos pergunta.

"Estou bem", respondo. E, então, para o colega de apartamento de June, digo: "Sinto muito", mas é difícil colocar as palavras para fora.

O rosto do garoto fica pálido. "Entre, sra. O'Sullivan", diz, e aquele pequeno detalhe — ele sabendo meu sobrenome — me confirma que esse é realmente o apartamento da nossa babá e que não estou entrando no covil de um assassino com meu bebê recém-nascido. A porta se fecha atrás de nós e tudo dentro do apartamento de June parece ondulado entre minhas lágrimas. Abro o zíper do meu casaco fofo e tiro Lila do canguru o mais rápido possível. "Pronto, está tudo bem, querida", lhe digo. "Estou bem aqui." Assim que a tiro do casaco de neve, pego meu bebê no colo e me viro de frente ao rapaz. June já me disse o nome dele antes, porém não consigo me lembrar. Lila ainda está chorando, apenas um pouco mais acomodada do que antes. "Seth, esse é o seu nome, não é?", pergunto hesitante. Deveria ter me apresentado. Tenho quase certeza de que o nome dele está errado enquanto os segundos passam.

"Sean", ele corrige.

"Me desculpe", digo. "June está em casa?", pergunto, mas Lila chora tão alto que não sei se ele me ouve. Ela está obviamente com fome e um sentimento de pânico percorre meu corpo. "Realmente preciso cuidar do bebê", comento. Por que não me planejei para isso?

Ele me encara. As pessoas amamentam em público na cidade de Nova York, no entanto a maioria o faz discretamente, e duvido que Sean tenha visto uma mulher de 34 anos amamentando seu bebê de tão perto. "Eu poderia amamentar em outro cômodo", sugiro, gesticulando para uma porta fechada. "Ou, se você tiver um cobertor, posso cobrir." Tiro o chapéu e o seguro ali, envergonhada. O cachorro ainda está latindo, Lila ainda está chorando e estou com aquela coceira no corpo inteiro que sinto quando o alarme de incêndio dispara em nosso apartamento porque cozinhamos e esquecemos de abrir uma janela. "Por favor", falo, e peço desculpas outra vez, e então penso que não deveria pedir desculpas por minha filha recém-nascida estar com fome. Sean se move em direção a um armário e volta com um cobertor azul felpudo, o tipo de cobertor que você tem quando está na casa dos vinte anos e ninguém nunca o fez se livrar de coisas que parecem muito ruins, mas que no fundo são perfeitas.

"Muito obrigado", digo, pegando o cobertor e afundando no sofá. Estendo o cobertor sobre nós duas.

"Boomer, cale a boca", ordena Sean ao cachorro. Ele não obedece.

Felizmente, Lila consegue uma boa pega na primeira tentativa. Sinto a fisgada de dor seguida por uma liberação de algo quando o leite desce (oxitocina?) que me inunda de alívio. Lila está comigo e está comendo; estamos bem. Olho ao redor do apartamento, sinto-me relaxar, meu corpo sereno e aquecido, e tudo faz sentido agora, como se esse fosse o lugar perfeito para cuidar do meu bebê na frente de um rapaz estranho. Hormônios são uma loucura.

Sean ainda está de pé, tentando não olhar em minha direção. Seus olhos estão fixos em um aquário no canto. É uma escolha estranha para um apartamento tão pequeno porque ocupa muito espaço, mas até que é legal. Meia dúzia de peixinhos dourados rodeiam castelos de cor neon na água que tem um tom um tanto turvo. Sean se inclina para botar o cachorro no chão. "É a única maneira de ele ficar quieto", murmura. O cachorro corre para os meus pés, cheirando minhas botas. Me sinto mal por não tê-las tirado na porta, porém Sean está usando um par surrado de Adidas, de modo que talvez ele não se importe.

O apartamento está finalmente em silêncio. Minha mão vai para as costas de Lila, suas minúsculas costelas palpáveis sob seu macacão. "June está em casa?", pergunto baixinho. Há uma porta entreaberta para um banheiro e depois duas portas fechadas na pequena sala de estar, mas não consigo imaginar nenhuma circunstância em que ela estaria aqui e não sairia para ver que comoção era essa. A menos que esteja doente ou algo assim. Meu estômago dá um nó quando penso nela se escondendo atrás de uma das portas, a centímetros de nós, sem querer me ver. Assustada.

"June saiu", diz Sean com naturalidade. Seu olhar vai do cachorro a meu rosto, e vejo que seus olhos são castanhos com um brilho dourado. As pupilas escuras são minúsculas, como se estivesse no escuro e então acendesse todas as luzes quando aparecemos. Ele é bonito, 1,75 ou mais, com ombros largos e um pescoço grande como o de um lutador. Sua pele branca irregular está corada na linha do cabelo como se estivesse chateado, o que me faz pensar que talvez June tenha lhe dito o que fiz com ela e por isso está nervoso por eu estar aqui.

"Vou ligar para ela", afirmo, pescando meu telefone com a mão livre.

"Não se incomode", ele retruca.

"Ah", falo, concordando como se isso fizesse sentido. Não tenho certeza do que fazer. Preciso alimentar o bebê, e a babá não estar presente me parece um problema menor agora que minha filha está mamando. E talvez June apareça se eu ficar mais um pouco.

Sean está com o olhar fixo no meu rosto. Desvio o olhar, contudo me sinto mal, como se talvez ele não soubesse onde mais colocar os olhos por causa da amamentação. Forço meu olhar de volta em sua direção. "Você se importaria se eu ficasse até o bebê terminar de mamar?", pergunto. Preciso dar à Lila uns vinte minutos antes de colocá-la de novo no canguru. Essa necessidade parece maior do que minha imposição e isso me faz pensar se me tornar mãe, no final das contas, será o que vai exorcizar meus modos.

"Fique à vontade", me reponde, soando como um homem de cinquenta anos. Ele não podia ter mais que uns 25.

"Então, como você e June se conheceram?", pergunto, tentando agir de forma casual, como se tudo isso já não fosse bizarro. Jogo meu peso para o lado, minha perna direita já adormecendo. Sean está perto de um micro-ondas de plástico vermelho. Na pequena cozinha, as revistas de design estão empilhadas ao lado da pimenteira e do saleiro da Hello Kitty.

"June e eu nos conhecemos no Bumble", conta Sean. Ele se aproxima e se senta em uma poltrona em minha frente.

"Ah", reajo. Eu realmente espero que não tenha aparecido aqui para descobrir que June está morando com um namorado enquanto está saindo com Harrison.

As feições de Sean suavizam um pouco. "É engraçado, na verdade", comenta. "June e eu saímos algumas vezes. Que aleatório. E não funcionou *daquela forma*. Porém eu estava procurando por alguém para dividir a casa." Ele gesticula com o braço como se fosse Vanna White e o apartamento uma vitrine. "Nós só saímos quatro vezes, uma vez para um bar em Midtown, uma vez para o Bowery Ballroom para ver a Phoebe Bridgers, para o Welcome to the Johnsons, para o zoológico do Bronx..." Ele está animado agora como se realmente quisesse me contar essas coisas. "Sabia que ela seria uma ótima colega de apartamento. Embora eu tenha ficado com a impressão de que ela achou que o zoológico era um lugar estranho para um encontro", comenta, parecendo genuinamente perplexo, como se ainda não tivesse descoberto o motivo.

"O zoológico do Bronx é mágico", declaro.

As sobrancelhas castanhas claras de Sean se erguem. Elas são muito finas para seu rosto. "Não é mesmo?"

Aceno afirmativamente. "Mal posso esperar para levar Lila quando ela crescer."

"Pode ser romântico também", ele comenta, com o rosto escurecendo. "Não é apenas para crianças." Pintou um climão, estranho demais para esse momento já tão estranho.

"É, com certeza", respondo, nervosa.

Gente volúvel sempre me fez borrar de medo. Meu pai e muitos de seus amigos de copo eram temperamentais, alternando entre gatinhos fofos quando tomavam a primeira e feras raivosas em algum ponto depois de dez ou doze cervejas. E, então, chorando depois de dezesseis. (Eu costumava contar.) E mesmo quando meu pai não estava bebendo ou estava apenas um pouco alto, poderia ficar enfurecido por horas porque alguém disse algo de errado, e não havia como o trazer de volta até que algo ou alguém o zerasse outra vez. Esse alguém nunca foi eu; às vezes era minha mãe, com um elogio ou uma boa refeição. (Ou talvez sexo? Eu era jovem demais para saber como isso funcionava, e ele foi morto e partiu antes do meu sexto aniversário.) Ele nunca me machucou fisicamente, mas era um monstro com quem vivi durante aqueles anos. Seu humor era venenoso e a imprevisibilidade disso era suficiente para me deixar desconfortável mesmo quando ele estava lá embaixo e eu estava me escondendo no meu quarto. Podia senti-lo pulsando através das paredes rosa-choque do meu quarto como uma presença. Minha mãe nunca mais se casou, nem sequer teve um namorado. Por que ela faria isso?

Uma vez, logo depois de eu ter completado 5 anos, um policial veio à nossa casa em busca de meu pai por causa de uma janela quebrada e pequenos furtos na cidade naquela noite. Não sei se meu pai fez alguma coisa — não foi essa a parte que me matou. Foi quando minha mãe se colocou na porta da frente e mentiu para a polícia. Lá estava ela, com sua camisola rosa pálida esvoaçando sobre o contorno de seu corpo, mentindo para o policial em nossa porta, dizendo-lhe que meu pai tinha passado a noite toda com ela dentro de casa. Mas ele tinha saído — acabava de chegar em casa, bêbado; os ouvi fazendo barulho na cozinha ao voltarem. A maneira como ela mentiu com tanta facilidade para o policial — como era possível fazer isso depois de toda a insistência em tentar me ensinar sobre a verdade?

Beijo o topo da cabeça de Lila, perdida em meus pensamentos.

"Levei June para a exposição de tigres de Bengala", relata Sean, trazendo-me de volta.

Ele espera que eu diga alguma coisa. Como não digo, prossegue: "São criaturas deslumbrantes", e penso em *estudos literários*. O uso de adjetivos criativos de forma tão confiante só vem com a prática. "June os adorou, na verdade", afirma.

E você a ama, penso comigo. Preciso ligar para ela — preciso pelo menos tentar realizar a única coisa que me propus a fazer nessa viagem.

"Então, para onde June foi?", pergunto.

Espero, porém Sean não responde. Ele dá de ombros, como se tudo isso estivesse longe do assunto, o que me irrita. Vou pegar meu telefone outra vez, arranco-o do bolso e seguro-o na mão úmida. Sean apenas observa. Havia esquecido que o tinha desligado, e é estranho tentar segurar do jeito certo e ligar enquanto seguro Lila. Por fim, consigo, esperando uma enxurrada de mensagens de Gabe, mas não há nenhuma.

Sean cruza as pernas. Realmente preciso de um copo d'água, porém receio que já pedi demais e preciso que ele não fique enjoado de mim e me chute para fora antes que Lila termine de mamar.

"Como você conheceu June?", Sean pergunta categoricamente, dessa vez menos amigável.

Não sei se Sean está secretamente apaixonado por June ou de alguma forma sendo enrolado por ela, por isso não quero lhe dizer que conheço June por meio de Harrison. Talvez ele nem saiba que June está namorando Harrison. Meu cérebro parece que não está funcionando direito. Não tive que fazer malabarismos com tantas bolas desde que Lila nasceu. Alguns meses atrás, poderia ter lidado com uma situação social semelhante com facilidade, entretanto, desde que Lila chegou, minha mente não parece tão afiada, tão capaz.

"Conheci June por intermédio de um amigo de Gabe, meu marido", digo, por fim.

"Harrison?", pergunta. Seu rosto cai; ele é quase um ator de teatro pela rapidez com que as emoções distorcem seu rosto. "Esse é o amigo pelo qual você conheceu June", comenta, de repente sabendo de tudo, como se tivesse acabado de me entender.

Então se levanta e vai em direção à geladeira. Quase chego a achar que vai retirar uma mecha de cabelo de June, porém isso é sou apenas eu e minha imaginação. *Você fica empolgada demais*, minha mãe costumava me dizer. *Use isso para sua escrita: não para sua vida.*

"Sim", confirmo. "Por meio de Harrison." June trabalha para uma agente chamada Louisa na WTA, que é onde ela conheceu Harrison. Mas June não deve contar a Sean muitos detalhes de sua vida, pois ele já não teria ouvido falar de todas as vezes que June, Harrison, Gabe e eu saímos como um quarteto?

Sean tira uma refeição congelada do freezer. A desembrulha e demora uma eternidade para abrir a caixa de papelão e remover o plástico. Coloca o recipiente no micro-ondas e aperta alguns botões. Aproveito o momento em que suas costas estão viradas para enviar uma mensagem para June:

Estava por aqui e dei um pulo no seu apartamento.
Alguma chance de conversarmos se estiver por perto?

Sean aperta um último botão e o micro-ondas ganha vida. Outro sinal sonoro soa de algum lugar dentro do apartamento e a cabeça de Sean se levanta. Coloco Lila no meu ombro para arrotar e então Sean volta e senta-se, me olhando com desconfiança. Dou tapinhas e esfrego as costas de Lila, alternando entre os dois como vi alguém fazer no YouTube, sorrindo para Sean e preparando minha fuga. "Prometo que vou parar de te alugar em um minuto", digo.

Sean ignora minhas palavras. "Harrison é muito famoso", diz ele.

De início, acho que quer dizer que Harrison é muito famoso com as mulheres, o que realmente não é verdade. Ele é, na verdade, um romântico à moda antiga e mergulha de cabeça.

"Sua lista de clientes é realmente impressionante", afirma Sean, o que me faz perceber que ele quer dizer que Harrison é muito famoso no mundo do entretenimento, o que *é* verdade. Isso me faz pensar no que Sean pensa de todos nós adultos; talvez pense erroneamente que temos tudo planejado. "June me conta tudo sobre o trabalho", explica. "Mesmo coisas que provavelmente não deveria contar."

Ele sorri e me pergunto se quer dizer que June lhe contou algumas fofocas do escritório sobre Gabe. Ele olha em meus olhos por muito tempo, olhos dourados imóveis, me lembrando de como descrevo meus assassinos.

Lila já está dormindo de novo enquanto dou tapinhas nas costas dela, então percebo que se andar depressa consigo chegar em casa em meia hora, e poderei amamentar do outro lado.

Só preciso sair desse apartamento.

Sean me observa enquanto meus olhos vasculham o ambiente em busca de um relógio e, quando vejo um velho relógio digital preto com números vermelhos brilhantes e uma fina camada de poeira por cima, ele diz: "Esse relógio está cinco minutos adiantado". E faz uma careta, como se algo doesse. "Você conhece June, ela está sempre atrasada."

"Apenas cinco minutos", digo sobre June, e então tento sorrir porque saiu como se estivesse tentando defendê-la.

"E é por isso que ajustei o relógio assim", Sean retruca. "Para ajudar ela." É estranho porque, obviamente, June tem um telefone e pode ver as horas de verdade.

"Estou sempre ajudando ela", acrescenta Sean, como uma reflexão tardia.

Coloco Lila no meu ombro, fazendo-a arrotar. Posso sentir sua fralda cheia em seu pijama, porém não quero trocá-la na frente do Sean — só quero sair. "É melhor eu ir", falo. "Está ficando tarde, você deve ter planos."

"Você pode ficar", sugere Sean. Seu sorriso desapareceu, seu rosto ficou impassível.

"Não, tudo bem", respondo, em pé com Lila. Prendo o canguru ao redor dos meus ombros e começo a colocá-la para dentro.

"Deixa eu ajudar", diz ele, vindo em nossa direção. Não quero que se aproxime tanto, só que logo ele está tocando as alças do canguru. Sei que está tentando ajudar, mas fico tão ansiosa que meus dedos começam a tremer enquanto tento encaixar o canguru. Não sentia um homem tão perto de mim além de Gabe e meu obstetra há muito tempo. "Uma mulher para quem eu trabalhava tinha um desses cangurus", comenta, com as mãos bem nas alças do quadril. "Confie em mim, você está usando muito baixo. Isso vai te dar dor nas costas se não consertar." Ele ajusta as alças do quadril e, em seguida, levanta as alças de ombro para trás e as aperta para que Lila fiquei mais alta. "Deveria ser assim", afirma. Fico tão surpresa com a melhora no conforto, que paro de me sentir estranha com o que ele está fazendo. "Mais seguro para o bebê também", observa. "Você precisa muito assistir os vídeos ensinando a usar essas coisas", sugere, como se fosse muito inteligente e eu não. E de repente não me importo. É muito melhor não ter a alça pressionando meu quadril.

"Obrigada, Sean", digo.

Ele ajusta a última alça. "Apenas tentando ser útil", afirma.

"Você é, sem dúvida", respondo enquanto ele recua e admira seu trabalho com o canguru. Me pergunto se está realmente apaixonado por June e como deve ser viver com alguém que não te ama de volta. Imagino como isso o deixa louco.

Ding.

Ouço o mesmo som que ouvi quando o micro-ondas estava ligando outra vez. Uma sensação gelada percorre minha pele quando percebo que era mais um som de toque, como uma mensagem chegando. Meus olhos varrem o apartamento. O telefone de Sean ainda está na mesa de centro, contudo esse som tinha vindo de um dos quartos.

Finjo não notar o som e Sean faz o mesmo. Ele apenas sorri para mim. E sei que não devo fazer o que estou prestes a...

"Posso usar seu banheiro?", pergunto, com os olhos fixos nos dele.

"Claro", responde. Limpa a garganta. "É claro."

Eu me aproximo um pouco mais de uma das portas do quarto, claramente me movendo na direção errada. Sean não me impede — apenas me olha como se eu fosse uma criminosa, como se eu pudesse roubar alguma coisa. Dou alguns passos até chegar à parede improvisada, imaginando que esse quarto seria de June. Sean ainda não diz nada. Quebro o contato visual e então abro com cuidado a porta do quarto.

"*Esse é o quarto de June*", diz Sean atrás de mim. Há satisfação em sua voz, quase como se quisesse que eu abrisse a porta. Posso senti-lo a centímetros atrás de mim agora, porém não me viro. Meu coração bate forte quando meus olhos se ajustam à escuridão do quarto de June. É simples e arrumado. Há uma pequena cômoda no canto com uma caixa de joias e fotos emolduradas por cima, e um colchão no chão que me faz sentir uma vergonha inexplicável. Há um telefone sobre o colchão, aceso com minhas mensagens e algumas outras.

"Esse não é o banheiro, *obviamente*", diz Sean.

"Sinto muito", digo, e falo sério. Me viro para encará-lo, decidindo sequer fingir. Preciso tirar meu bebê daqui — já estendi isso o suficiente. "E-eu sinto muito", gaguejo, fazendo parecer que quero sair. Ele bloqueia a passagem com uma passada, seus olhos se estreitam. Como posso ter sido tão idiota de fazer algo assim com Lila aqui? "Não deveria ter feito isso", tento dizer com calma, me referindo a mais de uma razão. "Ouvi o telefone e estou ansiosa demais para ver June. Para me desculpar."

"Se desculpar?", Sean pergunta, com as sobrancelhas finas para cima outra vez. "Pelo quê?"

Balanço Lila, querendo muito sair daqui. "Houve um dia em que estava muito cansada e descontei nela", respondo. Que eufemismo. "Mais uma vez, *sinto muito*, Sean", falo. Tento deixar minha voz mais clara quando acrescento: "Tenho certeza que vamos nos ver por aí", e então me aproximo da porta.

Sean ri, me pegando de surpresa. "Provavelmente não", comenta.

Forço um sorriso. Viro e atravesso o pequeno apartamento com Sean seguindo meus passos, os minúsculos pelos na parte de trás do meu pescoço arrepiados, em alerta.

Sean bate a porta atrás de mim. O alívio toma minha mente enquanto desapareço na escada.

CINCO

Rowan. Segunda-feira à noite. 7 de novembro.

De volta para casa, abro a porta do apartamento com o máximo de suavidade, mas todas as luzes estão acesas e de pronto sei que fui pega.

"Rowan?" A voz de Gabe. "*Rowan?*" Ele está se aproximando.

"Oi, querido", digo antes que consiga vê-lo.

"Onde você estava?", ele rosna ao surgir no saguão. Seu olhar cai sobre Lila. "Você está bem?"

Tiro meu casaco fofo, mal consigo sair de dentro dele, porém não quis pedir ajuda. Gabe se aproxima de mim como se precisasse olhar para Lila mais de perto, para se certificar de que ela está bem. É isso mesmo que ele está fazendo? "Acha mesmo que não posso cuidar da nossa filha?", pergunto.

Os olhos dele voltam para os meus. "Perguntei se *você* estava bem."

"Mas estava olhando para Lila como se estivesse tentando descobrir se nossa filha ainda está respirando", digo. A raiva fustiga meus membros, queima a extensão do meu abdome. "Você não deveria estar sozinha nesse momento", comenta. Gabe tem medo de mim, do que eu poderia fazer. Posso ver isso escancarado em seu rosto.

"*Sério?*", pergunto. As sirenes soam do lado de fora, um dos poucos sons que passam pelas nossas janelas. Por um momento fugaz, receio que a culpa seja minha — que eu tenha inflamado todos nós com o seja lá o que for esse sentimento aqui dentro de mim. "Quem disse?", questiono.

"Todos os médicos que trataram você nas últimas três semanas", afirma Gabe.

Dou o máximo de mim para segurar as lágrimas. "Lila e eu precisávamos de ar fresco", digo.

As sirenes soam mais alto agora, acumulando a fúria, vibrando através dos meus ossos. E então tenho a minha primeira onda de confiança de que *sei* o que estou fazendo com Lila. Mas ela se esvai com a rapidez que chegou, e estou presa outra vez no purgatório com o olhar acusador de Gabe. Não o vejo me olhando assim desde a primeira fratura no nosso casamento, quando tive minha crise depressiva. Estávamos casados há apenas alguns meses e havia todas aquelas sessões de terapia que eu mal conseguia ir pois estava muito deprimida e em pânico, então Gabe teve que vir. Nas primeiras sessões, costumávamos sentar de mãos dadas na sala de espera, nossos quadris colados um no outro. E então, meses depois, minhas mãos passaram a segurar revistas idiotas enquanto os centímetros do estofado azul da sala de espera se tornavam cada vez mais visíveis entre nossos corpos. Quando comecei a ir sozinha, era visível que Gabe estava aliviado, não só por eu estar melhorando, mas também por ele não ter que parar de escrever e me levar até lá.

Mesmo quando melhorei, não era a mesma coisa entre nós. Tudo se desgastou em um desvendar mórbido e prolongado: a cama silenciosa, as cartas que não vinham, o coquetel no apartamento de um amigo em que Gabe ficou muito bêbado e me tratou muito mal, gritando que eu deveria ir para casa, algo sobre como minha presença não era *necessária* lá, o que não fazia sentido no contexto de um coquetel (quem é realmente *necessário* além de um barman?) e foi assim que eu soube que ele estava bêbado; pois meu marido nunca era impreciso com as palavras. Nem eu. As palavras são a nossa moeda, o nosso ofício. As palavras são todo o nosso mundo, ou pelo menos as chaves para ele; toda a maneira como damos sentido às coisas.

Gabe passa os dedos pelos cabelos escuros. Posso ver algo acontecendo em seu rosto: como o medo está se convertendo em alívio por estarmos bem.

"Eu deixei um bilhete para você", digo para acalmá-lo, para empurrar tudo na direção em que já está indo.

Ele acena com a cabeça, absorvendo a informação. "Seu telefone está indo direto para a caixa postal", comenta, e noto que suas palavras ficaram suaves.

"Estava com pouca bateria, então desliguei para o caso de precisar usá-lo. Mas deixei uma mensagem para você", repito, sorrindo como se estivesse tudo bem, como se talvez fosse até culpa dele por não verificar a mensagem. "Lila adorou o ar frio", continuo, como se fôssemos um casal normal tendo uma conversa normal sobre nosso bebê recém-nascido. "Ela dormiu no frio profundamente, como dizem que é normal para os bebês de inverno." Quem diz isso?

As mãos de Gabe estão em seu cabelo outra vez, um toque suave em seu couro cabeludo como sempre faz quando precisa pensar. "Quer sentar?", me pergunta, por fim.

"Deixa eu lavar as mãos primeiro", respondo. Então vou até a pia e aperto o frasco para sair o sabão, o cheiro de pepino sobe forte enquanto esfrego as mãos. Durante as primeiras dezoito semanas da gravidez de Lila, eu vomitava todas as vezes que sentia o cheiro de algo muito intenso. Fiquei esperando que parasse quando atingi a marca do primeiro trimestre, entretanto continuou até que finalmente as enfermeiras pararam de tentar me convencer de que provavelmente só duraria mais alguns dias. Outros amigos com filhos me diziam, *Coma biscoitos de água e sal quando acordar. Deixe em sua mesa de cabeceira para que você não tenha que levantar a cabeça.*

Toda aquela sabedoria que outras mulheres lhe oferecem quando estamos grávidas — elas estão explodindo para compartilhá-la. Será que também serei assim quando esse período pós-parto chegar ao fim? Estarei quase reluzente enquanto inclino minha cabeça em direção a uma mulher grávida no parque e conto uma história relacionada a mim e Lila? Essa imagem parece bastante idílica, contudo me sinto tão distante de qualquer coisa parecida porque aqui estou eu na minha cozinha, com um marido desconfiado, meu seio esquerdo me matando pois preciso dele para amamentar minha filha, e é provável que tenha uma mancha de sangue na minha calcinha como da última vez que tentei dar uma longa caminhada.

"Quer que a pegue?", Gabe pergunta. Estou tentando me inclinar em direção à torneira com Lila ainda no canguru. Quero dizer, *Ela vai começar a chorar*, porém em vez disso falo: "Preciso amamentar do outro lado".

"Rowan", diz Gabe, gesticulando em direção ao meu torso. Olho para baixo. Devo ter pressionado minha barriga na pia e não tinha percebido como minhas roupas ficaram molhadas. A pele ao redor da cicatriz da minha cesariana ainda está tão dormente que nem consigo senti-la.

"Vou me trocar depois", murmuro.

A calça de moletom de Gabe está baixa o suficiente para que eu possa ver a tira fina de suas cuecas boxer. Nós olhamos um para o outro, e então a campainha toca e me encolho. "Quem é?"

"Liguei para o Harrison", diz Gabe.

"O quê? Por quê?", pergunto.

"Porque eu estava *preocupado*, Rowan", retruca, e pela primeira vez me sinto mal. E não é a primeira vez que me preocupo que Gabe não tenha tantos amigos íntimos. Por que ele corre para seu agente ao primeiro sinal de problemas? Tem alguns caras com quem meu marido sai para beber, no entanto são pessoas da indústria com quem ele nunca lavaria sua roupa suja. Harrison sabe todo tipo de coisa sobre nós, desde coisas como eu perdendo a cabeça com June, até o momento em que nós passamos por uma situação financeira difícil, quando um filme que Gabe produziu afundou e, por isso, não conseguiu recuperar o dinheiro investido. Meu marido nunca disse uma palavra a esse respeito a nenhum dos nossos amigos e me fez jurar segredo. E então decidiu que apenas escreveria e dirigiria, para que nosso dinheiro nunca mais estivesse em jogo. O que foi bom para mim. Nunca entendi a profunda vergonha que ele sentia disso, como se tivesse cometido um crime.

Sigo Gabe até a porta e ele a abre, então vejo Harrison com o mesmo casaco marrom distinto e as luvas que tinha acabado de ver do lado de fora do apartamento de June. Imagino Sean naquele apartamento, vendo o rosto de Harrison pela câmera do interfone, talvez tendo algum tipo de satisfação presunçosa ao não deixá-lo entrar. Sean, guardião do portão, o melhor amigo insatisfeito de June.

"Harrison", digo. Seu cabelo loiro ondulado está despenteado sob seu gorro de lã. Sorrio, pois no fundo gosto de Harrison. Houve um momento irrelevante quando me senti atraída por ele na primeira noite em que Gabe, Harrison e eu nos conhecemos, enquanto fiquei ao lado de Harrison e olhava para seus olhos azuis-escuros, imaginando passar a mão em sua barba loira. No entanto Gabe sentou-se ao nosso lado e, quando o conheci, aconteceu. Não tive saída. *Gabe*, o homem em torno de quem a gravidade não funciona da mesma maneira. Ela se dobra em si mesma, se intensificando até que esteja em sua órbita e é o único lugar em que você sempre quis estar.

"Você está em casa", declara Harrison com gentileza. Olha para Gabe e fala: "Sua amada perdida foi encontrada". Então se volta para mim. "E esse bebê lindo aqui? Ainda mais linda do que quando a vi no hospital. Embora ache que no hospital ela estava coberta com toda aquela gosma."

Admiro sua tentativa de fazer uma piada em vez de olhar para mim como se eu tivesse feito algo errado. "Aquela *gosma*", digo, sorrindo, "está cheia de bactérias saudáveis." Nós sorrimos um para o outro enquanto Gabe ficou lá parado, parecendo irritado.

"Tenho que amamentá-la do outro lado", comento, precisando sair da entrada para me desembaraçar do nosso trio. Então, o rosto de Harrison muda e ele levanta as sobrancelhas como sempre faz quando está prestes a perguntar a mim ou a Gabe algo sério.

"Você viu June?"

A pergunta paira no ar como algo azedo. "Ou falou com ela?", Harrison acrescenta, e então passa a mão sobre seus cachos loiros juvenis. Gotículas de suor brilham na margem de sua testa.

"Eu não", respondo. Encontro os olhos escuros de Gabe e os vejo olhando de volta para mim. Então, decido apenas dizer isso. "Não a vi ou falei com ela desde a noite de meu colapso."

Os olhos de Gabe se arregalam. Talvez por eu não ter usado esse termo antes. Foi isso que aconteceu? Um colapso mental? Por que ninguém foi capaz de colocar um nome nisso? Meu obstetra conferiu uma lista comigo para ver se era depressão pós-parto e não parecia ser o caso, enquanto Sylvie afirmou que eu tinha ansiedade pós-parto e transtorno de estresse pós-traumático por conta do nascimento e que não precisávamos ficar presos na rotulagem, só tínhamos que tratar.

"E eu adoraria falar com June", prossigo, "mas Gabe não está me deixando sair de casa."

Harrison pode aguentar coisas complicadas; é assim que ele é. "Entendo", fala com calma, como se um marido fazendo sua esposa e seu bebê como reféns fosse normal. E então gesticula como se desse de ombros. "Não consigo falar com ela", desabafa. "Eu a vi naquela noite, depois que tudo aconteceu aqui. Ela estava obviamente transtornada e passou a noite na minha casa." Nosso amigo diz isso sem julgamento, como se fosse capaz de estar do meu lado e do lado de June, e acredito nele. É o que o torna tão bom em seu trabalho. "Esta manhã June saiu do trabalho perturbada e está incomunicável desde então, o que é muito estranho, afinal ela é da geração z."

Ele tenta sorrir como se tudo aquilo fosse engraçado. No entanto, é óbvio que não. Sua voz cede um pouco quando diz: "Estou um pouco preocupado".

Abro a boca para dizer algo, mas de repente me vem a imagem arrasadora de June deitada de costas na rua em frente a seu apartamento. Vejo como uma miragem: aqueles mesmos adolescentes que vi jogando bola, porém dessa vez passando a bola sobre o corpo de June, as luzes do semáforo mudando. Ela deitada como um cadáver, quase como se estivesse bêbada demais para se mover. Na minha mente, olho mais de perto — *Será que é um cadáver? Será que está morta?* Tremo, contudo Gabe e Harrison não parecem notar nada. "E-eu sinto muito", gaguejo, tentando arrancar a imagem da minha mente. Qual é o problema comigo? "De verdade, preciso amamentar Lila."

Eu os deixo sozinhos na entrada, correndo com Lila em direção ao meu quarto. No escuro, ligo meu telefone e vejo uma mensagem de June.

Vi sua mensagem e Sean me disse que você passou
por aqui. Podemos nos encontrar? Amanhã? Queria
falar com você. Pode ser só nós duas?

SEIS

Rowan. Terça-feira de manhã. 8 de novembro.

Na manhã seguinte, com os nervos à flor da pele, estou de pé na fila de uma cafeteria chique chamada Switch. Ontem à noite, enquanto Gabe estava ocupado entretendo Harrison, bisbilhotei seu telefone e notei que havia uma reunião agendada na Paramount, e então rapidamente enviei uma mensagem para June de volta para lhe dizer que poderia me encontrar às 10h15. Era quase fácil demais, como se estivesse sonhando, e agora estou aqui radiante: uma mulher livre em um café segurando um bebê lindo, cercada por paredes de tijolos propositadamente deterioradas e balconistas lindos que parecem aspirantes a atores e provavelmente são. Me sinto cheia de energia e poder, como a pessoa que era antes de engravidar, aquela que escreveu tempestades em lugares assim.

"Posso ajudá-la?", pergunta um jovem de vinte e poucos anos com uma mecha roxa em seu cabelo ruivo.

"Sim, obrigado", respondo, examinando o menu na parede, escrito com giz à mão em uma bela letra. "Gostaria de um *latte* descafeinado com leite de amêndoa, por favor."

Porque minha filha é intolerante à lactose.

Olho para Lila e um sentimento estranho toma conta de mim. Quero perguntar ao rapaz: *Você está vendo o bebê, não está? Não é uma invenção da minha cabeça?* É uma sensação muito inquietante, como se Lila fosse boa demais para ser verdade, como se minha filha fosse apenas um delírio da minha imaginação. Respiro fundo e toco a ponta de seu nariz, voltando ao chão com a sensação de sua pele. Olho ao redor em busca de June, no entanto ela ainda não chegou. Queria lhe comprar um café, porém não tenho ideia do que ela bebe, então decido por um *muffin* de mirtilo, torcendo para que minha escolha a agrade. Sempre a vi carregando uma garrafa d'água de aço inoxidável com um design extravagante que combina com a capa de seu celular. June é o tipo de pessoa estilosa, até nas pequenas coisas, como suas unhas sempre pintadas ou os anéis empilhados que pareciam espontâneos, mas nunca são. Essas coisas precisam ser pensadas e ela dedica tempo a isso. E, sem querer soar estranha, suas pernas também estão sempre bronzeadas e depiladas, mesmo no final do outono, e nunca estão manchadas como as minhas, quando experimentei um autobronzeador na faculdade. É algo que não se deixa de notar.

Talvez eu esteja apenas ficando velha.

Troco meu peso de uma perna para a outra, mal acreditando como o canguru do bebê está melhor agora que Sean consertou e não está mais machucando meu quadril. Exploro outra vez o lugar em busca de June enquanto o atendente faz meu café, ouvindo trechos de conversa e a moagem dos grãos. Hipsters ocupam as mesas. Gosto desse bairro. Gabe e eu moramos de aluguel aqui por um ano quando tínhamos vinte e poucos anos. Está cheio de artistas.

Pego meu café com um sorriso e um agradecimento. Vou até uma mesa vazia perto da janela, sento com cuidado em uma cadeira de madeira que range. Me perco sentada lá, observando os nova-iorquinos passarem como um borrão e vendo a cidade que amo enquanto acaricio Lila. Minha filha ficou acordada por uma hora antes de começarmos nossa caminhada até aqui, então tenho certeza de que vai dormir profundamente. Esfrego suas costas, sentindo a curva de sua coluna sob minha mão, as pontas de suas omoplatas. É difícil acreditar que um ser tão perfeito é meu.

Examino a cena além do vidro das janelas da cafeteria. Li uma vez que o verde é a cor mais agradável aos olhos, contudo ao longo da paisagem das ruas dessa cidade não há nada de verdejante. Aqui, quando o outono despenca em direção ao inverno, é tudo preto, branco e cinza, concreto, jaquetas corta-vento e calças pretas. Deixei meus olhos relaxarem, viajando até que um rosto familiar me arrasta a atenção.

Sean.

Estamos a apenas um quarteirão do apartamento onde ele e June moram. Olho para longe da janela para que não cruzemos nossos olhares através do vidro, porém o vejo desacelerando.

Não, não. Por favor, não entre aqui.

Mas lá está ele, abrindo a porta da cafeteria e tocando a campainha retrô. Não tenho ideia se me viu pela janela ou se já planejava parar aqui, por ser o local onde toma seu café antes de sair para fazer seja lá o que faça. Por um breve segundo, imagino qual seria seu trabalho durante o dia (balconista de ingressos no distrito de teatros? Assistente de relações públicas? Recepcionista em uma clínica veterinária? Limpador de chaminé?).

Olho para os nós da mesa de madeira, desejando que não me veja, pois não o quero por aqui quando June chegar. E se ele tentar se juntar a nós? Posso sentir seu corpo pesado vagando a passos lentos entre as mesas, e sei que fui vista. Ergo meu queixo e encontro seu olhar. "Ei, Sean", digo, sorrindo.

Ele não sorri de volta. Para em frente à minha mesa, parecendo arrogante, como se soubesse que eu estaria ali. E se Harrison tiver razão para ficar preocupado, algo de ruim aconteceu com June, e foi Sean quem, para me enganar, mandou uma mensagem do telefone dela, com o objetivo de se encontrar comigo? É assim que eu escreveria essa cena. "Como você está?", pergunto, tentando soar agradável, mesmo que meu coração esteja acelerado.

Ele apenas olha. Estou determinada a não quebrar o silêncio.

"O que você está fazendo aqui?", ele pergunta por fim, parecendo vagamente desconfiado.

Onde está June? Olho ao redor mais uma vez para ter certeza de que não deixei de vê-la, mas o café não é tão grande assim. Não posso mentir para Sean pois June pode chegar a qualquer minuto e então serei pega de qualquer jeito. "Vou me encontrar com June", digo com naturalidade.

"Sério?", Sean pergunta, com dúvida em sua voz. "Ela decidiu ver você?"

Um calor sobe às minhas bochechas. Demonstrando que *sabe* exatamente o que fiz com ela. Por que não saberia? Talvez, no fim das contas, ele seja o confidente de June, assim como me disse na noite anterior.

"Sim. Pelo que parece, sim", respondo. Lembro a mim mesma de que sou uma mulher adulta, com um bebê e um marido, e escrevo para o *New York Times Book Review*: coisas a que posso me agarrar. Não preciso derreter sob o olhar dele. Olho em seus olhos e não desvio, notando como estão me acusando.

"Ela me contou coisas a seu respeito ontem à noite", Sean diz em voz baixa, olhando para mim como se eu fosse um animal selvagem sob sua observação.

"Que bom, Sean", comento. "Fico muito feliz que vocês falaram sobre mim."

Ele fecha a cara. "Você e seu bebê têm sorte de ter June", afirma. *Você e seu bebê*. Soa como um insulto para nós duas.

"O nome dela é Lila. E foi bom ver você", comento, fazendo minha voz soar transbordante de determinação, como se tivesse finalizado a conversa, lhe dizendo para ir embora.

"Você ao menos está autorizada a sair sozinha?", me perguntou.

Aquilo vem como um tapa. Meu estômago embrulha, meu rosto arde. Lila, como se me sentisse, se mexe e geme. Lágrimas queimam meus olhos até minha visão borrar.

"O que foi que você disse?"

Pisco para dispersas minhas lágrimas. Por um momento, me pergunto se falei mesmo essas palavras, uma vez que parece uma loucura. Mas tenho certeza de que não fui eu — foi outra pessoa. Foi...

June.

Viro e vejo minha linda babá de pé ao lado da nossa mesa com a mão no quadril, as bochechas rosadas pelo frio. Seu cabelo loiro escuro está agrupado em um coque embaraçado e está usando protetores de ouvido, fazendo com que parecessem descolados de alguma forma. Ela os arranca, enrolando o plástico em volta do pulso, sem desviar o olhar. "O que você está fazendo aqui?", pergunta a Sean, com um tom áspero na voz. Não posso acreditar que ela está do meu lado — paira no ar entre nós como uma trovoada. Sean fica quieto. Quando por fim murmura: "Vou tomar um café, June", sua voz é tão dócil que é quase triste. June está com o olhar fixo nele e nesse olhar está exatamente o que pensa dele: posso ver por que sempre me disse que queria encontrar um apartamento só seu; posso ver que ela sabe que o rapaz a ama e que, talvez no passado, era algo inofensivo, mas que agora a deixava enojada. O pior de tudo: posso ver que ela tem pena dele.

Sean murcha sob seu olhar, pois também sabe disso.

"Vejo você mais tarde, Sean", diz June, com uma pequena nota de alegria artificial em suas palavras. Ele não vai até o balcão para pedir um café. Apenas sai da cafeteria de mãos vazias. A campainha soa de novo e ele já não está mais aqui.

June se senta. "Desculpa", fala por fim, desenrolando um cachecol de caxemira falsa. "Eu costumava achar que ele tinha boas intenções e às vezes passava da conta. Agora, não tenho tanta certeza. Às vezes ele me preocupa."

"Cuidado, então", digo, porém June apenas acena com a mão para mim como se eu estivesse exagerando. O nascimento de Lila mudou a dinâmica entre mim e June. Nós costumávamos ser a esposa e a namorada de dois amigos próximos que gostam de sair juntos à noite, e isso era tudo; nunca foi um jogo de regras justas por conta de nossas diferenças de idade, contudo era mais próximo do que isso. Agora, o fato de me importar com ela ecoa de forma mais estranha e maternal, e acho que June não gosta disso. Vejo seus olhos se afastarem de mim em direção ao menu na parede. "Comprei um *muffin* para você", digo. "Não tinha certeza se você bebia café."

"Obrigada", me agradece. Então pega o *muffin* e o desembrulha às pressas como se estivesse com fome, porém não dá a mordida. Em vez disso, olha para Lila e pergunta: "Como ela está? Adorei o vestidinho dela".

Sorrio — um sorriso genuíno — não posso evitar. Essa manhã, coloquei Lila em um macacão de veludo com uma gola de renda e ela parece mais bonita do que qualquer coisa que já vi com meus próprios olhos. Estou prestes a contar alguma versão disso, mas June começa a chorar.

"June", digo com minha garganta apertada. "Sinto muito. Sinto muito pelo que fiz com você." Aperto a mão dela e solto em seguida. "O que fiz foi terrível demais e não há desculpa", declaro, as palavras saindo com rapidez. "Acho que tem algo de errado com o meu cérebro. Ou, pelo menos, com certeza tinha naquele momento. Não posso, não consigo nem explicar isso." Os olhos da babá têm sombras de olheiras, as primeiras que vejo em seu rosto. Ela pisca, me acolhe. Não faço ideia do que está pensando. O café é tão barulhento que não estou preocupada que alguém esteja ouvindo, ainda assim, abaixo a voz para murmurar: "Eu tinha certeza que você havia machucado o bebê e estava tão aterrorizada que não conseguia nem pensar direito. Não sei se tive algum tipo de colapso mental ou algo assim".

June para de chorar. Ela concorda, parecendo curiosa de repente. Por que ela não estaria? A maioria das pessoas da idade dela não conhece o lado tortuoso da saúde mental materna. "Sinto muito, mas muito mesmo, June", rogo. "É tudo o que posso dizer, mesmo sabendo que não é o suficiente."

June funga. "Também sinto muito", diz com o olhar desabando no colo.

"Você não fez nada de errado", retruco. Uma mulher com uma vassoura esbarra em nossa mesa e murmura um pedido de desculpas. Passo um guardanapo para June, que o usa para enxugar os olhos. Ela está com um pouco do rímel, porém a parte debaixo de suas pálpebras está bem borrada. Eu a vi fazer assim algumas vezes, quando tinha planos para a noite, depois de trabalhar para nós: um bar à moda antiga ou um clube escuro, um drinque no High Line com vista para o rio. Imagino June percorrendo Nova York e pegando coisas que não são dela sem nem perceber. Imagino como os namorados e maridos de outras pessoas devem olhar para ela.

"Você está...", June começa, mas então para e eu espero. "Você está recebendo a assistência necessária?", por fim pergunta. "De um terapeuta, digo. Ou pelo menos está tomando alguma medicação?"

Aquilo me surpreende. É uma coisa madura para se perguntar. Não acho que estaria concentrada nisso quando tinha a idade dela. "Estou", respondo. "Uma especialista em trauma chamada Sylvie, que Louisa recomendou, na verdade. Embora eu não saiba se isso está adiantando de alguma coisa." Balanço a cabeça. "Ainda não consigo me lembrar do parto. Ontem à noite, sonhei com aquele dia em que desmaiei e alguém chamou a ambulância." Ao menos ainda me lembro disso — olhar para o céu e ver as nuvens que pareciam ovelhas brancas inchadas, depois abrir a boca para pedir ajuda e sentir o ar frio correr para dentro dela.

June olha para Lila. "Graças a Deus o bebê ficou bem", comenta e balança a cabeça em um gesto ágil, como se tivesse dito algo errado.

Não conto a June sobre o resto do sonho: como vi meu pai saltar da ambulância e olhar para mim, ensanguentada no chão, assim como olhei para ele há tantos anos. *Olhinhos doces e azulados. Furiosos.* Pisco para me livrar dele e me concentro em June. Ela parece quase assustada, como se estivesse esperando a história piorar.

"June, escute", retomo a conversa, tentando acenar com a mão como se fosse menos importante do que é. É provável que eu a esteja desencorajando a ser mãe com tudo isso. "Estou bem agora", respondo. "Bem, quer dizer, acho que estou. Nada daquilo se repetiu, o que aconteceu naquela noite." Afasto a imagem de June morta na rua que retorna — isso também não estava nada certo, como parecia tão real quando, na verdade, não era. "Tenho me sentido mais como eu mesma", digo. Tomo um gole do meu *latte*, desejando muito que o que tinha acabado de dizer fosse verdade.

June acena com a cabeça. Posso afirmar que não está acreditando no que lhe digo. Garota esperta.

"Rowan", começa. E então completa: "Preciso parar de trabalhar para você por um tempo".

"Ah, claro", respondo.

Ela acena com a cabeça e seus brincos de ouro refletem a luz, um brilho de relance próximo à sua mandíbula. "Quero que saiba que não é por causa do que aconteceu", afirma.

Não estou certa de que isso possa ser verdade, ainda assim respondo: "Ok, claro".

Ela me olha nos olhos. "Me importo muito com você e Lila", diz. "É mais porque preciso passar um tempo longe de tudo, e vinha me sentindo assim mesmo antes de tudo acontecer. Vou para a casa dos meus pais no interior."

"Ah", falo. Não sabia que os pais dela moravam no estado de Nova York. Claro, nunca perguntei. "Onde você cresceu?"

"Harbor Falls", responde, pegando um pedaço do *muffin*.

Balanço a cabeça fingindo conhecer o lugar. Como nunca lhe perguntei isso em uma de nossas noites com Gabe e Harrison?

"É perto de Saratoga", explica June.

Dou um sorriso estúpido porque já estive lá uma vez e, às vezes, o timbre de familiaridade é suficiente para animar alguém. "Gabe e eu visitamos o hipódromo alguns anos atrás, no verão", comento. "É linda aquela região."

"É sim", diz ela, mas algo mudou em seu rosto. Decido não a pressionar sobre sua família, sua educação, não importa como me sinta culpada por já não saber.

"Sinto muito, June."

"Eu sei", diz ela, "também sinto por tudo que aconteceu. De verdade."

"Você não fez nada", repito, mas ela se levanta da mesa.

"Tenho que ir", afirma, desenrolando os protetores auriculares e os colocando em sua cabeça. Um relógio de ouro que não a tinha visto usando antes reflete a luz e então ela coloca sua jaqueta corta-vento de volta e pronto. Penso no relógio pelo qual meu pai foi morto, um lindo objeto antigo que herdou de sua avó, e na maneira como os diamantes brilhavam ao longo da pulseira em uma cascata delicada sobre o pulso da minha mãe. Talvez valesse 20 mil, e penso nele se gabando disso para os amigos do bar. Em seguida, me lembro de cada um de seus rostos desgrenhados: eram sete deles. Todos rebeldes, todos bêbados. Cada um com seus próprios motivos e angústias secretos para desejar o relógio. Nunca descobrimos qual deles fez isso. Eles se dispersaram depois que meu pai foi morto e se espalharam como dominós. Apenas um foi preso, mas depois foi liberado porque a cronologia não fazia sentido. Houve roubos em nosso bairro antes, então poderia ter sido alguém aleatório, mas sempre consideramos que foi um dos amigos do meu pai, pois eram os únicos que sabiam do relógio.

Observo June juntar suas coisas e colocar seu *muffin* de volta na embalagenzinha marrom. Dou tapinhas no bumbum de Lila sem saber mais o que fazer. Não quero me levantar e tentar abraçar June pois não sei se ela iria querer isso.

"Não vai ter problemas para voltar para casa com Lila?", pergunta, olhando para o lindo rosto de Lila.

"Não, nenhum", respondo, pensando em como estou feliz pelo fato de quando June partir não estarei sentada aqui sozinha. Estarei com a minha filha. "Nós vamos ficar bem. Obrigada por se encontrar comigo", agradeço, mas ela já está se afastando de nós.

"Tchau, Rowan", se despede.

Eu a vejo passar em meio aos clientes e abrir a porta. Ela caminha pela calçada em direção ao oeste e, em seguida, em um gesto abrupto, se dirige para o norte, atravessando no meio da rua e quase acertando a beirada de um táxi. O motorista buzina. Meus olhos vão alguns metros à frente de sua trajetória para o outro lado da rua e vejo Sean parado na calçada. Forço a vista para ter certeza de que o vejo. Ele realmente tinha ficado parado lá o tempo inteiro no frio, esperando por June? Observando nós três?

Não consigo enxergar o rosto de June, apenas a parte de trás de sua cabeça loira escura, no entanto a vejo correndo em direção a Sean. Não posso afirmar com certeza, mas ele parece sentir medo dela, ou seria raiva? Estamos muito longe para ter certeza do que de fato vejo em seu rosto. E então a coisa mais estranha acontece: June afunda nos braços dele.

Meu estômago congela. Sean leva os lábios ao cabelo dela, ao pescoço dela, como um amante faria. Então, eles partem em direção ao burburinho da cidade, fora da minha vista.

Não tenho ideia do que isso quer dizer.

ELA
NÃO
PARTE 2
PODE
CONFIAR

SETE

June. Cinco meses atrás. 3 de junho.

Estou do lado de fora de um bar chamado Welcome to the Johnsons esperando por Sean Cassidy, que, se tudo der certo, será meu futuro colega de apartamento, e absorvendo a sensação das pessoas me observando. Não sei o que aconteceu de errado para que fosse assim. Desejo que todos se ocupem percebendo como sou bonita e resplandecente, então talvez não vejam os cantos sombrios dentro de mim.

Sean tropeça nos degraus da frente e sorrio o suficiente para que saiba que é o único em quem estou de olho. Ele encontra meu olhar e sinto um zumbido percorrendo meu corpo, uma dose de alguma coisa legal e nítida que me faz despertar: a sensação de que algo excitante e bom pode acontecer a qualquer momento. Tenho uma lembrança do meu pai segurando minha mão cheia de sardas enquanto entro em uma piscina de plástico para bebês. Um suspiro subiu do fundo do meu corpo quando minha perna entrou na água congelante da mangueira e, meu Deus, amei aquela sensação: o choque que me agarrou pelos ombros e me sacudiu de volta à vida. Ainda preciso disso: o tremor sobre minha pele, a coisa que me lembra que estou viva. Mas agora tenho 22 anos e preciso de mais do que água fria.

Sean corre pelo asfalto quente até onde eu o esperava, ao lado de uma placa de estacionamento e uma bicicleta enferrujada com uma cesta cheia de pães. Me pergunto para onde ela vai e a incerteza é um sentimento muito adorável.

"Aquele cara era um babaca", Sean diz para mim. Está falando sobre o barman.

"Sim", concordo, embora não fosse, não de verdade. Ele tinha apenas trinta e poucos anos e era distante, provavelmente porque mal temos idade suficiente para estar em um bar e ainda parecemos crianças para ele. "Vamos", digo, pois Sean está parado na calçada examinando a cidade como se fosse um set de filmagem e ele fosse o diretor.

"Sim", assente, ainda parado no mesmo lugar, "devemos ir." Estamos animadinhos, porém não bêbados o suficiente para tomar uma decisão fácil sobre a qual não vamos pensar duas vezes amanhã. Nenhum de nós quer sugerir outra bebida, no entanto ir ao apartamento de Sean significa algo completamente diferente, então nós meio que ficamos por ali e deixamos Nova York girar ao nosso redor como uma nuvem de perfume.

Uma mulher erguida sobre um fardo de caixas de leite acena segurando um cartaz com o rosto de um político e grita para que votemos. Suas unhas roxas de acrílico são como manchas de vinho em contraste com o papelão branco. Seu pequeno terrier parece desolado, deitado ao lado de uma tigela de água.

"Você acha que ela está bem?", sussurro para Sean. Cheguei há poucas semanas em Nova York. Meu barômetro para a saúde mental de outras pessoas ainda não está bem ajustado, mas tenho a estranha suspeita de que quanto mais tempo passar aqui, mais calibrada ficarei.

Sean ignora minha pergunta. "Está abafado demais para oito horas", observa com uma carranca no rosto. Acho que ele não tem noção de onde isso vai dar.

"Estamos muito bêbados para oito horas", comento com uma risada e então prendo meu braço ao dele para que lhe fornecer uma noção mais precisa. Só que a carranca dele não se altera. Nunca conheci alguém que se incomode tanto com coisas tão pequenas. Fico pensando qual seria sua reação diante de uma crise real.

"*Sean*", digo, a palavra exalada como se estivesse tentando flertar, embora não seja bem isso. É mais como se estivesse tentando entendê-lo, uma espécie de prêmio a ser conquistado. Me lembro do ensino médio, da sensação de ganhar tudo em jogos, como se tivesse que fazer os meninos me desejarem e as meninas desejarem ser como eu. Sempre me surpreende quando as pessoas chamam esse tipo de comportamento de superficial. Para mim, parece mais profundo do que um poço de cobras.

"É assim que é *junho*", diz Sean, sugerindo que esse calor fosse prenúncio de coisas piores.

"Meu mês", digo com um sorriso quando começamos a andar. Ainda amo todos os trinta dias de junho, assim como amava quando era pequena. Sempre foi meu mês de sorte: o mês em que coisas boas acontecem comigo. Até minha mãe era mais afetuosa do que o habitual nos primeiros dias de junho, abrindo a porta do meu quarto e deixando entrar raios de luz dourada do corredor. Ela dizia, *Feliz junho, minha doce June*, e nas manhãs boas, se curvava para beijar minha bochecha. Nas ruins, deixava um copo de chá para mim na minha mesa de cabeceira, sempre algo descafeinado, como camomila ou hortelã-pimenta, e mesmo agora o cheiro me faz pensar nas manhãs à beira de sonhos e lençóis emaranhados. Nas manhãs ruins, quando seus demônios estavam circulando e queria estar em qualquer outro lugar, mas estava em casa comigo e Jed, ela entrava sem mesmo um sussurro, abrindo as cortinas com o ruído das argolas de metal contra o varão. Ou ficava na cama e meu pai nos arrumava para ir à escola.

"Devemos ir para outro lugar?", Sean me pergunta.

Paramos em um semáforo. Enxames de nova-iorquinos atravessam a rua a partir da direção oposta e perambulam ao longo da calçada, perto o suficiente para que possamos captar fragmentos de suas conversas. Todo mundo está muito próximo aqui, e eu adoro isso. Ninguém pode ignorá-lo, porque estão lá em seu espaço, compartilhando seu pedaço da calçada, fazendo contato visual para decidir quem vai desacelerar e se chocar contra um poste de metal para que a outra pessoa possa passar primeiro por um túnel de construção improvisado.

"Você está realmente disposto a ir para outro bar?", pergunto do modo que um pai faria: como se não fosse a melhor ideia. Estou enrolando, querendo voltar para a casa de Sean, porém não quero ser a única a dizer isso.

Nos demoramos no ar quente. Um corniso faz um arco banhado pela luz solar laranja desbotada entre suas flores brancas. Línguas diferentes incitam meus ouvidos e uma mulher ri. A primavera em Nova York é tão mágica quanto todos dizem. De fato, não importa que eu esteja dormindo em um sofá-cama ou que minha colega de apartamento seja tão preocupada com germes dentro de casa a ponto de me fazer deixar os sapatos do lado de fora e lavar minhas mãos com sabonete antibacteriano de grau hospitalar antes mesmo de dizer oi. *Regras da casa!*, ela sempre diz, mas não dessa maneira atraente e autodepreciativa que algumas pessoas têm com relação às suas falhas. Ela é amiga de faculdade do meu irmão Jed e aluga o sofá para mim por 200 dólares por semana, com a promessa implícita de que eu vá embora de lá o mais rápido possível. Acho que ela já foi apaixonada por Jed, então suponho que agora eu seja a beneficiária desse amor, mesmo que isso talvez a deixe um pouco incomodada. *Você se parece muito com ele*, a ouvi dizer quando cheguei com a velha mala florida da minha mãe. E então me encharcou com desinfetante para mãos e me mostrou o sofá, dizendo para guardar minhas coisas em um armário estreito perto da porta. Está fazendo um favor para mim e para meu irmão, mas preciso achar um lugar pra morar assim que possível.

"Vamos para sua casa", finalmente digo a Sean com uma irrupção de bravura. "Eu quero ver."

Sean parece confuso. Não consigo entendê-lo em termos de sexualidade. Acho que é hétero, principalmente porque nos conhecemos no Bumble, porém ele não parece tão interessado em ficar comigo — sequer nos beijamos. Sei que tem um quarto extra, pois isso foi mencionado na semana passada quando estávamos cercados por tigres de Bengala no zoológico do Bronx. Um estava dormindo em uma árvore, parecendo prestes a cair, quando Sean disse: "Às vezes eu caminho durante o sono. Isso me deixa preocupado em ter um colega de apartamento, mas preciso conseguir um em algum momento".

Então, durante o restante do passeio no zoológico do Bronx, fiquei me perguntando se ele estava me considerando como uma pessoa em potencial para o quarto. Saímos juntos três vezes no total — essa noite é a quarta — e sinto que poderia fazer isso — que poderia morar com ele. Agora preciso descobrir o melhor caminho a seguir: fico com Sean (se ele ao menos quiser isso) ou nos levo a algo platônico e espero que ele queira uma colega de apartamento que divida o aluguel?

Não posso estragar isso.

Descemos a rua Attorney e sinto o tremor de excitação outra vez, desejo que seu apartamento seja glamoroso, porém que também seja medíocre o suficiente para que eu pudesse me ver morando lá. Nem sequer encontrei um emprego — estou vivendo com as economias que fiz como garçonete no segundo semestre do último ano do ensino médio enquanto morava com meus pais — e desde de hoje de manhã minha poupança conta com 800 dólares.

"Meu prédio é esse à direita", diz Sean.

É de tijolos cinzas e meio sem graça, mas quem se importa? "Parece muito legal aqui", comento, ao nos aproximar, e posso vê-lo inchar de orgulho. "Aquela é uma escola primária?", pergunto.

"Uhum", responde. Cones de diferentes cores estão dispostos em um círculo na quadra de basquete. Perto da linha de lance livre, há giz que deixaram para trás em um montinho ao lado de uma sacola plástica e uma mochila.

Sean insere a chave na primeira porta e depois na segunda. Entramos. E não há porteiro, o que geralmente torna os apartamentos muito mais acessíveis. Meu coração começa a bater mais rápido. Isso poderia funcionar. Poderia pagar por algo assim. E preciso de um colega de apartamento — ficaria com muito medo de morar sozinha — e Sean é a única pessoa que conheço que mora na cidade pois quase ninguém da minha faculdade veio para cá. E, o mais importante, ele parece ficar mais legal quanto mais o conheço.

Engulo a sensação de que não o conheço bem o suficiente — é o que meu pai diria se soubesse que estava tentando morar com alguém que mal conhecia, e ele estaria certo: não sei sequer o básico sobre onde Sean cresceu. Mas as pessoas fazem sexo com pessoas que acabaram de conhecer, será que isso é tão pior assim? Você não tem que seguir seu instinto às vezes? Sei de algumas coisas, por exemplo, como Sean foi para a Georgia Tech e conhece o irmão de um dos meus amigos do ensino médio (então não está inventando tudo, já que verifiquei o que me falou). Sei que é inteligente e que faz algo com computadores em casa. Nem sequer vai a um escritório ou precisa tirar suas roupas de ginástica, e considera isso a melhor parte de ser um freelancer.

O piso do lobby é encardido e o prédio em si um pouco decrépito, mas nada de tão ruim até agora. Passamos por caixas de correio prateadas e um homem de calça azul-marinho e uma camisa combinando que acho que é um uniforme. "Ei, Paulie", Sean diz e o homem sorri para nós dois. Sean não me apresenta.

"Moro no quarto andar", comenta Sean quando entramos no elevador. Avançamos em silêncio e é meio estranho. Sean é um excelente interlocutor quando quer, quando está falando de um assunto com o qual se importa. Porém haja sorte para adivinhar qual assunto pode ser e, caso não acerte, ele age meio entediado. Ou talvez eu o esteja entediando, mas acho que não. Quando as pessoas reclamam de mim, geralmente não é porque sou chata.

"Por aqui", indica Sean como que cantarolando, quando as portas do elevador se abrem. Parece que são apenas quatro apartamentos por andar, o que dá um aspecto acolhedor. O apartamento em frente ao de Sean tem um par de Nikes surrados do lado de fora, mas o tapete de boas-vindas de Sean está limpo. Ele abre a porta do 4D e entramos.

Respiro fundo — e, certo, não é glamouroso. Sean disse que eram dois quartos, só que claramente é um quarto com uma parede improvisada dividindo a sala de estar ao meio. Não que eu esteja reclamando — não sou sofisticada, apenas preciso de um lugar para morar.

"Adorei", falo, porque é verdade. E é óbvio que ele também. E olha ao redor do lugar como se fosse o céu. "É incrível, não é?", pergunta. "Mas eu realmente quero ter um cachorro."

"Adoro cães", afirmo, e jamais fui tão grata por não ser alérgica.

"Sério?", pergunta, radiante.

Não consigo ver nenhuma janela por causa da parede que foi erguida. Isso me dá uma sensação claustrofóbica, como se estivesse em um armário e não pudesse respirar. Nova York é bem aberta nas ruas, mas todo mundo vive em apartamentos minúsculos.

"Você tem um?", Sean pergunta.

Uma janela? Quase digo. "Um cão?", quero saber, tentando me concentrar nele e não no apartamento. De pronto, acrescento: "Não tenho um agora, mas tínhamos um labrador cor de chocolate na infância".

"Ele morreu?", Sean pergunta e suas palavras são tão desanimadoras que quebram meu sorriso.

"Ah, sim", respondo. "Morreu pouco antes de eu ir para a faculdade."

Sean entra em uma pequena cozinha que provavelmente foi reformada nos anos 80. (Fica a apenas alguns centímetros da porta de entrada, então já estamos praticamente dentro dela.) No balcão, tem um micro-ondas vermelho e Hello Kitties de porcelana que acho que podem ser saleiro e pimenteira. Sean abre uma geladeira branca e tira duas cervejas, destampa e me passa uma. "Obrigada", digo. Ele deve deixar a geladeira no nível mais alto porque o vidro está congelando meus dedos.

"Aos grandes apartamentos", diz Sean, e sorrio ainda mais, porque me pergunto se está pensando o mesmo que eu. Estou nervosa, então tento me lembrar que foi ele quem mencionou que estava procurando por um colega de apartamento.

"Aos grandes apartamentos", digo enquanto brindamos com as garrafas e penso em como esse lugar é perfeito. Não tem coisas boas por aqui, mas também não tem bagunça.

"Gosto das coisas arrumadas", afirma Sean, como se lesse minha mente.

"Também", concordo. Então, quase pronuncio as palavras — elas estão bem ali na minha garganta, subindo cada vez mais alto...

Você está procurando por um colega de apartamento?

Mas estou nervosa demais — não quero que Sean me rejeite. Em vez disso, me movo em direção a ele. De alguma forma, por algum motivo, parece mais fácil. É uma rejeição com a qual poderia lidar se acontecesse, embora não espere que aconteça porque ao recorrer à minha memória, não consigo lembrar de nenhuma ocasião em que um cara tenha me impedido de dar o primeiro passo. Pressiono meu corpo contra o dele e deixo a cerveja cair no meu quadril. Minha outra mão vai para seu ombro e, durante um segundo, parece que estamos dançando devagar. "Sean", murmuro. Tenho 1,72 e ele mais ou menos 1,77, só que estou usando sandálias com salto, então estamos olhando bem nos olhos um do outro. "Você quer?", pergunto porque mesmo que já possa senti-lo pressionando em mim como está fazendo, tem algo a mais: uma hesitação ou um minúsculo sopro de dúvida.

Sua respiração está mais rápida agora. "Quero", diz, mas sua voz trava.

"Tem certeza?", pergunto. "Tem algo de errado? Sou eu?"

"Com certeza não é você", responde, e então se inclina para colocar sua cerveja na mesa de centro. A sala de estar é tão pequena que parece que podemos nos esticar e tocar todas as superfícies. Coloco minha cerveja ao lado da dele e permaneço ali, com os dedos dos pés amassando minhas sandálias. Gosto de Sean o suficiente para beijá-lo, porém não sei o que quero de fato fazer com ele. Talvez isso devesse ser um aviso, contudo, se for, estou bêbada demais para prestar atenção.

Sean diminui o espaço entre nós. Sua mão vem por trás das minhas costas, me puxa para perto e me deleito com isso — o momento logo antes do beijo acontecer, meu momento favorito, aquele em que viveria pra sempre se pudesse. Aqueles segundos preciosos antes de qualquer beijo que já dei são sempre melhores do que o beijo real que se segue. Talvez seja assim que vou saber quando encontrar a pessoa certa: quando o próprio beijo triunfar sobre tudo.

Não é o caso desse.

Nos beijamos por apenas um segundo, e tenho certeza que isso não vai funcionar. Seu beijo é rígido demais, muita coisa de uma só vez, e posso me sentir encolhendo para trás. Sinto toda a possibilidade de algo entre mim e ele cessar como uma ondulação fraca. "Sinto muito", digo, e Sean me solta imediatamente. "Não deveria estar beijando você", declaro, meu coração acelerado, precisando encontrar as palavras que vão funcionar, as que nos manterão juntos o suficiente para não perder tudo o que quero e preciso dele. "Preciso de um amigo agora", falo, pois isso é mais verdadeiro do que qualquer outra coisa. "Não disso. Sinto muito."

E então acrescento outras verdades parciais. "Estou muito confusa. Perdida, na verdade. E acredite em mim, esses problemas são todos meus, não é você." Os grandes olhos castanhos de Sean se estreitam de dor. Então começa a se afastar de mim lentamente. "Espero, quero dizer, o que realmente preciso agora é alguém em quem possa confiar. Alguém que fique ao meu lado. Um amigo, sabe, com quem possa contar, com quem possa morar na cidade, com quem possa sair por aí. Ver os tigres outra vez, quem sabe", afirmo, forçando um sorriso.

Às vezes, não tenho certeza de quanto do que digo é real. Em momentos como esse, é como se estivesse lendo um roteiro — sei exatamente a aparência que quero em meu rosto; sei exatamente o quanto fazer minha voz oscilar.

Não sei se isso faz de mim uma boa atriz ou uma boa mentirosa.

OITO

Rowan. Quarta-feira à tarde. 9 de novembro.

No dia seguinte ao encontro com June na cafeteria, Gabe e eu estamos com Lila no consultório da pediatra. Decalques de animais da selva sorridentes olham para nós desde a parede e tudo cheira a antisséptico como um hospital. A enfermeira verifica a temperatura de Lila com um termômetro na testa. Não faço ideia se meu obstetra comunicou meu estado mental à nossa pediatra, mas imagino que sim: os médicos fazem isso? Ligar um para o outro? Aposto que sim, quando pensam que a segurança de um bebê pode estar em jogo. E sou a única que conhece o estado da minha mente bem o suficiente para saber que Lila está segura comigo, não é? Gabe me disse que sua mãe costumava perder o controle quando ele era pequeno e, quando Elena estava bebendo, uma vez me contou que de todas as coisas das quais se arrependia, seu temperamento era a maior. Me pergunto se meu pai diria exatamente a mesma coisa se não tivesse sido morto há tanto tempo. Será que teria se arrependido pelo modo como nos torturou? Não sei se Gabe perdoou totalmente Elena por seu temperamento e todas as coisas que isso significava para os dois e, sempre que lhe pergunto a esse respeito, a resposta é que não se lembra muito de sua infância, apenas de ser arrastado de um lado para outro entre seus pais após o divórcio. Ele ama e confia em sua mãe o suficiente para deixá-la cuidar de Lila, e não acho que veja qualquer sentido em recobrar transgressões que aconteceram há tantos anos. E não é como se deixássemos Lila sozinha com qualquer um — eu estou sempre por perto.

"Vamos precisar tirar as roupinhas dela para a pesagem", explica a enfermeira.

"Posso fazer isso aqui?", pergunto, incapaz de lembrar se é normal deitá-la sobre o papel. Presumo que troquem para cada novo paciente.

"Claro!", responde a enfermeira, sorrindo para Lila. "Ela é muito linda."

"Obrigada", digo, relaxando na normalidade de tudo: uma enfermeira gentil, uma consulta com uma pediatra, minha filha viva e saudável. *Apenas um dia normal após o outro* — esse é meu plano para voltar ao que era antes. Qualquer peça do quebra-cabeça que tenha se soltado precisa ficar permanentemente no lugar.

"*Rowan*, sua camisa", bufa Gabe.

Olho para baixo enquanto desço Lila sobre a mesa e entendo o que está falando — o fecho da minha blusa de amamentação se abriu e meu peito está exposto quase por completo. "Ah", exclamo, perdendo um pouco do equilíbrio e solto Lila cedo demais. Ela cai apenas meio centímetro sobre a mesa de exame, no entanto é o suficiente para me fazer ofegar. "Lila", falo quando ela começa a chorar. "Ah, não." Sinto o olhar da enfermeira me perfurando pelas costas.

"Ela está bem?", a enfermeira quer saber, e quero morrer.

"Sim, acho que sim", respondo, pegando-a de volta em meus braços. "Quem se importa com minha camisa estúpida?", chio para Gabe, que está parado com a boca aberta.

"Vai no seu tempo", diz a enfermeira, e sua bondade de certa forma piora as coisas. "Quando ela se acalmar, vou pesá-la", acrescenta com a voz suave.

Lila por fim se acalma. Permanece quieta enquanto a coloco com delicadeza sobre o papel. Seus olhos estão sobre mim, me estudando. "Sinto muito, Lila", sussurro, mas não há reprovação em seu pequeno olhar. Ela olha para mim com muita seriedade, como se estivesse tentando me dizer algo. *Eu também te amo*, tento sussurrar, porém não sai nenhum som. Com cuidado, tiro seu macacão e digo à enfermeira que estamos prontas.

"Também precisamos tirar a fralda", explica a enfermeira.

Tiro a fralda de Lila e está seca, então minha tendência a guardá-la para usar outra vez, porém fico em dúvida e entrego a Gabe para que jogue no lixo. Ele joga, evitando meu olhar. Forço um sorriso para a enfermeira e passo Lila para seus braços. Em uma inspeção mais detalhada, vejo que seu uniforme está coberto com um desfile de personagens da Disney. Lila está feliz até que a enfermeira a abaixa sobre a balança e então começa a chorar, chutando com suas pernas minúsculas.

Dou um passo à frente. "Posso pegá-la?", pergunto.

A enfermeira escreve o peso de Lila em um bloco de papel e os segundos que seu lápis demora para rabiscar os números parecem uma eternidade com Lila chorando mais alto na balança. Por fim, responde: "Claro", enquanto ainda anota os números. Antes de sair, informa: "A dra. Templeton já está a caminho".

Me sento com Lila em uma cadeira desconfortável de plástico cinza. Gabe fica de pé. Quando a enfermeira vai embora, ele pergunta: "Você está bem?".

"Uhum", penso um segundo. "Apenas nervosa."

"Por que está nervosa?", Gabe pergunta. Suas mãos entram nos bolsos de seus jeans. Sua camisa de tecido azul-claro está um pouco amarrotada e me pergunto o que a enfermeira pensou de nós. Talvez ela tenha visto pais novatos tentando acertar ou talvez tenha visto algo pior.

"Não sei exatamente", respondo. "Não é uma sensação específica. Na verdade, não parei de me sentir um pouco nervosa desde que Lila nasceu."

Gabe olha para mim e acho que entende, então comenta: "Mas Lila está bem. Você está nervosa com outra coisa?".

"Não", digo. *Estou nervosa por causa de Lila.* Que ela não esteja realmente bem ou que eu vá fazer algo de errado."

"Algo de errado?", repete.

"Você realmente nunca se preocupa com a possibilidade de fazer a coisa errada com nosso bebê e que algo ruim possa acontecer?", pergunto. "Esse é apenas um dos dons de ser homem? Porque acho que todas as mães que já viveram pensaram assim."

A vermelhidão sobe às suas bochechas. "Você acha mesmo que os homens não se preocupam com seus filhos? E como eu fiquei preocupado na noite de anteontem quando você levou Lila para passear?"

Dou uma risada — não consigo evitar — e ela soa dura e amarga. "Ah, que maravilha", exclamo. "Estou perguntando especificamente se você já se preocupou que poderia por acidente fazer algo com Lila, algo que lhe fizesse mal, e você me dá o exemplo de um momento em que estava preocupado porque nosso bebê estava comigo e algo ruim aconteceria com ela. Isso é típico."

"O que é típico?", ele rosna.

Estou segurando Lila no peito, balançando cada vez mais rápido. "*Eu ser o problema* é típico ao subtexto do nosso casamento", respondo.

Estamos quietos, e talvez lá esteja: a verdade, espinhosa e difícil de engolir. Olho em seus olhos castanhos e sei que o amo — posso sentir isso em cada célula do meu corpo —, mas e se Gabe e eu não nos amarmos profundamente o suficiente para passar por todas as coisas que precisamos? Certamente existem gradações de amor nos casamentos, mas como alguém poderia saber em que ponto está seu casamento sem nada mais para compará-lo?

Na periferia da minha visão, os animais da selva na parede parecem estar se aproximando, fechando o cerco como se Lila e eu fôssemos suas presas. Quero que Gabe me diga que sou uma boa mãe. Porém ele apenas balança a cabeça como se não pudesse suportar estar na sala comigo, e então a dra. Templeton entra.

"Olá, família O'Sullivan", nos cumprimenta com uma voz suave, sorrindo para nós três. Me pergunto se ela percebe o quanto Gabe e eu nos odiamos naquele momento — talvez o máximo que já nos odiamos. Meu marido improvisa no rosto um sorriso para a pediatra e então meu telefone toca. Reviro meu bolso em busca dele, mas é difícil pegá-lo enquanto seguro Lila no outro braço. "Sinto muito", falo. Por que meu bolso é tão pequeno? Não consigo tirar o telefone. "Deveria ter colocado no silencioso. Sinto muito mesmo." Por fim, retiro meu telefone e vejo um número que não reconheço com um código de área 518. Eu o silencio.

A médica se senta em um banquinho com rodas. O assento de malva faz *puf* conforme ela roda para mais perto de nós. "Lila não está ganhando peso como na semana passada", observa.

Meu coração acelera um pouquinho. "Ah, não", reajo. "Isso é muito ruim?"

"Os bebês devem voltar ao peso do nascimento quando chegam a duas semanas de vida", esclarece. "E, na consulta da semana passada, Lila tinha voltado. Só que nesta semana ela não ganhou peso. Na verdade, perdeu trinta gramas. O que de fato me dá motivo para preocupação. Podemos fazer com que você se consulte com uma especialista em lactação para aumentar seu fluxo, se for mesmo um problema de fluxo. Não acho que seja um problema de transferência pois Lila estava ganhando peso bem no início."

"Transferência?", repito, minha mente procurando por uma definição nesse contexto, porém nenhuma resposta veio. "O que isso significa?"

"Significa a capacidade de Lila de realmente transferir o leite para fora do peito. E, de novo, não acho que esse seja o problema aqui. Às vezes, os bebês estão tão sonolentos que não pegam tanto quanto precisam, e é importante que cheguemos ao motivo disso. Vou dar a vocês o cartão da especialista em lactação com quem trabalhamos em estreita colaboração, e você deve vê-la hoje, se possível, ou até amanhã. Pode ser apenas que você precise bombear um pouco mais de leite após as mamadas e dar a Lila esse leite extra em uma mamadeira para ter certeza que ela está recebendo a quantidade suficiente. Precisamos que sua filha beba 700 mililitros por dia e se ela receber isso do peito ou da mamadeira está ótimo. Então, vamos ver o que acontece quando você começar a bombear, e a especialista em lactação pode ajudar com tudo isso. Você tem uma bomba de leite?"

Meu telefone soa com o alerta de chamada perdida. Ignoro.

"Tenho uma bomba, uma boa, acho, porque uma amiga recomendou", respondo. Meu coração está batendo tão rápido que sinto que vou desmaiar. Quase me inclino em direção a Gabe, mas ainda estou tão irritada com ele que evito. A dra. Templeton deve notar como me sinto horrível porque me diz: "Ótimo. Então comece a bombear hoje por dez minutos após a sua próxima alimentação. Veja quanto leite você tira, me ligue e avise a enfermeira. E, então, dê essa mamadeira de leite para Lila, com jeito e devagar. Vocês têm mamadeiras?".

"Hum, temos sim", respondo. Pelo menos li coisas o suficiente para saber que deveria ter uma bomba e mamadeiras por perto. Como as pessoas fazem isso sem ter acesso a todas as informações de que precisam ou a qualquer pessoa para ajudá-las? Provavelmente, deveria ter lido mais, mas é que sempre achei esses blogues parentais tão enfadonhos com todas aquelas avaliações de assentos de carro, *recalls* de produtos e receitas para fazer o seu próprio purê para bebês. Parecia que um monte de coisas adicionais era jogado junto com as coisas necessárias, o que é ótimo se você quiser ler tudo isso. Só me parece que talvez deveria ter um recurso com as coisas essenciais. "Eu deveria ter feito um curso de amamentação", digo à médica.

Ela bate a caneta na prancheta. Gabe ainda não diz nada. Ele não leu nenhum livro e não fez nenhum curso, então acho que não há muito o que possa acrescentar. "Seu obstetra recomendou algum curso?", ela pergunta.

"Hum, acho que sim", respondo. "Ele tinha um cartaz de um curso de amamentação, só que fiquei me concentrando nessas aulas de parto. Fui a uma delas no fim das contas." Algo de bom me fez, quase acrescento, mas não estou exatamente pronta para brincar sobre como o parto tinha sido ruim.

A dra. Templeton concorda de modo compreensivo. "Nem o hospital obriga o curso de cuidados infantis se os pais não quiserem", observa, e então me dá um aceno. "Mas não precisamos nos concentrar nisso. Estou aqui para você e Lila agora."

Isso leva lágrimas a meus olhos. "Ok", respondo, "obrigada."

Agora, o telefone de Gabe começa a vibrar. A médica se vira para ele ao perceber. Meu marido não pede desculpas, agindo apenas como se não estivesse acontecendo.

"Nós vamos desligar nossos telefones da próxima vez", comento, envergonhada pelo que parece ser a vigésima vez só durante essa consulta.

Gabe me lança um olhar daqueles e pega o telefone para desligá-lo. Olho para a tela e vejo o mesmo número 518. "De onde é o código de área 518?", pergunto à médica, o que é uma coisa estranha de se perguntar no meio da consulta da Lila, mas estou exausta e nervosa demais para ter qualquer filtro.

"Albany", diz a médica, parecendo não se incomodar com a interrupção. "Cursei a faculdade na SUNY." Diz e sorri para mim, mais bonita a cada minuto. A bondade é assim.

"Deve ser uma ligação comercial", comenta Gabe, desligando o telefone. "Não conhecemos ninguém em Albany."

"Hum, conhecemos sim", corrijo. Ouço a satisfação em minha voz por saber de algo que ele não sabe, o que faz meu estômago revirar. Por que estou sendo assim, tão baixa e mesquinha? "A família de June é da região", acrescento, agora mais gentil.

Seus olhos se estreitam, contudo não consigo interpretá-los. Ele parece quase confuso. Ou não sabia que June era de lá ou está se perguntando por que alguém da família dela ligaria para nós.

"June é nossa babá", explico à médica. Sorrio. Talvez uma parte de mim queira que a médica me pergunte sobre ela. Quero descobrir se a dra. Templeton sabe como enlouqueci e se está preocupada.

Contudo ela não pergunta — nem uma única coisa sobre mim ou minha saúde mental. Ela passa ao exame de Lila e fico lá observando meu bebê, assimilando-o, acalmando-o quando o frio do estetoscópio é pressionado sobre sua pele nua.

Quase me sinto como uma mãe normal.

NOVE

Rowan. Quarta-feira à noite. 9 de novembro.

No início daquela noite, nos encontramos com uma especialista em lactação, que trouxe uma enorme balança de prata para bebês. Ela pesa a Lila antes e depois de se alimentar, e então me fala que a Lila está tomando apenas 30 mililitros de cada peito. E é claro que isso não é o suficiente, então começo a soluçar. Tudo o que quero é que Lila fique bem e está escuro lá fora, o que torna tudo mais assustador e incerto. Nunca me sinto bem à noite, de verdade. Desde aquela noite, quase três décadas atrás, quando alguém invadiu nossa casa e fez coisas com meu pai que eu não sonhava que alguém pudesse fazer. Você não tem noção dessas coisas quando tem cinco anos. Mesmo quando meu pai machucou minha mãe, fez isso com apertos, torções e puxões — não com uma faca.

A especialista em lactação me coloca em um elaborado regime de bombeamento e alimentação que meu cérebro não está equipado para seguir, e me diz que posso lhe telefonar a qualquer hora do dia ou da noite, o que me faz chorar outra vez. Quando a mulher vai embora por volta das oito e, por volta das nove e meia, colocamos Lila em seu berço ao lado da nossa cama.

Apago as luzes do meu quarto. A lua está alta no céu, quase cheia, e olho pela janela e rezo para que todos fiquemos bem. Continuo rezando. Meu pai foi quem me ensinou. Nós nos ajoelhávamos ao lado da cama,

com nossas mãos entrelaçadas e nossas cabeças inclinadas em reverência. Ainda me pergunto por que ele nunca rezou por si mesmo. Talvez
se tivesse feito isso, não teria causado todos os problemas que causou
para nós. Até mesmo se gabar com o relógio: que tipo de pessoa precisa
disso para preencher o vazio em si? Talvez a maioria das pessoas precise. No entanto qual era o objetivo de todas aquelas missas às quais me
levava aos domingos? A cobiça desse relógio, a ostentação: isso não era
excesso, ganância ou todos os outros pecados que rezávamos para não
cometer? Grande parte de quem meu pai era não faz sentido para mim.

Gabe está na cozinha fazendo chá. Meu marido nunca abusou do álcool, mas o cheiro de camomila me lembra de quando ficou sem beber
por seis meses depois de perceber que as ressacas estavam atrapalhando
o andamento de sua escrita (nós dois somos escritores matutinos). Nós
bebíamos chá todas as noites durante aqueles dias, aconchegados um
no outro lendo livros na cama. Fazíamos menos sexo sem a bebida, mas
líamos e nos abraçávamos mais, o que era infinitamente melhor. Não
é que não goste de sexo — eu gosto —, mas é que me sentia tão íntima
de Gabe naquele momento, e desfrutava muito daquela sensação, toda
enrolada com nossos livros e roteiros. Todas as noites, depois do jantar, colocava minha pilha de livros ainda não lançados que os editores
me pediam para comentar, e nós ignorávamos nossos telefones cheios
de mensagens de amigos para encontrá-los. Subíamos na cama e eu lhe
passava os livros para que Gabe pudesse dar uma olhada e me ajudasse
a decidir a quem dizer sim. Ele desdobrava com cuidado as cartas de
editores escondidas nas páginas, me pedindo com gentileza para ceder
algumas palavras para a contracapa, elogiando profusamente o meu trabalho. Então, ele me incitava a escrever possíveis elogios que beiravam o
ridículo. Gabe tinha um lado mais bobo naquela época, especialmente se
soubesse que aquilo me faria rir. Porém, na maioria das vezes, passáva-
mos aquelas noites em silêncio, entrincheirados com aqueles exemplares
e lendo cada um do início ao fim. (Cópias antecipadas de um romance
tem algo que nem Gabe nem eu podemos resistir — há uma emoção de
encontrar um tesouro antes que o resto do mundo possa vê-lo.) Quando
Gabe voltou a beber depois desses seis meses, as coisas mudaram um

pouco entre nós, mas não para algo tão ruim: apenas diferente. Voltamos a passar nossas noites com os amigos em bares, rindo, um pouco altos, mas nunca embriagados (os seis meses de abstinência foram um recomeço que ficou para trás). Gabe e eu somos filhos únicos e nossos amigos naquela época eram como irmãos emprestados. No entanto, em algum ponto por volta dos trinta anos, a maioria deles se separou ou se casou, teve filhos e se mudou da cidade para vizinhanças idílicas em New Jersey ou Westchester com nomes que parecem *iguais*. Quando os víamos, era um pouco forçado; todos pareciam tão estressados enquanto tentavam nos entreter em seus quintais, as mulheres perguntando a seus maridos quanto tempo demoraria para assar a carne enquanto mudavam as crianças de quadril, ou os maridos perguntando com os dentes cerrados onde estava a chupeta quando um bebê chorava durante a conversa que estávamos tentando ter. Nós entendíamos, é claro. Também queríamos a nossa própria família. Contudo, sentíamos que não conseguíamos acompanhar aquelas tardes suburbanas ensolaradas, ouvindo conversas sobre horários de sono e treinamento de banheiro. Depois de um tempo, todos nós nos distanciamos, e então éramos apenas nós outra vez e alguns amigos escritores e colegas de faculdade que não moravam em Nova York no fim das contas.

Espero na cama que Gabe termine na cozinha, levando minhas pernas ao tórax. Em vez de repassar todas as coisas que quero lhe dizer, minha mente está agradavelmente vazia. Posso ouvir o assobio da chaleira e sei que Lila está dormindo um sono profundo o suficiente para não a acordar. Tenho um sentimento quando botamos o bebê para dormir: é alegria quase plena, como um encontro momentâneo com a liberdade, porém é sempre seguido por uma sensação de angústia de que não importa o quanto esteja cansada, não importa o quanto precise de uma noite inteira de sono, não existe a possibilidade de ter uma. Lila vai acordar em uma hora ou duas para amamentar e, depois dessa mamada, vou ter três horas ou mais até que ela acorde outra vez — se tiver sorte. E *eu tenho* sorte de ter Lila. Estou apenas exausta demais e com medo de mim mesma, o que torna difícil pensar direito. Por que meus velhos amigos nunca falaram sobre *esse* sentimento? Não era um ponto crucial? Ou será que nunca se sentiram assim?

"Rowan", Gabe sussurra ao entrar.

Meus olhos se ajustaram à escuridão do nosso quarto. Posso discernir a figura de Lila no berço, o suave subir e descer de seu estômago. Gabe vem em direção à cama com duas xícaras de chá fumegantes e, quando se aproxima do berço de Lila, exclamo: "Cuidado! Não está vendo?".

"Não vou derramar o chá em cima do bebê", retruca Gabe, e eu entendo, eu entendo. Entendo porque sua frustração com relação a mim está aumentando.

"Estou apenas tentando ajudar", comento, porém nós dois sabemos que isso é uma mentira. Não estou tentando ajudar; estou fazendo exatamente o que ele pensa que estou fazendo, que é tentar garantir que não derrame chá no bebê. Sinto que me transformo em algo diferente — alguém que não reconheço.

Gabe se desvia do berço e coloca o chá em nossa mesa de cabeceira. Acho que ficará frio comigo pois fiz um escarcéu por conta do chá, mas ele me surpreende ao deitar em nossa cama e me beijar na boca. Aquilo me tira o fôlego, assim como qualquer beijo terno em uma noite de luar, e um arrepio percorre a pele dos meus braços. Ele coloca a mão no meu peito, me abaixando na cama com um movimento gentil. Sua mão desce para o meu abdome ainda delicado e ele, com cuidado, evita a cicatriz recente. Então, desliza os dedos sob a calça do meu pijama. Respiro fundo quando acho que sei o que vai fazer, mas estou totalmente equivocada.

"Rowan", começa, sua voz soa como um zumbido baixo e grave no ar quente entre nós. "Estou preocupado com você. Com nós dois."

"Eu também", respondo, no escuro. Sua mão está de volta ao meu abdome, traçando um pequeno círculo perto do meu umbigo.

"O que nós vamos fazer?", me pergunta. Gabe parece um garotinho, o que me faz querer cuidar dele, algo que não desejava há muito tempo. Me levanto para me sentar encostada na cabeceira. Ele faz o mesmo e nossos corpos ficam próximos sem que se toquem. Meu marido estende a mão para pegar seu chá, toma um gole e depois o coloca de volta na mesa de cabeceira. Então se vira para mim e diz: "Sinto muito por agir como um idiota".

Quero lhe dizer que não tem agido como um idiota, mas na verdade é quase a palavra perfeita para descrevê-lo: um idiota nervoso e insensível. Como disse, sabemos usar a linguagem.

Respiro fundo e então profiro palavras que sei que podem nos remeter a uma direção à qual não estou pronta para ir. "Sinto que você não me ama como antes", sussurro.

As palavras pairam como luzes de Natal, brilhando e morrendo quando ele não responde nada. Suas mãos se emaranham no meu cabelo e depois se movem para o meu pescoço, circulando minha garganta como uma promessa, algo que ele precisa que eu entenda. Meu coração é um pássaro preso batendo contra minhas costelas. O quanto a nossa situação está ruim, na verdade? Como posso não saber o que ele vai dizer?

"Rowan", fala, se inclinando para mais perto até que eu possa sentir sua boca sobre minha clavícula, me beijando. Deixo escapar um gemido que me pega de surpresa, me deixando envergonhada. "Você sabe o que sinto", declara, seu hálito na pele dos meus seios.

"Não sei", retruco, esperando que me contradiga. Talvez seja isso que ele está tentando fazer agora. Gabe me empurra com delicadeza para a cama e continua a me beijar. Não sei para onde isso está indo — nós nem sequer temos a liberação do meu obstetra para fazer sexo ainda e, além disso, Lila está dormindo bem ali no berço. "Você não ouviu o que eu disse?", pergunto contra os lábios dele. Preciso que discuta comigo, que lute por mim — reconheço meu mundo através das palavras, não das ações.

Ele para de me beijar, seu hálito subindo depressa, o cheiro de chá de camomila em toda parte. "Ouvi", responde. "Mas como você pode acreditar que isso seja verdade?"

Me afasto de seus braços. "Porque tudo parece diferente. E tenho o receio de que você não goste de quem me tornei." Soa tão juvenil, no entanto não sei outro jeito de dizer. "Receio que essa versão de mim, de mãe, debilitada, fará com que eu o perca."

Ele solta um longo suspiro, todo o seu corpo se acalma, como se estivesse desistindo, o que não é o que desejo. Era melhor ter calado a boca e continuado a beijá-lo.

"Essa é uma situação impossível", retruca, concluindo em sua voz, como se tivesse acabado de resumir para nós.

"Eu te amo", declaro com firmeza, mas não há tempo para ele dizer de volta porque meu telefone toca. Vasculho em busca dele, sem acreditar que esqueci de silenciá-lo. É o mesmo número 518 que vi no consultório da pediatra.

"Alô?" A mão de Gabe ainda está no meu quadril, os dedos encurvados sobre meus ossos. Eu quero que fiquem lá.

"Rowan O'Sullivan?", ouço uma voz jovial do outro lado.

"Sim. É ela", respondo.

"Aqui é Art Patricks", diz a voz.

Fico em silêncio por um momento, certa de que não conheço ninguém com esse nome.

"Posso ajudá-lo?", pergunto.

"Espero muito que sim", afirma Art, com sua voz lenta e arrastada. "Sem dúvidas, tornaria minha vida um pouco mais fácil." A voz parece quase amigável, contudo não é exatamente isso.

A luz fraca do telefone ilumina o rosto de Gabe, a poucos centímetros do meu, olhando para mim.

"Consegui seu número com a empregadora de June Wallenz, Louisa Smith", explica Art. "June trabalha como babá para você às vezes, não é?"

Meu coração dispara. Pode ser um advogado. Talvez June tenha decidido prestar queixa contra mim.

"Temos uma babá chamada June", replico, com cautela. "Porém ela nos disse que seu sobrenome é Waters."

"Ah, certo", diz Art, com uma risada na voz. "*June Waters*. O nome artístico dela, não é? Acredito que tenha me contado no Natal passado." Suas palavras soam metálicas ao telefone. Após fazer silêncio por um instante, sua voz fica mais dura quando ele prossegue: "Só que não é o nome verdadeiro dela. Sabia disso?".

"Hum", dou uma enrolada e fixo meus olhos em Gabe. É sério que não verificamos os documentos de June ou qualquer forma de identificação antes de contratá-la para cuidar do nosso bebê?

"Sou um amigo próximo da família Wallenz", continua Art. "E também sou um detetive de polícia. June não chegou à casa dos pais essa manhã, como planejado, e é por isso que me ligaram. E, sem dúvida, conheço os jovens, como mudam de planos e assim por diante, e a polícia local não vai levar a sério o fato dela estar desaparecida. Mas não é típico de June mandar uma mensagem para o pai na noite anterior com um horário de chegada e depois desaparecer do nada, deixando-o esperando por ela na plataforma do trem. Rastreei o telefone dela e não consegui a localização, o que acontece quando a bateria do telefone está descarregada. Tenho certeza que você pode imaginar a preocupação deles, já que também é mãe." O branco dos olhos de Gabe está reluzindo. Coloco a chamada no viva-voz para que ele possa ouvir o resto.

"Olha, é claro que espero que ela esteja bem", afirmo. "Porém não fui a última pessoa a vê-la. Sean, o amigo com quem ela mora, a estava esperando depois que terminamos a conversa."

Os lábios de Gabe se afastam. Posso ver as perguntas neles: *quem é Sean? Quando você viu June? Por quê?*

"*A última pessoa a ver June?*", Art repete com uma risada. "Você realmente tem escrito muitos desses romances de mistério, não é, Rowan?"

Minha pele congela. Será que Art pesquisou a meu respeito no Google antes da ligação? O rosto de Gabe se fechou e não sei se é por que está preocupado com o caminho que a ligação tomou ou se está tentando descobrir por que vi June e Sean.

"Vamos partir daqui então", sugere Art, ainda soando estranhamente feliz, como se isso fosse um jogo. Isso é um jogo?

"Isso é alguma brincadeira?", pergunto.

"Posso garantir que não é", responde, agora impassível. "Quando foi a última vez que você viu June?"

Eu engulo em seco. "Ontem de manhã", respondo.

Gabe ergue as sobrancelhas, mas não diz nada.

"Ela estava cuidando de seu bebê?"

O telefone está agora na cama entre mim e Gabe, aceso como um aviso. *Devagar*, ele tenta me dizer, mas não escuto: pressiono o acelerador e voo mais rápido sobre aquele terreno traiçoeiro. "Eu a vi ontem de manhã em uma cafeteria", falei. "Tivemos uma longa conversa, durante a qual me desculpei pelo meu comportamento."

"Seu comportamento?", pergunta Art.

"Sim. Me desculpei por algo que fiz — a maneira como a tratei enquanto ela estava trabalhando como babá. Não estava bem, hormônios pós-parto e tudo isso, e me desculpei com June."

"O que foi que você fez?", Art pergunta.

"Isso não é da sua conta, sr. Patricks. É da minha. E se um detetive de verdade, não um amigo da família, quiser vir me questionar sobre isso, ficarei feliz em responder a qualquer pergunta com a presença do meu advogado." Solto uma risada fria. "Nossa. Acho que, de fato, *tenho escrito* muitos desses romances de mistério."

Clique — a ligação encerra. Mas foi o Art quem desligou, não eu. Olho para o telefone, e então ergo a vista e me deparo com o olhar de Gabe. Me preparo para uma briga.

DEZ

June. Quatro meses e meio atrás. 17 de junho.

Duas semanas depois da noite do beijo malsucedido em Sean, meu pai está carregando uma caixa de tranqueiras de seu carro para a porta do prédio do meu novo apartamento, e estou quase arrancando os cabelos ao imaginar quando conhecerem minha casa e Sean. A mãe está do lado de fora do carro com os olhos verdes estreitados e parecendo ainda mais nervosa do que o habitual. Olha das minhas caixas empilhadas para a porta de vidro do prédio, e tenho certeza que está pensando em como alguém poderia nos assaltar. Ela sempre se considerou uma pessoa azarada, o que nunca faria sentido para uma pessoa de fora, apenas para meu irmão e eu.

"Mãe, você está bem?"

Essa não é uma pergunta que costumo fazer a ela, mas estamos tão distantes do familiar que parece não haver problema. Nós nunca viemos para Nova York quando eu era criança, mesmo sendo a apenas algumas horas ao sul da nossa cidade.

"Estou bem, minha doce June", me responde, e o fato de me chamar de forma carinhosa é um sinal de que esse é um bom dia para ela; que está realmente bem, talvez apenas um pouco nervosa. Talvez simplesmente não tenha certeza sobre tudo isso que está acontecendo, embora tenha lhe explicado que Sean e eu nos encontramos para tomar café algumas vezes durante as últimas duas semanas e resolvemos todos os detalhes de viver juntos (também usei aquelas conversas ao café para deixar bem claro para ele que erámos apenas amigos, algo platônico).

Meu pai coloca uma prateleira de banheiro perto da porta da frente do prédio. Meu coração fica quentinho quando o vejo porque sei que minha mãe arrumou isso para mim: tem o xampu e o condicionador de morango que gosto, e o tipo de bucha que ninguém que conheço usa, porém algumas pessoas devem usar porque sempre estão à venda perto dos caixas de pagamento na Marshalls. Quero lhe agradecer, mas a minha mãe sempre se fecha quando fico emotiva, então, em vez disso, aponto para a cerca de arame e a janela tapada pois sei que ela está reparando e digo: "Mãe, sei que essa rua pode parecer desinteressante, mas na verdade é um bairro altamente cobiçado".

Minha mãe sorri. Apesar de não gostar quando pareço mais esperta do que ela. "Desinteressante", repete, um pouco sarcástica demais. De qualquer maneira, sorrio. Desde que posso me recordar, é a primeira vez que sua combinação típica de blusão e shorts jeans rasgados parecem não fazer sentido, e uma pequena parte de mim, cheia de culpa, a enxerga como qualquer nova-iorquina sofisticada enxergaria: como uma mulher suburbana ultrapassada que não mora aqui. É o pensamento mais cruel que tive em anos.

"June, você vai se dar bem aqui", meu pai comenta, percebendo a tensão entre nós e tentando amenizá-la como sempre. Então retira a caixa seguinte com as minhas coisas para o asfalto com suas costas retas, pois foi isso o que um fisioterapeuta lhe disse para fazer depois que se machucou anos atrás em um acidente de corrida. Sempre faz meu coração apertar quando o vejo se mover assim.

"Apenas se lembre do que disse", lembro aos dois, e então abaixo a voz. "O apartamento é muito pequeno, na verdade. Mas tem potencial."

Os olhos da minha mãe estão inchados — ela deve ter chorado hoje de manhã. Só espero que possa apresentá-la a Sean, que está nos esperando lá em cima. Olho para a janela do quarto andar e juro que vejo uma cortina se mexer, mas não consigo imaginar Sean de pé nos observando.

Estou mais nervosa a cada segundo. Quando liguei para minha mãe e meu pai na semana passada para contar que Sean me convidou para ser sua colega de apartamento, meu pai adotou uma postura muito cautelosa com a situação toda. *Há quanto tempo você conhece esse rapaz, June?*, me perguntou e, em seguida, tentou pesquisar a respeito de Sean, porém não encontrou muita coisa porque Sean é a única pessoa da minha idade sem contas nas redes sociais.

"Não tenho certeza se ela precisa de todas essas coisas", comenta minha mãe enquanto observa meu pai carregar as caixas até a porta. A fita de embalagem em uma das caixas se soltou e um troféu de ginástica surgiu, com uma ginasta de plástico dourado fazendo uma pose tão flexível que beira a brutalidade.

Meu pai diz: "Bem, então, *ela* pode jogar tudo fora". Ele grunhe ao levantar a caixa seguinte, forçando um sorriso cheio de dentes na minha direção. "Não pode, June?"

Sorrio de volta. "Claro que posso", respondo. Prefiro que não briguem aqui. Olho de soslaio para minha mãe. "A menos que você queira ficar com alguma coisa", comento.

Minha mãe revira os olhos. "Não quero ficar com seus velhos troféus e obras de arte. Não mesmo", responde. Apesar de não ter falado de forma grosseira, as palavras em si são dolorosas vindo da boca de qualquer mãe, e soam como ela sabe que devem soar, e não consigo evitar de me contrair, não importa o quanto esteja habituada a seus deslizes.

"Ah", suspiro. Respiro fundo. Tento dizer a mim mesma o que sempre digo, que minha mãe não tem filtro. Ela veio aqui, não veio? Para essa cidade insólita que a deixa desconfortável.

Minha mãe olha para a escola primária do outro lado da rua. "Me lembra um pouco a sua antiga escola", observa, gesticulando em direção à escola. Ela é magra, mas também tem quase cinquenta anos, e a pele branca e pálida em seus braços está começando a ficar um pouco menos firme. Até um pouco enrugada. E a única coisa parecida entre a minha escola primária e essa são os tijolos vermelhos, de modo que sei que ela está apenas procurando algo para dizer. Sempre faz isso em vez de pedir desculpas.

"Sim, parece", minto.

"Vocês duas vão me ajudar ou só ficar exibindo a figura?", meu pai nos pergunta. Ele está pingando de suor. Faz pelo menos 27 graus e o sol aquece a calçada de Nova York como uma chapa.

"Desculpe, pai", digo, me movendo para tirar uma caixa do banco de trás.

Minha mãe segue imóvel enquanto meu pai e eu carregamos as últimas caixas.

"Pronta?", pergunta quando terminamos.

"Pronta", respondo. Então, toco a campainha do apartamento de Sean, meus nervos ardendo.

"Oi?", soa Sean com voz áspera no interfone.

"Sou eu", falo de volta. "June."

Meus pais trocam olhares.

"Pode subir", diz Sean e então as portas abrem. Meu pai pega a maçaneta e a puxa como se uma bomba fosse explodir se não a abrirmos a tempo.

"Caramba, pai", exclamo, enquanto ele empurra as caixas para o vestíbulo e se lança para abrir a segunda porta.

"Esse tal de Sean não deveria vir ajudar a levar suas coisas?", minha mãe pergunta. "Ele não é seu *grande amigo*? Não foram essas as suas palavras?"

"Mãe", murmuro, gesticulando freneticamente para o interfone. E então sussurro, quase chiando: "*Ele provavelmente ainda pode ouvir você*".

O constrangimento percorre seu rosto por uma fração de segundo. "Vamos", ela fala, segurando a porta para que eu possa seguir meu pai com uma caixa que é pesada demais para mim. Luto para carregá-la, sentindo minha lombar se estirando. Minha mãe faz um *humpf* quando quase caio, como se tudo isso fosse um desastre para o qual arrastei meu pai e ela.

Pegamos o elevador em silêncio. Ao abrir, meu pai lança suas duas caixas para o corredor e as empurra pelo chão.

"É do outro lado, pai", explico, apontando para o 4D.

Sean abre a porta. "Olá", se apresenta com formalidade e nos examina com curiosidade, como se fôssemos animais em seu amado zoológico do Bronx.

"Quer ajudar?", pergunto enquanto quase me choco com ele com minha caixa.

"Ah", reage, e então estende as mãos para pegar minha caixa como se a ideia não lhe tivesse ocorrido. Talvez minha mãe esteja certa.

"Esse é Sean", digo.

"Eu sou Nick", fala meu pai.

"Joan", diz minha mãe, sem chegar a olhar em seus olhos.

"É um prazer conhecê-lo", responde meu novo colega de apartamento, e, então, desaparece para dentro de seu apartamento com minha caixa e meu pai.

"Lugar legal", ouço meu pai comentar de dentro. Minha mãe me olha como se pudesse sair correndo, mas não. Ela me segue no interior e, se acabei de ver minha mãe com os olhos de outros nova-iorquinos, agora estou vendo meu apartamento por seus olhos. Os azulejos da cozinha estão sujos e a pia está cheia de louça. A parede que separa meu quarto parece mais modesta do que naquela noite em que estive aqui: quase frágil, como se pudesse cair a qualquer momento. Isso me faz ter certeza de que Sean a fez com as próprias mãos, e então alimento uma fantasia mórbida de que Sean a instalou enquanto estávamos indo a todos aqueles pseudoencontros para que pudesse me enrolar e me convencer a mudar para cá. Meu coração bate forte e tento sorrir para meus pais, mas de repente tudo parece errado.

Meu pai olha ao redor e comenta: "Esse lugar me lembra um apartamento em que morei na faculdade". Meu pai é a pessoa mais gentil que conheço e está tentando fazer Sean se sentir à vontade, como se estivessem criando laços. Porém a fala produz efeito oposto em Sean, que parece tomar o que meu pai disse como um insulto.

"Você foi para a faculdade em Nova York?", Sean pergunta ranzinza, como se essa fosse a única maneira que meu pai poderia ter vivido em um apartamento como este.

"Ah, não", diz meu pai com uma risada. "Estudei na faculdade comunitária em Albany. Meu amigo e eu dividimos um apartamento igual a esse. Então arranjamos um dragão-barbudo chamado Stanley e tínhamos que alimentá-lo com grilos vivos, e os grilos começaram a fugir pelo prédio e, no fim das contas, fomos expulsos." Ele ri de novo, com a nostalgia em seu rosto. Sean lhe devolve o sorriso percebendo que meu pai não é o inimigo.

Minha mãe está extremamente imóvel, inspecionando o lugar. Não sei o que está pensando, mas sei que não é coisa boa.

"Ei, isso aí é uma revista de mecânica?", meu pai pergunta, apontando para uma revista descansando em um sofá florido.

"Bem, é uma *Popular Mechanics*", responde Sean, sem vestígios de esnobismo em sua voz. "O fato é que, quero dizer, ela fala de como as coisas funcionam. Amo coisas assim."

"Sou mecânico", diz meu pai.

"Que interessante", exclama Sean, acenando com a cabeça. "O funcionamento interno das máquinas é algo que adoro desde que era jovem", acrescenta. Nunca havia me dito isso antes, o que me faz sorrir apesar de minha mãe estar lá com sua bela carranca.

"Meu pai pode consertar *qualquer coisa*", comento, sem me importar que eu pareça ter 6 anos de idade.

"Na verdade, eu também", jacta-se Sean. "Foi por isso que comecei a mexer com computadores. É parecido, o funcionamento interno de algo, o avesso que ninguém mais vê. Pensei em me tornar um cirurgião por um breve segundo. Acho que adoraria cortar alguém e ver como tudo funciona."

Ninguém diz nada. "Ah, uau", finalmente arranjo algo para dizer. Se meu pai está preocupado com o meu bem-estar depois do que Sean acabou de falar, não deixa transparecer.

Minha mãe expira; é visível que está farta dessa conversa. "Esse é o quarto de June?", pergunta, gesticulando em direção à parede frágil. "Posso vê-lo?"

Sean se vira e parece ver minha mãe pela primeira vez. Minha mãe é incrivelmente linda, mas à medida que envelhece, é o tipo de beleza que pega as pessoas de surpresa. Não era assim quando eu era pequena, quando sua beleza agarrava as pessoas pela garganta, na época em que era a rainha de SlimFast e Everything Else em Harbor Falls, Nova York. Tomava aquela bebida dietética muito depois de seu auge e o mesmo com os vídeos de Jane Fonda, contudo nunca importava que seu estilo estivesse um pouco desatualizado, ou que sua casa fosse pequena, ou que no inverno, quando seu jardim estava morto e o sol se punha às quatro, ela fechasse com frequência a porta do quarto e chorava. Em nosso gramado, ela reinava acima de todas as outras mães — e até mesmo de alguns de nossos vizinhos do sexo masculino —, que a cercavam como se fosse a árbitra de como ser incrível. Pois ela era exatamente isso. Eu costumava ficar lá, com 5 ou 6 anos ou qualquer idade que as meninas tenham, esperando o ônibus no final da nossa garagem sob a luz da manhã de tangerinas, e minha mãe também costumava estar na garagem, a poucos centímetros de distância, bebendo chá que cheirava como chiclete de menta. Em raras ocasiões, se aproximava o suficiente para passar a mão em meu cabelo e eu nunca era capaz de saber se fazia isso tentando ser afetuosa ou se estava suavizando uma imperfeição na minha cabeça loira. Acho que estava tentando me dar espaço e me deixar fazer minhas próprias coisas com as outras crianças, mas espaço era a última coisa que eu queria dela. Então, o espaço começou a parecer impenetrável e foi quando eu soube que tínhamos problemas e que seria preciso um ato de Deus para chegar até ela, para fazê-la me amar como eu precisava que me amasse. Meu irmão, Jed, teve uma situação pior. Nem tentou reconquistá-la após os profundos episódios depressivos em que ela caiu, o que a fez desistir completamente dele.

"Claro, Joan", Sean diz, agora olhando para minha mãe. O nome dela soa estranho em seus lábios. "Que idiota. Deveria ter mostrado as coisas quando chegaram", acrescenta, como se houvesse realmente algo notável para ser visto.

Seguimos Sean até o meu quarto. Nós quatro mal conseguimos ficar ali ao mesmo tempo. O quarto é muito pequeno e seu formato é estranho: é como um triângulo obtuso. "Bem, não posso dizer que já estive em um quarto com um formato desses", declara meu pai. Jed e eu costumávamos chamá-lo de Capitão Óbvio quando éramos pequenos. Sinto falta de Jed e de nosso companheirismo. Ele volta para o Leste no Dia de Ação de Graças e no Natal e, às vezes, conversamos ao telefone, no entanto, por ser cinco anos mais velho que eu, não temos muito em comum.

Minha mãe solta uma risada contaminada de veneno enquanto olha ao redor do pequeno espaço excêntrico. "Bem, aqui está, June", diz minha mãe, e posso sentir o ar mudar como sempre acontece quando está prestes a passar por cima de mim. "É tudo o que você sonhou?"

"Na verdade, é sim", respondo e, mesmo que esteja olhando para os meus pés e não possa encará-la, sei que falo com plena sinceridade, que de fato essa cidade está se tornando tudo o que sempre sonhei e não há nada que ela possa fazer que mude isso. Me viro para Sean e digo: "Muito obrigada por me deixar morar aqui".

Volto para minha mãe. "Suponho que seja tudo, mãe?", pergunto, a tristeza me retorcendo como um trapo. Preciso que ela vá embora. "Papai pode trazer a última caixa? Você não planejava jantar comigo ou algo do tipo?", falo, sabendo muito bem que ela não pensou em me levar para comer.

Ela se irrita. Até mesmo Sean fica quieto. Seus olhos disparam em mim.

"Acho que é tudo, June", minha mãe encerra a conversa. E então, age como sempre: se vira e se afasta de mim. Quando eu era pequena e ela estava tendo um dia ruim, parecia que éramos ímãs com a mesma polaridade e por isso não conseguia se afastar de mim rápido o suficiente. Se eu estivesse em um cômodo da nossa casa, ela estava em outro. Mas, às vezes, do nada, por semanas a fio, ela era saudável — forte — e não deprimida em sua mente, e era quando me abraçava. E era por esses momentos que eu vivia. Seu amor era a mais poderosa dose de dopamina — intermitente e imprevisível — e agora procuro por isso em todos os lugares.

"Obrigado por me ajudarem na mudança", digo aos meus pais.

Meu pai passa os braços em volta de mim. Minha mãe observa de uma distância fria antes de vir em minha direção, beijando o topo da minha cabeça.

"Boa sorte, June", ela sussurra.

ONZE

Rowan. Quarta-feira à noite. 9 de novembro.

"June desapareceu", digo a Gabe, ainda olhando para o meu telefone após Art encerrar a ligação. Não sei por que falo dessa forma. Ela não desapareceu, é claro. Pode estar em qualquer lugar onde se encontram as meninas bonitas em Nova York: no distrito dos teatros em um novo espetáculo, na feira orgânica da Union Square, acampando com um novo namorado em Cobble Hill. Porém a sinto desaparecendo da minha vista enquanto seguro o telefone, suando na capa de plástico, meus dedos finalmente o soltando. A tela ainda está acesa enquanto o aparelho cai na cama.

Por fim, olho para Gabe. Suas sobrancelhas grossas quase estão unidas. Ele fica com um rosto de bebê quando está preocupado, com seus olhos castanhos largos e lábios franzidos.

"Como assim, desapareceu?", ele pergunta.

"Você ouviu o detetive", respondo. "Você acha que algo terrível aconteceu com ela?"

Gabe se aproxima, pousa a mão em meu joelho. Estamos de frente um para o outro agora, sentados de pernas cruzadas em nossos lençóis. Minhas costas doem com a estranheza disso.

"Você a viu", diz ele.

Confirmo, mortificada.

"Não achou que deveria mencionar isso para mim?", me pergunta.

"Levei Lila para encontrá-la em um café e me desculpar", respondo. "Sinto muito por não ter contado, sinto mesmo."

Gabe balança a cabeça. "Você não pode fazer isso agora. Temos uma filha, *juntos*. Ela também é minha."

"Sei disso", declaro.

"Você sempre fez isso, Rowan. Você nunca respeitou as regras ou pelo menos as evitou quando era conveniente. Você não pode mais; não no que diz respeito a Lila."

Concordo, penitente. É justo.

"O que ele disse antes de você colocar no viva-voz?", Gabe pergunta.

"Apenas que June disse que estava indo para a casa de seus pais e que não apareceu. O pai dela ficou esperando na estação de trem."

Gabe fica em silêncio. É raro que diga algo de pronto, quando precisa pensar. É o oposto do que faço. "Gabe", insisto. "Você não acha isso bizarro?"

Mais um segundo de pensamento. "Digo, não soa bem", comenta. "Mas não conhecemos o relacionamento deles. Talvez ela não goste dos pais. A mãe dela não era difícil?"

"Ela contou isso a você?"

"Sim", confirma, acenando com a cabeça. "Acho que contou, na verdade, uma vez." Desvia o olhar e procura o telefone. "Temos que ligar para Harrison", comenta.

"Ligue para Louisa primeiro", eu digo.

DOZE

June. Quatro meses atrás. 6 de julho.

Posso sentir o ar efervescendo enquanto caminho pelos corredores chiques da Agência de Talentos Williamson para uma entrevista com a agente de talentos Louisa Smith. Agarro a pasta branca brilhante com meu currículo escondido no interior e uma pontada afiada de recantos de saudade no meu peito enquanto passo pelas fotos reluzentes de atores e filmes que revestem as paredes. Quero que as pessoas me vejam e saibam que posso ser alguém especial — alguém como as atrizes que revestem estas paredes, alguém legal, alguém bom.

"Esse é o caminho para a recepção", diz uma garota com dois coques bagunçados. Suas botas Doc Martens batem contra as tábuas de carvalho enquanto a sigo pelo corredor. A garota está andando logo à minha frente deixando claro que não está a fim de conversa. Ela abre uma porta de vidro para um grande saguão com vasos de plantas e uma elegante recepção onde três mulheres usam fones de ouvido e atendem chamadas.

Me aproximo da recepção e sorrio mais do que desejo porque é tudo tão emocionante: não posso acreditar que apenas duas semanas sendo colega de apartamento de Sean levou a algo como essa entrevista. Ainda tenho que conseguir o emprego, é claro, e é apenas um cargo de assistente, mas ainda assim: a WTA é uma agência de talentos requisitada e prestigiada, que representa atores, roteiristas e apresentadores de TV.

Uma mulher de cabelo ruivo e moderno olha para cima e retribui o meu sorriso. "Posso ajudá-la?", pergunta.

Gostaria de poder lhe contar que estava ali como atriz para ver o meu agente. "Sou June Waters", respondo em vez disso. Amo meu nome artístico muito mais do que o meu nome verdadeiro. Em algum momento, terei que mostrar meus documentos se conseguir o emprego, mas tenho certeza de que os nomes artísticos são apropriados para marcar compromissos. "Estou aqui para uma entrevista às onze da manhã com Louisa Smith", afirmo. Me imagino sentada para a minha entrevista e Louisa decidindo ali mesmo que me quer como sua cliente, não sua assistente, e então talvez dizendo algo como: *Há uma audição para uma atriz contratada em uma novela em pré-produção e acho que você seria perfeita...*.

Sei que isso me faz parecer idiota. Mas sonhar acordada é uma coisa que faço muito. Minha maior fantasia é chegar a Los Angeles e um mês depois minha mãe ligar e me dizer que finalmente está tomando o coquetel de remédios certo, para que tudo fique bem com ela, e que é muito difícil estar tão longe de mim. E, então, diante de uma torta de carne e, sem muita cerimônia, ela fala para o meu pai que eles simplesmente precisam se mudar para a Costa Oeste. *Não podemos ficar longe de June*, minha mãe diria. Em Los Angeles, nesse sonho em particular, sou bem-sucedida o suficiente para comprar uma casa com um jardim tão bonito que seus olhos fiquem marejados ao vê-lo.

"Ah, claro", diz a recepcionista com doçura. "Pode se sentar e vou avisar Louisa que você está aqui."

"Ok", respondo, ainda sorrindo. "Obrigada."

Sento em uma cadeira macia e tento não me contorcer. Na sala de espera, estou só eu e um ator mais velho que reconheço de um programa policial. Ele está lendo a *Entertainment Weekly* e não olha para ninguém.

Observo as recepcionistas com cuidado. De fato, sinto que posso conseguir esse emprego se for charmosa e afiada o suficiente. Juventude e beleza são a moeda de troca em toda a cidade de Nova York, especialmente em lugares como esse, e eu tenho ambas as cartas na manga. Não estou me gabando — o resto de mim é uma porcaria, na maior parte. É preciso saber usar o que se tem de melhor e certamente não sou uma gênia dos números ou qualquer coisa do tipo.

Consegui essa entrevista pois um dos clientes de Sean é a WTA; ele construiu o novo site deles no ano passado. Sean é alguns anos mais velho que eu e já fez *web design* para empresas tão grandes que você já ouviu falar de todas elas. (É meio surpreendente, já que ele não é tão elegante como pessoa, no entanto os sites que constrói são lindos.) Ele enviou um e-mail a um dos diretores da WTA, que respondeu que havia um cargo de assistente aberto. E *pronto*, aqui estou eu.

Quanto mais tempo permaneço no saguão, mais tensa fico. Tento respirar fundo e pensar em maneiras de fazer Louisa gostar de mim durante a entrevista. Olho pela janela e vejo nuvens e edifícios de aço — não consigo ver o chão de onde estou sentada. A WTA está localizada no último andar de um edifício estreito de vidro em Midtown e até mesmo o elevador é dez vezes mais legal do que o meu apartamento.

Gosto de chamá-lo assim: *meu* apartamento. Mesmo quando digo isso para mim mesma, ouço uma animação em minhas palavras. Por 1.200 dólares por mês, a casa de Sean também é minha. E se eu conseguir esse emprego de assistente — Sean supôs que pagaria um pouco mais de 40 mil por ano —, poderia pagar o aluguel de 1.200 dólares por mês e até mesmo economizar um pouco. E espero que ainda sobre alguma coisa para me divertir.

Quase não tenho nada na minha conta poupança e realmente preciso me sair bem nessa entrevista.

Uma garota usando um sobretudo chique entra no saguão. Está chupando um pirulito, o que duvido que qualquer pessoa normal faria: deve ser uma atriz. Sua franja tem corte reto e ela é bonita e descolada como Zooey Deschanel.

Só sei que quanto mais rápido eu for notada — quanto mais rápido tiver minha grande chance —, mais rápido vou começar a me sentir bem. *Mais do que bem...*

Em algum lugar ao longo do caminho, talvez quando eu tinha 12 anos ou mais, vi a maneira como o mundo olhava para celebridades, influenciadores e afins, como se fossem bonitos apenas por estar no centro das atenções. Era quase como se o próprio holofote ofertasse a graça, aparando arestas, afogando erros em adoração.

E agora quero isso mais do que qualquer coisa.

A recepcionista sorri para a garota com franja e a conduz ao corredor. O saguão parece tão quieto quando ela sai. Pessoas com uma grande presença podem fazer isso.

"June Waters?", chama uma voz feminina. Ergo os olhos e vejo outra recepcionista com cabelo preto raspado nas laterais. Ela fixa os olhos em mim e fala: "Louisa vai recebê-la agora".

Ai, meu Deus. "Obrigada!", digo, animada até demais. *Por favor, fique tranquila, June.* Respiro fundo e a sigo por uma porta de vidro com o logotipo da WTA até uma sala de conferências. Há uma longa mesa cromada e janelas com vista para o horizonte. É tudo que pode ser: sofisticada, fria e inovadora, e meu estômago se contrai em nós quando imagino as atrizes, roteiristas e pessoas do cinema que têm reuniões aqui. "Obrigada", digo à recepcionista, que não parece muito mais velha do que eu. Ela está usando tênis brancos e um vestidinho amarelo-limão. O estilo aqui me parece mais casual do que o que costumo usar. Tento compensar minha aparência e surpreender me vestindo de forma mais conservadora: manga bufante em vez de decote baixo. Eu só posto fotos de mim mesma com os *looks* clássicos que mencionei, pois é uma espécie de cartão de visita. Como gostaria de poder postar essa sala de conferências insanamente descolada, no entanto tenho certeza que vão verificar minhas redes sociais e não quero parecer muito imatura e sem olhar crítico.

"Você gosta de trabalhar aqui?", deixo escapar para a garota.

"Gosto", é sua resposta, puxando uma das duas dúzias de cadeiras ao redor da mesa retangular. "Sente aqui", me instrui. "Louisa é muito inteligente e boa em seu trabalho", acrescenta.

"Obrigada", respondo, sentando com muita força.

"E os horários aqui são bons", afirma a garota.

Quero lhe perguntar o que faz quando não está aqui, mas em vez disso pergunto: "Então, o que você quer?", o que sai tudo errado. Sinto o calor em minhas bochechas e tento me explicar. "Quero dizer, do que você está indo atrás, tipo, você é uma atriz ou escritora ou algo assim?"

A garota ri, mas é de bom humor. "Não", responde. "Trabalhei de babá por um tempo, no entanto era péssimo, então só procurei emprego com adultos. Os adultos também agem como crianças, às vezes, mas pareço estar melhor preparada para lidar com isso." Sorrimos uma para a outra. "Eu quero entrar na faculdade de direito", conta. "Estou estudando para isso."

"Isso é incrível", exclamo. "Jamais conseguiria fazer isso. Eu era muito ruim na escola."

A garota ri de novo e isso me faz sorrir apesar de mim mesma, apesar da dor do que admiti para ela. Quero dizer, *Você sabe o que é ter que ir para a escola todos os dias desde que os 5 anos de idade e ser péssima nisso?*

É como ter um trabalho diário em que você é terrível, e sem maneiras de sair, pois você é obrigada por lei a estar nele. Só tirei uma nota dez em toda a minha trajetória: em uma aula de inglês baseada na participação e em relatórios das coisas que lemos. Me formar na faculdade — meu pai foi quem disse que eu tinha que ir e sei que deveria ser grata; tenho certeza de que um dia serei — foi como fugir da prisão. Uma bolsa pendurada no meu ombro e um profundo suspiro de alívio: *finalmente livre*.

"Sou Kai Chen", apresenta-se a garota. "E sei seu nome. Você precisa de água ou qualquer coisa antes que Louisa chegue?"

Balanço a cabeça. "Acho que não", respondo. Estou tremendo de nervosa.

"Boa sorte hoje", diz Kai. "Talvez eu a veja por aí."

Ela sai e o lugar fica mais frio. Olho através das janelas da sala de conferências para o corredor: posso ver cabeças se movendo acima da parte embaçada do vidro e uma testa e nariz de um cara bastante alto. Estudei tudo o que pude encontrar sobre Louisa (e todos os outros agentes da WTA) para que ela soubesse que levo o trabalho a sério.

A porta se abre e me endireito, com o sorriso já no lugar. Mas não é a Louisa. É um homem loiro com uma beleza anormal em alguma altura de seus trinta anos, que diz: "Ah, olá. Estou procurando por Louisa".

"Eu também", digo, o que o faz rir.

Seus dedos longos batem na porta. Seu terno é perfeitamente sob medida — ele está mais bem vestido do que os outros dois funcionários do sexo masculino por quem passei no corredor.

"Me chamo Harrison", se apresenta, mas eu já sei disso. Harrison Russell: o melhor agente para adaptações de filmes para o cinema na agência. É o representante de roteiristas e romancistas cujos livros são transformados em filmes e programas de TV. Louisa representa atores e sua lista de clientes é uma das mais diversas que já vi de qualquer um dos agentes que estudei essa semana — o que me faz querer trabalhar para ela ainda mais — e uma de suas atrizes está em *The Young and the Restless*, que minha mãe adorava. Minha mãe costumava convencer meu pai a mudar o canal da minúscula TV sobre a mesa em sua oficina para exibir aquela novela todas as tardes em que ela trabalhava lá.

"Meu nome é June Waters", conto. "Estou aqui para uma entrevista para o cargo de assistente da *sra. Smith*." Não sei por que falo sra. Smith em vez de *Louisa*, mas parece mais educado, e quando ele sorri para mim, fico feliz por ter feito isso.

"Bem, boa sorte então, srta. Waters", diz ele. Há uma entonação em sua voz quando pronuncia o meu nome, o que me dá um pequeno arrepio. Sorrio de volta, olhando em seus olhos um pouco mais do que deveria.

"Diga a Louisa que estou procurando por ela", solicita. E então, bate os nós dos dedos duas vezes na porta de vidro.

"Pode deixar", lhe respondo, como se já trabalhasse aqui, como se estivesse feito.

Meu telefone toca enquanto Harrison ainda está lá. Não acredito que esqueci de desligar. "Ai, meu Deus", digo, me atrapalhando. Uma mensagem de texto de Sean pisca na tela.

Quando vai chegar em casa? Estou fazendo macarrão pra gente!

Um aborrecimento me atravessa. Pressiono o botão lateral e espero pelo que parece uma eternidade até que meu telefone me deixe apagar a notificação. Quase aperto a opção de emergência por acidente, mas, finalmente, consegui desligar.

Olho para Harrison. Seus dentes são tão brancos, tão retos. "Sinto muito, de verdade", comento. "Pelo menos isso aconteceu antes de Louisa chegar aqui", continuo, arriscando parecer casual com ele.

"O fato de você estar envergonhada por isso já a coloca a quilômetros à frente do resto das crianças da sua idade que são entrevistadas aqui", diz Harrison.

Crianças. Não sou de modo algum uma criança, e talvez ele veja isso no meu rosto, porque se corrige.

"*Jovens adultos*, quero dizer." Então suaviza a fala, ainda na porta, ainda sem partir. "Boa sorte hoje", me deseja, com gentileza. "Louisa gosta de gatos e comida sem glúten, se você estiver procurando por um jeito de começar uma conversa."

Rio porque não estava esperando aquilo. "Quem não, hein?", brinco. Harrison também ri, e então Louisa aparece na porta, com as sobrancelhas para cima.

"Estou interrompendo alguma coisa?", pergunta, o que me deixa ainda mais nervosa. Para Harrison, ela diz: "Eu não sabia que você tinha reservado a sala de conferências".

"Não reservei", retruca Harrison, apontando para mim. "Esta jovem é June Waters e ela é toda sua."

Algo espinhoso ocorre entre eles, Louisa revira os olhos e parece que acabou. Harrison me dá um último sorriso perfeito e nos deixa a sós. Louisa não sorri, o que me deixa no limite outra vez.

Olha para mim — na verdade me encara. "Sabe", começa a falar, ainda na porta, "preciso mesmo de uma assistente." Então sorri, e esse é o momento em que tenho a sensação de que isso vai acontecer — como se a versão fria dela que acabei de ver não fosse destinada a mim e, se eu tiver sorte, talvez nunca seja.

Louisa fecha a porta e vem se sentar à mesa de conferência. Está segurando uma pasta como eu, porém a dela está abarrotada de coisas. Há uma xícara de canetas brancas com o logotipo da WTA salpicado de vermelho e ela pega uma, abrindo a pasta para revelar algumas folhas de papel em branco. Maneja um papel e fala: "Sou antiquada. Ainda faço anotações. Se eu não tenho uma caneta e papel na mão, não me sinto muito bem".

Ela pode estar tentando me fazer sentir mais confortável, o que aprecio, no entanto não consigo me identificar com o que ela está dizendo. Não uso uma caneta para escrever nada há séculos pois é muito mais rápido digitar no telefone, e agora estou nervosa demais para pensar em uma resposta ao comentário dela, então digo algo completamente mundano. "Essa sala é linda, ainda mais com vista para o centro da cidade."

Sai como uma pergunta constrangedora. *Meu Deus.* Pelo menos estou sendo entrevistada para ser sua assistente e não uma de suas atrizes. Porque dizer algo tão entediante provavelmente riscaria meu nome da lista.

Louisa olha pela janela. Ela é bonita, na altura de seus trinta e poucos anos, com pele e olhos castanhos, óculos de armação preta que refletem a luz e cabelo amarrado em um coque na nuca. "Está vendo aquela padaria lá embaixo?", aponta ela. "Você tem que passar lá quando sair daqui."

"Eles têm boas opções sem glúten?", pergunto, lamentando no exato momento em que sai da boca. O calor sobe às minhas bochechas. Sou uma farsa — é oficial. Não passei sequer um dia na vida sem comer glúten.

Os olhos de Louisa se iluminam e me sinto pior. Tento dizer a mim mesma que não é uma mentira: não disse que me alimentava apenas de comida de glúten, só perguntei sobre as opções.

"Têm sim!", responde. "Os *muffins* de banana sem glúten são de morrer. E tem um pão feito de farinha de amêndoa, sem aveia ou qualquer coisa assim."

"Vou experimentar", afirmo, sabendo que não vou, porque não tenho dinheiro para simplesmente comprar produtos de panificação caros. Aposto que o valor que Louisa gasta em um lanche cobriria o que Sean e eu pagamos pelo jantar. Macarrão com molho de tomate, atum, macarrão com queijo, mexida de tofu — é incrível como você pode gastar pouco com esse tipo de coisa no supermercado em comparação com o que os restaurantes de Nova York cobram.

"Então, June", diz Louisa, olhando para mim. "Fale um pouco a seu próprio respeito."

"Ah", digo, minhas mãos alisando minha saia mesmo que esteja tentando não me mexer. "Bem, deveria ser honesta e dizer que quero ser uma atriz."

Ai, meu deus. O que eu fiz?

Os olhos de Louisa se arregalam.

Solto um suspiro. *Ah, não.* "Sei que isso provavelmente faz com que você não queira me contratar", completo, sem demora. "Mas queria ser honesta em relação a isso. Na verdade, não sabia que ia dizer isso até sair da minha boca — assim é bem mais honesto. Mas nos últimos tempos, bem, especialmente desde que cheguei a Nova York, me sinto mais como uma farsa. Continuo dizendo coisas que acho que as outras pessoas querem ouvir."

Perdi essa coisa que queria tanto. É como um punhado de flores caídas na beira da estrada, algo tão bonito que você prometeu a si mesmo que seguraria até chegar a um lugar seguro, mas não conseguiu.

Louisa não diz nada.

"Quero *mesmo* ser uma atriz", repito, de forma mais ponderada dessa vez. "Mas também preciso de um emprego e gostaria que fosse um com que me importo e que sou boa. Estou realmente muito interessada em ver os bastidores do negócio, ainda que, é claro, preferisse poder atuar agora mesmo. Porém estou muito interessada na WTA e impressionada com o que todos fazem aqui, particularmente o que *você* faz aqui. Então, ao mesmo tempo que não quero o seu trabalho, sou realmente muito organizada e acho que poderia ser uma grande assistente, a ajudando a fazer o seu trabalho melhor. Gosto de detalhes. Gosto de saber o que faz as pessoas funcionarem e também tenho um gosto genuíno em ver outras pessoas se saindo bem, como você e seus clientes."

Louisa está tão quieta que não sei o que fazer. De repente, me sinto exausta, como se dizer a verdade tivesse me tirado tudo o que venho segurando no peito nas últimas semanas.

"Engraçado você dizer isso", diz Louisa lentamente.

"Qual parte?"

"A parte sobre se sentir como uma farsa aqui em Nova York", declara Louisa, "especialmente no meio de tudo isso." Gesticula para o éter da sala de conferências. Ela se senta mais alta e um pequeno colar de ouro se torce sobre sua clavícula. "Fiz um tratamento de fertilidade hoje de manhã antes de vir para cá", conta. Então olha pela janela para as mesmas nuvens que vi antes, que agora estão tingidas de cinza como se uma tempestade estivesse chegando. "Estou cansada e irritada por causa dos hormônios. Mesmo assim tenho que vir trabalhar e ser todas as coisas que preciso ser para os meus clientes. Então vou lhe dizer uma coisa. Vamos continuar essa entrevista e vamos repassar algumas coisas. Porque pode ser muito bom para mim ter uma assistente que seja honesta comigo e com quem eu possa também ser honesta."

"Podemos ter um código para quando você não estiver se sentindo bem", sugiro.

"Um código", diz ela. "Gosto disso."

"Talvez *muffins de banana sem glúten*", digo.

Louisa ri. "De jeito nenhum", responde ela. "Porque eu como esses *muffins* com muita frequência. Aí podemos misturar as coisas."

Dou uma risada. "Provavelmente deveria continuar a coisa da honestidade e dizer que como muito pão."

Ela sorri, mas depois fica quieta. "Passei a não comer glúten porque li no blogue de uma mulher que foi a única coisa que a ajudou a engravidar. Sei que isso é loucura. A mulher não era médica nem nada."

"Só que às vezes há coisas verdadeiras na internet no meio de toda aquela insanidade", sentencio.

"Acho que você está certa", diz Louisa, com o sorriso de volta. Ela limpa a garganta e gira a caneta. Uma fina faixa de ouro decora seu dedo anelar. "Me deixe falar um pouco sobre esse trabalho", começando a direcionar a conversa. "Isso parece justo, já que contei todo o resto." Ela acena com a mão na frente de seu rosto. "Caso trabalhasse comigo", explica, "você trabalharia em um cubículo do lado de fora do meu escritório. Há três assistentes nessa área — o meu, o outro assistente de um agente chamado Roger Cleary, e, claro, um para Harrison, que você já conheceu. Parte do trabalho é me manter organizada, mas a maior parte do trabalho é atender telefones e usar seu julgamento para saber qual ator precisa de mim em determinado momento. Você parece ter uma certa inteligência emocional, então tenho a sensação de que perceberá isso com rapidez. Parte do trabalho é saber o que é mais urgente em determinado momento. Um produtor que está tentando entrar em contato comigo por causa de um ator meu se comportando mal no set é uma coisa, muito diferente de um ator que aparece no set intoxicado com uma substância, o que precisaria lidar imediatamente. Não tenho tantos atores assim, na verdade, e todos os meus clientes têm o meu celular, então você não vai lidar com muitas emergências, porque eles geralmente ligam para mim. A maioria deles acha que é minha principal prioridade — e, de certa forma, é verdade — então eles não têm vergonha de ligar para o meu celular. Você será minha primeira linha de defesa na maior parte do tempo, especialmente se eu estiver lidando com a crise de outro cliente ou em uma reunião e não puder atender o meu celular, então precisarei que use seu julgamento para saber quando deve me interromper em uma reunião ou em uma chamada e quando não deve. Ah, e de vez em quando recebo roteiros para considerar e gosto da opinião de uma pessoa mais jovem sobre eles. Você é uma boa leitora?"

"Sou", digo, balançando a cabeça vigorosamente. "Suspense, na maioria das vezes. Comédias românticas. Ficção comercial." A única área da vida em que lido bem é com os livros — literalmente. "Adoro ler, de verdade. Livros e filmes são as minhas drogas." Talvez seja uma coisa estranha de se expressar depois do que ela acabou de dizer sobre seus atores. "E são minhas únicas drogas", acrescento com firmeza. Realmente não posso acreditar em todas as coisas estranhas, porém verdadeiras que estou dizendo hoje.

"Bom", diz ela, sorrindo, e eu sorrio também. Me sinto bem com ela. E até mesmo confortável.

"Vou te dizer uma coisa, June", fala, recuperando o ar profissional. Um telefone toca no corredor além do vidro da sala de conferências e alguém ri. "Por que não fazemos uma tentativa? Sob uma condição."

"Qualquer coisa", respondo, olhando em seus olhos. Quero tanto esse emprego que meu sangue está fervendo.

"Pelo menos no começo, não quero falar a respeito de sua carreira de atriz", diz Louisa. "Me dê alguns meses para conhecê-la. Falo sobre carreiras de ator o dia inteiro com meus clientes e realmente preciso de uma assistente que possa fazer esse trabalho bem. Porém gosto de ver as pessoas alcançar o sucesso. Daqui a alguns meses, vamos discutir em que pé está sua carreira e para onde ela poderia ir. Agora, é claro, se você estiver fazendo uma performance em algum lugar, deve me dizer e eu vou vê-la. Mas primeiro trabalhamos, e trabalhamos duro. As horas não são terríveis. Normalmente, chego um pouco antes das nove e termino às sete. Porém gostaria que você estivesse aqui de manhã às oito e meia para que chegue antes de mim. Tudo bem até agora?"

Meu coração bate forte. "Perfeito", eu digo.

TREZE

Rowan. Quinta-feira de manhã. 10 de novembro.

Na manhã seguinte, estou diante de portas de carvalho de uma casa no lado oeste da rua 11 e pensando que Sarah Jessica Parker mora perto daqui. Uma vez, a vi regando o jardim em frente à sua casa. Sempre amei SJP e as atrizes de sua geração; elas são a razão pela qual escrevo. Minha mãe e eu costumávamos nos juntar para ver séries como *Sex and the City* e *Ally McBeal*, maratonando cada uma delas quando estava na minha adolescência. Nós amávamos a TV e os livros — nós amávamos as histórias. Adorávamos a cama *king size* da minha mãe. Dormia nela a maior parte das noites e era o paraíso.

O que nem todo mundo percebe é que os escritores devem assistir a muitos filmes e televisão porque a arte da história é apresentada para você em pedaços pequenos: seja um filme de duas horas ou um drama de uma hora, eles fazem o dever de casa — início, meio, fim. Veja como funciona:

Conflito de abertura. Apresentação de seus personagens.

O personagem principal é atuante e impulsiona o enredo adiante.

Obstáculos em abundância.

Conflitos emocionais em toda parte.

Contratempos.

Reviravoltas — três ou quatro, se estiverem à mão.

Todos os personagens se precipitam à fervura e então explodem: consequências inesperadas.

Outra reviravolta.

Revelação: a verdade vem à tona.

Resolução.

Cada personagem deseja algo a cada página. Quando você descobre o que é isso e como todas as tramas e motivações dos personagens se encaixam, finalmente tem uma história. Deixe mais claro ou mais escuro até saber o que você tem: drama ou comédia. Para alguns escritores, a linha é tênue, mas para mim é sempre um drama.

Há apenas uma campainha, o que me faz pensar que Sylvie é dona da casa inteira e usa um quarto no interior como consultório de psicologia. Está congelando e muito cinzento, mas tivemos que andar apenas alguns quarteirões do nosso apartamento com Lila, e ela parece contente nos braços de Gabe. Gabe toca a campainha e alguém libera a entrada imediatamente. Fotos em molduras douradas se enfileiram no saguão encantador. Uma escada de madeira arqueia à direita e Sylvie vem por uma porta de carvalho curva atrás da escada. "Entrem", nos convida, com um sorriso amargo nos lábios. "Vocês devem estar congelando."

Lila está adormecida em sua roupa de neve, e Gabe a segura contra o peito. É incrível o quanto ela dorme durante o dia. Sei que deveria fazer algo para mudar isso para que ela durma melhor à noite, mas não vejo como é possível acordar um recém-nascido. Todos os livros fazem parecer que você estala os dedos e eles acordam, só que Lila dorme um sono tão profundo que nenhum dos conselhos que li parecem funcionar. Tentei tirar a sua roupa ou colocar um pouco de água fria em seus pés, no entanto é uma piada pensar que isso a acordaria, a menos que já estivesse no finalzinho de uma soneca. E é a mesma coisa para alimentá-la. Todos os livros de bebê dizem para tentar mantê-los acordados enquanto estão mamando, mas já tentou manter um bebê sonolento acordado em seu peito? Boa sorte.

Toda vez que faço coisas erradas com Lila, sinto tanta falta da minha mãe que dói em um ponto logo atrás do meu esterno e não vai embora até eu adormecer ou chorar. Preciso levar meu bebê ao centro de idosos para conhecê-la, mas não sei como poderia convencer Gabe de que é uma boa ideia. Minha sogra fica enrolando para trazer minha mãe para me ver, dizendo que ela não está bem o suficiente. E é verdade — das vezes nas quais lhe telefonei, parecia bem pior do que o normal. Então, terei que ir pessoalmente até lá, apesar de Gabe ter ficado nervoso quando conversamos a esse respeito com a pediatra, de que nossa filha poderia pegar algo naquele lugar entre todas aquelas pessoas aglomeradas durante o inverno. Sinto uma pontada de culpa quando penso no encontro com June no café: e se Lila contraísse um vírus? Ontem à noite, depois que Art ligou, meu marido me disse que tínhamos que ser mais cuidadosos, e pensei que se referia ao nossa bebê, por causa dos germes que podia pegar em um lugar público. No entanto ele me corrigiu, dizendo, *Temos que ter mais cuidado com June, Rowan. Quanto mais você quer pressioná-la?*

Ao dizer isso, me fez sentir muito mal, como se eu fosse uma predadora. Tentei lhe explicar que June não parecia zangada comigo, nem incomodada. Repeti que era apenas um pedido de desculpas e que foi ela quem me convidou para encontrá-la. E, então, Lila acordou e começamos toda a rotina de amamentação e bombeamento que a especialista de lactação nos ensinou. Gabe mal olhava para mim enquanto contávamos os mililitros e desinfetávamos as partes da bomba, tentando fazer com que Lila sugasse o leite de uma mamadeira infantil especial sem colocar tudo para fora. De repente, era meia-noite e desmaiamos. Às três da manhã, fizemos tudo outra vez e, naquele momento, também não me importei de olhar em seus olhos.

"Sigam-me", ordena Sylvie. Subimos a escada curva e a seguimos até uma cozinha no segundo andar. Estou achando que esse lugar todo é dela. Tem uma beleza de tirar o fôlego, cheio de molduras e portas e fascínio pré-guerra. "Tenho que pedir um favor", avisa, e desperto um pouco pois não é o que esperava que fosse dizer. "Uma das minhas clientes está em crise e preciso ter certeza que ela foi admitida em Bellevue. Vocês se importariam de esperar aqui enquanto faço uma ligação por alguns minutos?"

Sylvie está com agenda cheia até o ano que vem, ou ao menos essa é a mensagem que recebemos quando tentamos marcar uma consulta por conta própria. E não está recebendo novos pacientes. Ela é o que se denomina como terapeuta de trauma, a melhor entre todos, e nós conseguimos um vaga por intermédio de Louisa Smith, colega de trabalho de Harrison na WTA, que foi para a faculdade com Sylvie e pediu um favor para nós quando entrei em crise e surtei com June. Tudo isso é para dizer que, *sim*, estamos muito dispostos a esperar na cozinha bem equipada de sua casa enquanto ela faz uma ligação.

"Claro, sem problemas", responde Gabe, e meu coração se parte um pouco, pois seu sorriso geralmente confiante vacila. Há muito tempo não o via desesperado dessa forma. Ele precisa que a coisa com Sylvie funcione. Assim como eu.

A doutora desaparece por mais uma porta atrás da cozinha. As casas em Nova York são assim, tantas salas secretas, passagens e reviravoltas inesperadas, sótãos com vitrais tão decadentes quanto os de igrejas antigas, bibliotecas escondidas nos fundos de quartos, segundas escadas, quartos de pânico.

Adoro coisas secretas.

Nos sentamos em bancos pálidos de madeira em uma ilha de mármore espesso. Há uma tigela de cristal com limas e limões ao lado de um livro de bolso chique com capa escura sobre Tom Ford e um vaso cheio de hortênsias azuis. Panelas e frigideiras de cobre pendem sobre nossas cabeças. Minha cabeça está inclinada para trás olhando para elas quando meu telefone toca. "É Dave", digo suavemente a Gabe, que coloca a mão na minha e aperta. Parece um pedido de desculpas por ontem à noite, pelo modo como ficou bravo comigo, pelas coisas que disse. Talvez eu não devesse revirar tanto esse assunto, mas isso não é típico de um casamento? Desculpas cada vez mais sutis por transgressões cada vez maiores?

Olho para o número de Dave e me sinto relaxar um pouco. Dave Larson é meu agente literário e, a essa altura, quase da família. Está comigo há mais ou menos doze anos, desde que lhe enviei algo que escrevi no meu último ano de faculdade. Não vendemos aquele primeiro romance, mas ele seguiu comigo. "Como você está?", me pergunta quando atendo o telefone. Sua voz é tão cuidadosa. A voz de todos está assim ultimamente.

"Estou bem", respondo. "Bem, estou em uma psiquiatra agora, e, apesar disso, estou bem." Divido a Dave minhas mais profundas confidências e toda a minha carreira. Essa não é uma experiência típica para todos os escritores e seus agentes, mas é a minha.

"Prefere que ligue outra hora?", pergunta.

"Não", respondo depressa. "Estamos apenas esperando. Vou descer quando ela vier nos buscar."

Dave fica em silêncio por um momento do outro lado da linha.

"As páginas que você me enviou, Rowan", me diz por fim, e então sua voz desaparece. Aquilo me deixa nervosa. Giro sobre o banco do balcão de Sylvie, mais desconfortável a cada segundo. Me lembro do frenesi de escrita em que me encontrava na semana passada. Pressionei o botão para lhe enviar aquele e-mail tendo relido apenas por cima meu trabalho. Lila tinha caído no sono em seu berço e senti uma explosão de energia, aquela comichão da escrita tão intenso que escolhi segui-lo em vez de escovar os dentes, tomar banho, cozinhar ou qualquer um dos outros itens da longa lista de coisas que devo fazer quando o bebê dorme. Não acho que seja mania ou qualquer coisa diagnosticável, porém é quase como um fogo nos meus pés que se espalha através de mim até a ponta dos dedos das mãos e, nesse momento, preciso escrever imediatamente ou então.

Ou então o quê?

Não tenho certeza.

"Essas novas páginas são muito diferentes do seu normal", comenta Dave, com palavras suaves.

"Ah", respondo, tentando lembrar exatamente o trabalho, o sentimento dele. Havia uma floresta espessa com ameaças selvagens a cada canto e uma família de quatro pessoas que adentrava em suas profundezas. Apenas três deles conseguiram sair.

"Gostei muito, não me entenda mal", prossegue Dave. "A escrita em si é linda. É que parece tanto um fluxo de consciência, tão diferente da maioria dos seus escritos. Alguma parte... alguma parte realmente não faz muito sentido, Rowan, então pensei que talvez você pudesse deixar Gabe dar uma olhada nisso."

Ele nunca sugeriu isso — nem uma vez em uma dúzia de anos.

"O que Gabe tem a ver com isso?", pergunto. É uma coisa estranha de se dizer com meu marido sentado ao meu lado, contudo, como eu disse, Dave e eu somos íntimos. Gabe sabe disso. Ele mal se vira para olhar para mim: está muito focado em esfregar as costas de Lila.

A linha fica em silêncio outra vez. E então Dave fala: "Rowan, que tal você tirar um tempo. Para você e para o bebê. Ninguém está esperando um novo trabalho seu".

"Ok", respondo entorpecida, envergonhada.

"Você precisa de alguma coisa de mim?", Dave pergunta. "Tem algo que possa fazer por vocês? Qualquer coisa, você sabe que estou aqui por você."

Sei que ele está aqui por mim. No entanto o que preciso é que minha mente retorne, que meus hormônios pós-parto se nivelem e que meus mamilos parem de doer tanto quando amamentar — entre outras coisas — e isso não é algo que ele possa fazer. (Também gostaria de uma ligação ou uma mensagem de June me contando que está tudo bem. Mandei uma mensagem ontem à noite e tentei parecer calma e legal. Comecei falando como foi bom vê-la no café e, então, como não recebi uma resposta, lhe perguntei se estava bem. Ela não respondeu.) "Não há nada que precise de você", falo ao meu agente, tentando evitar que minha voz denuncie o quanto me sinto mal.

Sylvie está abrindo a porta, de volta. Parece embaraçada.

"Tenho que ir", digo ao telefone. "Minha terapeuta chegou."

Desligamos. Sylvie elogia a beleza de Lila e nos pede para segui-la. Devo estar um pouco menos paranoica pois me sinto menos como se Sylvie estivesse tentando descobrir se sou uma mãe capaz e mais como se pudesse estar tentando me ajudar. Nós a seguimos pela porta atrás da cozinha até um escritório com móveis neutros e bordas macias — travesseiros com franjas e uma mesa de centro branca circular enfeitada. Examino os diplomas na parede. Me pergunto se a chefe de June, Louisa, sai para beber com Sylvie, e fala sobre seus problemas. Não consigo imaginar Louisa com seu marido amoroso sendo o tipo de pessoa que tem muitos problemas, mas o que qualquer um de nós realmente sabe a respeito do outro? Praticamente nada.

Sempre gostei da Louisa, só que como ela só representa atores, não tivemos muitas interações na WTA. Às vezes, a vemos em eventos e festas da WTA. Ontem à noite, quando liguei para lhe falar sobre June, havia muita preocupação em sua voz. *"Você está bem, Rowan?"*, me perguntou, como se fosse eu que tivesse desaparecido, e, então, Gabe pegou o telefone para contar o que sabíamos sobre June. Mas Louisa não a tinha visto desde o dia anterior ao desaparecimento, quando lhe disse que precisava de uma folga. Gabe teve a sensação de que ela estava irritada, como se sua secretária tivesse saído do nada. Contudo aposto que era mágoa, não raiva. Talvez, como eu, tenha se apegado a June.

"Sente-se aqui, Rowan", diz Sylvie, apontando para um sofá bege. Então, me surpreende: faz um movimento para Gabe se sentar em um sofá diferente, longe o bastante para que não possa alcançar sua mão, mesmo se eu quisesse.

"Vamos falar sobre o parto", começa, enquanto toma um assento equidistante de nós, como a ponta de um iceberg. Ela cruza as mãos sobre o colo e espera que eu inicie a conversa.

QUATORZE

June. Quatro meses atrás. 6 de julho.

Todos esses corpos rodopiando e se contorcendo debaixo da terra...

Meu Deus.

O caos fervilhante da estação de metrô é suficiente para tirar o fôlego, mas vou ter que me acostumar com isso agora que, a partir de amanhã, trabalho oficialmente na WTA, tenho certeza de que esse é o metrô que vou pegar para chegar lá todos os dias. Desço os últimos degraus até o estômago abafado da estação onde homens, mulheres e crianças esbarram em mim repetidas vezes. Ninguém mais parece achar isso desorientador, o que não entendo, uma vez que faz pelo menos 32 graus aqui embaixo e estamos abarrotados como animais enjaulados. Tento respirar fundo e me concentrar em chegar mais perto da borda dos trilhos, mas estou toda bagunçada e ainda extasiada depois de me despedir de Louisa. Continuo repetindo na minha mente — é como um sonho que realmente se tornou realidade, a maneira como ela parecia quase orgulhosa de me levar pelo corredor da WTA para preencher alguns papéis. Essa é June, minha nova assistente, disse a Kai, que estava sentada atrás da mesa da recepção e parecia genuinamente feliz em ouvir a notícia. E se isso acabar sendo importante para mim? E se essas pessoas forem gentis, o tipo de pessoas que querem ver você se sair bem? E se esse for o lugar onde tudo começa para mim?

Um anúncio chega berrando pelos alto-falantes da estação de metrô — algo sobre manter Nova York segura e nos avisar: *caso veja algo, diga algo*. A música de um violino toca nas proximidades, mas há muitas pessoas no caminho para que possa ver o músico. Estou ao lado de um cara magro com um moicano quando um estrondo profundo vibra pela estação. Uma mulher se empurra contra mim com um guarda-chuva, mesmo que eu tenha verificado o tempo seis vezes hoje e ninguém está prevendo chuva. O estrondo ganha força e agora tenho certeza de que deve ser o trem. Me movo um pouco mais rápido, tentando educadamente passar pelas pessoas para ver se é o trem F, que Sean me disse que *é o melhor trem da cidade*. Ao que parece, é o único trem conveniente para qualquer lugar próximo ao nosso apartamento, de modo que pode ter dito isso para animar a si próprio. Ele faz isso com frequência. Tem um monte de teorias convenientes para reforçar suas escolhas. Ontem à noite, tentou me dizer que os vegetarianos não ingerem B12 suficiente, o que faz com que seus cabelos caiam e é por isso que ele come cachorro-quente todos os dias. Sinto que pode haver um meio-termo, mas eu não disse nada disso porque estou tentando ser legal com ele. Afinal, apesar de ter recebido muita ajuda, não posso lhe oferecer muita coisa em troca, além de tentar ser uma boa colega de apartamento. Sei que algumas pessoas são apenas prestativas, mas ele está em um nível diferente. Ficou sentado comigo por quase uma hora na noite passada, examinando todo o mapa de viagens do transporte público da cidade de Nova York, explicando todos os diferentes bairros e seus feitios.

Nossa, está lotado aqui embaixo! Estou quase no meio da multidão. O estrondo se transformou em guinchos enquanto atravessava o grupo final de pessoas, mas, de repente, eu estava muito além da linha de aviso amarela pintada na borda dos trilhos. O metrô vem na minha direção. "*Merda*", murmuro, tentando recuar, mas não adianta. Tem uma mãe atrás de mim tentando guiar seu filho para mais perto de um enorme carrinho coberto de plástico e fico com muito medo de derrubá-los. Um recém-nascido olha para mim através do plástico enrugado com grandes olhos castanhos. "Com licença", digo à mãe, que está falando rapidamente com a criança. Ela se vira e eu peço: "Me ajuda". Meu cabelo está grudado na minha pele suada e enrolado em meu pescoço como um tentáculo. A mulher tenta recuar, mas tem muitas pessoas atrás dela. Sou tão idiota. Por que tentei passar para a frente? A mulher xinga baixinho agora e faz um progresso mínimo em se mover para trás, porém agora seu carrinho não sai do lugar. Não consigo me mover pois estou com muito medo de empurrar o carrinho dela e de alguma forma mandar seus filhos em direção ao trem do metrô.

Respiro fundo.

Os faróis do trem estão brilhantes agora, reluzindo diretamente nos meus olhos, indo para dentro do meu cérebro. Me vendo. O condutor pode parar essa coisa a tempo se eu perder o equilíbrio?

Deixa de ser dramática, June. Você não vai cair.

Endireito meu corpo o máximo que consigo. Ainda restam alguns centímetros entre mim e a borda dos trilhos. Desde que ninguém me empurre, ficarei bem.

Mais perto, mais perto.

O trem está praticamente gritando comigo — acelerando pelos trilhos a sessenta quilômetros por hora ou mais — quando sinto um osso pontiagudo em minhas costas. O cotovelo de alguém.

Não.

Meus dedos dos pés cravam em meus sapatos como se eu estivesse tentando agarrar o concreto abaixo de mim, a linha amarela está muito longe agora. *Vuuum*, faz o trem ao passar. Os vagões prateados desfocam na minha frente, a apenas alguns centímetros do meu rosto. O cotovelo ossudo em minha coluna pressiona com mais força — *por favor, não me empurre* — mas, por fim, ele some. Lágrimas queimam meus olhos enquanto o trem desacelera e para rangente e ofegante. As portas soltam um suspiro ao se abrir. O condutor grita para que todos deixem que os passageiros saíam antes de tentar embarcar. Minhas pernas tremem ao ultrapassar o vão e embarcar no trem.

Me seguro a um poste de metal liso e penso em como tudo é mais agudo aqui, mais perigoso. Essa cidade não é para os ingênuos, é para os tubarões. E eu não sou um tubarão. (Pelo menos, ainda não.) Sigo no trem e deixo minha mente vagar, pensando em todas as maneiras que essa cidade vai me mudar. Penso em como meus pais pareciam deslocados quando estavam aqui, e me pergunto se morar aqui vai me fazer cada vez menos parecida como eles. Quanto de *onde* estamos determina *quem* somos?

As portas se abrem novamente na rua 14. Passageiros se empurram para fora e um assento de plástico laranja fica vago, então eu sento. Minhas pernas estão grudentas. Fecho os olhos e penso em minha mãe segurando a mangueira do jardim com suas mãos delicadas e regando os crisântemos enquanto os outros pais observavam. Eles sempre a observavam. E pareciam tão perdidos e cansados em comparação a ela. Às vezes, as outras mães passavam por ali, bebendo canecas escritas com coisas como *quarenta e poucos!*, e perguntavam à minha mãe a respeito da venda de bolos na escola ou das caixas de flores dela ou ainda algo relacionado ao tempo. No fundo queriam apenas estar perto de minha mãe e ouvi-la falar, e eu não as julgava pois entendia perfeitamente aquela sensação. E minha mãe também não parecia julgá-las ou, se julgava, nunca disse nada para mim ou para qualquer uma de suas amigas. Ela não tinha muitos amigos, o que demorei um tempo para perceber. Era sociável no meio de um grupo, mas nunca levava isso para o próximo nível, e jamais convidou alguém para tomar um café. O máximo que conseguia era ser amigável apenas por curtos períodos de tempo; caso contrário, aquilo a esgotava. Ela lia, fazia a ginástica de Jane Fonda, tomava SlimFast e, quando se sentia bem, trabalhava na mesa da oficina do meu pai e editava as coisas que penduravam na parede. *Banheiro por aqui! Pague antes de sair!* Meu pai já foi um piloto profissional de carros de corrida — há fotos dele na oficina, fotos que minha mãe emoldurou e pendurou. Ela o amava naquela época: a emoção que vinha dele, de quem era quando estava se apresentando daquela forma, no ápice de seu *sex appeal*, ganhando tudo. Sei que é uma coisa estranha de se dizer sobre meus pais. No entanto, posso sentir tudo isso sob a superfície; qualquer um poderia entender isso se parasse para conhecer qualquer um deles. Então, quando minha mãe estava grávida do meu irmão mais velho, Jed, meu pai se machucou e não pôde mais correr. Ele começou a beber demais e, quando ficou sóbrio, já tinha desperdiçado muitas de suas economias em jogo e bebida. Depois eu nasci, e não tenho certeza se minha mãe já perdoou a mim e Jed por amarrá-la ao meu pai como um laço.

Amo tanto meu pai que meu cérebro dói ao pensar nisso.

As portas se abrem na rua Delancey e estou fora do metrô outra vez. Atravesso as catracas e chego às escadas. Sou uma fênix subindo no ar fumegante da cidade de Nova York, respirando como se tivesse renascido, a caminho da casa em ruínas que estou tentando construir aqui e lutando por pedaços da vida que almejo.

A caminho de Sean.

QUINZE

Rowan. Quinta-feira de manhã. 10 de novembro.

"O parto?", pergunto, me contorcendo nas almofadas no elegante sofá de Sylvie. Estou tentando ficar confortável, mas não consigo. "Você precisa tirar o traje de neve de Lila", ordeno a Gabe.

"Ela não vai acordar?", ele indaga. Um relógio na parede pulsa tão alto que posso contar as batidas. O relógio parece uma escolha estranha para o consultório de um psicólogo, mas talvez seja eu: nos últimos tempos, todos os meus sentidos estão em chamas. A maternidade ressoou em mim como um diapasão e agora o mundo parece em sintonia; todas as coisas que costumava ouvir, tocar e provar eram muito insípidas em comparação com agora.

"Talvez", respondo com um encolher de ombros, como se fosse uma mãe casual e não uma aterrorizada. "Mas é melhor do que ela ficar quente demais."

Sylvie olha de mim a Gabe. Me pergunto o que será que pensa quando olha para meu marido. Ela o acha *sexy*? A maioria das mulheres acha. Ele tem a mistura certa de melancolia e criatividade combinada com uma corrente poderosa que se parece muito com o desejo. Quando esse desejo é dirigido em sua direção, você derrete. Ao menos foi assim comigo. Soube, no momento em que colocou seus braços ao redor de mim e me levou para a cama, que iria esquecer todas as pessoas com quem já estive. Ser sua esposa significa muitas coisas e uma delas é esta: estou sempre pronta para ele. Nunca o recusei, sequer uma vez. Meu corpo reage a Gabe de uma maneira que não parece normal, dado o número de anos que estamos juntos. Poderia deixá-lo se fosse necessário — não sei o que isso deve dizer sobre nós —, mas nunca mais desejaria alguém da mesma forma.

"Gostaria que você me relatasse o que se lembra sobre dar à luz", diz Sylvie. Ela está sentada na beirada de sua cadeira, parecendo menos relaxada do que eu pensava que estaria. "Qualquer coisa que você consiga lembrar", me exorta a falar, "e você pode começar com imagens, cheiros e sons, então vamos trabalhar com isso."

"Estava pensando em como todos os meus sentidos estão aguçados desde que Lila chegou", digo, com cuidado.

"Você está programada para proteger Lila do urso que se aproxima de sua caverna à noite", vaticina Sylvie. Ela passa um cachinho delicado por trás da orelha e cruza as pernas. "Tudo isso está integrado às bases de nossos sistemas límbicos."

Você também é mãe?, quero perguntar. Em vez disso, examino seu rosto como se a resposta estivesse escrita ali, só que ela deduz que estou confusa, pela maneira como a encaro. Sua fala é mais lenta ao dizer: "Quando falo de sistemas límbicos, me refiro à parte do nosso cérebro que está programada para cuidar dos mais novos, para lutar ou fugir".

Dou um sorriso cansado. É óbvio que sei o que é um sistema límbico. Gabe concorda com a cabeça às palavras de Sylvie, o que acho irônico, pois sei que iria revirar os olhos se lhe dissesse algo assim para explicar minha ansiedade.

"Sei o que é um sistema límbico", retruco, e isso sai mais arrogante do que é minha intenção. "Hipocampo, amígdala... os lugares para formar, catalogar e anexar conteúdo emocional às memórias, ironicamente", prossigo. Estou meio que tentando fazer uma piada, mas, acima de tudo, querendo que ela saiba que não sou uma completa amadora nessa coisa de terapia. Venho tentando controlar meu cérebro por mais da metade da minha vida. Tinha apenas 16 anos quando tive minha primeira crise depressiva, quando minha mãe me deixou no acampamento de teatro nas profundezas dos Adirondacks, armada com repelente de insetos e meu diário quando deveria ter levado preservativos. Fiquei alojada com duas

Jéssicas, que brigavam pelo nosso diretor assistente de 18 anos, e, três semanas depois, quando descobriram que o rapaz estava dormindo comigo, levantaram um motim. O resto do acampamento foi uma agonia, especialmente quando o cara encontrou alguma outra garota para tirar a roupa e pressionar contra uma árvore. Porém não foi a rejeição dele que mais doeu. Foi a mudança súbita das meninas — a maneira como elas me amaram no começo e a rapidez com que se viraram contra mim. *Do amor ao ódio.* É bastante comum, não é? Havia uma hostilidade no ar entre nós toda vez que subia no meu beliche à noite e, quando trocávamos de pijama pela manhã, seus olhos furtivamente varriam meu corpo como se estivessem tentando ver o que eu tinha que elas não. Era como se estivessem tentando imaginar o que eu havia feito com ele. E isso me atingiu em cheio: a dolorosa percepção de que tinha perdido minha virgindade e qualquer chance de amizades de uma só vez. De todo modo, talvez as Jéssicas não fossem mesmo confiáveis. *Não vale a pena perder seu tempo com isso*, minha mãe me disse quando voltei transtornada, com minha menstruação atrasada e aos prantos para casa. *Você vai encontrar sua turma*, ficava dizendo enquanto eu chorava durante a viagem de volta para New Jersey. Em algum momento, encontrei minha turma, contudo, sendo adolescente, era muito difícil para mim sentir quais mulheres eram as boas — a amizade era algo muito sutil para que realmente entendesse naquela época. Quando comecei a sangrar com um mês de atraso, sabia, no fundo, que não era meu ciclo, um jorro de sangue muito intenso para ser qualquer coisa diferente do que realmente era. Imaginei meu verão escorrendo para longe: o ciúme raivoso das Jéssicas, as noites estreladas sob as copas das árvores com as mãos do cara por todo meu corpo e até mesmo a vez em que tomei quatro cervejas e fiz xixi na cama, mas estava mortificada demais para contar a alguém, então tive que lavar furiosamente meus lençóis na pia. Eu era ainda criança demais para lidar com isso, o que me lançou para o meu primeiro lugar sombrio. Que não foi embora até que me juntei à equipe de natação naquele inverno e fiz novos amigos.

"Preciso que Gabe me deixe voltar a ver meus amigos", contei a Sylvie, que está me observando como se pudesse ver minhas memórias do acampamento projetadas sobre minha cabeça. Estou pensando especificamente na minha amiga Kim, que mora no Upper East Side, trabalha com moda e tem gêmeos de 8 anos e uma loirinha de 4 anos de idade. Kim tinha tantos conselhos para mim quando costumávamos nos encontrar para tomar chá quando eu estava grávida, embora agora não consiga me lembrar de muitos deles. Pareciam tão úteis na época, mas nenhuma das minhas amigas nunca me avisou como era difícil amamentar: o mamilo e a dor de ingurgitamento, a preocupação com o bebê não receber leite suficiente, mastite. Estou com medo de irmos para a próxima consulta da Lila e a pediatra pesá-la e me dizer que ela não ganhou peso suficiente, que algo está errado com ela e comigo e não podemos fazer essa coisa que pensei que seria um trabalho tão natural. Não é natural, pelo menos não para mim, e ainda assim eu quero demais. Tenho certeza de que é por isso que as mulheres costumavam criar bebês entre tias e mães, para que pudessem identificar quando havia um problema e ajudar imediatamente, dar conselhos e cuidar do bebê e da nova mãe. Eu, mesmo quando penso nisso, parece muito simplista. É outra era, que não vai voltar, porque agora valorizamos coisas diferentes: independência, autonomia, carreiras que decolam, nas cidades certas. Então, agora temos especialistas de lactação, e, graças a Deus por eles, acho, porém não há nada como sua própria mãe, tia ou irmã. As coisas poderiam ser muito piores, creio eu. Minha mãe poderia estar morta.

"E como você acha que ver seus amigos pode ajudar?", Sylvie pergunta. Ela bate um dedo no braço da cadeira. Suas unhas estão pintadas de bege e brilham sob as luzes peroladas do teto. Ela não usa aliança e me pergunto se é casada. Não há fotos de filhos ou marido, apenas uma foto solitária de Sylvie com pessoas que aparentam ser provavelmente seus pais.

"Não é isso que os amigos sempre fazem?", questiono, irritada com a pergunta. Lila se contorce nos braços de Gabe. *Tire a maldita roupa de neve dela*, tento telegrafar para Gabe. Sylvie me encara como se isso fosse um jogo mental Jedi. Então espera. E acho que isso funciona, pois digo: "Sei que você quer que eu fale do parto de Lila, mas, de verdade, não me lembro dele". Disse tantas vezes essas palavras que me deixa enojada repeti-las agora, mas Sylvie apenas acena com a cabeça, como se fosse um ponto de partida. Não tenho coragem de lhe dizer que não é um ponto de partida se não há caminho a seguir: apenas a escuridão, ausência de memória, vida vivida e esquecida em uma fuga pós-traumática. "Eu estava muito sedada", completo.

Gabe finalmente decide tirar o traje de neve de Lila. Posso jurar que vejo suor na parte de trás do cabelo dela, mas mantenho a boca fechada. O relógio de parede da Sylvie continua batendo e observo como Gabe vacila quando o zíper de Lila range. Ela é tão pequenininha dentro daquela coisa, e, assim, Gabe a retira como um peixe. Ele a apoia no ombro e sorri ao perceber que ela não acorda. Esse sorriso me faz amá-lo outra vez. Isso revela que é óbvio que estamos no mesmo time, que amamos nossa filha mais do que já amamos qualquer pessoa, incluindo um ao outro. Não dói tanto quanto admitir isso. Apenas parece grande e expansivo, um amor que quero viver por dentro.

Expiro.

Preciso melhorar — preciso tentar fazer isso. Minha memória parece uma tigela de água de porcelana: tudo e nada ao mesmo tempo, nada que alguém possa segurar ou moldar da maneira que gostaria, mas, de qualquer modo — meus lábios se separam para formar palavras, algo que sei como fazer melhor com um lápis, mas pode servir mesmo assim. "Lembro que, antes do parto, nas consultas de ultrassonografia, Gabe e eu costumávamos olhar para a tela do ultrassom como se lá estivesse a resposta para tudo. Não me lembro bem do que víamos. Tudo parece desfocado agora. Tenho essas fotos em algum lugar..." Sinto Gabe se afastando de mim. Em qualquer lugar, seus olhos encontram uma janela, porém não tem nenhuma dentro do escritório de Sylvie. Meu marido se ocupa em alisar o pijama de tecido felpudo de Lila. Patos amarelos saltitantes nos pés de seus pijamas estão de boca aberta em nossa direção. "E, na tarde do parto de Lila, me lembro de sangrar e cair de costas na rua, a ambulância muito turbulenta, e devo ter desmaiado pois minha lembrança seguinte é acordar e ver todo aquele sangue, os rostos dos médicos, como todos estavam assustados. Lembro de ouvir alguém dizer *'O bebê saiu'*, então lembro que tentaram me deixar segurar Lila, porém não me sentia como se estivesse completamente lá. Senti como se estivesse debaixo d'água, perdendo o contato com o que sabia ser a realidade — tinha a sensação de estar segurando Lila, mas ainda assim a buscando em outro lugar. Lembro de ver uma mesa de prata com lâminas e tesouras e talvez até mesmo o fio que usaram para me costurar." Minha voz está ficando alta. "Por que ninguém guardou aquilo tudo?", pergunto, minhas mãos suando no sofá agora. "Lila estava tão escorregadia", falo, parecendo muito mais histérica do que pretendia, mas não consigo evitar. Aquelas lâminas. "Estava com tanto medo de deixá-la cair e se machucar, e acho que foi por isso que comecei a gritar. Então, me sedaram. É disso que me lembro."

Um lampejo de memória vem até mim: me vejo em uma camisola branca com pequenas flores azuis, com sangue na ponta dos dedos. Não penso naquela camisola há anos — costumava usá-la quando era criança. A ansiedade me inunda — parece tão real, como se tivesse voltado no tempo e habitado meu minúsculo corpo indefeso. "Tem uma parte de mim que pensa", começo, olhando nos olhos de Sylvie, "que parte do que aconteceu no nascimento de Lila me lembra da morte do meu pai. As lâminas e o sangue, quero dizer." Depois de dizer isso, congelo.

Sylvie está balançando a cabeça lentamente. "Continue a respirar, Rowan. Estou aqui com você, que está segura agora dentro desse escritório com sua família e comigo. É seguro lembrar."

Não digo nada pelo que parece ser alguns minutos. Gabe ainda está acariciando Lila, olhando furtivamente para mim. Por fim, Sylvie pergunta, com uma voz gentil: "Você estava na casa quando seu pai foi morto, certo?".

Ouço Gabe respirando fundo. "Q-quê?", gaguejo.

O relógio corre. Bile sobe pela minha garganta. E, então, porque sou educada e fui ensinada a responder a perguntas feitas a mim pelos médicos, digo: "Sim. Estava lá. No meu quarto". As pontas dos meus dedos formigam de uma maneira que só acontece quando sinto a urgência de escrever, e daí o formigamento se transforma em uma ardência que se espalha pela minha pele como um incêndio em uma floresta.

"Do que mais você se lembra?", pergunta Sylvie.

"Que tinha 5 anos", respondo de volta, sem querer dar a verdadeira resposta.

Ela balança a cabeça, calma como uma santa, fazendo com que me sinta uma mentirosa, como se eu estivesse tentando enganar a todos com minha performance, e, estando lá, o tivesse matado com as próprias mãos. Lágrimas queimam meus olhos e, quando escorrem pelo rosto, sequer me importo em enxugá-las. Como ela sabe o que aconteceu com minha família? Em algum ponto durante nossa última sessão, lhe disse que meu pai não estava conosco, que tinha sido morto quando eu era pequena, mas não disse que foi assassinato ou o que aconteceu em nossa casa. Ela pesquisou o nome dele no Google? Pesquisou meu nome no Google?

"Você parece ofendida", observa Sylvie.

Gabe acaricia Lila tão rápido que quase grito para ele parar. O relógio mantém seu ritmo furioso — *tique-taque, tique-taque* — e meu cérebro começa a sentir que está falhando. Algo parece incrivelmente errado. É como se não pudesse permanecer nessa sala, como se uma parte de mim estivesse no passado, em nossa velha casa, e minha mãe estivesse gritando que mataram meu pai. Posso sentir o ar quente de agosto em minha nuca — a maneira como minha camisola grudava no meu peito reto. Não tínhamos ar-condicionado e sempre deixávamos as janelas abertas à noite, posso jurar que o cheiro das rosas do quintal da minha mãe está entrando pela janela, porém isso não pode estar certo já que só se podia sentir seu cheiro da parte de trás da casa e meu quarto era na frente.

"*Estou* ofendida", digo a Sylvie, querendo recuperar meu passado e enterrá-lo a sete palmos do chão, onde só eu posso encontrá-lo. "Não a conheço tão bem assim para estar fazendo isso com você, não concorda?"

Ela devolve um pequeno sorriso. "Isso é terapia. Meu único objetivo é ajudá-la a seguir em frente."

"Especulando sobre o meu passado?"

"Traumas da nossa infância têm poder sobre o nosso presente", sentencia Sylvie. "Especialmente aqueles aos quais nunca recebemos nenhuma ajuda profissional. Os grandes, como morte e abuso, assim como tantos outros, mesmo coisas que, como adultos, podemos perceber como pequenas, podem ser traumáticas para uma criança. Assim, quando você mencionou as lâminas sobre uma mesa durante o parto, o que a fez se dissociar da realidade e se sentir, em suas palavras, *insana*, pareceu natural para mim que tenha observado que esse evento foi semelhante a outro evento traumático em sua infância. Nada pode ser mais traumático para uma criança de 5 anos do que o assassinato de seu pai dentro de sua própria casa enquanto ela está presente, não concorda?"

Meu coração dispara. Preciso dar um jeito — não estou pronta para fazer isso na frente de Gabe. A verdade é que *eu vi* a faca, o que jamais comentei com ninguém porque, sendo sincera, nunca conversei a respeito disso com qualquer pessoa. Minha mãe disse que eu deveria ficar calada quando a polícia tentasse me interrogar. Naquela noite em que meu pai morreu, a faca estava no chão, bem perto do ombro dele, mas não fui capaz de notá-la de pronto. Estava lá como uma reflexão tardia, como se alguém tivesse esquecido uma faca de cozinha ordinária sobre uma tábua de cortar. Quase não tinha sangue, apenas algumas manchas de algo que eu não reconhecia como partes do corpo do meu pai.

"Como você sabe do meu pai?", pergunto a Sylvie.

Ela me encara. Espero, pronta para ouvi-la admitir que pesquisou sobre mim: talvez tenha lido minhas entrevistas, como respondo a todos os jornalistas que me perguntam por que é que realmente escrevo mistérios, relatando alguma variante a respeito da satisfação doentia que recebo quando exponho o verdadeiro assassino, algo que ninguém jamais pôde fazer por meu pai e minha família.

"Gabe me contou", responde Sylvie claramente.

Viro a cabeça para olhar para o meu marido. Suas bochechas estão coradas — talvez de vergonha? — e ele está embalando Lila com leveza em seus braços. Seu pequeno rostinho está afundado na pele quente do pescoço de Gabe. Ele olha para mim, e apenas vejo tristeza. Volto para Sylvie.

"Eu não vi meu pai morto", prossigo. Deveria lhe contar sobre a faca. "Houve um alvoroço, e então corri pelo corredor e vi minha mãe no telefone ligando para a polícia, enquanto meu pai estava a seus pés." Viro meu olhar em direção à minha filha, porém meus olhos não permanecem lá. Olho para minhas mãos pálidas, as unhas que pintei de vermelho cintilante no chão do banheiro ontem à noite enquanto não conseguia dormir. "Eu vi a cena do crime e me lembro de cada detalhe dela."

DEZESSEIS

June. Quatro meses atrás. 6 de julho.

Enfio minha chave na fechadura e giro. Uma volta suave e então *clique!* — a chave dá o salto desajeitado que precisa para destrancar meu apartamento todas as vezes. Essas pequenas peculiaridades são o que fazem o apartamento parecer um lar: a pintura verde-oliva descascada em formato de estrela no canto do banheiro; a maneira como sempre cheira a pão assado todos os dias por causa da senhora do outro lado do corredor; e a maneira como o radiador ganha vida mais ou menos de hora em hora, com um barulho de balas disparadas dentro de um salão no Velho Oeste.

Dentro do apartamento, Sean está de pé em nossa cozinha de bosta, vestindo um avental de verdade. Uma risada estala em minha língua como doce azedinho, e graças a Deus a engulo porque, na fração de segundo que levo para processar a cena, percebo que ele não está tentando ser irônico. Está completamente sério, parado ali com cutelo levantado como se estivesse prestes a tirar a cabeça de uma galinha. Há dentes de alho divididos ao meio por toda parte — na tábua de corte, nos balcões, o cheiro flutuando pelo apartamento em uma nuvem tão espessa que estou surpresa com o fato de não ser possível *ver* esse cheiro. Nós não temos uma mesa de jantar pois nosso apartamento é pequeno demais, porém a nossa mesinha de centro é decorada com porcelana antiga e talheres meticulosamente dispostos, na ordem correta que conheço por conta dos meus dias de garçonete.

"Sean", digo, assobiando em apreciação ao momento. "Meu Deus."

"Sim", responde, largando o cutelo. Ele tem uma relação curiosa com facas. Sempre carrega um canivete suíço como um escoteiro. "Literalmente: *dos deuses*", observa, apontando para a comida. "Isso que você está vendo é molho de carne, cem por cento alimentada com capim." Há uma pilha de macarrão polvilhada com parmesão. (Nunca, jamais, lhe diria que odeio parmesão — prefiro comer terra do que dizer essas palavras em voz alta nesse momento.) Eu o vejo ir até o toca-discos à moda antiga que fica perto de seu aquário. "Você está atrasada, June", comenta, tirando um disco de Johnny Cash da capa. Percebi que usa meu nome quando está irritado comigo.

"Estou?", pergunto, não sabendo como posso me atrasar vindo de uma entrevista sobre a qual não tinha controle.

Sean coloca a agulha no disco com o mesmo cuidado com que alguém deitaria um recém-nascido. "I Walk the Line", de Johnny Cash, começa a tocar baixinho e, ó, tão solene. "Você disse que estaria em casa às seis", responde por fim, sem olhar na minha direção.

O que disse foi que provavelmente voltaria por volta das seis. No entanto, quando ele olha para mim, sorrio em vez de dizer qualquer coisa. A música torna tudo mais fácil.

"Sente", me estimula, gesticulando para um ponto no chão.

Me agacho na frente da nossa mesa de centro, contudo, ao fazer isso, me sinto muito como um cão obediente, então me levanto e caminho até a nossa pia. Tento retomar uma parte do controle enquanto lavo as mãos, dançando devagarinho ao som de Johnny Cash. Fico feliz de ser uma colega de apartamento prestativa, especialmente depois de todo o trabalho que Sean teve para fazer o jantar, mas não gosto do modo como ele às vezes faz com que me sinta uma boneca de corda sob seu controle. Dou outro sorriso por cima do ombro enquanto seco as mãos. "A mesa parece divina", comento. "E a comida está com um cheiro incrível." O elogio claramente o agrada. É espantoso pensar em como seu rosto é legível.

Volto para a mesa, mas dessa vez pego uma almofada do sofá para colocar debaixo da bunda antes de me sentar no chão. Ela é bordada com uma frase kitsch, LAR É ONDE NOSSO CORAÇÃO ESTÁ, e, assim que me sento nela, Sean se curva em minha direção. "Essa almofada não", me repreende, seu rosto se fecha. E praticamente arranca a almofada de debaixo de mim e a coloca no sofá com o mesmo cuidado com que teve com o disco. É esquisito. Ou talvez eu seja esquisita por sentar em uma de suas almofadas. Não sei, realmente não fui criada de uma maneira sofisticada o suficiente para ter certeza de meus atos com coisas assim. "Desculpe", digo depressa. "Minha lombar está me incomodando bastante."

Ele olha para mim como se não acreditasse em mim, e não está errado. Continuo me enrolando em um emaranhado de pequenas mentiras quando estou em sua presença.

"Minha mãe fez essa almofada", explica em um tom monótono, então percebo que nunca lhe perguntei de seus pais e ele nunca tocou no assunto. "Use essa aqui", indica, jogando para mim o tipo de almofada que é dura demais para ser confortável.

"Obrigada", digo, tentando posicioná-la abaixo de mim, já deslizando para fora da curva.

Johnny Cash recita a música para nós enquanto Sean se senta no chão em frente a mim e admira o lindo cenário da mesa. "Espere, precisamos de velas", comenta. E se levanta, mas eu não quero velas — não quero que isso pareça romântico.

"Tenho novidades", deixo escapar. "Senta. Não se preocupe com velas."

"Tudo bem", ele concorda com um suspiro, de repente desencantado pela coisa toda. Então se senta e me observa com um olhar suspeito em seu rosto, como se eu estivesse prestes a dizer algo que vai colocar fogo nessa bizarra brincadeira de casinha que estamos cultivando.

"Louisa Smith me deu o emprego de assistente na mesma hora hoje", anuncio, tão feliz com a notícia que não posso fazer nada além de segurá-la na mão como um tesouro.

A boca de Sean abre tanto que eu quase rio. E então ele diz: "*Mentira*", como um pré-adolescente.

"Juro por Deus", fala com a mão no meu coração.

"Uau, June, isso é incrível!", é a resposta dele. Isso soa como se fosse um garotinho no Natal e parece tão genuíno que lhe dou a minha primeira risada sincera em dias.

"Muito obrigada por me conseguir a entrevista", agradeço.

"Não foi nada", responde com um gesto gracioso. "Temos que fazer um brinde."

"Certo", falo, ainda sorrindo.

E nos serve três dedos de cabernet de uma garrafa já aberta sobre a mesa. Nós erguemos nossos copos e tudo parece tão adulto.

"A você", ergue o copo. Estou prestes a tomar um grande gole quando ele acrescenta: "E a nós".

O vinho adquire notas de amargor conforme me forço a repetir as palavras. "A nós", repito, e Sean parece tão satisfeito. Começo a beber junto com ele e o vinho queima a minha garganta. Tusso. Juro que posso sentir tudo de uma vez dentro do meu estômago em uma piscina vermelha escura. E então sou questionada: "Me conte tudo, minha coisinha linda".

Minha mãe sempre me chamou de linda, como se fosse a coisa da qual ela mais se orgulhava. Sean se aproxima e uma voz ínfima dentro da minha cabeça começa a gritar, porém a sufoco, sorrindo em sua direção, querendo mais do que tudo fazer isso dar certo.

DEZESSETE

Rowan. Quinta-feira de manhã. 10 de novembro.

"Temos opções ao nosso dispor, Rowan", explica Sylvie, enquanto suo. "Existem terapias baseadas em diagnósticos elaborados especificamente para o tratamento de TEPT."* A doutora se vira para Gabe, que não está olhando para ela. E lhe diz: "Para a nossa próxima sessão, pode ser útil você ficar em casa com Lila e eu trabalhar sozinha com Rowan".

Gabe está me encarando sem disfarce. Vejo tantas emoções denunciadas em seu rosto, mas principalmente medo e amor. E, no fim das contas, esses são as únicas que importam, não? Todo o resto é apenas desdobramento.

"Tudo bem", digo, meus olhos ainda fixos em Gabe. Meu marido, meu protetor, a pessoa com quem pensei que ficaria para sempre. Por que as coisas parecem tão despedaçadas? Me viro para Sylvie e pergunto: "Você sabe que nossa babá está desaparecida?".

Gabe solta um grunhido que soa como frustração. "Ela não está *desaparecida*, Rowan", comenta. "Você faz parecer como se ela tivesse sido sequestrada."

"Talvez tenha sido", retruco. "Ela ainda é quase uma criança. Uma criança que trouxemos para nossas vidas doentias e torturamos."

Lá vou eu. A algum lugar escuro. Sem caminho de volta.

---

*   Transtorno do estresse pós-traumático. [NE]

"Você acredita que torturou sua babá?", pergunta Sylvie.

Ai, meu deus. Terapia. "Você não ouviu o que eu disse?", disparo. "Tudo isso aqui é somente sobre mim? Acabei de dizer que June está desaparecida."

"Sim, mas sou sua terapeuta. Não sou da polícia."

Expiro. Gabe explica: "Nós não torturamos June. Nós a empregamos".

"Acho que Gabe gostou do fato de que nossa babá o admirava", afirmo. Não olho para seus olhos, apesar de senti-los cravados em meu rosto.

"Como *assim*?", Gabe pergunta, o joelho saltando para cima e para baixo no canto da minha visão, dessa vez não por conta de Lila. Ele está nervoso.

Me viro para ele agora, sentindo um pouco de pena de mim mesma e dele também. Talvez até mesmo de Lila, pensando que a família na qual nasceu já tem rachaduras. "Vamos lá, Gabe", exorto. "Você não pode pelo menos admitir isso?" Qual o problema dele para ser tão incapaz de admitir que fez algo? "Nem estou dizendo que é errado", continuo, "apenas que é verdade. É natural gostar que alguém te admira."

"June não me admirava", ele retruca. "No final das contas, parecia admirar *você*."

O ar está pesado. Dou uma fungada para quebrar o silêncio, a fim de ouvir meu corpo fazer algum tipo de barulho sinalizando minha realidade, para saber que estou realmente *aqui* e que esse não é outro pesadelo.

"Isso pode ser parcialmente verdade", concordo. June me adorava da mesma forma que qualquer um que valoriza o talento. Não é todo mundo, mas existe: pessoas que ficam fascinadas ao descobrir que você ganha a vida cantando, desenhando, esculpindo, pintando, escrevendo, atuando, pessoas que querem estar por perto para ver se sua vida é tão mágica quanto eles pensam. É óbvio que não. "Mas acho que June sentia pena de mim, na verdade", conto a Sylvie. "Posso segurar meu bebê, por favor?", pergunto a Gabe.

Sylvie cruza as pernas outra vez.

"Rowan, por favor, ela está tão quieta", diz Gabe, com as mãos tão grandes no traseiro minúsculo de Lila.

Ela *está* quieta. Por enquanto.

"Tudo bem", falo. Me sinto como uma pirralha nessa sala. Talvez todos sejam assim na terapia. Não estou acostumada com tudo ser sobre mim fora da minha vida profissional. (E posso admitir que é assim na minha vida profissional: é tudo, *Como você está se sentindo com esse romance, Rowan? Precisa de mais tempo? Devemos prorrogar o prazo? Não quero atrapalhar seu processo, Rowan. Gostou da capa? Está satisfeita com o marketing?* É uma pessoa da editora se certificando de que o hotel é perfeito quando saio para turnês de livros, um e-mail gentil me lembrando de meus compromissos com as palestras naquele mês, como toda e qualquer conversa desconfortável é realizada por intermédio do meu agente. Dave lida com a parte desagradável, não eu.)

Mas não sou assim na minha vida pessoal. Não sou perfeita, apesar de ser uma boa amiga, uma boa vizinha. Não jogo lixo na rua e ligo para as pessoas nos aniversários delas. E, com certeza, não sou uma diva no meu casamento. Gabe é o centro do nosso universo, o olho do furacão, o vulcão prestes a entrar em erupção. Ele não consegue separar seu gênio criativo da pessoa que precisa mexer com a máquina de lavar louça.

"Me fale de June", começa Sylvie. "Eu a encontrei uma vez, brevemente, na WTA e ouvi Louisa falar muito dela, mas na maior parte eram coisas profissionais. Minha amiga estava feliz com essa moça como sua assistente, porém devo ser transparente e dizer que sei que Louisa não ficou contente quando June começou a namorar Harrison."

Aceno com a cabeça, pois entendo por que Louisa se sentiria assim, embora não diga nada a respeito. Parece um pouco estranho que Sylvie esteja trazendo à tona as conexões pessoais em jogo aqui. Entretanto, acho que ela só está me atendendo como um favor para Louisa, então talvez esteja tudo às claras de qualquer maneira e mais casual do que seria normalmente.

Gabe não olha para nenhuma de nós. Está olhando para a cabeça de Lila, claramente sem querer se envolver com essa conversa.

"June era muito bonita", falo suavemente.

"Era?", Sylvie diz.

Dou de ombros outra vez. Não posso evitar. "Ela pode estar morta", comento.

É a primeira coisa que digo a Sylvie que parece a surpreender.

"Morta?", repete. "Por que você diria algo assim?"

"Não sei", respondo. "Apenas um sentimento. Não que eu possa necessariamente confiar nas coisas que sinto nos últimos tempos."

"Por que não começamos por aí?"

"Com June estar morta?"

"Não, Rowan. Com sua incapacidade de confiar nos próprios sentimentos."

Tique-taque, segue o relógio, como algo saído de um dos filmes de Gabe. Sylvie não olha para ele, apenas para mim. E me pergunta: "Por que não me fala mais desses sonhos e fantasias que tem tido sobre causarem mal a seu bebê?".

"Certo", respondo lentamente, querendo falar de qualquer assunto, menos desse. Relato um pesadelo particularmente terrível que tive ontem à noite, no qual Lila e eu estamos em um barco muito pequeno entrando no mar aberto, a madeira do barquinho se estilhaçando sob nossos pés descalços, o conhecimento gradativo de que íamos afundar se esgueirando para meu estado de semiconsciência. Acordei com as mãos buscando boias salva-vidas para nós duas. Gabe não estava em lugar nenhum. Ele não estava no sonho, nem na cama, quando despertei por completo. Ele voltou à meia-noite e me falou que não conseguiu dormir, que precisava sair, caminhar pelas ruas.

Abro a boca para tentar colocar o pesadelo em palavras e uma onda de medo surge dentro de mim.

DEZOITO

June. Três meses atrás. 2 de agosto.

Na primeira terça-feira de agosto, estou selecionando roteiros no meu cubículo do lado de fora do escritório de Louisa. Estabelecemos um padrão de trabalho descontraído e, quanto mais tempo passo na WTA — três semanas e cinco dias, mas quem está contando? —, mais fácil é passar pelo escritório como se cada interação não fosse a coisa mais importante do mundo. Digo, é claro que quero que minha grande chance aconteça aqui, mas também gosto muito de trabalhar para Louisa: nossas brincadeiras naturais e piadas, como falamos de nossas vidas e ficamos no escritório trabalhando até mais tarde, mais do que quase todos os outros.

Louisa me dá muitos conselhos sobre atuação e me conseguiu um desconto com uma professora que ela conhece. Começo as aulas com a mulher em três semanas. Compreendi que gostava e me importava verdadeira e profundamente com minha chefe na manhã de um fim de semana, quando estava em uma liquidação de calçada na rua Spring e comprei por 18 dólares um par de brincos que sabia que iria agradá-la. Ela gritou quando lhe dei e os usou para trabalhar por quatro dias seguidos. Então, vi uma foto que postou do fim de semana, com sua amiga terapeuta Sylvie, e Louisa estava usando os brincos com um enorme sorriso no rosto, o que me fez pensar: *Por favor, engravide logo, por favor, deixe que seja a notícia que você vai me dar em uma segunda-feira de manhã...*

Adiciono os três roteiros que li nos últimos dois dias às pilhas com minhas notas adesivas. Classificar roteiros em quatro pilhas — *ruim, médio, muito bom, você tem que ler isso!* — é o meu novo trabalho, que eu amo.

Acontece que posso ler um roteiro de 120 páginas em cerca de duas horas e ter algo inteligente (ou pelo menos um tanto útil) para dizer a Louisa. Às vezes, até os levo para casa comigo. Me sinto tão importante ao carregá-los no metrô, todas as páginas encadernadas e cobertas com uma capa azul onde se lê *Agência de Talentos Williamson*. Além disso, dizer ao Sean que tenho que trabalhar todas as noites é uma ótima maneira de tirá-lo do meu pé. Ele está cada vez mais sufocante, como um mau cheiro que não se sabe de onde vem, então, na maioria das noites, me recolho cedo e tranco a porta. E acontece que amo ler roteiros — sendo transportada, imaginando-os como filmes passando pela minha mente (e, reconheço, às vezes me imaginando interpretando o papel principal) — e depois fazer um relatório para Louisa pela manhã. Gosto até mais do que sair para beber. Quem diria? É o tipo de coisa de que meus pais se orgulhariam, se eu tivesse esse tipo de pais. Só não acho que meu pai entenderia esse mundo de agências de talentos, então não entro muito em detalhes quando ligo para casa. Apenas falamos do tempo e da oficina dele. Mas talvez esteja subestimando meu pai. Talvez devesse lhe contar mais coisas. Minha mãe parece um pouco estranha nos últimos tempos, como se estivesse prestes a afundar. Estou começando a achar que deveria fazer uma viagem de fim de semana para vê-los e ver como estão.

Enquanto arquivo o roteiro mais recente, Kai bota a cabeça em meu cubículo.

"E aí", diz ela. Saímos para comer algo três vezes nas últimas semanas. É oficial, somos colegas de trabalho.

"E aí?", pergunto com um sorriso. Ter uma amiga já me fez sentir mais à vontade nessa cidade. Antes de Kai, tinha apenas Sean e Louisa, e Nova York não é muito o tipo de lugar onde se encontra outras mulheres em bares e troca números para que possam tomar café juntas ou ir à academia.

"Um amigo está organizando uma festa em Williamsburg no sábado, quer vir?", Kai pergunta.

"Uma festa?", respondo. Levei só algumas semanas em Nova York para perceber que não fazem festas em casa ou apartamento do jeito que havia na faculdade ou em qualquer outro lugar em que vivi. Todo mundo aqui parece se encontrar em um bar ou restaurante.

"Isso", diz Kai. "Uma festa de verdade. No apê deles."

Apê. Adoro essa palavra. Imagino comprar um quando — *se!* — tiver minha grande chance. "Claro", respondo, sorrindo, e então Harrison Russell vira o corredor com a cabeça baixa, olhando para o telefone. Ergue o olhar quando nos vê, então sorri. Ele presta muita atenção em mim. Kai é meio indiferente — talvez porque ela tenha uma namorada séria e não se encante com ele, porém é mais provável que saiba que é melhor manter as coisas profissionais no trabalho, e tenho certeza de que é uma maneira mais inteligente do que a minha: continuo flertando quando ele faz piadas comigo porque é fofo e não é casado, e eu meio que não consigo evitar.

"Olá, Harrison", digo. A wta é um tipo de lugar onde usamos apenas o primeiro nome. Mesmo quando atores famosos entram, ainda usamos os primeiros nomes. Nossos superiores nos treinam para agir casualmente com eles e nunca ficar impressionados. Na semana passada, peguei o elevador com uma atriz que amava desde que eu era pequena e ela estrelava meu programa favorito da Disney, e senti como se fosse fazer xixi nas calças, mas por fora estava calma como a água de um lago.

"June", diz Harrison, olhando para o meu cubículo. Há uma covinha adorável em sua pele lisa e seus olhos são de um azul muito escuro. Ele sempre fica com esse olhar no rosto como se estivesse encantado por me ver. É muito doce e, francamente, me faz sentir muito bem. "Trabalhando duro, creio eu?", pergunta. Adoro seu jeito formal de falar.

Kai está fora da linha de visão de Harrison, e a pego revirando os olhos. "Tenho que ir", fala, e então parte pelo corredor. Eu a vejo entrar por uma porta e desaparecer.

"*Estou*", digo a Harrison. "Bem, estou lendo, no momento." Aponto para o roteiro seguinte que estou prestes a começar, algo que alguém nos enviou para que fosse avaliado para uma das atrizes de Louisa. Às vezes, me pego pensando em minha chefe e em mim como uma de nós, o que me dá uma leve empolgação.

"Queria que minha assistente fosse uma leitora diligente como você", afirma Harrison.

Sorrio. A assistente de Harrison é uma mulher de 65 anos chamada Madge, que administra meticulosamente toda a vida dele, com quem trabalha desde sempre. Então, não importa o que diga, estou na WTA há tempo suficiente para saber que ele nunca desistiria dela e que, mesmo que Madge fosse uma leitora diligente, ele é muito controlador para entregar roteiros a uma assistente. Sorrio e deixo essas coisas passarem em silêncio.

"Você já almoçou?", pergunta.

Meu coração começa a bater mais rápido. "Hum", enrolo. Ele nunca me perguntou nada assim antes, nada que pudesse sugerir a ideia de sairmos além do perímetro glamoroso da WTA. Sinto um desejo arrasador de mentir, mas a verdade é que acabei de comer. E não tenho dinheiro suficiente para pagar o almoço duas vezes, mesmo que seja provável que ele pague. Além disso, me sentiria ridícula ao pedir a Louisa para ir almoçar duas vezes no mesmo dia.

"Acabei de voltar, na verdade", respondo. Seus olhos são tão brilhantes nessa luz. Ele sempre parece estar tramando algo, como se estivesse articulando uma ideia para uma aventura em que poderia incluí-la, se você tiver sorte.

"Ah", reage. Quantos anos ele tem? Trinta e poucos, talvez? "Bem, então que tal um café depois do trabalho. Eu a convidaria para beber, mas estou sóbrio."

Meu sangue começa a correr mais rápido. Ele está me convidando para sair. Café é um encontro, não é?

"Eu gostaria disso", digo, as palavras saindo com cuidado. Estou tão nervosa que não consigo respirar direito. Não há dúvida de que meu interesse é legítimo, mas não tenho certeza se deveria encontrar alguém fora do escritório dessa forma. Mas talvez ele queira dizer como amigos. Quero dizer, eu saio com Kai, então qual é a diferença?

Uma grande diferença, provavelmente. E se Louisa ficar brava?

Ou se Harrison quiser sair comigo porque acha que tenho algo especial e a agência deveria me representar?

Ele sorri com seu sorriso perfeito e lhe sorrio de volta, me perguntando onde isso vai parar, esperando que seja em algum lugar bom.

"Ótimo", ele diz. "Um dos meus escritores, Gabe O'Sullivan, tem uma mesa de leitura às oito. Então, se você ainda estiver livre depois do café, podemos jantar também e assistir à leitura."

Gabe O'Sullivan. Roteirista do grande sucesso *Enemy*, dentre um monte de outros filmes. E uma mesa de leitura? É quando os atores se reúnem para ler um roteiro do começo ao fim, o tipo de coisa que apenas pessoas de dentro conseguem ver. Não há indicação (quando o diretor os comanda), é apenas uma primeira leitura para ouvir como todos soam juntos e ter uma ideia do roteiro da peça ou do filme. Nunca fui a um, é claro — apenas li a respeito em meus livros de atuação. "É uma peça nova?", pergunto. "Pensei que ele só escrevesse filmes."

Um sorriso calmo se instala no rosto de Harrison. Ele gosta de falar sobre seus clientes. Muitos dos agentes aqui são assim. Não parecem confortáveis no centro das atenções da mesma maneira que os atores, mas gostam de defender outra pessoa. Louisa diz que para alguns agentes (e acho que colocaria Harrison nessa categoria) em parte isso é ego — eles sentem adrenalina ao negociar contratos e ir a almoços de negócios, que de acordo com Louisa são exatamente como você imagina que sejam: produtores, diretores, atores e escritores, todos sentados ao redor de uma mesa falando sobre projetos que podem ou não vir a ser concretizados.

Eu daria qualquer coisa para estar naquela mesa.

"Gabe escreve de tudo", explica Harrison, se inclinando um pouco mais para meu cubículo, agora confiante. "O homem é uma potência."

"*Uma potência*", repito. "Gostei disso."

Ele espera. Estudo seu rosto, vendo apenas um pouco de nervosismo restante nele.

"Adoraria ver uma mesa de leitura", comento, sorrindo, pondo fim a qualquer dúvida que ele possa ter. Não consigo manter a emoção longe da minha voz e sei que isso foi notado. Ele também está sorrindo.

"Combinado então", arremata. "Venha ao meu escritório quando terminar de trabalhar. Não deixe Louisa te prender até muito tarde."

Combinado. Afasto para longe o desejo de que ele chamasse aquilo de reunião de negócios ou de qualquer outro nome que alguém daria ao sair com uma pessoa que considera adequada para a sua agência. Mas nunca se sabe — tudo isso pode levar a qualquer lugar. A questão é alguém como ele querer sair com uma pessoa como eu. E isso pode ser uma coisa muito boa.

DEZENOVE

Rowan. Sexta-feira de manhã. 11 de novembro.

Depois de uma noite de particular insônia, estou em frente ao centro de idosos, esperando para apresentar Lila à minha mãe.

June ainda está desaparecida.

Sei disso porque liguei para o detetive ontem à noite por volta das sete, logo depois que coloquei Lila para dormir pela primeira vez. *Apenas querendo saber se tem notícias, sr. Patricks*, lhe disse com uma voz mais impassível do que pretendia, e então, depois de me incomodar um pouco por não cooperar em nossa primeira ligação, respondeu que June agora estava oficialmente desaparecida e seu caso tinha sido levado ao Departamento de Polícia de Nova York.

O vento sopra, sibilando no corrimão de metal prateado ao longo da rampa que ziguezagueia em direção à entrada do prédio acinzentado, onde se lê **LAR DE IDOSOS DE THORNDALE**. Estou tão nervosa que meus dentes doem. E está fazendo um frio brutal, de modo que, se me deixarem esperando aqui fora por mais um minuto, vou ter que enfrentar os germes e entrar. Ontem, ao telefone, contei às enfermeiras minhas preocupações de trazer um bebê tão pequeno e elas sugeriram que viesse durante o período de descanso dos residentes, quando todos estariam dentro de seus quartos e Lila seria exposta a menos pessoas. Disseram que mandariam uma enfermeira que me levaria até minha mãe.

Quando contei à pediatra sobre a condição da minha mãe e perguntei sobre levar Lila ao centro de idosos para conhecê-la, ela falou: *Se fosse eu, visitaria minha mãe. Você nunca vai se perdoar se algo acontecer com sua mãe e ela nunca conhecer sua filhinha*".

Não contei à pediatra que levei Lila para uma cafeteria para me encontrar com June. Porque isso parece cada vez mais estúpido e ingênuo quando penso no assunto. E *não* consigo parar de pensar nisso: é como um ciclo perturbador de dúvidas e pensamentos de autopunição desde que Lila nasceu. Não consigo parar de me repreender por todos os erros que cometi. Estou praticamente contando 72 horas desde aquele encontro no café, tentando ouvir atentamente qualquer som de uma fungada, sentir qualquer temperatura elevada. E, agora, depois de levá-la para conhecer minha mãe, vou ter que começar tudo de novo.

A preocupação parece interminável.

Por fim, uma enfermeira aparece. "Não faz mal ter um pouco de cuidado!", ouço ela dizer com um alegre sotaque irlandês, apontando para sua máscara cirúrgica verde.

"Obrigada", digo. "Agradeço de verdade."

"Entre antes que congele aí fora", comenta. A mudança de frase me perturba. Parece excêntrico vindo de alguém tão jovem.

Seguro Lila com força enquanto atravessamos as portas de vidro. Tenho comigo um daqueles cobertores de musselina respiráveis para cobrir levemente a cabeça dela enquanto caminhamos pelos corredores — acho que é melhor do que nada, pois não é como se pudesse colocar uma máscara em um recém-nascido. Os corredores estão quase vazios. O linóleo está primorosamente limpo e nunca fui tão grata pelo cheiro de desinfetante. Passamos por uma sala com uma mulher idosa se lamentando. Ela se acalma por um momento e depois pergunta: "Cadê meu irmão? Meu irmão, Jack? Cadê ele?".

"Então, como está o bebê?", a enfermeira pergunta enquanto caminhamos em direção ao quarto da minha mãe. Ela é toda entusiasmada, e não parece se incomodar com a mulher chorando, que deve estar na casa dos 90 anos. O irmão dela deve estar morto.

"Hum", digo, com um nó subindo na minha garganta. Graças a Deus existem pessoas mais fortes do que eu para que possam fazer esse tipo de trabalho enquanto fico bolando histórias inúteis na segurança do meu apartamento. "O bebê está ótimo", afirmo. Espio por baixo da musselina e beijo o topo de sua cabeça escura.

"E como vai sua recuperação?", a enfermeira pergunta. "Eu tive uma terrível depressão pós-parto."

Isso me assusta. Não por ela ser tão aberta (o que aprecio), e sim por ela já ter um bebê. Parece ter vinte e poucos anos. "Bem, não tenho certeza do que há de errado comigo", digo, imaginando que lhe devo a honestidade que me ofereceu. O mundo não seria um lugar melhor para os pais se todos fizéssemos isso? "Minha terapeuta parece pensar que tenho TEPT por conta de o parto ter sido muito traumático, e não há dúvida de que tenho ansiedade pós-parto — posso senti-la correndo ao longo do meu corpo como um rio escuro e frenético —, só que eu não chamaria isso de depressão." Não me sinto sem esperança — é o oposto, na verdade: a esperança que sinto por mim, por Lila e por nosso futuro juntas é o suficiente para me arrebatar; é uma luz ofuscante, um balão em expansão, uma mão se abrindo para segurar a minha. São todas as coisas que podem ser.

"Hummm", diz a enfermeira enquanto passamos por um funcionário empurrando um carrinho de limpeza cheio de limpa-vidros, lenços de papel e pequenos frascos de xampu e condicionador. "Sinto muito que seu parto tenha sido traumático."

"Quase sangrei até a morte", conto.

Consigo ver suas sobrancelhas ruiva se levantarem. "Sério?", pergunta. "Sua mãe não me contou."

"Ela não sabe", informo, surpresa por ela pensar que alguém diria isso à minha mãe no estado em que está. "Não queríamos aborrecê-la", acrescento.

"Sua mãe pode lidar com mais do que você pensa", a enfermeira argumenta.

Lembro da última vez que vim aqui. Minha barriga estava tão grande que não conseguia me sentir confortável sentada ao lado da minha mãe na cama, então trouxeram uma poltrona reclinável. "Ela fica bastante agitada quando está confusa", explico à enfermeira, "e imaginei que poderia funcionar ao contrário também, tipo, se nós a aborrecêssemos, ela poderia piorar."

"Não acho que funciona dessa forma", comenta a enfermeira. "Você teria que perguntar ao médico dela."

Fazemos o resto do caminho em silêncio e, na porta do quarto da minha mãe, a enfermeira diz: "Boa sorte", e noto pelos olhos dela que há um sorriso por trás da máscara. Ela abre a porta para mim. "Sra. Gray", fala suavemente para minha mãe, "você tem visitas." Então nos deixa a sós.

"Mãe", sussurro, mas ela não se vira. Está sentada imóvel na beira da cama, olhando pela janela para uma das vistas mais ou menos decentes que a instalação oferece por um pouco mais de dinheiro: é possível observar um laguinho logo depois do estacionamento. Seu perfil está iluminado pelo sol de inverno e posso distinguir os traços marcados que amei por toda a minha vida: a testa forte descendo ao nariz pequeno, as maçãs do rosto altas, a pele esticada, mas, de forma surpreendente, ainda sem as rugas da idade. Seus lábios finos sempre parecem franzidos nos dias de hoje, como se não tivesse certeza do que exatamente deveria fazer a respeito dessa situação em que nos encontramos. "Mamãe", murmuro, de uma forma que não a chamo desde que era criança, mas sai assim, como se eu fosse uma garotinha outra vez e precisasse dela mais do que qualquer outra coisa. Tiro o cobertor de musselina de Lila e meu punho aperta em torno dele até ficar suado. A cabeça perfeita de Lila espreita para fora de seu canguru sob minha jaqueta e a maneira como a amo — de alguma forma ainda mais nesse momento e a cada novo momento — é quase demais para aguentar.

Por fim, minha mãe se vira. Há sempre esse instante, uma pequena lufada de ar antes de saber se ela está lúcida o suficiente para saber quem eu sou. Prendo o desejo de dizer, *Sou eu*. Ou até mesmo: *Somos nós*. Porque às vezes isso piora as coisas.

Então minha mãe sorri e vejo que sabe exatamente quem somos, e o alívio que me inunda poderia encher um mar. "Rowan", sussurra, a palavra tão mágica quanto velas de aniversário. Suas mãos magras e com veias vão para os lados de seu rosto. Os nós de seus dedos parecem mais intensos e pronunciados a cada vez que venho, porém nada disso importa agora, pois quando ela diz: "Lila", o som que ouço me faz ofegar. Nunca amei tanto o nome da minha filha quanto ao ouvi-lo dos lábios da minha mãe.

"Lila", digo para as duas, como se fosse uma melodia que esperei para tocar.

Minha mãe apenas olha e, em seguida, retiro o meu casaco e o lanço sobre uma cadeira, chegando mais perto, mais perto e minha mãe está admirando meu bebê como se não pudesse acreditar que nada disso seja real. O momento parece suspenso no tempo, preservado em seu lugar por fios dourados que prometem não romper até que estejamos prontas para ir embora daqui.

No entanto, de repente, tudo chega ao fim. Tudo o que pensava que estava acontecendo era apenas meu próprio pensamento mágico porque minha mãe olha para a porta atrás de mim como se estivesse procurando por alguém e abre a boca, então posso vê-la prestes a perguntar se trouxe ou não meu pai. "Mãe", profiro, mas é tarde demais.

"Onde ele está?", me pergunta. Bingo. Toda vez.

Por favor, não nos deixe agora; por favor, não pergunte sobre meu pai.

Novas lágrimas inundam meus olhos. "Mãe?", a chamo com cuidado. Quero tirar a Lila do canguru. Quero que minha mãe a segure, que me diga que ela é perfeita e que ela é linda e do jeito que deveria ser. Quero meu momento de volta.

"Gabe não veio", aviso, tentando uma tática diferente. "Nem a Elena."

"Gabe?", minha mãe pergunta. Ela parece apenas um pouco confusa, não perdida por completo, porém às vezes isso acontece logo antes de um grande incidente. É quase como um deslize suave, então ela volta à forma ou a perdemos por completo.

"Você se lembra que somos apenas Lila e eu hoje, sem Gabe ou a mãe dele", informo, mantendo minha voz leve, tentando superar isso, tentando retornar. "Queria que pudéssemos ser apenas nós."

Os olhos azuis da minha mãe estão em chamas. E penetram nos meus.

"Rowan", diz minha mãe com cuidado. Parece que está tentando compreender alguma coisa. Mas então pergunta, "Tudo bem com você?", e penso em todas as noites depois que meu pai morreu, quando nos escondíamos debaixo das cobertas e ela me abraçava com força e me perguntava a mesma coisa. Penso nos livros que lia para mim. Penso em como conheci os arcos narrativos com esses livros, os começos delicados, os meios obscuros e os finais dramáticos e catárticos. Até os livros infantis seguem as regras e, quando escrevo, também as sigo.

"Estou bem, mãe", respondo, dando tudo o que tenho mesmo que nunca tenha estado tão cansada, tão assustada ou tão cheia de esperanças. Desabotoo com cuidado o canguru e pergunto à minha mãe: "Quer segurar sua neta?".

O ar na sala fica estático enquanto espero pela resposta.

VINTE

June. Três meses atrás. 2 de agosto.

Mal posso me concentrar nos roteiros até o fim do dia, então, em vez disso, organizo os arquivos de Louisa e a ouço ao fundo atendendo chamadas telefônicas. Pelo menos uma dúzia de vezes acho que vou lhe contar sobre Harrison me convidando para ir à leitura, mas toda vez me acovardo. Às 18h20, ela sai de uma ligação com um ator que está chateado com seu pagamento em um novo programa de TV, e me diz: "June, você é uma salva-vidas. Vou me sentir muito mais organizada".

"Você tem certeza de que não devemos escanear tudo isso?", pergunto. "E se esse lugar pegar fogo e você perder todas as suas coisas?"

Ela acena com a mão. "Você deve me achar muito antiquada."

"Acho, sim!", replico, e nós duas rimos. Então ouvimos uma batida, e ainda estamos rindo quando Harrison abre a porta e esse é o momento em que desejo mais que tudo que já tivesse contado a Louisa sobre ele me levar para tomar café e para a leitura de Gabe O'Sullivan essa noite. Sei, naquele instante, que não contar foi a pior escolha.

"Oi", Louisa o cumprimenta por detrás de sua mesa. Está pensando, é óbvio, que Harrison está aqui para falar com ela. Dá um sorriso agradável, como normalmente ocorre no final do dia quando estamos trabalhando. As noites são seu momento preferido.

Estou sentada no chão, com papéis por toda parte. Estou de frente para Harrison, que olha para meu rosto e descobre que eu não contei nada a Louisa sobre hoje à noite. Os agentes são mestres na leitura dos rostos e vozes de outras pessoas — é extraordinário, na verdade. Louisa passa metade do dia farejando possíveis problemas e os desarmando antes que seus clientes saibam que algo estava acontecendo.

"Então, mencionei algo a June mais cedo", comenta Harrison, devagar, "mas ela pensou que poderia estar trabalhando até tarde, então não chegamos a marcar." Estou maravilhada com a forma como ele está conduzindo a situação. Harrison sorri para Louisa, e parece tão diferente da maneira como sorri para mim. "Gabe O'Sullivan vai fazer uma mesa de leitura na Playwrights Horizons", explica.

"Que legal", diz Louisa, com gentileza. Então se cala, esperando que ele conte mais.

"Pensei em levar June comigo", continua Harrison, "caso termine o trabalho dela a tempo. Pensei que poderia ser bom para ela conhecer algumas das pessoas da Playwrights e ver uma leitura acontecendo."

Louisa endurece. Ela não me levou a lugar nenhum, e não sei se está sendo protetora e pensando que deveria ser a única a me levar a eventos da indústria ou se está se sentindo mal porque ainda não o fez (não que eu esteja esperando), ou talvez ela esteja infeliz porque isso soa como um encontro e romances de escritório que — embora não sejam proibidos — não são aprovados.

Olho para a cara dela até não poder mais. "Posso terminar isso tudo antes de ir", declaro, um pouco desesperada, gesticulando para os papéis em pilhas retangulares no chão.

"Não seja boba, June", exclama Louisa.

Me viro para olhar em sua direção outra vez — digo, olhar de verdade, para de alguma forma telegrafar que ela é minha primeira escolha e que, caso não concorde com esse encontro, não vou. "Você tem que ir", diz, sorrindo um sorriso modesto e muito falso. "Harrison tem razão." O sorriso se transforma em algo mais prático. "Seria bom ir a Playwrights e ver uma leitura. Você está lendo uma grande variedade de roteiros esses dias, de escritores de calibres muito diferentes. Mas os escolhidos para serem interpretados na Playwrights são os melhores. Com certeza você vai ver algo bom."

"Ah, esse roteiro de O'Sullivan é genial", garante Harrison. "É diferente de tudo que ele já fez antes. Muito latente e inquietante."

As costas de Louisa estão retas outra vez, e penso, *Cala a boca, Harrison, agora não é o momento para ser um agente.*

Ela olha para mim e apenas para mim. "Divirta-se essa noite e aproveite, June. É sempre bom ver escrita e atuação realizadas em alto nível. E essa é uma ótima ideia", afirma, girando sua cadeira ergonômica até quase perder o equilíbrio. Ela se recupera. "De verdade, eu deveria começar a levá-la a mais eventos", comenta, enquanto acena. "É só que, você sabe, a maioria dos meus clientes estão em filmes e não em peças, mas *há* um festival de cinema no próximo mês que poderíamos ir juntas..." Seu sorriso é forçado, não por ela não querer falar aquilo, mas por ter que falar isso na frente de Harrison. A tensão na sala é tão concreta que me faz ter certeza de que eles tiveram conflitos no passado.

"Adoraria isso", lhe digo, falando a maior das verdades, assim como a coisa seguinte que digo: "Mas também gosto de ficar aqui com você. É mais divertido do que quando estava na faculdade".

Isso faz Louisa rir de repente. "Tudo bem", concede. "Bem, isso me deixa feliz." Sorrimos uma para a outra como se fôssemos as únicas aqui, como se Harrison não fosse parte de nós e nunca seria, e como se isso fosse a melhor saída. Ele se endireita. Sua sombra recai sobre uma das minhas pilhas.

"Bem, então", ele começa a falar, me separando de Louisa com sua voz profunda de barítono. "Vamos indo." Posso sentir o peso de seu olhar, mesmo que ainda esteja olhando para Louisa. Me viro e o vejo sorrindo. "A noite é uma criança, June", brinca, mas é como se estivesse dizendo para Louisa, para forçar o limite e fazer parecer ainda mais emocionante do que talvez seja, para entrar em uma pequena briga antes de irmos.

"Certo", respondo. "Vou pegar minhas coisas."

Louisa me dá mais um sorriso, só que esse é melancólico, do jeito que apenas vi minha mãe sorrindo para mim antes de sair de casa, como se cada vez pudesse ser a última e não fosse possível fazer nada.

"Tchau", falo.

"Tenha uma boa noite, June", diz Louisa, mas já passei pela porta, com um arrepio elétrico na minha pele, aquele pelo qual estou sempre procurando. Um sorriso se abre no meu rosto.

"Vamos", sussurro, baixo o suficiente\para que só eu possa ouvi-lo.

VINTE E UM

Rowan. Sexta-feira de manhã. 11 de novembro.

Os imensos olhos azuis de minha mãe estão em Lila agora, não em mim.

"Claro que quero segurar minha neta", manifesta sua vontade. Sento na cadeira ao lado de sua cama desfeita. Os lençóis brancos estão decorados com girassóis amarelos. Me surpreende que já sejam onze da manhã e que um funcionário ainda não tenha arrumado o quarto, especialmente quando a equipe sabia que eu estava vindo. Há lenços de papel na mesa de cabeceira da minha mãe e bolinhas de papel amassadas quase transbordam de sua lata de lixo.

Minhas mãos estão tremendo contra o corpo de Lila enquanto a tiro do canguru. Seus olhos castanhos estão abertos, olhando para mim, o que me surpreende, porque geralmente, ao acordar, ela grita para ser amamentada. A especialista de lactação disse que vou saber que está satisfeita com leite quando parecer acordada, mas relaxada, com as mãos abertas. No entanto, agora vejo os punhos dela apertados como sempre. Preciso amamentá-la imediatamente, assim que minha mãe terminar de segurá-la, e todas as coisas que quero nesse momento me deixam vibrante de antecipação. "Lila", falo para minha garotinha, "pronta para conhecer sua avó?"

Minha mãe faz um barulho que soa como um suspiro, porém, às vezes, até coisas normais que minha mãe faz me deixam nervosa, como se qualquer leve contração neurológica pudesse ser o sinal de outro episódio de demência. Passo Lila mais rápido do que pretendo, mas minha mãe está pronta, seus braços fortes e seguros enquanto pega meu bebê e a embala, como se isso fosse o que as mães devessem fazer, que é para isso que nossos braços são feitos.

Não choro.

Olho para minha mãe e Lila, meu coração cheio, a ponto de explodir. Amo as duas tão profundamente que mal posso aguentar. É como olhar para a luz do sol ou mergulhar em um buraco negro, tanto sentimento e poder que quase posso vislumbrar o próprio ato da criação.

"Gray", diz minha mãe, balançando a cabeça. "Você é muito bonita."

Congelo de novo. Minha mandíbula está tão apertada que receio que quebre.

"Não, mãe", corrijo, com a frustração crescendo dentro de mim, não importa o quanto eu queira parecer santificada na presença da minha mãe. "O nome dela é Lila. Lila Gray."

Minha mãe olha para mim. "Ah, verdade, é claro", diz ela. E, em seguida: "Rowan, esse bebê parece um anjinho".

"Parece sim", concordo. "Eu te amo, mãe."

"Eu também te amo."

Lila olha para minha mãe. Ela abre e fecha a boca, logo sei que está com fome e tenho que sentar nas minhas mãos para impedi-las de pegar Lila de volta.

Apenas as deixe aproveitar esse momento, penso, e minha mente racional sabe que alguns minutos a mais sem leite não vão importar no grande plano das coisas, contudo meu corpo pensa algo diferente: meu peito se encheu de leite e posso sentir um vazamento no meu sutiã, e tudo o que posso pensar é que essas gotas resultam em trinta mililitros indo para o lixo, então falo: "Mãe?", e como resposta ela me diz, "Você quer amamentá-la, não é?", e a sensação de ser compreendida por outra mãe, principalmente a minha própria, é suficiente para me encher de alegria.

"Sim", respondo, a confiança se avolumando dentro de mim. "Quero."

Minha mãe passa Lila de volta aos meus braços e fala: "Mas precisamos conversar, Rowan, precisamos mesmo. Você não acha? Precisamos falar sobre tudo o que aconteceu".

Contei à minha mãe por telefone a respeito de minha nova terapeuta querendo que eu voltasse a nossa casa para relembrar o que aconteceu com meu pai. Mencionei o assunto rapidamente porque não queria chateá-la, porém queria avaliar sua reação antes de tentar inundá-la aqui em seu quarto e forçar a situação. "Ok", digo, observando minha mãe, nervosa. Nós nunca tocamos nesse assunto.

"Pode começar, querida", pede a minha mãe. "Vou ficar bem. Posso lidar com isso, se você puder. Sabe que estou aqui por você, mesmo que às vezes eu não esteja..."

Esses momentos são a parte mais dolorosa de sua doença — quando ela sabe o que está acontecendo com sua mente, quando está lúcida o suficiente para entender com que frequência não está.

"O que você se lembra do que aconteceu com sua família?", me pergunta.

VINTE E DOIS

June. Três meses atrás. 2 de agosto.

Do lado de fora da wta, um sol alaranjado afunda entre os edifícios de aço. O céu tem um tom de lavanda esfumaçada, com listras amarelas. Está frio para uma noite de agosto. Os vapores fumegantes e cinzentos sobem de uma grade do metrô e a mancha prateada de uma embalagem de doces tremula diante de mim e Harrison. Hordas de pessoas passam zumbindo em uma mistura de ternos, uniformes, roupas de ginástica, *looks* para sair à noite, conversando entre si ou com outros em seus telefones. Línguas giram ao meu redor como um ciclone.

"Amo essa cidade", digo a Harrison enquanto nos demoramos ali absorvendo tudo. Ele acende um cigarro.

"É mesmo?", pergunta ao tragar.

"Sim", respondo, observando uma mulher idosa puxar um carrinho cheio de mantimentos. "Amo. É como se ela apertasse meu coração com as próprias mãos."

As sobrancelhas de Harrison sobem. "Sério?", pergunta com um sorriso. "Gostei disso."

Caminhamos para o oeste em direção ao distrito dos teatros. Odeio cigarros, mas Harrison é um fumante bonito, com seus dedos longos e gestos dramáticos. Ele me conta sobre seu dia, o que faz muitas vezes no trabalho. Não posso negar que acho tudo isso emocionante: fazer parte nesse mundo, saber que uma certa atriz acabou de assinar contrato para um filme, ou que Harrison está no meio das negociações de um filme com um dos atores renomados de Louisa e como isso vai fazer decolar a carreira de um de seus roteiristas, e como tudo isso se encaixa como um quebra-cabeça criado pelas pessoas mais importantes em Hollywood. Um teatro de marionetes, na verdade, é o que fazem: criando e destruindo carreiras com um estalar de dedos.

"Então, ele tem um novo piloto que é perfeito para o Hulu", conta Harrison enquanto passamos por uma farmácia. "E já compraram um de seus roteiros especulativos antes, então ele está no radar deles."

Ah, o que não daria para ser uma das atrizes da WTA! É possível, em qualquer universo, que Harrison também tenha pensado nisso? O problema é que não tenho créditos. Então, para alguém como Harrison ou Louisa me mandar para uma audição e arriscar sua reputação dessa maneira: eu teria que ser extraordinária e única, e simplesmente não sei se sou. Tenho um medo profundo de não ser e cair de cara nessa cidade que amo, de nunca ter uma chance real de dar certo. E me preocupo de um dia me sentir infeliz com minha vida e olhar para trás, para tudo isso, como se fosse um sonho.

"Esse cheiro de cachorro-quente me faz querer vomitar", declaro, enquanto nos aproximamos de uma lanchonete com mesas ao ar livre cobertas de toalhas de xadrez de plástico vermelho e branco. "Nossa, isso é péssimo", reage Harrison, desacelerando na frente da lanchonete, o cheiro de cachorro-quente mais forte do que nunca. "É aqui vou te levar para jantar."

Nós rimos e continuamos andando.

Na Sexta Avenida, Harrison aponta para uma cafeteria chamada Frankie's e diz: "Acho que a gente podia ir a essa cafeteria. Tem comida, e então daria para beliscar algo e ainda chegar a tempo para a leitura de Gabe". Ele verifica o telefone. "Bem, talvez tenhamos que nos apressar um pouco..."

"Parece bom", respondo, então vamos em direção à cafeteria e entramos. Sua mão está na minha lombar, como se isso fosse o que sempre fazemos, como sempre nos tocamos.

Olho em sua direção, vejo seus olhos azuis, e esse é o momento em que tenho certeza de que ele quer que isso seja romântico. Seus olhos estão me questionando, como se desejassem que eu dissesse que quero a mesma coisa. Quero a mesma coisa? É difícil separar o que quero do que quero *de verdade*. De certa forma, parece uma decepção: se ele quisesse que me tornasse uma das atrizes da WTA, não estaria colocando a mão nas minhas costas e olhando para mim dessa forma, já que não é assim que costuma agir. Ele nunca namorou nenhuma das clientes da firma, e sei disso porque tanto Louisa quanto Kai me contaram. Kai não expressou isso tão bem quanto Louisa. Apenas disse que Harrison é moralista e não namora clientes, apesar de não ter problema com as assistentes, que nenhuma delas trabalha mais na WTA, e, disse ainda, que uma delas não retorna as mensagens de Kai, mesmo sendo amigas. O que me faz sentir como uma idiota, e então perguntei a Louisa onde a maioria das assistentes da WTA vai parar e a ouvi dizer que em geral conseguem empregos melhores em outras agências, e essa rotatividade é alta no nível de assistente. Louisa não percebeu por que eu estava perguntando, então não fui além disso, porém agora estou sentindo que Kai estava exagerando por afeição ao drama, o que é irritante.

"Você primeiro", diz Harrison, me guiando por uma série de mesas. É bem pequeno aqui. Íntimo. Mais jantar do que café, isso é certo.

"Bem, *isso* é romântico", deixo escapar, olhando ao redor.

Harrison congela. Sua boca se contorce, como quando você come algo muito amargo. "Sinto muito, June", responde, e parece genuíno, como se ficasse mortificado. "Podemos ir para outro lugar."

Sorrio para ele — é tão revigorante vê-lo assim, a confiança profissional que vejo na WTA quase desaparecendo. "Não, é perfeito", falo, e então pego sua mão. Sei que estou colocando algo em movimento e não posso saber o resultado, mas faço isso de qualquer maneira e tudo entre nós muda para algo novo. Seguramos as mãos um do outro, manobrando pelos espaços apertados entre os clientes e, por fim, sentamos em uma mesa no canto com uma vela acesa ao lado de um vaso de margaridas. Minha mãe sempre amou suas margaridas em agosto, e penso nela agora e no que pensaria sobre eu sair com alguém que imagino ser pelo menos dez anos mais velho. Deixo de lado o quanto ela ficaria furiosa e a maneira como ocultaria em princípio e agiria como se não se importasse, enfim se resignando ao fato maior de que sempre a decepciono.

Harrison e eu nos encaramos e a onda de frio que sinto quando penso em minha mãe me faz querer pegar sua mão outra vez, então faço isso. "Não estou saindo com mais ninguém", conta, muito rápido. "E venho pensando em convidá-la para jantar desde a primeira semana em que a conheci. E gostaria que nós... bem, que fizéssemos isso outras vezes... se você quiser também. E se não der certo, nunca deixaria que atrapalhasse seu trabalho na WTA. Sou um adulto, assim como você."

Respiro fundo. Seus olhos estão no meu rosto e sei que estou linda e sei que isso não soa muito bem para que o direi, mas é a verdade e isso me leva a ter a coragem de proferir as palavras que digo a seguir.

"Você deixaria isso atrapalhar que eu virasse uma atriz da WTA?", pergunto, apertando suavemente suas mãos.

Então, ele se afasta.

A garçonete se aproxima da nossa mesa com um bloco de notas. Meu coração bate forte em meus ouvidos, entorpecendo até mesmo o som dos outros clientes tagarelando ao nosso redor. Há uma rocha fria e dura se formando no meu estômago.

Eu disse a coisa errada.

VINTE E TRÊS

Rowan. Sexta-feira de manhã. 11 de novembro.

Olho para minha mãe enquanto amamento Lila, sem saber por onde começar, enrolando como costumo fazer sempre que conversamos sobre os limiares dessa grande escuridão que recaiu sobre nós há tantos anos. Minha mãe brinca com as contas de seu terço rosa perolado, seus lábios formando orações silenciosas enquanto evita meu olhar. Durante minha infância e adolescência, ela sempre mantinha terços escondidos em lugares diferentes: entre as páginas dos livros, na gaveta de cima de sua mesa de cabeceira e pelo menos outros dois escondidos debaixo de seu travesseiro. Passava os dedos por aquelas contas todas as noites enquanto adormecíamos juntas. Um de seus médicos me disse que é provável que ela volte ao hábito com frequência gradativa à medida que sua mente falhar, quase como uma pedra de toque — algo tão arraigado que é mais difícil de se perder. O mesmo médico me disse que uma das características de sua condição é o desejo de retornar ao passado e talvez seja por isso que esteja tão disposta a conversar sobre meu pai agora. Contudo, aposto que é mais provável que esteja disposta a revisitar algo doloroso para me ajudar, pois isso não faz parte de ser mãe? Eu faria isso por Lila.

"Sabe, é engraçado", falo, enquanto Lila cochila em meu peito. Passo um dedo ao longo de sua bochecha para acordá-la e então respiro fundo como a especialista de lactação me ensinou a fazer para animá-la o suficiente para terminar a amamentação, porém esses truques não funcionam tão bem quanto se imagina. Lila já está dormindo, seus lindos lábios vermelhos entreabertos em minha direção. "Ah, Lila", digo, exasperada. "Por favor, acorde."

Minha mãe solta uma risada jovial. Ergo os olhos e a vejo olhando amorosamente para nós duas. "O que foi?", pergunto.

"Quando você era pequena", conta, "eu não conseguia acordá-la, não sei por quê. Você dormia no peito todas as vezes."

"É verdade?", pergunto com um sorriso, sendo essa a primeira vez que me senti despreocupada com o problema da amamentação.

"Sim, verdade", confirma minha mãe.

"Então, o que aconteceu?", pergunto. "Perdi peso? Você teve que me levar ao médico?"

Minha mãe balança a cabeça. "Era diferente naquela época", comenta, com um aceno. "Não tínhamos tantas consultas como vocês têm agora." Ela é cristalina, e eu gostaria que pudesse ser sempre assim. "Você acordou por volta de seis ou sete semanas. E você ficou uma coisinha magra, não importava o quanto eu a amamentasse."

Penso em minha mãe naquela época, provavelmente cercada por seus amigos que a apoiavam. Sua própria mãe já havia falecido, no entanto a mãe do meu pai a adorava e sempre ficava do lado dela todas as vezes que discutia com meu pai, o que era frequente. Minha avó morou conosco durante em alguns períodos ao longo de anos. E, então, quando meu pai foi morto, minha avó meio que não conseguiu lidar (o que era compreensível) e desapareceu por meses. Nós voltamos a vê-la apenas uma vez e então ela morreu no ano seguinte. *Trágico*, minha mãe sempre diz com um aceno de cabeça, o que acho que significa que, de certa forma, perdemos meu pai e minha avó na noite em que ele foi assassinado.

"Você viu o amigo do meu pai fugir pelos fundos, certo?", pergunto. Não sei por que é assim que começo, quando já sei que é verdade, mas parece um ponto de partida bom e fácil.

Minha mãe está surpresa, o que não faz sentido quando foi ela que trouxe tudo à tona. "S-sim", gagueja, o que me deixa nervosa. Não quero forçá-la a algo que a estresse, se o estresse for de fato um gatilho para um episódio. "Vi um homem de médio porte correndo pelo gramado", narra.

"Mas eram todos de estatura média", afirmo, em relação aos amigos do meu pai. Não tinha um notavelmente alto ou baixo entre eles. Nem um sóbrio, na verdade. Eram todos bêbados naquela época. E, desde aquela noite, um ficou sóbrio e ninguém mais o viu.

"Sim, isso é verdade", completa minha mãe. Percebo pela primeira vez que sua camisa cinza abotoada está torta, os botões todos errados. Fico enjoada ao pensar em outra pessoa supervisionando seu banho e selecionando suas roupas quando ela não pode. No entanto o que posso fazer? Mesmo que Gabe quisesse testar minha mãe morando conosco, não tenho certeza se poderia cuidar dela com segurança, principalmente agora que Lila está aqui e mal posso cuidar de nós duas.

"Os policiais estavam bastante convencidos de que o culpado era Johnny", minha mãe relata, falando daquele que foi preso por isso, porém não há vida em sua voz.

"Me lembro do Johnny", digo casualmente, como se seu nome não fosse carregado de morte e traição. Foi ele quem acabou ficando sóbrio. Quando meu pai estava vivo, Johnny era de quem minha mãe menos gostava entre todos eles, aquele que os levou aos lugares mais escuros: vandalismo em uma noite, pequenos furtos em outra, incêndio criminoso um ano depois em um bar (vingança porque o proprietário os proibiu de entrar). Eles nunca foram condenados por nada.

Sempre consideramos que foi um dos amigos do meu pai que veio roubar o relógio de diamantes. Primeiro, porque todos haviam saído com ele naquela noite, então todos sabiam que estava bêbado e era improvável que acordasse quando entrassem em nossa casa para pegar o relógio, e todos sabiam que papai nunca se lembrava de trancar as portas quando vinha de uma bebedeira. E, segundo, porque seus amigos eram os únicos que sabiam que guardava o relógio em um vaso azul opaco. Não me pergunte por que ele lhes contou seu esconderijo. Jamais vou entender. Presumo que seja porque os considerava seus irmãos, mas até a família pode se voltar contra você — todos sabem disso. E nenhum deles nunca apresentou nada que ajudasse a polícia a resolver o crime. Todos compareceram ao funeral com os olhos vermelhos e as cabeças baixas. Lembro daquela velha igreja católica que cheirava a óleo e segredos, e da maneira como os amigos do meu pai usavam ternos de tamanho errado e não cantavam os versos, embora os ouvissem todos os domingos desde antes que pudessem falar. Lembro de como todos no funeral olhavam para mim — *a jovem filha* — como se estivessem tentando discernir se eu ficaria bem.

Meu pai limpou o relógio na frente da minha mãe no dia em que morreu, porém, quando os policiais revistaram a casa, não conseguiram localizá-lo. Os policiais supuseram (da melhor maneira que puderam; acredito até que tenha sido um palpite, na verdade) que a única facada foi infligida em legítima defesa. O detetive chefe nos disse que não parecia que o criminoso tenha ido até lá para matá-lo. Era mais provável que fosse para roubar o relógio e, quando meu pai o encontrou roubando, foi atrás dele e o homem o esfaqueou e fugiu.

"Às vezes, me pergunto o quanto você se lembra do seu pai, do que ele fez comigo", minha mãe fala com cuidado.

Quase completo, *Comigo também*, porém sinto que mamãe está tentando chegar a algo diferente do que sei, então fecho a boca e espero. Só que ela não fala mais nada e, então, por fim, digo: "Lembro dele fazendo coisas conosco que eram tão terríveis, mas tão sutis, que eram difíceis de colocar em palavras. Lembra daquele livro de receitas que adorávamos usar para fazer doces? Lembra de como ele costumava escondê-lo?". Meu pai sempre escondia coisas que poderiam parecer sem importância para qualquer pessoa que não fosse minha mãe e eu: contas de terços, livros infantis que amávamos, o formulário que ela deveria assinar e enviar para o meu jardim de infância. Vivia fazendo, com mamãe e comigo, jogos mentais de maneiras breves, mas distintas, que nos lembravam quem era o chefe. Ele escondia o talão de cheques da minha mãe e a repreendia por não pagar uma conta de luz. Esbarrava nela muito levemente, desequilibrando-a e murmurando um pedido de desculpas quase alegre. Às vezes, não falava conosco por dias, apenas para nos afogar em um dilúvio de palavras quando finalmente abria a boca para se desculpar, com os olhos marejados e a testa enrugada.

Era um motivo de felicidade que ele amasse tanto aquele bar. Fiquei tão feliz com sua partida. Não apenas porque o odiava, mas porque amava minha mãe muito intensamente.

"Ah, sim. Aquelas coisas que seu pai costumava esconder", minha mãe diz devagar, balançando a cabeça. "Ele se transformou em um grande babaca. Não era assim quando nos casamos. Bebia demais na época, mas ainda tinha esperança."

É uma sensação decepcionante ver que alguém possa se transformar dessa maneira. E não como as decepções e reviravoltas às quais você se prepara para viver em um casamento — infidelidade, doenças, ruína financeira e afins —, mas algo mais insidioso: uma virada da maré, uma panela furiosa fervendo sobre o fogão, um tapa bem cronometrado em rota de colisão com seu pescoço.

"Me lembro de como ele ficava bêbado", conto, "e voltava para casa, e então..." Desço os olhos sobre Lila. Não tenho certeza se alguma de nós está pronta para onde estou prestes a ir. "Acho, pelo que me lembro", começo, incapaz de olhar nos olhos da minha mãe. O que me lembro é de tudo o que podia ouvir através das paredes: seus gemidos e batidas rítmicas, o som da cabeceira da cama, as molas da cama. Lembrava de todas as coisas que fazem sentido quando você vira um adulto e começa a fazer os mesmos sons, e eu me lembro de suas reclamações.

"Acho que ele sempre chegava em casa e a obrigava a fazer sexo", coloco para fora. Ergo a cabeça para olhar em seus olhos. São de um azul reluzente e gélido. "Mãe?", imploro, e então pego a sua mão. É difícil embalar Lila em apenas um braço ao mesmo tempo em que a amamento, e minha mãe aperta minha mão e a solta outra vez. "Você não podia desejar isso", falo. "Não é? Eu não consigo imaginar qualquer universo em que você gostaria de dormir com ele bêbado daquela forma, mas se você fez isso, saiba que não a julgo. Pois era o seu marido."

Minha mãe começa a chorar. Pequenos soluços que abalam seu corpo frágil.

"Ai, mãe", digo, "sinto muito. Nós não precisamos fazer isso."

Ela acena com os dedos magros e diz: "Não. Podemos, sim. Meu Deus, Rowan, especialmente se isso for ajudá-la agora. Podemos falar disso, é claro que podemos. É que, às vezes, realmente não posso acreditar que aquela era a nossa vida, que aqueles foram os primeiros cinco anos de sua vida. Não consigo acreditar que fiz você passar por isso".

Dou de ombros como se não fosse nada, o que nós duas sabemos que não é verdade. Mas, sem dúvida, posso entender — ela se casou aos 22 anos. Como poderia saber o que estava por vir?

"Ele era tão raivoso", declaro, porque é nesse ponto que sempre retorno quando penso nele.

"Isso mesmo", confirma minha mãe, se endireitando. "Ele nunca bateu em você, sempre me consolo com isso."

"Nunca", digo, e é a verdade.

"Você tem razão quando fala que eu não queria fazer sexo com ele", confessa, e meu coração afunda em algum lugar mais baixo do que nas últimas semanas. "Talvez o trauma daquela noite em que ele morreu, Rowan, talvez as coisas que você não se lembra..." Então vai parando de forma gradual, e depois diz: "Receio que sua terapeuta esteja certa. Ela é boa, não é? Supostamente a melhor?".

Aceno que sim. Lila começa a sugar de novo, e a encorajo com uma massagem circular nas costas.

"Talvez aquela noite tenha sido enterrada tão profundamente", afirma minha mãe, ficando agitada, com as mãos tremendo. "Talvez a faça se esquecer de outras coisas."

"Sobre o que aconteceu com meu pai?"

"Aquilo e... Rowan, não sei. Estou confusa quanto a algumas das coisas que sei, que ouvi, que me lembro... talvez não seja eu a melhor pessoa para ajudá-la com isso por causa da minha mente, mas, por outro lado, sou sua mãe, então, quem mais seria?" Seus olhos caem sobre as contas do terço.

Meu celular toca. É Gabe. Tenho certeza que está preocupado — não queria que eu viesse aqui hoje, e vai ficar muito irritado ao saber que cancelei no último minuto a carona que sua mãe iria dar para mim e Lila para que pudesse vir aqui sozinha. Quase não atendo o telefone, no entanto isso seria injusto, então atendo.

"Ei", digo. "Estou com minha mãe. Ela acabou de conhecer Lila." Há um sorriso na minha voz, enrolando as palavras e erguendo-as mais alto.

"Rowan", responde Gabe, e então limpa a garganta. "Você deve ir para casa logo. Tem policiais vindo para falar conosco sobre June. Eles encontraram..."

Suas palavras cessam. Posso ouvir sua respiração.

"Gabe? Você está aí? Eles encontraram *o quê?*", pergunto. Lila se mexe, finalmente acordando. Ela aperta o meu mamilo com tanta força que grito. Não sei como, mas suas gengivas parecem punhais, mesmo que ela não tenha dentes.

"Encontraram uma mancha de sangue no chão, em frente ao nosso apartamento", conta. Me sinto tonta, mesmo sentada. Levo a mão à boca como se tentasse não vomitar. Gabe continua. "A sra. Davis chamou a polícia, convencida de que viu uma pequena mancha de sangue no elevador, e estava certa. Não sei se realmente acham que é o sangue de June ou se estão me contando do sangue para me assustar, mas estão vindo para falar conosco às cinco da tarde", explica Gabe. Ele limpa a garganta de novo. "Porque os vizinhos contaram sobre você, e o que você fez com June."

Minhas mãos apertam o telefone. "Não *fiz* nada com ela", retruco, minhas palavras acelerando. "Apenas a acusei de algo. Tive um colapso mental ou algo assim! Apenas gritei com ela, Gabe, você sabe disso."

"Sim, mas nossos vizinhos ouviram tudo", afirma Gabe. "Como foram ruins... *os seus gritos.*"

"Parece que está me acusando de machucar June", digo, sentindo os olhos da minha mãe sobre mim.

"Não estou, Rowan", replica Gabe. "É claro que não. Apenas volte para casa, por favor."

VINTE E QUATRO

June. Três meses atrás. 2 de agosto.

Nós nos recuperamos.

Não sei como foi, mas nos recuperamos.

Harrison olha o cardápio, pede quiche e, educadamente, avisa à garçonete que temos um pouco de pressa. Escolho uma salada. Nós dois tomamos *latte* descafeinado. A garçonete vai embora e Harrison diz: "June, me desculpe. Isso me pegou de surpresa. Não sabia que queria ser representada por nós".

"Sério?", pergunto e ele imediatamente parece envergonhado. Uma parte de mim se sente mal por ele, mas outra parte de mim pensa, *O quanto você tem que ser cabeça dura para achar que não quero ser representada por um agente da* WTA?

Está brincando comigo? Ele sabe que quero ser atriz. Contei isso semanas atrás no trabalho. Então, como ele poderia pensar que não queria? Meus olhos estão fixos nele, esperando que me diga algo, que me responda.

"Muitas pessoas que trabalham para a WTA têm aspirações criativas em segredo", explica Harrison, "porém isso não significa que estejam procurando ativamente serem representados pela WTA."

"Tem certeza disso?", pergunto, com o máximo de respeito possível.

"Sinto muito", repete e, dessa vez, de fato parece constrangido.

"Por favor, não entenda isso da maneira errada", falo, "mas, da minha perspectiva, existem tantos agentes poderosos no topo que decidem quem recebe qual papel. E, depois, tem pessoas como eu, plebeus criativos que ainda não são superfamosos e têm zero poder. Então acho, bem, pelo menos não nos insulte fingindo que acredita que não queremos isso mais do que qualquer outra coisa. Quem em sã consciência não gostaria de ser representado pela WTA?"

Ele não diz nada — nem mesmo outro pedido de desculpas —, mas ele está ouvindo.

"Tenho uma audição amanhã", digo, mergulhando mais fundo, cravando minhas garras na verdade pulsante do que meu coração deseja acima de tudo. "É para um teatro de caixa preta no Brooklyn. Vou fazer um teste para o papel de Cecily em *A Importância de Ser Prudente*."

"Ah", reage a minha fala, quase parecendo irritado, como se eu estivesse conduzindo essa noite a um lugar diferente do que ele desejava. No entanto, de repente, um sorriso hesitante retorna ao seu rosto. "Não sabia que você tinha instrução formal para teatro", comenta.

"Tenho", respondo, o que é apenas uma mentira parcial. Na semana que vem, começo um curso de atuação no HB Studio, que é um dos estúdios de atuação mais antigos e respeitados da cidade. E no último fim de semana, li *Respeito pela Atuação*, de Uta Hagen, e *estou* começando a me sentir mais como uma atriz, mesmo que só tenha feito peças na faculdade. Além disso, na semana passada, me encontrei com uma agência de modelos que Louisa desconfia que seja uma farsa, mas eu acredito ser legítima. O problema é que eles estão pedindo 1.300 dólares para fazer minhas fotos (o que *eu preciso*), mas Louisa diz que, se for uma agência legítima, eles deveriam me encorajar a encontrar meu próprio fotógrafo fora de sua empresa, alguém sem relação direta com eles. Disse isso e então me deu um sermão a respeito dos esquemas de extorsão, o que foi um enorme estraga-prazeres.

"Vou te ver se consegue o papel", diz Harrison.

"Eu gostaria disso", respondo.

"Você está fazendo muitas audições?", Harrison pergunta, brincando com o guardanapo.

"Estou", digo. "Estou esperando a resposta para um papel em um filme *indie*."

Sorrio e bebo minha água. Ah, como amo essa palavra: *indie*. June Waters: *atriz indie*. Algo poderia ser mais maravilhoso que isso?

"É um negócio louco", afirma Harrison. "Mas é quase perfeito. Viciante, de certa forma."

Dou de ombros. "E não há mais nada que eu queira fazer", acrescento. "Não tenho um plano B."

"Talvez não haja necessidade", complementa Harrison. O brilho em seus olhos azuis voltou e está me iluminando. Ele tem um quê de garotinho, como se estivesse sempre prestes a fazer algo. Problemas, talvez.

"Talvez não", exulto.

O café se agita ao nosso redor. Os clientes vêm e vão. Os garçons limpam pratos. Um jazz de Nina Simone toca. Me sinto cheia de possibilidades enquanto nos sentamos lá em silêncio. Tem algo de especial em estar com Harrison, assim como quando estamos juntos no escritório: ele tem uma *vibe* boa, é agradável e é leve estar perto dele. É reconfortante sem ser chato. Somos sociáveis juntos, mesmo quando não estamos conversando, e fico surpresa por não estar mais nervosa. A garçonete traz nossa comida e ficamos em total silêncio quando começamos a comer.

"Como são seus pais?", Harrison me pergunta no meio da quiche.

"Ah, bem", respondo, limpando minha boca com um guardanapo cinza engomado. "Meu pai é mecânico. É descontraído, meio simples de um jeito muito bom. Eu o entendo, sei o que o incomoda. Praticamente deseja apenas se certificar de que meu irmão e eu estamos bem e que sua oficina está indo bem. Foi piloto de carros de corrida e agora adora corridas de cavalos. Costumava jogar, mas agora não mais, se limitando a ir para Saratoga no início da manhã a fim de assistir os cavalos correndo na pista antes de voltar para a oficina. Ele ama aqueles cavalos — você já esteve no hipódromo?"

Harrison balança a cabeça e toma um gole de água.

"Eles são ainda mais lindos de perto", comento. "Como máquinas poderosas, tensos, vigorosos e explosivos quando correm, e alguns são tratados como realeza, banhados em brilho, mas acho que ir lá devia gerar um tipo de conflito na mente de meu pai, pois ele sabia que alguns estavam sofrendo terríveis maus-tratos e sendo explorados para obter lucro. Eu era muito jovem para entender tudo isso quando ele costumava me levar ao hipódromo, o que durou até quando tinha uns 12 anos e, enfim, era tão cedo que eu preferia dormir em vez de ir lá. Ele se levantava às cinco da manhã", esclareço para que Harrison não pense que sou uma pirralha mimada que não se gostava de ser incomodada para levantar da cama. "Meu pai tinha que estar na oficina às 7h30. Olhando para trás, gostaria de ter feito mais esforço para ficar com ele na oficina ou apenas ter descoberto maneiras de continuar fazendo mais coisas juntos."

"Você ainda pode fazer isso. Da próxima vez que estiver em casa", afirma Harrison.

Ele está certo. Eu deveria. "Estou lhes devendo uma visita", comento. Balanço a cabeça, perdendo um pouco do ritmo. "E minha mãe, bem, é mais complicada. Não temos uma relação fácil. Ela pode ser muito fria comigo e, na verdade, é propensa à depressão, então, às vezes, não conseguia se recompor o suficiente para ser nossa mãe e apenas levava tudo isso para a cama." Solto uma risada coibida. "Desculpe", digo. "*Levava para a cama*. Isso soou tão antiquado. E, desculpe, estou sendo melancólica com você aqui. Mas ela é complicada. E algumas das maneiras pelas quais reteve seu amor provavelmente têm a ver com as maneiras pelas quais o busco."

As sobrancelhas de Harrison se erguem. "Isso é bastante perspicaz para alguém da sua idade", foi a observação que fez, e, de alguma forma, a maneira como ele diz isso não sai insultando todos os jovens, sai como se pensasse que sou um prodígio. "Demorei muito tempo para resolver minhas coisas com meus pais", continua ele. "E agora eles já se foram, fico feliz por ter feito isso. É incrível a influência que esses primeiros anos têm em toda a sua vida. Minha mãe traía meu pai — teve vários casos, na verdade, e um monte de vezes eu sabia o que estava acontecendo, o que quase me matou ", declara. A garçonete traz uma conta à mesa e sorri para nós. É provável que tenha ouvido o que ele disse, mas não deixa transparecer. Harrison oferece seu cartão de crédito rapidamente e ela o recebe.

"Sinto muito", falo quando ela sai.

"Tranquilo", diz ele. E olha para mim, que lhe retribuo o olhar. "Lembro de um vestido que ela costumava usar quando queria parecer bonita, atraente, e me incomoda a frequência com que penso nele. É como portar uma arma carregada que, em primeiro lugar, nunca desejei." Desvia o olhar ao dizer isso. "Ela era muito bonita", se lembra, e então balança a cabeça como se estivesse tentando se desvencilhar da memória dela e do que sua mãe fazia. "Uma das coisas de que gosto em Nova York é como as pessoas são abertas sobre seus passados. Então, não se desculpe por mencionar coisas ruins. Nem eram tão ruins assim."

"Poderia falar coisas piores", falo, tentando fazê-lo sorrir porque, quando penso em um menino crescendo sabendo dessas coisas...

"Eu também." O canto de sua boca se eleva em um sorriso malicioso.

A garçonete reaparece, nos agradecendo e deixando a conta. "Obrigado pelo jantar", digo.

Ele assina e então penso em todas as atrizes que levou para jantar. "Vou te levar a um lugar melhor da próxima vez", afirma, quando a garçonete está fora do alcance de sua voz.

"*Da próxima vez?*", repito em tom de brincadeira.

"Da próxima vez", confirma, com confiança na voz, a mesma que ouço no trabalho, e que é uma das coisas que me atrai nele.

Quero beijá-lo. E ele quer me beijar. É a primeira pessoa que quis beijar desde aquele equívoco confuso com Sean.

Saímos do restaurante e lá fora a noite cai. Táxis e caminhões de entrega e bicicletas passam por nós, porém me sinto quieta em algum lugar dentro de mim. A noite de Nova York faz isso comigo, mas Harrison também. Seguro sua mão enquanto caminhamos e a sensação é muito boa. Ele está quente e não tenho certeza se é porque está nervoso ou sempre é assim. Acho que se isso continuar acontecendo, vou acabar descobrindo. Caminhamos pela rua e penso nele me despindo, me admirando, me vendo de verdade. Penso em onde isso vai acontecer: meu quarto? Não — *nem pensar*. Não posso levá-lo para o meu apartamento. Não porque é pequeno e meio ruim, mas porque não posso levar um cara para casa com Sean lá. Tenho um calafrio só de pensar em como isso seria horrível.

Harrison e eu caminhamos em silêncio em direção ao letreiro em neon do teatro — PLAYWRIGHTS em amarelo, HORIZONS em laranja —, fixado em placas de aço e amplas janelas de vidro. No entanto, não importa o quanto eu esteja animada, não consigo me livrar de Sean. Ele é uma presença sólida, uma nuvem de tempestade pairando acima de meus pensamentos.

Pertencimento — é isso. Sean acha que pertencemos um ao outro e ainda não descobri como lhe contar que está terrivelmente enganado, e não tenho certeza do que ele fará comigo quando eu disser.

VINTE E CINCO

Rowan. Sexta-feira à tarde. 11 de novembro.

Lila geme em seu assento no carro. Estou presa na fila de um engarrafamento no caminho de volta do centro da cidade, onde estava com minha mãe. A chuva bate no para-brisa. "Ah, Lila, minha filha", murmuro, segurando o volante, mal andando um centímetro. "Sinto muito." O pânico é como um nó duro em meu peito e estou desesperada. Minha mente racional sabe que estamos seguras — que Lila está bem presa, que estamos indo de um local seguro para outro e que esse não é o caso de muitas mães e bebês ao redor do mundo —, mas meu corpo não escuta minha mente racional: é como se houvesse uma desconexão, como se o soluço de meu bebê me deixasse louca e nada me trouxesse de volta da beira do abismo até que ela esteja em meus braços e eu possa acalmá-la.

Ela grita mais alto e eu soluço. Qual é o *problema* comigo? Eu deveria ter deixado a mãe de Gabe vir, no entanto, em um ato de egoísmo, quis que o momento fosse apenas entre mim e minha mãe, sem Elena à espreita no fundo. Gabe tinha uma reunião na WTA e vai ficar furioso quando perceber que cancelei a carona de Elena e vim dirigindo com Lila, o que me deixa ainda mais irritada. Por que ele não remarcou a reunião e veio comigo ver minha mãe? Caso estivesse aqui comigo, ao menos eu poderia ter passado para o banco de trás e confortado Lila. O quanto o odeio nesse momento arde nas minhas veias como um líquido quente — faz minhas lágrimas ficarem mais duras. Estou apertando o volante e então digo essas palavras também, assim como disse minha mãe:

"*Gray.*"

Meu coração para por um segundo.

E se eu estiver lentamente perdendo a cabeça assim como ela?

"Quero dizer, *Lila*", me corrijo. Os limpadores de para-brisas rasgam minha visão, *cortando, cortando, cortando*. "*Lila Gray O'Sullivan, eu te amo tanto*", afirmo, com as lágrimas quentes escorrendo sobre a minha pele enquanto ela grita. "Está tudo bem", digo e repito, várias e várias vezes, até que sei que ela não é a única que estou tranquilizando: estou dizendo essas palavras para Lila, é claro, mas também para mim mesma, e talvez até mesmo para minha mãe.

Seguro o volante com mais força. Os carros avançam alguns palmos e os sigo através da chuva cinzenta e intensa. Ligo o rádio para ver se a música vai ajudar a acalmar Lila, mas não adianta.

Ela só chora mais forte.

VINTE E SEIS

June. Três meses atrás. 2 de agosto.

Momentos depois, Harrison e eu entramos na sala de ensaios da Play-wrights Horizons de mãos dadas, o que parece certo. Se estamos prestes a dar um passo ousado, então por que não deixar que todos fiquem sabendo disso logo? E me sinto muito mais poderosa por estar aqui do que apenas ser uma assistente na WTA: estar aqui como alguém que Harrison acabou de levar para jantar. Eu poderia ser qualquer coisa: uma atriz, um interesse amoroso. Meu queixo está um pouco erguido e nem mesmo a umidade pode arruinar meu cabelo, que rola facilmente sobre meus ombros em ondas loiras. Graças a Deus não estou vestindo algo estúpido.

A sala em que entramos é cavernosa, mas simples: piso de carvalho claro, uma longa mesa disposta com cadeiras dobráveis e garrafas de água Poland Spring. Há um palco vários metros atrás da mesa, contudo tenho a sensação de que os atores não vão usá-lo hoje à noite. Apenas dois atores estão sentados nas cadeiras da mesa até agora — uma bela mulher de quarenta e poucos anos e um homem careca, sendo que ambos me parecem vagamente familiares, mas não o suficiente para que eu saiba seus nomes. Existem alguns atores de renome na WTA, mas também existem esses tipos de figuras: atores de carreira que ganham a vida de forma consistente, apesar de ficarem fora do radar. Eles interpretam estrelas convidadas em seus programas de TV favoritos e trabalham na

Broadway. Vendem iogurte em comerciais e têm papéis de contrato em novelas. Estou surpresa que não haja mais deles espalhados pela mesa. São quase oito horas.

"Harrison", diz uma loira baixa vindo em nossa direção. Ela tem um estilo pouco sofisticado, cheia de anéis de prata e turquesa.

Harrison sorri ao vê-la e diz: "Eleanor, essa é June". Ele se vira para mim. "Eleanor é a diretora de elenco da peça de Gabe." Ele não lhe diz quem eu sou, e talvez seja porque nenhum de nós tem certeza — *sua amiga, uma assistente da WTA, seu par?* Sorrio para a diretora e aperto sua mão. "É um prazer conhecê-la", digo. Então lhe agradeço por me receber, o que parece ter um bom efeito, porque ela pergunta: "O que posso arranjar para você, June? Água? Café?".

"Ah, estou bem", lhe asseguro. Ela nos diz para aproveitar a leitura e então corre em direção ao ator careca, que está pedindo a senha do wi-fi. "Vamos nos sentar?", Harrison pergunta, apontando para a dúzia de assentos que formam uma pequena seção de público de frente para a mesa.

Aceno com a cabeça que sim, porém, no mesmo instante, um homem alto de cabelos escuros se move para a porta e meu coração paralisa.

"Quem é esse?", pergunto antes de perceber que as palavras estão saindo da minha boca. Minha voz é um sussurro, mas Harrison deve ter me ouvido porque diz:

"Esse é o Gabe." E fala isso com uma dose de riso, como se eu perguntasse algo bobo.

Limpo a garganta, no entanto não posso dizer nada. Preciso de um minuto, e desejo que Gabe O'Sullivan não venha aqui. Nem sequer entendo completamente o sentimento dentro de mim, só que esse homem é grande e corpulento e de cabelos escuros e perfeitos, e que se não puder me conter, então o sentimento estranho dentro de mim será minha ruína. Conheço tudo a respeito desse sentimento instantâneo, como o gosto do açúcar, um pássaro voando pelo céu. E uma parte de mim o aceita, como quando olhamos para uma onda enorme e a atravessamos em sua parte pacífica, sabendo que veremos o sol outra vez quando ela passar, caso possamos acertar o tempo exato para fazer esse movimento. Contudo não posso acertar o tempo disso aqui. Sequer sei o que é isso.

Os ombros de Gabe ocupam quase toda a porta enquanto está olhando ao redor da sala. Ele vê Harrison, e depois me vê, e seus olhos escuros fixam nos meus até que algo escorregadio se curva dentro do meu estômago, se desenrolando. Não é como se isso nunca tivesse acontecido antes ao ver um cara na faculdade ou passar por alguém em Nova York em um café ou na calçada, mas dessa vez a corrente é muito forte e muito perigosa. Posso sentir sua boca em mim como se já tivesse acontecido: no meu queixo, no meu pescoço e na minha boca. Praticamente posso sentir o gosto.

Quase perco o equilíbrio.

Desvio do olhar de Gabe. Olho para os meus pés. O chão de madeira pálida ainda está lá me segurando.

"Gabe", diz Harrison, que não parece notar nada de errado. Ou, caso contrário, é um ator muito bom, pois sua mão está de repente nas minhas costas, me guiando em direção a Gabe. *Não faça isso comigo*, tento telegrafar para Harrison, mas é claro que isso não funciona. Então digo a mim mesma, *Vire para lá, June*. Ocorre que meu corpo não está ouvindo. E não é como se eu pudesse parar de andar no meio do percurso de qualquer maneira, porque isso seria muito estranho.

Então, não me viro. Meus olhos estão erguidos enquanto me movo em direção a esse homem, essa criatura, e observo seus olhos outra vez. Ele está me observando cruzar a sala, seus olhos em mim, sem desviá-los, até que acontece algo que deveria ter esperado, mas não o fiz:

Uma mulher desenvolta, loira e etérea aparece por trás dele na porta. *Rowan O'Sullivan.*

Eu a reconheço de um artigo que li a respeito de escritoras de mistério, e todas as coisas que as escritoras de suspense são perguntadas sobre seus assassinos e cenas de crime, o que nunca acontece com os escritores homens. Suas citações eram inteligentes e audaciosas, engraçadas, mas ponderadas. Ela entra na sala com um pequeno sorriso no rosto, a mão na barriga, com a gravidez avançada. Maçãs do rosto altas, um colar brilhando em sua clavícula, e esmalte vermelho nas unhas — percebo quando coloca um fio de cabelo atrás da orelha. Seus lábios se abrem e ela diz algo para Gabe que não consigo compreender. Ele desliza o braço em torno do que resta da cintura dela, mas seus olhos nunca desviam dos meus.

Posso sentir Harrison ficar tenso ao meu lado, como um animal reconhecendo uma ameaça enquanto nos movemos em direção a eles.

"Gabe, Rowan", diz Harrison com uma voz profunda à medida que nos aproximamos, tão perto que posso sentir o cheiro de Gabe: tal qual a floresta, porém ainda um pouco úmido e almiscarado, como quando o sol se põe e nos deixa congelando.

"Quero que conheçam June", comenta Harrison. Sua voz é plenamente formal, e eu tento voltar ao normal, à pessoa que estava tentando ser há cinco minutos: *June Waters. Potencial atriz, pessoa relevante.* Nunca, nunca fui o tipo de pessoa interessada no namorado ou marido de outra mulher, e não vou começar agora.

Rowan sorri, seus lábios pálidos e delicados. Gabe solta o braço da cintura dela e estende uma imensa mão quente. Aperto sua mão e estou tão nervosa que mal consigo respirar. Qualquer confiança que tive momentos atrás parece ter evaporado em sua presença. Ambos são muito dourados, como os atores que entram na WTA ou as pessoas por quem passo na rua e me apaixono todos os dias: nova-iorquinos, todos eles, artísticos e provocativos. Deixo Gabe segurar minha mão por muito tempo e me pergunto se essa cidade, essas pessoas criativas, serão o meu fim.

Ele é mágico. Está em seu olhar, em seus olhos fixos nos meus, no jeito que se sente na sala. Rezo para que sua personalidade seja terrível e estrague o feitiço desse momento — assim não seria muito mais fácil?

Gabe O'Sullivan. Rowan O'Sullivan.

Casados, esperando um bebê. Me afasto deles.

"Vamos nos sentar", sugiro a Harrison. Ele pisca para mim. Ele sabe.

"Boa sorte hoje à noite", digo a Gabe. Estou falando sério.

VINTE E SETE

Rowan. Sexta-feira à tarde. 11 de novembro.

Um detetive da polícia de Nova York está aqui em nosso apartamento.

É difícil pensar nessas palavras, até mesmo entendê-las.

Não estamos na delegacia, já que não há suspeita de termos cometido algum crime, no entanto o detetive Louis Mulvahey está aqui com um rosto solene, como se fôssemos pelo menos culpados de algo — e talvez ele esteja certo. O detetive tem mais de 1,80 e quase a minha idade, cabelo bem aparado e um furo no lóbulo da orelha do qual provavelmente se arrepende. Senta-se na sala de estar, olhando para um caderno. Penso em quantas vezes escrevi essa cena em um dos meus romances, e me parece tão ridículo que quase rio.

São apenas cinco da tarde, mas o crepúsculo se espalhou como uma nódoa e nos mergulhou na escuridão. Lila está em seu berço e meu corpo é apenas meu durante esse momento. Vejo seu pequeno abdome *subir, descer, subir, descer*, e a coisa mais louca é que sei que vou sentir falta dela em meus braços daqui a uma hora, e vou rezar para que se apresse e acorde para que eu possa segurá-la outra vez. Isso me parece mais estranho do que tudo o que fiz nas últimas semanas: que posso amar essa pequena pessoa mais do que já amei alguém em todo o planeta depois de conhecê-la por apenas quatro semanas. Depois de ver minha mãe, quando finalmente consegui estacionar o carro e colocar seu corpo choroso na segurança dos meus braços, pareceu o maior alívio que eu já havia sentido na vida. E quando ela começou a mamar faminta e com empenho — não tenho certeza se já me senti tão grata pelo meu corpo.

O detetive vira as páginas de seu caderno. Estamos sentados em frente a ele, que está vindo nos interrogando com facilidade há cerca de meia hora, obtendo, na maior parte tempo, informações básicas relativas ao emprego de June aqui, sem perguntar nada de urgente, assustador ou acusador. Mas tenho a sensação de que ele está chegando ao ponto. E como poderia não estar?

Foi como eu disse: já escrevi essa cena antes.

"Então, apenas para rever, sra. O'Sullivan", diz o detetive lentamente, fingindo ser menos esperto do que é. Eu lhe disse pelo menos duas vezes para me chamar pelo meu primeiro nome. "Você se encontrou com June no café para pedir desculpas."

"Sim", confirmo. Meus olhos ainda estão em Lila. Gabe ajeita seu corpo no sofá ao meu lado. Posso sentir nós quatro avançando em direção a algo, mas estou pronta para isso. "E, como falei, eu a vi indo embora com seu colega de apartamento, Sean. E essa foi a última vez que a vi."

"Pelo visto, não conseguimos entrar em contato com Sean", conta o detetive Mulvahey. "Deixamos várias mensagens, mas está caindo direto na caixa postal. Você não teve notícias dele, não é?"

"Não", respondo, ficando impaciente agora. "Olha, o que fiz com ela foi errado", admito, conduzindo o detetive para o lugar onde quer chegar, guiando seu caminho, pois a espera é pior do que qualquer coisa que ele esteja planejando. "Tenho certeza que ela ficou assustada", continuo, e lhe dou todo o meu foco agora. Preciso que ele entenda que eu jamais a machucaria. "Queria que June soubesse que a culpa não foi dela", digo.

O detetive concorda. E então sorri, e é enervante a maneira como sua pele ondula, como se o sorriso fosse real, o que é claro que não é. "Você vê, essa é a questão", fala, suas palavras ainda tão lentas que me fazem querer gritar.

Apenas me diga como tenho sido uma pessoa ruim.

Ele bate a caneta no bloco de notas.

É assim que o descreveria, creio eu: *lento, mas sempre muito inteligente. E talvez afetado por sua indecisão e incapacidade de confiar em seus instintos. Porque tenho que conferir a você uma falha, veja bem: é assim que funciona a escrita de personagens.*

O detetive me encara. Não tem como adivinhar o que estou pensando a menos que eu o esteja subestimando. Não desvio de seu olhar.

"Seus vizinhos foram muito claros a respeito de como June parecia assustada quando saiu do seu apartamento", informa, "então você pode imaginar nosso motivo de preocupação."

"Ah, sim", concordo, acenando com a cabeça. "Tenho certeza que June estava *muito* assustada. Ela é uma garota tão doce e relativamente nova na cidade, e tive um colapso mental bem na frente dela. *Gritei* com ela e a acusei de machucar meu bebê. Você também ficaria com medo, não?", pergunto. "Não estou escondendo o que fiz, detetive."

O número de vezes que tive que dizer isso em voz alta para as pessoas — admitir como estava perdida, o que eu fiz... "Não existe nenhuma misericórdia pelas mães que perdem o controle?", sussurro, quase para mim mesma.

Gabe congela ao meu lado. Porém, no instante seguinte, surge, dizendo: "Como disse no telefone, *pelas razões que detalhei*, minha esposa tem passado por um período pós-parto extremamente difícil e apreciaríamos um pouco de sensibilidade".

Olho para Gabe e percebo que nós dois já escrevemos essa cena antes: *Suspeita. Culpa. Amor. Ódio.* Jogue uma pessoa desaparecida e um detetive e você tem as ferramentas do nosso negócio. Como isso é tão doentio, esse desejo de solucionar o impensável? Dar sentido a todo o mal no mundo? Até mesmo pensar que poderíamos resolver qualquer um deles parece o maior crime de todos: o puro narcisismo disso, controlando cada movimento de seus personagens e ajustar as cenas ao seu gosto, subjugando a respiração, modulando os personagens conforme sua vontade. Porque *eles não são falsos* para nós: esse é o segredo, é a verdade. Nossos personagens, às vezes, são mais reais do que pessoas que conhecemos na vida real.

O detetive rabisca mais detalhes em seu caderno. Então, de trás das costas de sua mão, fala casualmente: "Não existe muita misericórdia para ninguém, inclusive para as novas mães, quando uma jovem está desaparecida".

A culpa se espalha sobre mim como uma erupção cutânea. *"Não temos ideia de onde está June"*, exclamo. "Mas você já questionou o namorado de June? Harrison Russell?" E me viro para Gabe a tempo de captar a expressão em seu rosto. Até onde ele acha que vou para nos proteger? *Preciso* nos proteger? Fizemos alguma coisa?

Penso em todas as vezes em que imaginei June morta. Meu corpo fica quente só de pensar nela, mas não — *não*. Estou sendo levada de novo. Eu nunca faria mal a June.

VINTE E OITO

June. Três meses atrás. 2 de agosto.

Momentos depois, todos no teatro tomam seus lugares. Estamos todos olhando para os atores que cercam a mesa comprida, bebendo suas águas e limpando as gargantas, ajeitando os cabelos e desenrolando lenços de verão frágeis usados apenas a serviço do drama.

A peça de Gabe está prestes a começar.

Harrison e eu estamos um ao lado do outro em cadeiras dobráveis. Meu estômago está embrulhado. *Respire*, digo a mim mesma, evitando o olhar de Harrison. Gabe está na fila na nossa frente, e ainda posso sentir seu cheiro amadeirado. Quando ele coloca o braço em volta da esposa, meus dedos do pé se enrolam dentro das sandálias e meu estômago se contorce com mais intensidade.

Preciso sair daqui.

Quando tinha 12 anos, havia uma mulher que sempre vinha à oficina do meu pai. Eu entendia exatamente o que ela estava fazendo: flertava com meu pai, tentando fazê-lo se desviar ou ao menos *desejar* se desviar, como se o desejo dele a preenchesse de alguma forma. Não entendi na época, mas não deveria? Tudo o que sempre quis foi a adoração da minha mãe: será que isso é tão diferente assim? O amor é amor em todas as suas formas mortais e todos nós o queremos como algo primordial. O projeto da mulher continuou por meses, mas não deu certo. Meu pai estava desesperadamente apaixonado por minha mãe ou muito atolado em sua própria lealdade para sequer pensar nisso.

Eu odiava aquela mulher.

"Obrigada pela presença de todos", começa Eleanor, a maternal diretora de elenco. Ela está de pé, ao lado dos atores sentados. "Estamos muito entusiasmados em realizar nossa primeira mesa de leitura da nova peça de Gabe O'Sullivan, *Stay*, aqui na Playwrights, e simplesmente em êxtase por trabalhar com um escritor tão talentoso. Acredito que vão ver essa noite que o trabalho está em boas mãos com esses atores talentosos e com a nossa diretora, Lanesha Carlson." Eleanor gesticula para Lanesha, que está sentada do lado oposto de Gabe com um sorriso efervescente.

Rowan se contorce em seu assento, fazendo seu rabo de cavalo loiro-claro balançar. Fios de cabelo caem livres sobre seu pescoço delicado. Seus ombros magros se inclinam em direção a Gabe, se apoiando nele.

"Bem-vinda, Lanesha, à Playwrights Horizons", diz Eleanor. Então se vira para todos nós e anuncia: "Será nossa primeira vez trabalhando com Gabe e Lanesha, e estamos muito animados".

Olho para baixo e vejo os longos dedos de Harrison batendo suavemente em sua perna. Olho de volta para Eleanor, cujos olhos caíram em Rowan. "E como essa sala reúne mais talento do que qualquer outra sala em Nova York essa noite", afirma Eleanor, sem fôlego, "gostaria de cumprimentar Rowan O'Sullivan. Acabei de falar com Rowan, então sei que ela está no meio de um livro que provavelmente será mais um best-seller do *New York Times*." Eleanor solta uma risada esquisita, como se realmente não tivesse planejado dizer nada disso e estivesse se perguntando como estava se saindo.

Gabe se vira para olhar para sua linda esposa. Uma sombra quase imperceptível cai sobre suas feições por um segundo e então ele sorri para Rowan, incandescente. No começo, acho que julguei mal a sombra, mas então Harrison sussurra: "Deixe o cara ter sua noite de glória", o que confirma o que acho que vi: ciúme entre escritores e amantes.

"Sem mais delongas, vamos começar", convida Eleanor, que parece aliviada por ter terminado de falar. Ela se senta do outro lado de Lanesha.

Espero que as luzes escureçam, mas isso não ocorre, então sinto um pouco de decepção pois quero muito me esconder no escuro. Porém, em vez disso, há uma fluorescência ofuscante e nenhum alívio.

Qualquer um que olhe para o meu rosto pode ver como me sinto mal, e me esforço para não olhar para Gabe. Mas as palavras estão vindo agora dos atores, palavras bonitas, palavras que Gabe escreveu para que eles as moldassem em suas bocas. A peça fala de uma jovem que cuida de seu irmão há muito tempo durante uma guerra sem nome em um país que poderia estar em qualquer parte. É como se Gabe escolhesse de propósito deixar tudo em aberto para que o público pudesse se concentrar na relação entre os irmãos. A peça aclama o amor familiar — os interesses românticos são apenas periféricos, entrando e saindo da história —, o que me causa incômodo. E também me deixa pensando que talvez eu queira me envolver mais com o teatro. Ao ouvir o enredo, me parece que essa narrativa é perfeita para o teatro, mas nunca seria escolhida para um grande filme. Sei que ainda sou uma novata nesse mundo — mas já entendo isso. Talvez precise tentar ver mais obras de dramaturgos. Talvez eles estejam contando histórias realmente diferentes.

Durante a peça, Gabe está em pleno silêncio. Espero que dê um salto, talvez para corrigir como os atores disseram as falas que ele escreveu, contudo, em vez disso, durante toda a noite ele abre espaço para Lanesha, permitindo que seja ela quem pede a pausa quando uma cena termina para que eles possam discutir rapidamente, e, então, juntam suas cabeças e sugerem acrescentar uma ação em uma cena que ficou curta e parecia incompleta. E durante esses rápidos traços de colaboração, Lanesha digita em um laptop enquanto a voz baixa de Gabe ressoa. E então as cenas começam outra vez e todos ficam reverentes e em silêncio.

Todos estão reverentes, menos eu. A vida ao meu redor parece desacelerar e se esticar enquanto deslizo para dentro da pele de alguém que odeio, alguém que nunca pensei que poderia ser.

Mas eu não fiz nada, tento me consolar, *e isso vai passar; não é nada, apenas uma paixonite sem sentido algum, uma coisa sem substância ou direção para seguir.*

Gabe se vira apenas uma vez, cerca de uma hora depois, quando os atores fazem uma pausa para ir ao banheiro ou fumar cigarros, e olha primeiro para Harrison.

"É genial, cara", afirma Harrison, muito mais casual do que o ouço falando no trabalho. Um momento de energia fraternal passa entre eles, mas então Gabe se vira para olhar para mim.

"Está gostando até agora?", me pergunta.

Rowan ainda está virada para frente, olhando para seu telefone, como se nada mais existisse além daquela tela brilhante.

Mas *isso* existe — essa energia entre mim e Gabe, e quero dar um tapa nela e dizer, *Deixe seu marido longe de mim, não importa como: nos deixe afastados.*

"Estou adorando", respondo, minha voz saindo descontraída e confiante, diferente de como meu corpo se sente.

Um sorriso estampa o rosto de Gabe, largo e docemente natural. "É sério?", ele pergunta. Estou surpreso com a emoção em sua voz, que o fato de gostar da peça poderia colocar esse sentimento ali.

Sorrio, imaginando o que mais poderia fazê-lo sentir.

Harrison se acomoda.

"É *sério*", reitero. Nossa interação não faz Rowan virar a cabeça. *Acorde*, não posso deixar de pensar. Gabe está olhando em meus olhos e ainda sorrindo quando prossigo: "Me pergunto se você está explorando o amor familiar agora que está esperando um bebê". Seus olhos se arregalam um pouco. Pergunto: "Você acha que isso tem algo a ver com o seu desejo de escrever a respeito de algo diferente do amor romântico?".

"Tenho certeza que sim", explica Gabe, o que finalmente faz Rowan se virar. Suas feições são tão bonitas, como uma princesa islandesa com grandes olhos azuis e maçãs do rosto altas. Há um punhado de sardas em seu nariz, mas, por outro lado, sua pele é clara e branca como leite. Ela torce seu nariz cheio de sardas agora, e conta: "Nem Gabe nem eu temos irmãos, não é engraçado?". Então se vira e sorri para Gabe, depois volta para nós. "Então, me pergunto se ele não está exagerando o potencial de um vínculo típico de irmã/irmão, contudo acho que não sou quem vai responder isso. Você tem irmãos, June?"

"Hum", reajo, mesmo que não seja o tipo de pergunta à qual alguém deva responder com *hum*. "Sim", respondo de súbito, tentando parecer confiante outra vez.

"E ele ficaria ao seu lado e cuidaria de você até recuperar a saúde, abandonando todos os outros, incluindo um amor romântico do tipo que ocorre apenas uma vez na vida?", Rowan pergunta.

Fico nervosa no mesmo instante. Espero um pouco antes de responder. Seus olhos olham nos meus.

Então, respondo: "De jeito *nenhum*", e todos riem, incluindo Rowan.

"Você já viu uma leitura como essa antes?", me questiona. "É tão divertido ver o trabalho em seus estágios iniciais."

Gabe recua.

"Hum", repito, estupidamente nervosa. Os olhos de Rowan ainda estão em mim, e me pergunto se está enxergando uma garota tola e ingênua que nunca poderia prender a atenção de Gabe como ela, que nunca poderia contribuir com nada significativo para essa conversa relacionada a *mesa de leituras* e *estágios iniciais de trabalho*. "Não, nunca", respondo. "Mas leio muitos roteiros para o trabalho. E não tem *estágios mais iniciais* que esse."

As sobrancelhas loiras pálidas de Rowan se erguem. "Sério?", ela pergunta. Não é sarcástico, é como se não acreditasse que alguém tão jovem quanto eu poderia estar fazendo algo além de buscar café na WTA.

"Sim", respondo, abraçando minha juventude com um movimento do meu cabelo e uma inclinação do meu queixo, tentando usá-lo como uma arma em vez de uma maldição. "Leio roteiros antes de chegarem nas mãos de Louisa. Minha tarefa é prepará-los para ela."

Harrison ficou muito quieto durante toda a conversa, mas ele entra agora. "Louisa adora June", afirma. "June começou como assistente, mas agora é a mão direita de Louisa e sua guardiã de novos talentos, na verdade."

Ainda sou a assistente de Louisa, não é como se tivesse sido promovida, porém decido guardar essa informação para mim.

"Uau", diz Gabe. Não sei se está impressionado de verdade ou fingindo porque gosta do rumo dessa conversa, mas dá para o gasto: agora são três contra um. Rowan murcha, porém apenas um pouco. Ela encolhe os ombros e parece que está entediada conosco.

Giro meu tornozelo. *Cuidado, June.*

"Deve ter muita pressão em ser o primeiro olho nos roteiros", comenta Rowan, o que me deixa nervosa, já que nunca senti muita pressão com isso. "Quero dizer, sabe, você precisa ter certeza de que não vai deixar passar a próxima produção e tudo mais. Porque o próximo grande talento está fazendo algo diferente de tudo que você está assistindo na TV depois do trabalho agora."

"Não assisto TV depois do trabalho", retruco, achando que estou ganhando.

"Ah...", exclama Rowan, e imediatamente sei que calculei mal. "Veja, esse é o seu maior erro", comenta. "Você *tem que* assistir TV. É o pão com manteiga da WTA." Ela ri. "Você trabalha em uma agência de talentos, não em uma agência literária."

Todos nós ficamos em silêncio.

Uma atriz canta algo distante, alto e cadenciado, e um dos atores masculinos responde com uma piada. Mas somos apenas nós quatro aqui dentro nesse momento e Rowan foi longe demais — ela tem sido bastante hostil. Não teria significado nada entre homens, seria considerado uma brincadeira ou sinceridade ou o que quer que fosse, mas entre duas mulheres que acabaram de se conhecer — não funciona assim. Aquilo sai como o que é: uma mulher que pressentiu uma ameaça.

Só que ela está certa, não é?

Não é exatamente isso que sou?

Eleanor pede que os atores tomem seus lugares — a peça está prestes a continuar de onde parou. Harrison dá um aperto rápido na minha mão, mas não basta. Nada de seu toque em meu corpo é suficiente.

Gabe não olha para Harrison antes de se virar, apenas para mim. Ele me dá um pequeno sorriso secreto que me acende como uma fogueira. Rowan se vira e desliga o telefone. Não faço ideia se está se sentindo culpada, e não me importo. Porque isso torna mais fácil, na verdade, imaginar todas as coisas que quero fazer.

VINTE E NOVE

Rowan. Sexta-feira à tarde. 11 de novembro.

O detetive vai embora, mas não sem nos dizer que voltará a entrar em contato.

Troco a fralda de Lila, que está mais exigente do que o habitual, então a amarro em mim e ando de um lado para outro pelo meu quarto, tentando acalmá-la. Ouço a voz baixa de Gabe — ele deve ter ligado para alguém. Paro diante da porta do meu quarto.

"Você precisa se preparar para isso", está dizendo a alguém. Ele deve estar falando com Harrison — deve ter ligado para avisá-lo. E me sinto mal por colocar Harrison na confusão, mas tenho certeza que os detetives já entenderam que Harrison e June estavam se relacionando. Estou surpresa que ainda não o tenham interrogado. *O que tá acontecendo aqui? Onde está June?*

Gosto de Harrison — gosto de sua personalidade, de como é descontraído. Gabe é incontrolável de uma forma que Harrison não é. Houve uma vez, ah, há muito tempo, quando nós três, na casa dos vinte anos, estávamos em uma festa da indústria. Estávamos na estaca zero: não tinha conhecido nenhum deles até aquele momento, por volta das oito da noite, quando os dois estavam no bar consumindo doses de gin e tônica. Harrison estava cortejando Gabe como cliente, mas eles ainda não tinham assinado nada. Então, me aproximei do bar bem ao lado de Harrison e percebi seus olhos claros antes de tudo. "Com licença", com um sorriso, e então vi Gabe, e foi assim. Estava decidido antes de começar.

Harrison só mencionou aquela noite uma vez. Anos mais tarde, estávamos bêbados, e ele disse: "*Eu vi você primeiro*", como se essa fosse a coisa que importava, como se eu não tivesse opinião no assunto. No entanto também cheguei a pensar nisso, como as coisas seriam diferentes se tivesse escolhido Harrison. Como seria minha vida se naquela noite deslizasse pelo couro chique do banquete extravagante e intimasse Harrison a dar o próximo passo? E se, debaixo da mesa, ele colocasse a mão na minha pele?

Porém isso nunca teria acontecido dessa forma, não com Gabe presente, e essa é a parte que pareceu conservada em Harrison por todos esses anos. Ou pelo menos foi o que ele me disse meia década depois, quando estávamos bêbados. *E pensar que fui eu quem o convidou para aquele bar*, proferiu, com uma risada amarga.

Todos nós fazemos nossas escolhas e lançamos nossos destinos em espirais. Sou casada com o Gabe e o Harrison tem a June. *Simples assim*. Me pergunto, no entanto, se é por isso que Harrison desfila suas namoradas diante de Gabe agora. Nós saímos duas vezes com ele e suas namoradas porque somos todos amigos ou porque Harrison tem algo a provar, ostentando essas lindas mulheres na frente de Gabe? Por que seu primeiro encontro com alguém tão linda e vibrante como June foi em uma das mesas de leitura de Gabe? Foi apenas uma coincidência?

Lila está finalmente pegando no sono. Vou à gaveta de cima da minha escrivaninha, meus dedos na maçaneta antiga de contas. Quero encontrar as imagens da ultrassonografia das consultas pré-natais que falei à Sylvie. Talvez possam desencadear uma memória minha e de Gabe naqueles primeiros dias, tão esperançosos com nosso bebê.

Abro a gaveta e vejo que está vazia ou pelo menos vazia da desordem que geralmente a preenche. Há apenas o meu diário escondido no canto de trás, em cima de dois cadernos, o que não faz sentido, porque a gaveta está geralmente transbordando com o que considero importante no momento: notas, cartões de amigos escritos à mão, do meu agente ou editor, bugigangas que minha mãe me deu e, sem dúvida, todas as minhas fotos de ultrassom. Para onde foram todas as minhas coisas?

Puxo o diário para fora e folheio as páginas. É um novo, e mal tinha escrito nele. O restante está guardado em uma caixa em cima do meu armário. Talvez eu devesse voltar e ler as primeiras anotações sobre a minha gravidez. Esse tem apenas duas e fico imediatamente desconfortável ao começar a ler. A anotação datada de duas semanas antes do nascimento de Lila diz:

Não me sinto nada bem. Algo não está certo. Estou tão ofegante, para começar, o que o obstetra diz ser normal, e ele nem mesmo parecia preocupado. Mas também tem a tontura e a frequência com que sinto contrações. Posso sentir meu estômago apertado como um punho e às vezes ele continua pelo que parecem ser minutos. Minhas amigas dizem que são apenas Braxton Hicks,* mas meu obstetra está me mandando para um teste sem estresse. Vou amanhã.

Em seguida, escrevi algo na tarde seguinte, que diz:

Boas notícias! Depois de uma manhã muito agitada, estamos todos indo bem. O médico me monitorou por uma hora e estou definitivamente tendo contrações. Então fui internada no hospital e recebi minha primeira dose de betametasona. Volto amanhã para a segunda dose. Eles dão a todas que podem ter um parto prematuro, pois ajuda a desenvolver os pulmões do bebê para que eles possam, se possível, evitar a UTI neonatal.

Coloco o diário de volta e retiro os cadernos. Um está cheio de ideias de livros e notas escritas a lápis, minha maneira favorita de escrever. O outro está em branco. Folheio de qualquer maneira e encontro a certidão de nascimento da Lila. Abro e respiro fundo. Como isso pode estar certo? *Lila Grace O'Sullivan.*

---

* Também conhecidas como contrações de treinamento ou falso trabalho de parto, as contrações de Braxton Hicks são contrações uterinas que podem ocorrer a partir do terceiro trimestre de gravidez. [NE]

Nós sempre dissemos que escolheríamos *Gray* para nossa filha — tínhamos decidido isso antes que eu entrasse para dar à luz. Por que Gabe fez uma mudança de última hora? Ou poderia ser um erro tipográfico? Talvez alguém o tenha ouvido mal?

Lila está agora dormindo profundamente encostada em meu corpo. Pego a certidão de nascimento e vou para a sala de estar. Gabe ainda está no telefone, ainda falando em voz baixa.

"Tenho que ir", diz ao me ver e termina a ligação.

"Gabe", começo, balançando o pedaço de papel. "A certidão de nascimento, nela está escrito..."

"Onde você encontrou isso?", Gabe pergunta, todo acusador, como se eu tivesse bisbilhotado nas páginas de escrita com as quais ele é muito reservado. "Tenho procurado em todos os lugares por ela", afirma.

Reviro os olhos. "Na minha gaveta de cima", respondo de uma vez. "Por que o nome do meio de Lila está escrito como Grace aqui? Você fez isso?"

Gabe fica vermelho. Está bravo. "Rowan", diz ele, e então surge algo mais em seu rosto — ele não está apenas bravo, é mais complicado do que isso. "Precisamos conversar a respeito de June", fala. "Preciso te contar algo."

TRINTA

June. Três meses atrás. 3 de agosto.

Estou no meu cubículo na WTA na manhã seguinte, olhando para a parede de tecido onde fixei algumas fotos de Jed, meu pai e minha mãe — como se fôssemos uma família feliz — todas as fotos individuais, pois não gosto daquelas em que os quatro estamos juntos. Quase não tive opção para escolher, pois quem ainda imprime fotos? Elas vivem em nossos telefones, destinadas a nada.

Meus olhos saltam sobre os rostos da minha família. Não consigo me concentrar em nada, nem na inclinação do nariz de Jed, nem no violão nas mãos do meu pai, ou no calor nos olhos da minha mãe enquanto ela olha para seu jardim (é por isso que escolhi essa foto dela, é claro). Eu tento escrever tudo em um diário que guardo na gaveta da minha mesa, que uso principalmente para escrever notas para mim mesma em meus roteiros, mas o diário é apenas para os meus olhos, então penso em tentar analisar o que ainda estou sentindo depois da noite passada. Não adianta. Mal estou aqui quando Louisa entra, uma casca insone de mim mesma, uma sombra.

"Você chegou cedo", comenta. E então me entrega um *croissant* sem glúten da padaria que amamos. Ela sempre me compra coisas de lá.

"Não consegui dormir", afirmo.

"Ah", pontua. "Algo está te incomodando?"

Sim. Algo está me incomodando. Expiro. Gostaria de poder lhe contar, mas não posso.

"Acho que foi a noite passada", digo e tento sorrir. "A emoção de tudo aquilo." Não é mentira. É o mais próximo da verdade que consigo chegar sem dizer à Louisa o que se passou entre mim e Gabe, como aquilo foi errado. Repassei a noite toda na minha cama, suando nos meus lençóis. Juro que estava lá para ele também. Durante a segunda metade da leitura, pude senti-lo pulsando no ar entre nós ainda mais forte — pude senti-lo em todas as coisas que ele disse. Podia sentir que era algo.

"June?", Louisa diz delicadamente. "Venha se sentar comigo."

Sigo-a. Penso em como ansiava que a personalidade de Gabe fosse ruim, e como era o oposto disso. Ele parecia tão viril para mim, um homem no ápice de sua vida, no topo do mundo inteiro. *Viril.* Essa não é uma palavra que já tenha usado antes. É o tipo de palavra que li em descrições de personagens em meus roteiros de trabalho. É o tipo de palavra que Rowan O'Sullivan provavelmente usa quando escreve seus romances.

"Aqui, meu bem", aponta Louisa, puxando a cadeira em frente à sua mesa, aquela em que os belos atores se sentam quando vêm para se encontrar com ela. É onde também se senta e nós olhamos uma para a outra. É surpreendente como seu olhar é reconfortante. "June", começa a falar com os cotovelos na mesa e toda a sua pose relaxada para me deixar confortável, mesmo que a conheça bem o suficiente para saber que está nervosa. "Sei que essa é a primeira vez que você trabalha em um escritório", diz. "E quando eu tinha a sua idade, queria que as pessoas tivessem sido mais diretas comigo e não falassem em círculos. Você se lembra do que prometemos uma à outra no dia em que nos conhecemos?"

"Que seríamos honestas uma com a outra", respondo.

"Exatamente", começa Louisa. "E fui pega de surpresa ontem à noite quando Harrison lançou seus planos noturnos em cima de mim, mas pensei um pouco mais sobre isso ontem mesmo. Essa não é uma agência enorme com regras de conformidade e contratos. Romances de escritório não são proibidos a menos que você namore seu supervisor direto, o que Harrison não é. Apenas — se for algo mais do que amizade —, e você não precisa me contar sobre nada disso, estou só te avisando caso esteja indo nessa direção — quero que seja esperta. Você tem que saber que qualquer romance de escritório pode complicar as coisas para o seu lado."

"Sinto muito", solto, meu estômago se revira.

Ela balança com a cabeça. "Por favor, não se desculpe", diz. "Só queria tratar do assunto com você. E que você proceda com cautela, só isso. Teve uma época, e eu odeio trazer isso à tona... Harrison já esteve envolvido com uma assistente, o que deu errado de forma rápida e dramática. Foi quando ainda não estava sóbrio, porém as pessoas mudam de verdade. E se eu tivesse tomado a decisão de ficar sóbria, a última coisa de que gostaria é que as pessoas envenenassem um novo interesse amoroso meu com histórias do meu passado. Mas me importo com você e estou dizendo o que sei. A assistente não trabalha mais aqui, nem trabalha mais com entretenimento. Acho que ela voltou para casa em Nebraska, pelo que ouvi falar. E os detalhes de seu relacionamento ou como ele terminou não foi tema de conversas entre mim e Harrison, mas sei que a jovem ficou muito abalada."

Nem sei como lidar com isso.

"Vou manter tudo no plano do afeto, amigável", sai com facilidade. Talvez se não tivesse conhecido Gabe, teria tido uma noite adorável, romântica e descomplicada com Harrison, e teria sido uma pena deixar tudo para trás. Mas não foi isso que aconteceu. "Para ser honesta, Louisa, estou tão confusa que teria que ir super devagar e apenas amigos no início", admito. "Confie em mim. Estou bem desequilibrada no momento."

No entanto como vou explicar isso a Harrison? Por que ele aceitaria dessa forma? O prazer da minha companhia possui brilho suficiente para compensar o fato de que quero apenas ser amigável e ir devagar com as coisas no início? Duvido.

"Confio em você", diz Louisa. Meus olhos se enchem de lágrimas. "June", fala, e estende a mão sobre a mesa para descansá-la levemente na minha. "Fiz você chorar, sinto muito."

"Não é sua culpa", respondo. "Agradeço por se preocupar comigo. Gosto desse trabalho e não quero estragar as coisas."

"E para ser clara, é óbvio que as pessoas tiveram romances de escritório aqui", completa Louisa. "Você sabe sobre Sharon e Cassie", conta, falando sobre duas mulheres que são advogadas do ramo do entretenimento na WTA e que se casaram no ano passado. "Mas existe uma diferença de idade e uma hierarquia de poder entre você e Harrison. E como uma mulher que trabalha nessa indústria há muito tempo, quero dizer que essa não é uma boa ideia."

Concordo com a cabeça. E ainda estou chorando, o que não queria fazer.

"É que estou sentindo esse nó no meu estômago por causa de tudo", conto. Gostaria de poder lhe dizer o que senti ao conhecer Gabe e como isso nunca tinha acontecido comigo antes, e que não consegui dormir na noite passada porque tudo o que conseguia fazer era imaginar seu rosto.

Poderia dizer isso a ela?

Não. Louisa é casada. Ela não vai enxergar apenas dessa perspectiva. Como uma mulher pode ser terrível a ponto de desejar o que não é dela?

Penso no meu pai com aquela mulher, em como ele era fiel. A mulher era linda — mas isso não lhe importava. Ele fez o que era certo. Estou com medo de ser mais parecida com minha mãe, tão confusa com a constante busca por algo — o sentimento, o desejo, a adoração.

Estou preocupada que isso me mate.

TRINTA E UM

Rowan. Sexta-feira à tarde. 11 de novembro.

"O que tem June?", pergunto a Gabe, petulante como uma criança. Estamos na sala de estar. Lila está comigo, finalmente dormindo, e faço movimento circulares nas costas dela enquanto meu marido anda de um lado para outro. Estou sossegada no sofá, mas Gabe não para de se mexer.

"Qual é o seu problema?", pergunto. "E o que aconteceu com a certidão de nascimento? Você poderia ter dito algo antes se não gostava da ideia de usar *Gray* como nome do meio de Lila."

"Eu *disse*, sim", responde, exasperado, ainda perambulando como um louco. "Sinto muito se você não se lembra, mas conversamos o tempo todo a respeito de usar *Grace* como nome do meio para Lila."

"Sinto muito", respondo, mas não pareço nem um pouco arrependida. "Não me lembro."

Ele desvia o olhar em direção à janela central, aos tijolos cinzentos do prédio vizinho. Não há muitas vistas do céu no sexto andar. "*Você não se lembra*", repete, no ar estático de nosso apartamento. Então se volta para mim. "E agora aqui estamos." Remexe o cabelo escuro com as mãos como se estivesse furioso, e então começa a chorar.

"*Gabe*", falo, assustada. Me inclino para a frente tentando levantar do sofá, o que é difícil pois Lila está em cima de mim e leva tanto tempo que se passa um momento estranho em que ele está parado ali chorando e não consigo alcançá-lo. "Sinto muito", digo quando finalmente me levanto e me movo pelo piso. Me aconchego nele, Lila entre nós, e balançamos juntos como um navio afundando. "Vou me esforçar mais", prometo. "Vamos fazer a coisa que Sylvie estava falando — a terapia especial para o TEPT." Gabe chora com mais força e não consigo acreditar. "E eu amo o nome Grace", afirmo, depressa. "Então, não se preocupe com isso. *Lila Grace* é um nome lindo."

Ele se afasta. Olha para mim, mas tudo parece diferente. Normalmente, quando Gabe olha para mim — ou para qualquer mulher, na verdade — ele é um vórtice: pode puxar você em direção a seu olhar escuro quase sem nenhum esforço. Sendo apenas quem ele é. Faz parte do seu charme, do seu carisma. Mas e agora? Vejo terror em seu olhar, em seus olhos vermelhos e na postura de seus ombros.

"Você está me assustando", sussurro.

Ele coloca suas mãos grandes em meus braços. "*Eu também*", responde. "Você está *me* assustando, Rowan."

"Onde estão minhas imagens da ultrassonografia?", pergunto, não estou pronta para deixar isso de lado. "Você que pegou?"

"Rowan", diz Gabe, seus cílios escuros tremulando. Ele respira fundo, seu tórax largo arfando junto. "June veio aqui naquela noite."

Balanço levemente a cabeça, tentando dar sentido a suas palavras. "O quê? Que noite?", pergunto.

"Depois que você foi vê-la no café com Lila, no dia em que você fugiu para se desculpar com ela." Eu me encolho diante da escolha da linguagem dele: fugi, como se fosse uma adolescente, uma prisioneira. "Ela estava muito chateada naquela noite quando chegou aqui", conta.

"Por minha causa?", pergunto.

E depois que digo isso, me ocorre que ele acabou de mentir para a polícia — nós dois acabamos de dizer ao detetive que não tínhamos visto June desde que a encontrei no café.

"Bem, mais ou menos, é difícil de..." Sua voz desaparece, e quero sacudi-lo. Ele limpa a garganta e olha para nossa garotinha entre nós. E é mais prático quando diz: "Aquele encontro realmente a deixou chateada. Ela acabou ficando muito preocupada com você, e...".

Levanto a mão. "Não fiz nada além de lhe dizer que estava arrependida, e ela me disse que estava tirando um tempo para visitar os pais dela, e conversamos um pouco sobre Lila, só isso. E depois o colega de apartamento dela, Sean, chegou e ficou esperando por ela lá fora, e..."

"Você disse isso à polícia?"

"Sobre Sean? Você me ouviu dizer isso à polícia. Acabei de contar ao detetive sobre Sean esperando por ela e que eles foram embora juntos."

Gabe balança a cabeça com muita rapidez. Qual é o *problema* dele? "Está bem", afirma. "Lembro disso. E espero que eles estejam atrás de Sean como uma pista. Mas, então, ela veio aqui naquela noite, incrivelmente chateada, e..."

"E você não contou ao detetive?", pergunto. Meu coração está desvairando, batendo sem controle. "E se alguém fizer mal a ela e você estiver retendo informações que eles precisam para encontrá-la?", Lila está tão quente em mim que sinto que posso desmaiar. "Você tem alguma ideia do tipo de problema em que poderia nos meter mentindo para um policial?"

Gabe estendeu o braço para nós tocar — a mim? Lila? Não tenho certeza — e afasto meu braço. "Rowan", diz ele, "você tem alguma ideia do tipo de problema que poderíamos ter se eles descobrissem que a vi pela última vez?"

"Mas você nem sabe se isso é verdade", comento. "Ela poderia ter saído daqui e encontrado com um amigo. Você pode estar mentindo para *as autoridades* sem absolutamente nenhuma razão."

"Duvido que tenha voltado com amigos", retruca Gabe. "Ela tinha acabado de sair para beber com Kai. Você ouviu o detetive — o dia em que ela desapareceu começou com você a encontrando no café, então ela saiu com Sean e, muito mais tarde, foi beber com Kai. Até onde o detetive sabe, Kai é a última pessoa que a viu viva."

Ele soa como um personagem em um dos programas de TV para os quais costumava escrever, recontando uma linha do tempo, envolvendo o público.

"Mas a verdade é que você foi a última pessoa que sabemos que a viu viva", sentencio, lentamente, as palavras como uma dor física. *Viva*. Como estamos tendo essa conversa? Como isso pode ser real? "E estamos contando isso aos policiais, Gabe, temos uma obrigação com June — de protegê-la."

Os olhos de Gabe esvaziam e, então, como um robô, diz: "Não fiz nada com June".

"Então, por que você está mentindo?", pergunto, mais furiosa a cada segundo. "Você precisa ir à polícia — ou ligar para aquele detetive agora, Gabe — você tem que contar a ele."

"E se ela estiver morta?", Gabe indaga, e meu sangue congela. "E se ela estiver morta e não houver como ajudá-la porque já aconteceu, e parece que eu estava de alguma forma envolvido nisso porque fui a última pessoa a vê-la na noite do desaparecimento?"

Levo minha mão à testa. Preciso me sentar — não posso ficar em pé no meio da nossa sala de estar, desancorada. "Não estou entendendo", reclamo, recuando na direção do sofá. "Por que June viria ao nosso apartamento se estava tão chateada comigo? E onde Lila e eu estávamos durante sua pequena reunião? No meu quarto?"

Meu quarto, não o *nosso* quarto. Os pronomes são um dos indicadores verbais de como uma personagem enxerga seu entorno; seu território; seu amante; sua família — as coisas que lhe pertencem. E como ele também é um escritor, Gabe compreende.

"Você e Lila estavam dormindo em *nosso* quarto", respondeu, lentamente, a ênfase como um espinho no meu pulso. "Pedi para June falar com voz baixa e ela obedeceu."

"Graças a Deus você pensou nisso", observo, revirando os olhos. "Deus me livre sua conversa íntima me acordar."

"Isso não é uma piada", retruca Gabe, dando um passo à frente, fazendo o chão de carvalho ranger sob seus pés. O tempo parece ficar mais lento. Ficar na sala de estar assim, olhando um para o outro, me lembra do nosso casamento, quando ficamos assim durante as notas de abertura da nossa primeira dança, prestes a mostrar as aulas de valsa que tínhamos sido coagidos a fazer pela mãe de Gabe. Nenhum de nós queria fazer isso, então por que nos dobramos tão facilmente à vontade de Elena? E, agora, uma década depois, estamos desconfortáveis por razões muito piores, por uma reviravolta mais sombria do que poderíamos ter previsto.

"Você acha que não sei como isso é sério?", pergunto. E, então, porque não suporto ficar aqui por mais um segundo, o deixo sozinho ali e vou me sentar. Tiro Lila do canguru e a pego em meus braços, reunindo minha coragem para dizer o que estou prestes a dizer. "Você está mentindo para mim sobre alguma coisa, Gabe. Por que diabos nossa babá de 22 anos procuraria você em seu momento de necessidade?"

A culpa me inunda por causa da pergunta que estou prestes a fazer bem na frente de Lila.

"Você estava dormindo com June?", pergunto, minha pele em brasa. O tempo parece passar por mim e depois desacelerar, deixando um longo espaço no qual me pergunto: eu o deixaria se ele tivesse feito sexo com ela?

Sim. Deixaria. Porém a resposta não vem com tanta facilidade agora que Lila está aqui, o que me assusta. Há muito mais em jogo agora e meu coração bate forte em minhas costelas. Será que eu poderia realmente ter deixado passar algo tão grande quanto um caso? Eu, a solucionadora de mistérios?

Gabe olha para Lila e seu rosto está mais bravo do que já vi antes. Sinto uma satisfação doentia por ser a pessoa que conseguiu fazer isso. Não é uma das coisas cruéis que o casamento faz conosco? Superações e ressentimentos. A agonia da batalha, de subir de volta ao topo, de perder e ganhar e nunca estar na mesma equipe da forma que estavam quando se apaixonaram pela primeira vez.

"*Como você pode me perguntar isso?*", rosna, mas não olha em meus olhos.

"Porque tem algo de errado aqui", rebato. Sinto que Lila está começando a acordar, e nada me deixa mais doente do que arrastá-la para isso. "June vindo aqui, você mentindo para a polícia. Nada disso faz sentido. Se não dormiu com ela, então fez outra coisa e eu quero saber o quê."

"Tudo o que sempre fiz para June foi me importar com ela e tentar cuidar dela porque ninguém mais estava fazendo isso", declara Gabe.

"Ah, meu Deus, Gabe, desça do seu pedestal ao menos uma vez. Sério, tente."

"Foda-se, Rowan", xinga, o que arranca meu fôlego.

Meu telefone toca. Desvio o olhar de Gabe e, com os dedos trêmulos, deslizo a tela para atender.

"Sra. O'Sullivan", diz uma voz masculina grave. Tenho certeza de que é o detetive Mulvahey, mas por razões que ainda não consigo apontar, não quero que Gabe saiba.

"Sim", atendo de forma clara, como uma profissional.

"Aqui é o detetive Mulvahey", explica a voz. "Fico feliz por conseguir falar com você."

Aqui está a parte engraçada: é o som de falsa bondade em sua voz que me diz que ele sabe que mentimos. Ou, pelo menos, que Gabe mentiu. "Nós finalmente tivemos acesso às imagens de vídeo da entrada do seu prédio", conta ao meu ouvido. Evito olhar para Gabe enquanto continua: "E é fascinante, de verdade, porque descobrimos que, no fim das contas, vocês voltaram a encontrar sua babá. Ou, pelo menos, ela estava tentando encontrá-los. June Wallenz foi ao seu prédio às 22h20 da noite de terça-feira. Ela fala com Henri Andersson, que gesticula para ela entrar. Ele olha para a bunda dela, que entra no prédio, algo que não aprovo muito, uma vez que tenho filhas. E aqui é onde fica realmente interessante: não há câmeras na parte interna do seu prédio, apenas a da porta da frente. E é inacreditável: *June não sai do seu prédio*. Seu porteiro, o lascivo Henri Andersson, nos explicou que há uma porta dos fundos para um jardim e um beco atrás do prédio, mas não temos muita razão para acreditar que June usaria a porta dos fundos oculta do seu prédio e sairia para um beco no meio da noite. A memória de Henri dessa noite se alinha com a filmagem: ele deixou June subir e nunca a viu descer, então apenas presumiu que a babá saiu enquanto ele estava no escritório dos fundos ou usando o banheiro. Mas aqui está a coisa mais estranha de todas: você e seu marido nos disseram que nenhum dos dois tinha visto June desde que você a encontrou no café naquela manhã".

Meu sistema corporal começa a me trair — juro que fiz xixi na calça ouvindo tudo o que o detetive acabou de me dizer e meu sangue está tão quente no meu rosto que acho que minha pele vai derreter —, mas ainda me recomponho o suficiente para falar e me defender.

"E isso ainda é verdade para mim", afirmo ao telefone. Olho para o Gabe. Ele está totalmente parado, com os olhos em mim.

Mulvahey está quieto do outro lado da linha e, se eu estivesse escrevendo seu monólogo interior, estaria debatendo se deveria acreditar em mim e as implicações disso. Porque se eu fosse ele e acreditasse na esposa e suspeitasse que o marido estava escondendo algo, garantiria a conexão estendendo uma bandeira branca, um truque, um aceno de mão para trazer a esposa inocente para o meu lado.

"Seu marido pode ouvir agora?", pergunta em voz baixa.

Bingo. A bandeira branca.

"Sim", não falo mais nada. E pensar que estou no telefone com a pessoa que pode desfazer meu casamento...

Pisco para Gabe. *É isso que estou fazendo aqui? Estou escolhendo minha babá em vez do pai do meu filho?*

Meu coração está acelerado dentro do meu peito. Existe outra forma de sair disso?

Preciso diminuir a velocidade da ligação, mas não sei como fazer isso. Penso na cena se desenrolando diante de mim, mas não sei como reescrevê-la para salvar June e Gabe ao mesmo tempo. Uma parte de mim pensa o que a maioria das esposas pensaria: *é impossível que meu marido tenha matado uma jovem*. Mas já não escrevi romances e li sobre crimes reais o suficiente para saber que seria um erro presumir uma coisa dessas? Não temos ideia do que somos capazes e, sem dúvida, não temos ideia do que outra pessoa é capaz.

Balanço a cabeça para clareá-la.

"Rowan", diz o detetive, e espero pelo que vem. Sei que está vindo. "Seu marido mentiu para nós sobre não ter visto June?", pergunta no meu ouvido.

Gabe está olhando para mim, seus ombros grandes curvados, seu queixo inclinado enquanto me decifra. Ele poderia ter dormido com ela — eu seria uma tola se pensasse o contrário. E se isso for tudo o que vier à luz comigo dizendo a verdade, então que assim seja. E, se for pior, então vou lidar com isso. Mas eu não poderia viver comigo mesma se mentisse sobre June. Houve coisas que estive disposta a fazer para progredir, regras que transgredi, maneiras pelas quais vivi fora dos limites do que as pessoas normais fazem. Mas não isso. "Sim", respondo com calma. Uma troca secreta. Não porque quero acabar com Gabe, e sim porque não vou deixar June continuar em perigo ou não ser encontrada por causa de nossas mentiras, as mentiras de Gabe. E Lila e eu poderíamos realmente viver nossa vida com alguém sem saber do que era culpado?

Meu torso ficou dormente outra vez, e meu pescoço parece que vai quebrar por conta de força de segurar o telefone com tanta força com o ombro enquanto meus braços embalam Lila.

"Você receia estar em perigo?", o detetive pergunta.

"Não", respondo, mesmo que o olhar de Gabe esteja todo tomado de algo escuro e pesado. Desvio os olhos para longe do meu marido, em direção à silhueta da minha filhinha escondida em meu corpo.

O detetive limpa a garganta. Então, fala: "Temos um mandado para revistar seu prédio e seu próprio apartamento. Gostaria que seu marido não estivesse preparado para nossa chegada. Nossa equipe vai chegar em breve. Existe algum lugar seguro para você ir com sua filha?".

Não tem?

É claro que tem. Tenho uma mãe.

"Vou ficar bem", confirmo.

Então, desligo o telefone e olho para Gabe. Juro que não acredito que ele poderia matar June, é o que penso. No entanto, penso, e se ele estiver mentindo quanto a algo que possa ajudar a polícia a encontrá-la?

Só precisamos encontrar a June. Então vamos superar o que quer que isso seja. Juntos.

"O que ele queria?", Gabe pergunta, seus olhos escuros reluzindo.

TRINTA E DOIS

June. Três meses atrás. 3 de agosto.

Não vejo Harrison no trabalho pelas próximas horas, o que me faz querer encolher e deitar no carpete. Não consigo parar de pensar que fiz algo errado na leitura, alguma transgressão social ou romântica, ou que Harrison percebeu a atração que senti por Gabe e agora tudo entre nós chegou ao fim.

Estou tentando não ter uma reação exagerada, e tudo parecia bem ontem à noite quando nos despedimos no metrô (abraço rápido, sem beijo). Mas ainda estou nervosa. Algo não parece certo, como se eu o houvesse machucado de alguma forma, como se eu tivesse cometido algum deslize.

Estou tão obcecada com Harrison e Gabe, que começo a me sentir enjoada. E, então, às quatro da tarde, do nada, o rosto bonito de Harrison surge sobre meu cubículo. Reprimo um suspiro. Quero voltar para ontem à noite no restaurante, quando éramos só eu e ele, e não tinha conhecido Gabe.

Harrison sorri ao me ver, seu rosto de querubim se iluminando.

"Oi", falo, sorrindo apesar de mim mesma.

"Oi", devolve ele, com um sorriso crescente. "Foi divertido ontem à noite."

"Foi, sim", digo. Entre outras coisas.

"Quer fazer isso de novo?", me pergunta.

Quero? Meu coração está indo rápido demais. Uma parte de mim sente que preciso fazer isso de novo. Preciso que me leve para sair e me ajude a me livrar dessa enorme pressão no meu peito. Preciso sair com alguém que não é comprometido.

"Hum, quero sim", respondo, e então penso em tudo o que Louisa me disse. "Gostaria de sair e também de levar as coisas muito devagar, tipo um ritmo glacial." Tento fazer uma piada, porém o rosto dele se contorce um pouco como se estivesse envergonhado. E então Kai está vindo em minha direção, fechando a cara quando o vê.

No segundo em que Harrison vê Kai, está sorrindo outra vez, confiante. Qualquer hesitação em seu rosto desapareceu.

"Hoje à noite?", pergunta, baixo o suficiente para que Kai não possa ouvi-lo. "Tenho aquela audição", aviso.

"Ah, verdade", reage ele. "Para Cecily." E, então, inclina a cabeça em um gesto dramático e diz: *"Mas por favor, Prudente, não pare. Tenho prazer em ouvir ditados. Alcancei a perfeição absoluta. Você pode prosseguir. Estou bem pronta para mais"*.

Sorrio. "Como você sabe essa fala de cabeça?", pergunto.

"Interpretei Prudente há muito tempo", esclarece, sem perceber a presença de Kai, que parou ao lado dele.

"Tenho que falar com você *mais tarde*", fala Kai, como se estivéssemos em uma conspiração. Ela adora fofocas de escritório. Sabe tudo sobre todos e adora contar para mim.

Harrison endurece. E então Kai se afasta, balançando os quadris dramaticamente como se estivesse tentando provar um ponto.

"Engraçado, esse trecho está bem na minha parte da audição", conto a Harrison.

Ele ajusta sua gravata, um exemplar azul royal perfeito. "Você vai se sair muito bem", comenta.

"Já quis ser um ator?", lhe pergunto. Todos querem isso?

"Há muito tempo, sim", responde, "mas eu também queria um salário."

Está tentando fazer uma piada, porém há um olhar que passa por seu rosto que me diz que ele não gosta de não conseguir o que quer. Conheci alguns desses atores fracassados na WTA que se tornaram outras coisas

— escritores, diretores de elenco, figurinistas — e eles parecem seguir alguns caminhos: com alguns deles, você pode senti-lo como uma nódoa sob a superfície, o desejo de uma coisa que nunca aconteceu. Outros parecem partir para outra e não olhar para trás.

"Amanhã, então?", pergunta.

"Amanhã", confirmo.

"Jantar?", quer saber.

"Almoço?", pergunto de volta.

"Ah, certo", responde. Estala os dedos e aponta o indicador para mim, dizendo "*Ritmo glacial*". Nós dois rimos e isso é bom. Seus olhos estão brilhando de novo e de fato gosto dele. Tenho que me lembrar disso.

Uma hora depois, Louisa me afugenta da WTA para que eu possa fazer o teste das 18h20 em Park Slope, Brooklyn. Às 17h28, retoquei minha maquiagem no banheiro da WTA e agora espero perto do banco do elevador. Quando as portas se abrem, sai uma mulher notável, que reconheço das fotos das redes sociais de Louisa como sua amiga e psicóloga Sylvie Alvarez. Minha chefe fala o tempo todo a seu respeito, quase como se ela fosse algum tipo de guru: *Sylvie diz isso, Sylvie diz aquilo*. Às vezes, acho que as coisas ditas por Sylvie parecem bobagem, mas se funcionam, se fazem Louisa se sentir melhor por não estar grávida ainda, então fico grata por isso.

"Oi, Sylvie", falo, quando ela está prestes a passar por mim. Temos um pano de fundo de cartazes de filmes e portas de elevador prateadas se fechando, como algo saído de uma comédia romântica. Sei que vou perder o elevador por estar aqui, mas o fato é que Sylvie não está na agenda do dia de Louisa, e ela tem um compromisso às 17h30 com uma atriz que faz toneladas de dinheiro para a WTA e pode ser muito exigente. Eu não quero Sylvie batendo na porta do escritório de minha chefe durante a reunião — é muito possível que isso irrite a atriz. E não estou lá para impedi-la de fazer isso porque Louisa me permitiu sair mais cedo.

Sylvie olha para mim e é óbvio que não tem ideia de quem eu sou.

"Eu sou June, assistente da Louisa", respondo.

Sylvie leva a mão ao peito. "Ah! Eu ouvi tudo sobre você", declara, com uma afeição que me faz ter certeza de que ouviu coisas boas. Isso me infla de imediato.

"Louisa tem uma reunião às 17h30", aviso. Não menciono o nome da atriz pois aprendi que ser discreta é uma das chaves para ser bem--sucedida na WTA.

Ela perde o sorriso. "Ah", exclama. Parece tão escultural, embora seja apenas um centímetro mais alta que eu. "Esperava levá-la para sair essa noite", comenta, como se eu tivesse dito algo que a proibisse de fazê--lo. Ela coloca a mão na boca e se inclina para mim como se tivesse um segredo. "Você sabe que ela completa 40 anos amanhã, não sabe?", ela pergunta.

Suspiro com muito mais dramaticidade do que gostaria. Mas não posso acreditar que Louisa tem quase 40 anos — parece ser mais jovem — e não posso acreditar que quase deixei passar seu aniversário. Terei que pensar em algo para comprar para ela essa noite. Sylvie se inclina para trás e sorri; sai um pouco maligno — como se ela estivesse feliz por saber esse fato e eu não. Contudo a verdade é que Louisa nunca chama a atenção para si mesma, então não teria como ela ter mencionado um aniversário para mim, pois não gostaria de me fazer sentir obrigada a me importar tanto ou comprar algo.

"Estou tão feliz que você me contou", respondo, o que é um grande eufemismo. Admiro os delicados triângulos de ouro que adornam os lóbulos das orelhas de Sylvie. Ela está usando o tipo de vestido longo floral que a Saks vende pelo valor de um dos meus contracheques, e ela parece um tesouro dentro dele. Parece uma combinação de uma grande dama com uma garota malvada. "Mas, ainda assim, Sylvie", continuo, porque outra coisa que aprendi foi usar o primeiro nome para aplacar qualquer pessoa com um grande ego. É quase como se eles gostassem tanto do som de si mesmos que se revela como um bálsamo para seus ouvidos. "Eu não bateria na porta de Louisa, ok? Esperaria por ela no saguão e pediria a Kai para enviar um e-mail da recepção dizendo que você está esperando por ela. Esse cliente pode ser mais difícil de lidar do que o normal."

Sylvie voltou a sorrir, mas desta vez parece forçado. Foi agradável dizer que ela não pode fazer algo. Aposto que isso não acontece com frequência.

"Obrigada pelo conselho, June", me agradece. Sai meio condescendente, no entanto talvez eu esteja apenas sendo sensível. E quem se importa de qualquer maneira, porque aposto vinte dólares que ela não está mais planejando interromper Louisa.

Sorrio de volta. "De nada, Sylvie", respondo.

Sylvie me encara por tempo demais. Então, proclama, com sabedoria demais para o meu gosto: "Na sua idade, é tão bom finalmente ser capaz de exercer algum poder, não é?".

Minha boca abre. "Droga", replico, balançando a cabeça um pouco. "Você deve ser uma psiquiatra excepcional."

Digo isso com sinceridade suficiente para que ela não possa dizer com honestidade a Louisa que fui rude com ela. Me viro e entro em um elevador que está se abrindo e não olho para trás. Posso sentir os olhos dela em mim.

TRINTA E TRÊS

Rowan. Sexta-feira à tarde. 11 de novembro.

Antes de ir para a casa da minha mãe, passo na casa do Harrison. Apenas Lila e eu, sem Gabe.

Bato forte na porta da frente de sua casa. Pelo menos Gabe está começando a me deixar sair. Deixei o apartamento à noite lhe dizendo que o telefonema era apenas Mulvahey repassando alguns detalhes comigo (eu só estava disposta a lhe dizer a verdade até aí), e que tudo isso com June era perturbador demais e tinha que sair do nosso apartamento e voltar para a minha mãe. Comentei que tudo no centro de idosos tinha sido tão bom com minha mãe e Lila e que eu precisava daquele momento outra vez agora — em vez daquilo. Gabe beliscou minha bochecha e me deixou ir, mas seus olhos continham o tipo de tristeza que vem da pessoa que você ama o acusando de traição do pior tipo. E agora que disse isso, não sei como voltar atrás e nem sei se deveria. A verdade é que não posso dizer com certeza que meu marido nunca dormiria com June. Talvez Harrison saiba de algo que eu não saiba.

Harrison abre a porta e entro em seu arejado e espetacular loft no SoHo. Não há quartos, apenas um enorme retângulo com uma linda cozinha e um teto alto entrecruzado com vigas de madeira. Coloco no chão a bolsa abarrotada de coisas que trouxe, desde fraldas e pijamas de bebê ao meu laptop e bomba de leite, então digo: "Você está com uma aparência horrível".

Ele encolhe os ombros. Parece tão jovem quando está chateado, seus lábios cheios fazendo beicinho como os de uma criança.

"Estou preocupado com June", comenta, me ajudando a sair do casaco. "Os policiais vêm mais tarde para me interrogar."

"Isso pode ser em parte culpa minha", digo.

Ele está tão próximo de mim, ajudando a libertar meus braços. Suas mãos sobre mim são fortes e confiantes. "Ah, sério?", pergunta, como se estivesse tentando ser alegre, sem conseguir chegar nem perto.

Harrison capta coisas que Gabe não percebe, como o fato de eu precisar de ajuda para sair de um casaco como esse quando tenho Lila amarrada a mim. Ele pendura meu casaco em uma prateleira e fecha a porta. E tranca a corrente. Toca jazz nas caixas de som — com frequência ele me diz que se não representasse escritores, representaria músicos. Eu o sigo até sua sala de estar. Preciso colocar a Lila no chão. Necessito de uma pausa de carregá-la por aí. Mesmo com o canguru na posição correta, minhas costas estão começando a gritar. Harrison me ajuda a tirar um cobertor da bolsa de fraldas e nós dois nos ajoelhamos e o abrimos no chão. Com cuidado, deito Lila sobre ele. Não acredito que não tenha acordado.

"Ela é tão linda", diz Harrison.

"É sim, realmente", concordo. "Continuo maravilhada com ela. Todas as coisas que as pessoas falam sobre maternidade são verdade. E muito mais."

Seu rosto obscurece quando a admira. "Mas também é difícil, certo?"

"Uhum", assinto. "É sim. Porém fico pensando como é incrível que ela seja *ela*, que a magia dela significa que qualquer outro mês que tivesse engravidado teria sido um bebê diferente, não Lila. É estranho reconhecer isso."

"A vida é complicada", sentencia Harrison, seu olhar ainda obscuro. "Você acredita que todos nós estávamos destinados um ao outro de alguma forma, a estar na vida um do outro? Ou acredita nisso apenas em relação a Lila?"

Aquilo me surpreende. "Acredito que estamos todos nas órbitas um do outro por alguma razão", afirmo. "Não que seja algo metafísico. Apenas que, é óbvio, somos todos atraídos uns pelos outros."

Um carro buzina lá fora e imagino as ruas do SoHo lotadas de compradores.

"Bem, estou começando a me arrepender por June ter entrado em minha órbita", declara Harrison. Seu cabelo loiro ondulado está bagunçado como se tivesse acabado de se expor ao frio intenso.

"Como assim?"

"Para onde ela foi, Rowan?", pergunta bruscamente. "O que aconteceu com June? Você acha que tudo isso é real?"

"Não sei o que aconteceu, assim como você não sabe", digo, balançando a cabeça. Nós dois ainda estamos ajoelhados no chão, próximos a Lila.

"Ela estava sempre procurando atenção", diz Harrison, com a testa enrugada como se tentasse se concentrar para compreender a situação. "E eu pensei que talvez... existe a chance de June estar tramando algo contra nós? Algum truque?"

"Eles encontraram sangue em nosso prédio", conto. "E há imagens de vídeo dela entrando, mas não saindo. Então, sim, tenho certeza de que isso é real."

Meus olhos estão cheios de lágrimas agora. Harrison passa os braços ao redor de mim e me ajuda a levantar. "Ah, não", exclama, me dando um abraço. É bom estar tão perto dele. Faz tantos anos que ele está cuidando de nós, principalmente de Gabe, mas também de mim. É o responsável pela condução do nosso navio, criativa e financeiramente, e confio nele. "E se ela estiver morta?", pergunta, e sinto um leve tremor passa por seu corpo. Por fim, se afasta e parece instável enquanto se dirige para o sofá. Me sento ao lado dele. Talvez perto demais. No entanto sempre tem essa coisa entre nós, sempre que estamos a sós, o que não é frequente. Não acho que seja atração sexual ou algo assim, mas é quase como uma corda nos conectando, nos aproximando.

"Gabe está mentindo para mim a respeito de alguma coisa", comento com ele. "Sei que nunca machucaria June, não é isso, é só que..."

Os olhos de Harrison são da cor de jeans azuis escuros. E eles estão vermelhos. "Você acha que Gabe e June estavam se encontrando?", ele me pergunta. Posso ver isso nele — a fúria. Pelo menos uma parte dele acredita nessa possibilidade. Não sei dizer se é por isso que está tão agitado. Espero que sim pois, se eu não o conhecesse tanto, uma parte de mim poderia pensar que ele tinha voltado a beber.

"Você está bem?", pergunto.

"Preciso saber", diz ele, e posso ver o tremor em suas mãos, o ciúme ao pensar nisso acontecendo: seu amigo/cliente, sua namorada. "Preciso saber se June estava me traindo — e traindo você — com Gabe. Preciso saber se ele faria algo assim comigo."

"Eu acho que não", respondo, porque realmente não acho, não importa o quanto eu seja tola por acreditar. "Contava com June e confiava nela para cuidar de Lila. Sei que ela é jovem e sei que as pessoas cometem erros, mas perguntei a Gabe e sua reação foi furiosa comigo por cogitar isso."

Harrison bufa. "Gabe. É claro — *é claro* que ficaria na defensiva sobre isso, como se nunca fosse sequer possível."

"Acredito nele", afirmo.

"Bom para você", retruca Harrison, com uma risada que soa muito grosseira. "Deve ser bom estar com alguém em quem você confia."

Paro por um momento. E, então, faço a pergunta da qual tenho medo. "Você acha que é possível?"

Ele me observa. Não diz nada.

"Você acha que é possível que ele me traia?", pergunto, minha voz está muito alta, muito patética.

Harrison se vira e olha por uma janela de moldura preta. Então, vira a cabeça e me encara. "Acho", afirma, e meu coração para.

Engulo em seco, tentando me recuperar. "Você sabe de algo que eu não sei?"

"Não", responde ele com uma fungada. "É apenas um pressentimento."

Um *pressentimento*. Uma coisa muito grande a se dizer sobre o casamento de outra pessoa, mas eu pedi por isso. Estamos em silêncio — é uma das únicas vezes que ouvi Harrison trair Gabe e, quando me recupero, o momento se partiu e nos lançou a cantos diferentes.

Harrison olha ao redor de seu apartamento imaculado. "Eu deveria me preparar para a vinda dos policiais", fala em voz baixa. "Deveria me aprontar." Ele estende uma mão trêmula para tocar meu rosto. Agarro seus dedos e os aperto devagar. Está sempre lá, na verdade. A vida alternativa — a decisão de uma fração de segundo, a questão persistente: *O que teria sido?*

No entanto é diferente agora que Lila está aqui. E é nisso que estou pensando quando pego meu bebê e me dirijo à minha mãe. Tudo está como deveria estar. Não é?

TRINTA E QUATRO

June. Três meses atrás. 3 de agosto.

Quarenta minutos mais tarde, depois de uma viagem de metrô sem maiores ocorrências, me encontro do lado de fora de um prédio de cimento baixo esperando para entrar e fazer um teste. Não quero chegar muito cedo — já estou nervosa o suficiente sem ter que esperar ao lado de outras atrizes. É apenas a quarta vez que venho ao Brooklyn, e eu amo esse lugar. (Uma vez disse a Sean que gostaria de morar em um bairro do Brooklyn chamado Williamsburg, e sua reação foi como se eu tivesse lhe dado um soco na cara. Está se tornando impossível conduzir uma conversa com ele — há minas terrestres por toda a parte.)

Está quente e abafado também, e o céu está um pouco nublado e meio assustador, como se estivesse encobrindo problemas. Olho para o papel que imprimi, repassando em silêncio minhas falas para a audição na minha cabeça, meus olhos se fechando enquanto os moradores do Brooklyn giram ao meu redor.

CECILY

Sua franqueza lhe concede grande crédito, Prudente. Se me permitir, anotarei seus comentários em meu diário. Veja, é apenas o registro de uma garota muito jovem de seus próprios pensamentos e impressões e, por consequência, destinados à publicação. Quando aparecer em forma de livro, espero que você encomende um exemplar.

Querido Deus, me permita executar bem essa cena. Sou apenas uma iniciante, nem tenho certeza se deveria imitar um sotaque inglês, mas quando pesquisei ontem à noite parecia que era o certo a se fazer, e só rezo para que meu sotaque não seja tão ruim.

Uma porta grande e volumosa se abre. Uma garota pequena sai às pressas e não olha para mim ao passar. Eu deveria entrar, entretanto uma parte de mim quer tanto fugir. Me imagino apenas virando e voltando para Sean, porém isso quase soa pior do que arruinar essa audição e fazer um papel de idiota. Mal atuei em qualquer peça de teatro clássica como essa. A maioria das coisas que fizemos na faculdade era contemporânea.

Ainda assim, eu costumava conseguir os papéis principais...

Agora outro cara sai pela porta. Ele está carregando uma foto profissional, o que eu não tenho — *ainda*. Tenho que arranjar uma, mas são tão caras. Tipo, 1.500 dólares com um bom fotógrafo.

Checo meu telefone para ver se há algo do trabalho que Louisa precisa, mas não tem nada.

18h13.

Tenho que entrar. Me obrigo a fazer isso: abro a porta pesada e adentro um pequeno saguão. Apenas uma outra atriz está lá e ela não se parece em nada comigo, o que é um alívio. É uma morena baixa que nem olha para cima quando entro, o que talvez seja melhor. Ela está estudando suas falas. E tem uma foto nas mãos.

Espero a minha vez.

Um homem careca chega ao saguão e chama a outra garota. E, enquanto espero, posso ouvi-la recitando as falas de Gwendolyn — e, sem dúvida, está usando um sotaque inglês, então isso é bom. E pelo menos não estamos fazendo testes para o mesmo papel — tenho certeza de que ficaria desnorteada se pudesse ouvi-la recitando as falas que pratiquei no meio da noite. O que mais poderia fazer ontem à noite no meu quarto? Não conseguia dormir.

Fica um silêncio lá dentro quando ela termina. Posso ouvir uma voz baixa, talvez o diretor dando algum *feedback*. Ela parecia muito sólida, de fato, como uma atriz de verdade. Confiante. O que não sou.

Acho que posso fingir. Fingi muitas coisas desde que cheguei a Nova York, então qual o problema de mais uma?

A menina sai pela porta e o homem careca retorna, dizendo: "Você é June?".

"Sou", respondo, sorrindo. Ele me observa.

"Pode entrar", fala, com muita rigidez, como se eu não devesse estar lá e, de alguma forma, incomodá-lo.

Sigo por uma porta que leva a um teatro de caixa preta não muito diferente do que tínhamos na faculdade, embora esse seja literalmente pintado de preto: as paredes, as quatro fileiras de bancos, o próprio palco.

"Esse é Michael", o homem careca aponta para um cara que tem talvez trinta anos, sentado em uma cadeira. "Ele vai ler as falas de Algernon."

"Olá", digo.

"Oi", retribui meu cumprimento, muito mais amigável do que o homem careca.

"Sou Charles", anuncia o homem. Ele gesticula ao redor. "Esse é o meu teatro. E até agora estou decepcionado com as atrizes que fizeram audição para Cecily. Então, talvez você salve o dia." Ele força um sorriso e percebo que a hostilidade que pensei ter visto antes pode ser apenas constrangimento social, pelo qual tenho uma enorme fraqueza.

Mostro meu brilho sorridente para ele. "Com certeza, espero que sim", declaro.

Fico na minha marca, um x marcado em fita azul. Então, penso como seria conseguir esse papel, Louisa me vendo interpretar Cecily, talvez Harrison também, e talvez até Gabe. Por que não? Por que não estariam aqui me vendo sob os holofotes que acabei de conquistar, absorvendo sua atenção como se eu merecesse?

Respiro fundo.

Abro a boca.

E então arraso na minha audição.

As falas vêm de algum lugar dentro de mim, assim como no passado, quando acertava em cheio nas minhas performances na escola. É sobrenatural quando dá certo, uma força que se agita e sai de dentro como uma torrente dourada de luz. Você está se conectando com o material porque o transformou em uma parte de si própria: se fundiu à personagem e agora são uma só. Não importa que Oscar Wilde a tenha escrito em 1895, pois ela vive dentro de *você*. Você é *ela*. Você trocou de pele e é glorioso: a derradeira fuga.

Charles está radiante quando termino. "Joan!" exclama.

"June", corrijo, com um estalo na minha voz pois sei como fui bem.

"June", repete depressa. "*June*."

Michael sorri, sentado em sua cadeira dobrável barata.

"Isso foi magnífico", comenta Charles.

"Obrigada", reajo. E foi mesmo.

"Você tem uma foto para deixar comigo?", pergunta.

"Não", respondo. "Mas meu Instagram tem muitas fotos minhas." Sorrio, sabendo que não ter uma foto não importa agora.

Ele ri, pois também sabe que não importa. "Que tal um currículo?"

Balanço a cabeça em negação. Louisa disse que me ajudaria com um, mas andamos muito ocupadas nos últimos tempos.

"Tudo bem, então; que tal você preencher uma ficha de contato aqui e assim posso entrar em contato com você essa semana."

"Tudo bem", digo. "Muito obrigada."

Estou transbordando de algo tão poderoso, um sentimento que poderia me fazer levantar voo do piso escuro e oleoso do palco e voar para longe daqui, sobre as ondas desenfreadas do East River, de volta a Manhattan. Mal sinto meus dedos enquanto voam sobre a ficha de contato com um toco de lápis. Me despeço de Michael e Charles e saio correndo do teatro para o saguão e para a rua. Estou respirando tão rápido que poderia desmaiar. Fico lá, escorada nos tijolos, mal conseguindo acreditar no que acabou de acontecer.

Eu consegui.

Minhas mãos tremem enquanto ligo meu telefone. Uma mensagem de Kai surge na tela.

Eu não gosto muito de você namorar Harrison, se é isso que esteja acontecendo. Ele é muito mais velho que nós. E é meio intenso, não acha?

Meu coração dispara. Só que eu mal tenho tempo para processar a informação porque uma voz aguda chama meu nome.

"June!"

Volto o rosto para o teatro — será que esqueci alguma coisa? Mas não soava como Michael ou Charles, soava como...

Merda.

Parecia a voz de Sean.

Me viro, examinando um grupo de pessoas do outro lado da rua. Há um casal empurrando um menino em um triciclo e um entregador carregando meia dúzia de sacolas plásticas com recibos grampeados, acenando como bandeiras. Além deles, tem um passeador correndo com meia dúzia de cães e, então, de pé em um boné de beisebol laranja esfarrapado e roupas de ginástica, está Sean.

"O que você está fazendo aqui?", solto grito de descrença. Não consigo evitar. "Está tudo bem?" Ele sabia que eu tinha uma audição no Brooklyn, mas acho que nunca lhe disse o nome do teatro. E são trinta minutos de metrô daqui ao nosso apartamento.

Está magoado por eu ter dito isso — é claro que está. Imediatamente, tento amenizar a situação. "Espere aí!", exclamo do outro lado da rua. Me esquivo de um táxi enquanto atravesso a Sétima Avenida para chegar até ele. Só quero que essa interação aconteça o mais longe possível do teatro — e do que acabou de acontecer lá dentro. Quero Sean distante dessa noite.

"Tudo bem", diz Sean quando chego ao seu lado da rua. Estou sem fôlego por causa da corrida e do nervosismo pós-audição.

"Ah", exclamo, tentando entender o que está acontecendo aqui. "Então, por que você está aqui?"

"Por que estou aqui?", repete.

"Sim", digo, tentando mascarar minha irritação.

"Estou aqui porque está escurecendo e não queria que você voltasse do Brooklyn para casa sozinha. Você mal conhece as linhas de metrô, June."

Contenho a careta no meu rosto, me esforçando para tornar minha atitude mais palatável. Assinei um contrato de um ano com Sean. Poderia rompê-lo — é claro que poderia — mas não sem contrapartidas financeiras.

"Que cavalheiresco", solto, mesmo que *não seja*. É controlador. E estou realmente começando a ficar farta. "Mas, Sean", digo com cuidado. "Por favor, da próxima vez, me envie uma mensagem para que eu possa expressar minha opinião, ok? Se está tentando ser prestativo, aprecio isso. Mas são sete horas. Mal escureceu e, além disso, sei como pegar o metrô. Eu não tenho 11 anos."

O queixo dele cai. "Quanta ingratidão, June", expele. "Talvez seja melhor parar de ajudá-la para que possa ver como se sai sozinha." Ao falar isso, se vira e vai embora.

"O quê? Espere!", grito. Ele realmente veio até aqui só para voltar para Manhattan porque contestei sua atitude? "Sean, por favor", o chamo, trotando atrás dele de salto alto, o que é difícil. Algumas lajes de calçada depois, um dos meus sapatos trava em uma rachadura e me inclino para frente. Acho que me reequilibrei, mas então meu tornozelo se torce e eu caio. "Ai!", grito.

Sean se vira e eu assisto a cena acontecer: sua raiva se derrete em uma expressão descontraída e sentimentaloide que revira meu estômago. Ele vai me ajudar, vai ser o meu salvador, que é tudo o que sempre quis ser. Acho que ele nem sequer deseja me tocar. Não estou brincando quando afirmo que nada sobre nós parece romântico: é algo muito mais doentio. Talvez eu precise quebrar o contrato.

Eu cuspo. Estou de joelhos e meu tornozelo está gritando comigo, e não acho que já tenha sido rebaixada ou humilhada o suficiente para cuspir, mas, ao que parece, existe uma primeira vez para tudo.

"Ah, *June*", diz Sean.

Ele está vindo em minha direção. Posso ouvir o rangido de seus tênis mesmo com o barulho do Brooklyn, o que me faz sentir como se talvez eu estivesse imaginando isso — ou talvez ele esteja me deixando tão louca que estou sintonizando suas frequências como um animal faria. Me sinto assim o tempo todo em nosso apartamento: uma vez, senti seu *cheiro* do lado de fora da porta do meu quarto antes mesmo dele bater.

"Me deixe em paz, Sean", peço. Ainda estou de joelhos e lágrimas ardem em meus olhos.

"Pronto, pronto", diz ele, se inclinando, os joelhos cobertos de moletom muito perto do meu rosto.

"Pronto, pronto?", repito. "Você está falando sério?"

"June, você está chateada", observa. "Foi só um susto."

"Um susto?" Não consigo lidar com esse cara. "Sean, *chega*", me irrito. "Chega de toda essa preocupação comigo. Estou ótima. Pare de agir como se eu fosse uma criança. Não gosto disso. Nunca gostei de ser criança, pra começo de conversa."

"Eu também não", retruca. E tira a sujeira da coxa de sua calça. Elas são tão finas que posso ver a linha profunda de seus quadríceps.

"Bem, então temos isso em comum", digo. "Agora, me ajude a levantar." Ele ajuda.

"Vamos para casa, June", diz Sean. "Temos que colocar gelo nisso." Eu o sigo, mancando em um silêncio furioso em direção ao metrô.

TRINTA E CINCO

Rowan. Sexta-feira à tarde. 11 de novembro.

Minha mãe não está bem quando chego ao quarto dela. É perceptível que algo aconteceu antes de minha chegada — uma espécie de mal-estar. A enfermeira me disse que foi um dia difícil e que eu não deveria esperar que ela estivesse lúcida, e também que a mãe de Gabe viria mais tarde e ainda planejava levá-la ao bingo. "Às vezes, Elena precisa vê-la pessoalmente para se assegurar de que ela não está disposta", conta a enfermeira antes de nos deixar a sós.

Pela maneira como minha mãe está deitada na cama, com o cabelo bagunçado e as lágrimas escorrendo pelo rosto, dá para ver como foi ruim. Às vezes, quando está confusa, ela ataca, e nunca vou me acostumar a como é assustador quando isso acontece. Sendo ela tão frágil, não me preocupo que machuque a Lila ou a mim, minha preocupação é com ela própria.

Quero minha mãe de volta.

Sento com Lila na beirada da cama. Minha mãe está dormindo e não quero acordá-la, então seguro meu bebê e observo o céu escuro. Há tanta coisa boa que minha mãe me deu, tanto de si própria que despejou sobre nós para nos deixar o melhor possível. Nunca duvidei do amor dela, e costumava pensar que era mágico, pois tive uma experiência muito diferente com meu pai. Mas agora que Lila está aqui, percebo que a palavra *mágico* — ou qualquer outra palavra, na verdade — não passa perto de descrever o que existe entre uma mãe e seu filho. Foi a primeira coisa que desafiou minha habilidade de escrever a respeito de um assunto.

Minha mãe se mexe. Apenas o abajur de leitura está aceso. Sempre o deixam ligado à noite, caso ela acorde e não saiba onde está. Estendo a mão e dou um leve tapinha na perna dela enquanto acorda. "Mãe", digo suavemente, embalando Lila com a outra mão. Os olhos dela se abrem. "Rowan", me reconhece, o que me inunda de alívio, porém ela parece tão assustada que não dura muito tempo.

"Estou bem aqui", respondo.

Lila dorme profundamente no meu peito e há um calor vago no quarto, mesmo que esteja congelando lá fora essa noite. A luz fraca me lembra de quando minha mãe e eu nos enrolávamos em sua cama todas as noites. "Mãe", falo com cuidado.

Ela tenta se apoiar nos cotovelos, mas é muito estranho — ela não consegue endireitar bem seu corpo. Então, rola de lado e levanta a cabeça com um travesseiro. "Querida", diz. "Preciso conversar com você. Pedi o dia inteiro para que a chamassem aqui. Eles ficaram repetindo que você estava muito ocupada."

"Por que não me ligou?", pergunto baixinho. A iluminação fraca dentro de seu quarto me faz querer sussurrar. "Eu teria vindo."

"Eu sei, querida", responde. "Não consegui encontrar meu telefone. Acho que o perdi."

Tenho certeza que está na mesa dela como sempre, mas não digo isso porque não quero fazê-la sentir-se mal.

"Estava pensando, querida, em tudo o que aconteceu com você. E quero te contar algo, e o que você decidir fazer com essa informação, tudo bem por mim. Está bem?"

Concordo, sem saber onde ela quer chegar, e surpresa por estar tão lúcida.

"Mais do que me proteger, acho que a verdade pode ser importante para você. E Ken, como sabemos, está morto e enterrado agora. Infarto, você se lembra?"

"Ken Conroy?", pergunto, confusa. Ele era um dos amigos do meu pai, a única pessoa chamada Ken que nós duas conhecemos.

Minha mãe confirma. Não sabia que estava morto. Ela nunca me falou e eu nunca me importei em procurar notícias dos amigos do meu pai. Tentei enterrá-los na mesma hora em que enterramos meu pai. Lembro da agonia peculiar de encontrar um ou outro deles na cidade comprando sanduíches e Coca-Cola, ou no Hollywood Video alugando filmes para qualquer família que tivesse lhes restado. A maioria deles se desintegrou, quebrando em si mesmos, entrando em problemas com a lei e deixando esposas e filhos.

"Isso", minha mãe começa, depois faz uma pausa. "Sei que está se consultando com aquela mulher, Sylvie. E que você descobrirá o motivo para ter ocorrido aquele colapso e descontado em sua babá, quando conseguir juntar todas essas peças com segurança, com auxílio de Sylvie. No entanto quero que você saiba que li algumas coisas relacionadas à TEPT, aqui, sozinha, no meu telefone. Fico muito tempo sozinha."

A culpa inunda todas as células do meu corpo. Ela não poderia estar morando conosco? Eu não poderia tirá-la desse lugar?

Onde está June?

Estremeço. Quero falar com minha mãe a respeito do que está acontecendo em nosso apartamento agora — quase posso ver os policiais uniformizados surgindo com cães e lanternas e equipamentos forenses. Será que vão soar as sirenes? Será que nossos vizinhos vão aparecer nos corredores? Será que vão encontrar alguma coisa?

Minha mente funciona em repetições, porém me concentro em minha mãe pois está muito claro para mim a necessidade dela em falar disso.

"E o que li enquanto pesquisava é que qualquer mente é capaz de se desligar e reprimir a memória de um evento traumático. E sei como o parto de Lila foi traumático. É só que, Rowan, sua mente já passou pela experiência de se desligar e esquecer."

Dou um tapinha na bunda de Lila, erguendo minhas sobrancelhas. "O que você quer dizer?", pergunto. Penso na faca e no que me lembro do quarto do meu pai naquela noite.

"Eu estava me relacionando com Ken, o amigo de seu pai", conta minha mãe, como um pé esmagando um ninho de vespas.

"*O quê?*", pergunto. Se não estivesse sentada, minhas pernas teriam cedido. "Relacionando? Você quer dizer que tinha um caso?"

"Sim", responde minha mãe, com naturalidade, como se estivéssemos falando de outra coisa. E não há culpa em seus olhos, apenas fogo, como se ela tivesse que me falar algo e essa fosse apenas a ponta do iceberg, e também como se isso não fosse mais sobre ela, mas algo muito maior.

"É sério?", pergunto, sem acreditar. Nunca me surpreendo quando as pessoas têm casos. Mas isso é diferente. Essa é minha mãe.

"Sim", repete. "E Ken matou seu pai."

Meu coração para. Ele erra tantas batidas que juro que vou morrer ali mesmo. Não consigo falar. Apenas posso olhar para o seu lindo rosto, semicerrando os olhos para mim, me acolhendo.

"Mãe", falo, por fim, minha mão ainda nas costas de Lila. "Por que nunca me contou?"

"Porque você já sabia", responde, se inclinando para mim e pegando minha mão. "Pois estava lá. E viu acontecer."

Não sei para onde vou naquele momento. O quarto parece confuso, as bordas da cama embaçam, sombras dançam nas paredes. Um carro buzina em algum lugar próximo e o sinto como um tapa.

"Você era apenas uma menininha, Rowan", ela continua a falar. "Tinha apenas 5 anos. No começo, pensei que nós duas estávamos fingindo não saber. Mas depois percebi que você estava tão traumatizada que tinha bloqueado. E eu sentia muito receio de levá-la à terapia, com muito medo de que se lembrasse e revelasse a um terapeuta ou às autoridades. Eu amava Ken e meu coração estava partido, e me preocupava que não apenas ele iria para a cadeia, mas de alguma forma eu estaria envolvida no que aconteceu e seria afastada de você. Seu pai estava morto e nada iria trazê-lo de volta, e eu tinha visto com meus próprios olhos — foi em legítima defesa. Não precisava de um júri para declarar que Ken era inocente, não quando eu sabia que existiam tantas maneiras de um julgamento dar errado."

Meu sangue corre mais rápido. Tento reproduzir a cena em minha mente, mas não consigo lembrar.

"O que aconteceu?", pergunto. "Naquela noite, o que eu vi?"

"Foi uma história como qualquer outra, essa é a parte triste", conta minha mãe, balançando a cabeça, parecendo arrependida pela primeira vez. "Seu pai era daquele jeito — não vou culpá-lo pelo que fiz —, mas me apaixonei por Ken. E foi isso assim — *paixão*. Por mais estranho que pareça, nunca havia traído seu pai antes e isso me pegou de surpresa, me tirou do eixo, e vivi todas as coisas que se ouve sobre as pessoas se sentindo em um casamento que as sacode e as deixa perdidas. Me perdi.

Ken não era casado, nem tinha namorada, o que facilitou a racionalização. Seu pai chegou em casa uma noite, o pegou lá e entendeu. Nunca dormi com ele em nossa casa, no entanto naquela noite Ken tinha vindo falar comigo, estava desesperado, era tarde, e o deixei entrar. Estava bêbado, reclamando que queria fugir comigo, apenas nós dois, e você, é claro: ele sabia que eu jamais iria abandoná-la. Seu pai chegou durante seu discurso apaixonado. Então perdeu a cabeça e eles brigaram. E foi aí que você desceu para a cozinha para descobrir o que estava acontecendo. Tentei tirar seu pai de cima do Ken, o que funcionou por um momento, no entanto seu pai pegou uma faca e o perseguiu até o andar de cima. Todos nós subimos. Não tive tempo suficiente para impedir que você visse — sabia que seu pai era capaz de matar Ken com aquela faca e sabia que tinha que tentar pará-lo. Mas quando todos nós entramos no quarto, foi Ken quem estava com o controle da faca. Nós duas o vimos esfaquear seu pai. Uma vez, no estômago, e acabou."

Puxo Lila para cima e coloco meus lábios em sua cabeça. Não consigo acreditar no que estou ouvindo e, no entanto, no fundo, o reconheço como o núcleo duro e brilhante de algo real. Entendo essa história como palavras que eu poderia escrever em uma página em branco e saber que são minhas. Mas não consigo ver — ainda. Apenas posso recriar a cena, porém não tenho certeza se parte do que estou vendo é uma memória verdadeira ou se estou imaginando a partir do que minha mãe está contando.

"O que eu fiz?", pergunto. "O que eu fiz quando vi meu pai esfaqueado?"

"Nada", me responde. "Nenhuma de nós fez nada nos primeiros segundos, pois estávamos em um estado de choque muito profundo. Ken e eu tentamos pressionar o ferimento do seu pai, mas não adiantou. Você só ficou lá, e tudo em que eu conseguia pensar era como arruinei sua vida inteira. Não consegui olhar para Ken de novo — não depois do que fiz com você. Aquela noite foi a última noite que o vi a sós. Sinto muito, Rowan. Você nunca vai saber como sinto muito."

"O relógio?", pergunto, mas mesmo quando pergunto, uma lembrança volta: juro que posso vê-la entregando-o para Ken.

"Disse a Ken para pegá-lo e perdê-lo", me conta. "Estava pensando rápido demais. Disse a ele que declararia à polícia que alguém invadiu a casa e levou o relógio. Você estava praticamente catatônica nessa altura. Eu a envolvi em um cobertor e chamei a polícia e, quando chegaram, lhe disse que você estava dormindo em seu quarto e não viu nada." Após dizer isso, se inclina para frente e coloca a mão em mim. Não toca em Lila. Ela é apenas minha mãe nesse momento, nada mais.

"Você será capaz de me perdoar?", pergunta.

Meu coração desacelera. "Acho que já fiz isso, há muito tempo", respondo.

Ficamos sentadas sem dizer nada, olhando uma para a outra através da névoa do que acabamos de dizer. Sempre houve palavras entre nós, mas não há mais para esse momento. Até Lila fica parada, sem mais se contorcer pressionando seu corpo no meu. Seguro a mão da minha mãe e parece que uma hora se passa e, por fim, seus olhos ficam pesados. "Durma, mãe", digo. "Estarei aqui quando você acordar."

Quando ela começa a cochilar, tiro meu laptop da bolsa. Abro, meus dedos pairando no arquivo nomeado *Páginas de dezembro para Dave*, pensando que se acabei de sobreviver a uma noite como essa, então com certeza posso lidar com a leitura de páginas antigas que pareceram assustar meu agente. Clico no arquivo. O trabalho ganha vida, reluzindo como um farol no quarto escuro da minha mãe.

Capítulo Um

Josephine

As asas de uma mariposa batem na janela do meu quarto, tentando vir à luz. Dois bebês pequenos dormem em lençóis de marfim ao meu lado — um menino e uma menina. São meus.

A música de um piano penetra do apartamento ao lado e imagino uma mulher chorando enquanto toca um pequeno piano de cauda. Quando a música para, a imagino se erguendo do banco e arranhando as paredes, rasgando o papel de parede em pedaços que se acumulam sob suas unhas.

"Onde ele está?", grita ela. "Para onde ele foi?"

Essa mulher — quem é ela?

Fecho os olhos e tento esquecê-la, mas ela está ali, pressionando minha pele, se libertando dos ossos, tentando sair.

TRINTA E SEIS

June. Três meses atrás. 4 de agosto.

Na manhã seguinte à minha audição, estou do lado de fora do apartamento de Louisa, com cafés e uma enorme papelada. Estou de shorts e camiseta porque está muito quente. (A cidade de Nova York está no meio de uma onda de calor, e há, a cada hora, mais ou menos, avisos para crianças e idosos saltam nas notificações do meu telefone.) Levanto a mão para bater na porta de Louisa, nervosa com o que vou encontrar dentro de seu apartamento. Parecia péssima quando me ligou no escritório essa manhã, sua voz oscilando e soando incomum quando perguntou se não me importaria de levar algumas coisas de seu escritório porque ela precisava trabalhar de casa hoje. Não sei se vai querer que fique ou vá embora, então trouxe roteiros para ler se ela quiser companhia. São seus 40, como Sylvie me disse, então trouxe uma caixa de chocolates de um lugar que ela ama perto do trabalho e um colar que encontrei por dez dólares em uma venda de rua ontem à noite que sei que ela vai adorar, um simples pedaço de coral branco em uma fina corrente de ouro. Espero que ela tenha saído ontem à noite para comemorar e que apenas esteja de ressaca. Embora isso não soe muito como Louisa.

A porta se abre. É James, o marido de Louisa. Eu o encontrei duas vezes na WTA quando foi levar flores ou almoço para ela.

"Oi, James", digo com cautela. "Está tudo bem com Louisa?"

O rosto de James está abatido, com vincos fundos indo de seus olhos até a linha do cabelo. "Não, não muito, mas vai ficar", me responde. E tenta sorrir, mas não dá certo. "Ela me falou que eu poderia levá-la de volta, caso seja tudo bem por você."

"Claro", confirmo, porque tudo o que quero é vê-la.

Caminhamos pela sala de estar em direção a um corredor longo e estreito, decorado com um punhado de objetos belos, cuidadosamente selecionados: fotos de James, Louisa e outros membros da família; alguns anúncios vintage aleatórios para perfumes em molduras de prata ornamentadas; e alguns desenhos a lápis de pássaros. James bate em uma porta e a voz baixa de Louisa diz: "Pode entrar".

James abre a porta com delicadeza. "Me avise se precisarem de alguma coisa", pede, antes de nos deixar a sós.

Entro no quarto de Louisa e a vejo sentada na cama. Seus olhos estão vermelhos e ainda há lágrimas em seu rosto.

"Você está bem?", pergunto, indo até ela.

Ela balança a cabeça lentamente, com os olhos em mim. "Tive outro aborto espontâneo", explica, sua voz tão amena que me quebra.

Minhas mãos cobrem minha boca. "Ai, não, Louisa", exclamo entre os dedos.

"Iria lhe contar hoje que estava grávida. Porque são meus 40 anos — não acho que saiba disso —, então pensei que seria divertido comemorar contando a você, Sylvie e alguns dos meus amigos próximos."

Começo a chorar. "Sinto muito, muito mesmo", profiro.

"Eu também", diz Louisa, acariciando a cama ao lado dela para que me sente. Sento. "O aborto começou ontem à noite", esclarece. "E acho, você sabe, acho que chegou ao fim. Tenho uma consulta com meu obstetra em algumas horas para ter certeza. Ninguém nunca lhe diz como é um aborto espontâneo. Quero dizer, os detalhes disso. Você sabe que o aborto existe porque as pessoas falam um pouco sobre isso, mas ninguém conta os detalhes. É uma loucura, June, é quase como dar à luz, e não sei por que ninguém nunca diz essas coisas, para que estejamos preparadas e possamos saber o que fazer, e assim não seria tão aterrorizante e traumático, pois talvez estaríamos mais prontas, se é que seja possível algo assim."

Ela começa a soluçar. Envolvo meus braços ao seu redor e a seguro com força enquanto ela chora. Nunca quis tanto algo para outra pessoa, algo que não posso nem chegar perto de lhe dar, e jamais vi um luto como esse de perto. Nunca senti meu corpo tão consumido pela forma como alguém se sente. Talvez seja o objetivo último de estar aqui nesse planeta: estar perto e amar um ao outro. Talvez eu não precise chegar ao ponto mais alto dos céus da cultura pop ou ter um milhão de seguidores no Instagram para me sentir feliz.

Choro mais forte em seu ombro e minhas lágrimas são por ela e muito mais: algumas delas de simples gratidão pelo quanto Louisa sempre fez com que me sentisse amada e incluída. Que ela tenha me escolhido para contar sobre uma gravidez precoce, que sou tão importante para ela... Juro que Louisa me faz sentir mais especial do que qualquer um já tenha feito em minha vida. Esse é o verdadeiro tipo de especial: o tipo que eu deveria estar buscando, não o tipo falso que vem com ser uma atriz adorada, o tipo que tenho perseguido.

Talvez seja apenas isso.

TRINTA E SETE

Rowan. Sexta-feira à noite. 11 de novembro.

Ainda está cedo, começo da noite, mas o quarto da minha mãe está escuro, com a exceção do brilho do meu laptop, e ela e Lila estão dormindo profundamente. Os policiais ainda não me ligaram e meus dedos tremem toda vez que verifico meu telefone.

No escuro, releio minha escrita repetidas vezes. As páginas que seguem a primeira seção de Josephine detalham duas mulheres: uma que sabe que uma tragédia aconteceu e está à beira da insanidade tentando fazer com que todos acreditem nela, e outra que fica parada e contempla cuidadosamente, primeiro observando a mulher louca com curiosidade, depois empatia, então desespero. De repente, a vida da segunda mulher se converte em ajudar a resgatar a primeira das profundezas da loucura. As histórias das duas mulheres se encaixam — no início, elas mal se conhecem, mas depois se envolvem tão profundamente na vida uma da outra que são as únicas capazes de salvarem-se mutuamente.

Meu coração bate de modo errático enquanto voo pelos capítulos, incerta do problema que meu agente teve com as páginas. É claro, elas são mais fragmentadas e metafóricas do que costumo escrever: é como se estivesse escrevendo sobre um sentimento e não uma história linear, que é o que faço de praxe. Há também uma alegoria de uma floresta verdejante e profunda na qual a primeira mulher entra com sua família: quatro entram e apenas três saem. Parte disso é fluxo de consciência, como Dave afirmou. Mas outra parte é *boa*, e a sensação insidiosa e sombria disso atinge meu cérebro e se distorce. Há algo *aqui*, uma sugestão de aviso e perigo. Quando escrevo meus romances, escrevo em círculos ao redor de coisas que me assustam, de coisas que não posso — ou não vou — enfrentar em mim mesma ou nos outros. Tenho uma sensação assustadora de que estou chegando mais perto de entender o que estava tentando dizer. Me lembro da noite em que escrevi isso — era como se estivesse em um frenesi delirante. A chuva estava batendo na janela em um *ritmo* que me embalou em algum lugar profundo, quase sonolento, no entanto estimulada demais para me afastar do teclado. E, então, por volta da meia-noite, enviei as páginas para Dave por e-mail e desliguei meu laptop.

Porém agora que voltei a elas, parece existir uma sensação de que estou tentando escapar de alguma coisa. Meu corpo inteiro parece sentir um formigamento enquanto leio e releio essas páginas. Fecho e abro as mãos, sabendo que preciso de uma pausa. Coloco o laptop sobre a mesa da minha mãe e sento com Lila na poltrona reclinável em frente à cama. Vou observar ela dormir um pouco, então deixo um bilhete e vou embora.

Depois de um tempo, fecho os olhos, apenas por um momento, mas, antes que eu perceba, meus pensamentos estão alongados, todos esticados e oníricos, e logo estou dormindo. Em meus sonhos, olho para baixo e vejo um garotinho envolto em um pano. Com cuidado, o pego das mãos de uma enfermeira e dessa vez ninguém tenta tirá-lo dos meus braços como em todos os meus outros sonhos. Fantasmas estão em volta do meu leito de hospital, contudo eles não parecem assustadores.

Olho para o lindo bebê. "Gray", digo, aproximando-o de mim. Choro sobre sua pele lisa e pálida.

TRINTA E OITO

June. Três meses atrás. 4 de agosto.

Estamos trabalhando lado a lado há duas horas quando Louisa se levanta para ir ao banheiro. Fico paralisada ao ouvir sons dela chorando, com medo de que esteja sangrando e eu não saiba como ajudá-la. Sei que é loucura ela estar trabalhando hoje, mas também sei que minha presença e nosso trabalho juntas está desviando sua mente do que aconteceu. Ou, pelo menos, foi o que James sussurrou para mim na cozinha quando fizemos uma pausa para fazer o almoço de Louisa.

Louisa parece bem quando sai do banheiro. Talvez realmente tenha acabado — a parte física, pelo menos. Ela está na beira da cama onde está trabalhando. Estou trabalhando em uma pequena penteadeira. Meu telefone vibra com uma mensagem de Harrison.

> Ainda não te vi hoje. Tudo certo? O almoço ainda
> está de pé? Se estiver livre, adoraria te ver.

Ei! Envio uma mensagem de volta. Esqueci completamente do almoço de hoje. Sinto muito. Aconteceu uma coisa. Estou trabalhando na casa de Louisa hoje. Podemos remarcar para amanhã?

Olho para o meu telefone, mas Harrison não responde.

"Preciso lhe pedir um favor, June", diz Louisa. Ela está tão distraída e alheia a si mesma que tenho que me concentrar muito no que está dizendo hoje para não deixar passar nada. "Recebi um dos roteiros de Gabe O'Sullivan com notas", ela me conta.

Meu coração aperta como um punho ao som do nome de Gabe. Não gosto disso — especialmente quando fiz um bom trabalho ao me esquecer dele hoje. (O que me faz pensar que talvez ainda tenha algum pingo de decência.) "Normalmente, apenas enviaria de volta para ele", conta. "Mas não quero usar o serviço de envios da empresa do meu endereço residencial. Se a liberar mais cedo hoje, você poderia deixar o roteiro com o porteiro do prédio de Gabe ao voltar para casa?"

Meu Deus!

Sim? Não? "Claro", respondo, porque de que outra forma poderia responder a essa pergunta sem explicar que deveria ficar longe, bem longe de Gabe O'Sullivan?

"Certeza?", Louisa pergunta, uma sobrancelha para cima. Ela não está distraída o suficiente para perder algo estranho no meu rosto.

"Certeza!", afirmo com confiança.

"Ele é um ótimo escritor", diz Louisa. "Você já leu algo da esposa dele?"

Meu coração dispara. Li um livro dela ontem à noite pela primeira vez. Foi fantástico. "Li seu romance de estreia ontem à noite de uma vez só", conto. "Depois que conheci os dois na leitura, fiquei curiosa."

"Os dois são tão magnéticos", elogia Louisa. "E esse primeiro romance dela é um espetáculo. Eles estão grávidos, você sabe, então imagine os genes do talento." Louisa olha pela janela de seu quarto para sua vista do Central Park. Me pergunto se está pensando na gravidez de Rowan, em como ela é sortuda. "Os O'Sullivan têm um talento incrível", frisa, outra vez distraída. "Quero dizer, você os odiaria se pudesse, mas eles são tão adoráveis, os dois."

Forço um sorriso.

Ela olha de volta para mim. "Estou ficando muito cansada, June. Acho que deveria descansar. Que tal levar esse roteiro para a casa de Gabe?"

TRINTA E NOVE

Rowan. Sexta-feira à noite. 11 de novembro.

Sou uma louca dirigindo com Lila de volta do centro.

Está muito escuro, muito quente e imagino o carro morrendo e derrapando para fora estrada, e a polícia chegando para nos encontrar superaquecendo e delirando. Lila está dormindo no assento do carro — dou graças a Deus por isso — e sigo pela West Side Highway, segurando o volante com o suor grudando as palmas das minhas mãos e preocupada se vou perder o controle e bater o carro em uma mureta de proteção.

Rua 57.

42.

34.

Tento segurar o volante com mais força, mas não consigo parar de tremer e suar — pareço não conseguir segurar bem o carro. Freio com muita força em um sinal vermelho e paramos de repente. Olho pelo espelho retrovisor, vejo o reflexo de Lila no espelho infantil que instalamos e posso ver seu lindo rosto, mas não o seu corpo subindo e descendo com a respiração. Espero que esteja bem — seu pescoço está apoiado no pior ângulo e, por um momento, considero sair do carro e tentar ajeitá-la. Só que a luz fica verde e alguém atrás de mim aperta a buzina. Piso no acelerador e recomeçamos, mais rápido, mais rápido, e sinto muito medo de perder a consciência, desmaiar e me encontrarem morta ou sonhando na beira da estrada, sonhando com bebês, sonhando com ele outra vez. Abaixo as janelas, preciso do ar na minha pele, preciso me sentir conectada a algo fora dessa caixa claustrofóbica. Meu telefone toca. Espero que seja o Gabe, entretanto, quando olho para baixo, vejo que é o detetive. Não atendo.

As linhas amarelas e brancas se desfocam à medida que aumentamos a velocidade. Continuo em frente, até a saída para o Meatpacking District, passando por lojas de varejo com luzes de janela iluminando coisas bonitas.

Sigo na rua Washington até a garagem e entro, esperando que não tenha uma fila de carros esperando. Não tem. O atendente fica com minhas chaves, lhe agradeço, pego meu bebê e nossa bolsa, então logo estou percorrendo a rua, Lila comigo. Corro pela rua Horatio, pela rua Jane e viro à esquerda na rua 11, correndo para a casa à minha direita. Os músculos das minhas pernas parecem líquidos enquanto tento subir os degraus da frente. Bato na porta e toco a campainha várias vezes. Quando a grande porta de carvalho por fim se abre, suplico: "Me ajude".

Os dedos de Sylvie descansam contra o batente da porta de madeira. Ela parece tão calma, como se isso já tivesse acontecido antes. "Rowan", diz ela com calma, "o que posso fazer por você?"

"Eu me lembrei", afirmo.

Ela me contempla com seus olhos escuros brilhantes.

"Me lembro de um garotinho", conto, as palavras metálicas na boca, me sufocando enquanto saem. "Meu garotinho."

"Entre, Rowan", diz, e eu entro.

QUARENTA

June. Três meses atrás. 4 de agosto.

Meu Deus. Estou aqui. Bem dentro do prédio de Gabe. É antiquado e lindo, com um teto dourado e um lustre decadente de uma época em que as estrelas de cinema entravam e saíam dos edifícios de Nova York e tinham casos amorosos e ninguém estava nas redes sociais. Devia haver mais segredos naquela época. Ou, pelo menos, mais segredos guardados.

Inspeciono o saguão e sofro uma pequena morte ao ver um porteiro parado ao lado. Meu coração bate forte, meus dedos seguram o roteiro com força. E se ele tirar de mim e levar para o Gabe por conta própria? Não é assim que os porteiros trabalham?

"Boa tarde", diz o homem.

Tento forçar um sorriso. Desejo tanto ver Gabe que parece uma presença física, como se pudesse colocar minhas mãos dentro de mim, arrancá-lo e mostrar a alguém essa coisa latejando na palma da minha mão. E me deixa tão envergonhada que eu possa me sentir dessa forma por alguém que não está disponível. Na casa de Louisa, quando estávamos nos abraçando, tinha tanta certeza de haver compreendido tudo, e agora estou cobiçando um homem casado. Mas está tudo bem, acho, ter uma pequena queda, querer estar perto de alguém. Certo? Não vou fazer nada quanto a isso. É apenas aquele buraco do qual continuo falando. Parecia cheio na casa de Louisa, só que aqui e agora está de volta, vazio e esperando.

"Hum, oi", digo ao porteiro. "Me chamo June Waters." Pareço falsa até para mim mesma. Como vou conseguir me dar bem aqui?

"Como posso ajudá-la?", pergunta o porteiro. Ele me examina e sorri como se estivesse apreciando algo com tanta vontade que tenho certeza de que seu rosto se dividirá ao meio. Eca.

"Estou aqui para ver Gabe O'Sullivan." Lá vamos nós: isso não era uma mentira. Estou aqui para ver Gabe O'Sullivan e lhe entregar um pacote.

"Ele está esperando por você?", o porteiro pergunta. De fato, deveria apenas deixar o roteiro com o porteiro. Sei que deveria, mas não consigo. Não posso me obrigar a dizer as palavras.

"Hum", repito, enrolando. Será que Gabe está me esperando? Não sei, mas é provável que não. Louisa lhe disse que o roteiro seria enviado, o que significaria que qualquer pessoa aleatória de baixo nível como eu ou um serviço de entregas o levaria.

"Sim", minto, e me vejo me aquecendo para a cena — me tornar outra pessoa. Alguém que Gabe está esperando para ver. "Ele está me esperando."

"Então, só um momento", pede o porteiro. Ele levanta um receptor de telefone que parece ser dos anos 1990 e pressiona alguns botões. "June está aqui para vê-lo", fala no receptor, como se ele e eu fôssemos velhos amigos íntimos, mesmo que provavelmente tenha esquecido meu sobrenome. Me puno por não escolher algo mais memorável do que *Waters*. Não era esse o objetivo?

Os momentos em que fico esperando qual será a decisão de Gabe do outro lado da linha são de agonia. Pedirá que eu suba ao apartamento dele? Ou vai descer aqui ao saguão? Será vai me dizer apenas para deixar o roteiro com o porteiro?

Bato com o tênis no chão, desejando ter vestido algo diferente hoje. O porteiro ainda está olhando para mim. Ele me encara enquanto bato meu pé uma vez e quando bato mais um vez, logo em seguida. O homem me encara ao mesmo tempo em que ouve Gabe, e continua no momento em que me viro e conto as rachaduras no piso perto dos meus pés. Gostaria que não me olhasse assim, porém não tenho controle sobre os olhares errados. É bastante horrível, não é? Como você pode querer tanto o olhar de alguém — e depois se sentir enjoada quando vem do homem errado.

"Gabe já vai descer", avisa o porteiro.

Gabe já vai descer.

Eu me viro e deixo meus olhos se fixarem em uma fotografia emoldurada em preto e branco de uma mulher vestindo um *collant* de mangas compridas e fumando um cigarro. Ocupa quase toda a parede. Abaixo dela, um banco de veludo macio com apoios de braços dourados que giram como videiras. O piso sob meus pés é de xadrez marrom e branco. Esse edifício parece um mundo diferente.

As portas do elevador se abrem e então aparece Gabe, caminhando em minha direção. Está sorrindo e a expressão *sorriso malicioso* atravessa meu cérebro, então percebo que nunca a entendi de verdade até esse momento.

"June", diz com gentileza, ignorando por completo a presença do porteiro.

Minhas entranhas fazem algo estranho e me sinto instável sobre meus pés. Juro por Deus que não lembro a última vez que me senti assim. Talvez uma ou duas vezes quando eu era adolescente, mas nada mais, desde então. Limpo a garganta.

"Oi", consigo dizer. Ele para na minha frente. Apenas alguns centímetros nos separam agora.

"O que tem para mim?", pergunta casualmente e me olha como se estivesse pronto para isso, para aonde quer que isso vá, como se estivesse esperando por mim. Às vezes, os atores são assim — tão carismáticos que você derrete momentos depois de entrarem no escritório —, mas em geral, os escritores não. São mais reflexivos e quase sempre com menor disposição social. Alguns deles nem sequer vêm para as reuniões — apenas querem fazer isso por telefone. Então, é difícil entender se ele é sempre assim com as mulheres ou se tem algo a ver comigo. Talvez eu esteja tentando descobrir o que estou sempre querendo saber: sou especial o suficiente para ser uma atriz? Para ser alguém que Gabe deseja estar por perto? Eu sequer precisaria beijá-lo. Apenas quero ficar perto dele.

"Eu tenho um roteiro", deixo escapar. O saguão parece de repente mais escuro, como se uma lâmpada tivesse queimado. Ou talvez meus olhos não estejam se ajustando bem ao sol. Ou talvez esteja prestes a desmaiar porque esse homem está agora tão perto de mim que posso ver as linhas gravando sua pele morena, a barba rala em sua mandíbula. "De Louisa", completo. Por que não consigo dizer nada interessante?

"Chamaria você para subir e tomar uma xícara de café, no entanto minha esposa está escrevendo", comenta. Ainda sorrindo, mas esmorece um pouco.

Minha esposa.

Rowan O'Sullivan provavelmente está escrevendo seu próximo romance de mistério. Provavelmente mantendo-o na linha com sua mente brilhante. Provavelmente o par perfeito para ele.

Mas ele estaria me olhando assim se isso fosse verdade?

"Adorei seu prédio", comento. *Não adorei seu porteiro*, penso, porque ainda posso sentir os olhos daquele homem em mim.

"É mesmo?", pergunta.

Confirmo com a cabeça.

"Ah, então", exclama. "Que tal mostrar a você o salão de bilhar e a escadaria secreta. Tem um jardim lá atrás também, e podemos revisar as anotações do meu roteiro juntos. Digo, se você tiver tempo", acrescenta.

Meu coração murmura. Li o roteiro de Gabe na casa de Louisa e fiz minhas próprias anotações mentais sobre sua história, o *feedback* de minha chefe e as anotações até agora. Que ele possa querer ouvir o que tenho a dizer sobre o roteiro...

"Ok", reajo depressa, um fluxo de energia corre pelo meu corpo.

Ele estende a mão e eu quase ofereço a minha. Só que percebo a tempo que ele quer que eu entregue o roteiro. Entrego.

"Vamos, June", me convida a segui-lo.

Posso sentir os olhos do porteiro cravados nas minhas costas enquanto sigo Gabe em direção às janelas de cristal de chumbo e uma porta de ferro escura.

QUARENTA E UM

Rowan. Sexta-feira à noite. 11 de novembro.

Balanço Lila dentro do consultório, no ritmo do relógio, sentindo os olhos de Sylvie em mim. Observo os pezinhos de Lila cobertos pelas meias e passo minha mão pelos dedos de seus pés.

"Eu me lembrei dele", repito, ainda olhando para Lila. Preciso de Sylvie, no entanto preciso ainda mais de Lila, e Sylvie está quieta, pois percebeu isso de modo intuitivo.

"Me lembro de um garotinho", conto, finalmente com os olhos nos olhos de Sylvie. "O irmão de Lila. O gêmeo dela. Nós escolhemos chamá-lo de Gray, eles tentaram me deixar segurá-lo, tentaram me dizer que ele não sobreviveu, mas eu já sabia disso porque sou mãe. Soube primeiro, antes de qualquer outra pessoa. Acho que soube disso no momento em que comecei a sangrar na minha caminhada naquele dia, e soube por todo o caminho até o hospital naquela ambulância. Sabia, sem dúvidas, quando estavam cortando meu corpo. Podia senti-lo sem vida."

Olho de volta para Lila. "E então", digo, "não sabia mais de nada. As coisas que ficaram confusas na minha memória: as consultas de ultrassonografia, o parto, todas essas coisas foram minha tentativa de esquecê-lo, de guardá-lo. Porque lembrar dele é tão doloroso que não tenho certeza se..."

Minha voz desaparece, não porque seja muito difícil dizer as palavras, e sim porque acho que elas são apenas para mim, Gabe, Lila e Gray. A verdade é que eu amava Gray — e ainda amo, sempre amarei, e Gabe também, e ele está por aí lamentando nosso filho sem mim e preciso ir até meu marido.

"Por que você não me contou?", pergunto a Sylvie.

Os olhos de Sylvie são gentis agora, e há menos agitação em seu corpo. Nunca tive base para comparação pois a conhecia como uma mulher com um caso impossível: *eu*. Porém agora algo se abriu e ela parece mais transparente comigo. "Até onde sei", responde, com cuidado, "pelo que os médicos me disseram, eles continuaram tentando lhe dizer no hospital que Gray não sobreviveu, no entanto você não conseguiu aceitar. E aí entrou em pânico. Se alienou. Não estava bem. Não estava pronta para aceitar o que tinha acontecido e os médicos temiam que prosseguir com a repetição da história do que aconteceu com Gray impediria desenvolvimento do vínculo saudável que você estava tentando criar com Lila. Foi tomada a decisão de lhe permitir deixar o hospital com seu bebê da única maneira que você parecia ser capaz: como mãe de Lila, não como uma mãe que havia perdido um filho. Com a ajuda adequada, seu médico e eu acreditávamos que você se lembraria do ocorrido em seu próprio tempo, com segurança. E foi o que aconteceu, Rowan."

Coloco Lila no meu ombro e a acaricio gentilmente.

"Preciso voltar para a minha família", digo a Sylvie. "Gabe também perdeu seu filho e não pude estar lá para apoiá-lo, para ajudá-lo a suportar esse sentimento horrível. Ou mesmo com qualquer coisa que necessite. Apenas o culpei, principalmente na minha mente, por não ser atencioso e amoroso o suficiente comigo ou não ser tudo o que preciso ou por estar distraído. Enquanto isso, não fiz nada por ele ou qualquer outra pessoa durante as últimas semanas, exceto esquecer Gray e assustar todos que amo."

"Isso não é verdade, Rowan", responde Sylvie com firmeza. "A verdade é que você fez um belo trabalho amamentando, amando e cuidando de seu bebê sobrevivente, criando o tipo de vínculo pelo qual toda mãe anseia. E isso é algo monumental."

Meus pés batem no chão. Posso sentir meu corpo voltando ao normal, sendo meu outra vez. Então, penso em algo que faz mais sentido agora. "É por isso que Gabe não me deixou ver meus amigos?"

Sylvie confirma. "Muitas pessoas não suportam testemunhar um caso grave de TEPT de perto. A última coisa que queríamos era que seus amigos desabassem na sua frente e você não entendesse o porquê. Também tentamos adiar sua visita à sua mãe pois, embora tenhamos comentado com ela sobre a morte de Gray e de seu bloqueio dessas memórias, sabíamos que existia uma chance de ela ficar confusa e, por acidente, lhe falar a respeito dele. Mas, então, quando percebemos que se passaram algumas semanas sem que você se lembrasse, estávamos dispostos a correr o risco de permitir que fosse vê-la. Parecia muito importante para você ver sua mãe e não valia a pena o dano causado por mantê-la longe e Lila não ter a oportunidade de conhecer a avó. Elena, é claro, foi capaz de fazer isso acontecer. E a razão pela qual Gabe trouxe June para ajudá-la é porque ele tinha certeza de que a assistente de Louisa seria capaz de manter uma distância profissional e respeitar o que estávamos lhe pedindo, que era lhe auxiliar com Lila e não lhe lembrar do bebê que perdeu, deixando que você recuperasse a memória em seu próprio tempo. Um imenso trabalho de atuação, é verdade, e Louisa também tinha certeza que June poderia fazê-lo. E acho que ela conseguiu, de fato — acredito que tenha lidado muito bem com tudo isso para uma jovem, até, é claro, aquele dia que você a acusou de machucar Lila. Porém talvez agora você entenda por que sua mente estava tão despedaçada e confusa pelas memórias que estava tentando reprimir. Talvez agora possa entender por que atacou June e por que tinha tanta certeza de que seu bebê estava machucado."

"O que aconteceu com ele?", pergunto, as palavras quase insuportáveis para se dizer. "Com meu filho. Você sabe?"

"A placenta de Gray se descolou, o que seu obstetra me disse que ocorre com mais frequência durante a gestação de gêmeos. Seu obstetra está atualizado a respeito de tudo o que temos feito aqui e está esperando sua ligação quando você estiver pronta para essa conversa. Depois de falar com ele, espero que venha até mim e possamos processar essas informações juntas. A triste verdade é que muitas mulheres perdem bebês durante abortos espontâneos, bebês natimortos e a maioria não recebe a ajuda adequada para isso. É um *trauma* perder um bebê, não há dúvida quanto a isso. Contudo, com frequência, nós o varremos para debaixo do tapete como algo normal, apenas um fato da vida. E pode ser um fato da vida, porém as mulheres que vejo aqui, e alguns dos homens também, dependendo do quanto a gravidez foi longe, e se estavam presentes durante o aborto espontâneo, carregam um trauma profundo."

"Eu vou continuar vindo", afirmo, sabendo que vou mesmo. "Quero lembrar de meu filho, chorar por ele, quero as fotos do ultrassom de volta, talvez até fotos dele ao nascer, se tivermos alguma, e quero enquadrá-las e tê-las em nossa casa e contar a Lila sobre o irmão e nunca mais esquecê-lo outra vez." Estou soluçando agora. "Preciso estar com Gabe", digo, e então meu telefone toca. É o detetive de novo. Sem dúvida trata-se da última pessoa com quem quero falar, mas e se ele precisar da minha ajuda? E se June precisar de mim?

Atendo a ligação.

"Sra. O'Sullivan", diz, com uma voz baixa e grave, e há tanta estática na linha que é difícil ouvi-lo, mas o detetive prossegue falando de algo que não consigo entender, e então, de repente, a linha fica perfeita e o ouço dizer: "Preciso de você aqui para identificar o corpo".

Meu coração bate com tanta ferocidade que tenho certeza que vai escapar do meu peito. "Não", digo. "*Não.*"

"Encontramos June dentro do salão de bilhar no porão do seu prédio", o ouço falar direto em meu ouvido. "Pode me ouvir?", me pergunta. Balanço a cabeça furiosamente. Há estática nos meus ouvidos e tenho certeza de que é o meu sangue correndo insanamente, e o detetive está tentando me falar algo, algo sobre June, porém suas palavras estão cheias de estática e não consigo processá-las.

"Por favor, por favor", repito, porque preciso de um minuto, mas ele não para de falar.

"Você está bem?", me pergunta, sua voz finalmente corta a estática. E, então: "Rowan, volte para o seu prédio. Preciso de você aqui imediatamente".

QUARENTA E DOIS

June. Três meses atrás. 4 de agosto.

É loucura estar sentada aqui com o Gabe no jardim dos fundos, seus olhos escuros tão intensos. As heras escalam uma parede de pedra. Uma pilha de paus e pedras no canto parecendo ser de um acampamento. Paralelepípedos sob nossos pés, e estamos sentados em uma pequena mesa de ferro circular que mal pode caber nós dois. As paredes têm dois andares de altura — não dá realmente para dizer que ainda estamos em Nova York, poderíamos estar em qualquer lugar. Me sinto assim — às escondidas — no salão de bilhar sob o prédio também, quando Gabe me levou e me contou histórias dos rumores de festas que aconteciam lá durante a Lei Seca, porque não há janelas para a parte externa e o lugar é praticamente à prova de som. Havia fotos emolduradas de cantores de jazz nas paredes, ao lado de uma escritura para o prédio que parecia que iria se desintegrar se o vidro da moldura não estivesse o segurando no lugar.

É aconchegante aqui no jardim, para dizer o mínimo, e algo mudou no ar entre mim e Gabe. Estou começando a pensar que não o entendi bem na leitura — que julguei mal o que vi. Agora me parece que ele está menos interessado em mim como algum tipo de interesse amoroso e mais como uma pessoa que o fará se sentir bem — seja dormindo com ele ou falando sem cessar de seu trabalho, mas eu não saberia afirmar. Porém, nesse instante, acho que é a segunda opção. Seus olhos se arregalam enquanto ele fala de sua intenção com essa e aquela cena, e como ele acha que precisa plantar o assassino cedo o suficiente para que o público fique satisfeito ao descobrir que na verdade é ela.

"É assim, June", afirma, como se eu fosse uma aluna e ele tivesse o dever transmitir essa sabedoria. "Pergunte à minha esposa", arremata. "Foi Rowan quem me ensinou essa técnica, embora eu nunca admita isso para ela." Ele solta uma risada que soa ensaiada, porque, na verdade, é: eu o ouvi dizer a mesma coisa em entrevistas.

"É mesmo?", pergunto.

"Ah, sem dúvida", diz Gabe, muito convencido do próprio desempenho. "Você não pode projetar um assassino no último minuto. O público tem que observá-lo de perto e de forma pessoal, para vê-lo e conhecê-lo de verdade. E, então, se você for capaz de surpreender seu público, eles ficarão satisfeitos. Às vezes, minha esposa volta aos originais quando eles estão totalmente concluídos e escreve um novo personagem que acaba sendo o assassino. Metade da razão pela qual todos ficam tão surpresos com os assassinos de Rowan é que ela também fica surpresa. Escreve todo o romance sendo completamente aberto a alguém que ela nunca viu chegando."

Ele é apaixonado pela esposa. Está estampado em seu rosto, em suas grandes mãos gesticulando quando fala dela.

Quanto mais fundo entramos no roteiro, mais relaxada fico. E não estou dizendo que não estou completamente apaixonada por ele, porque estou. É inegável que ele é um dos homens mais magnéticos com quem já estive por perto, e é extremamente bonito. Mas o que quero *na verdade*? O que quero na verdade é fazer parte *disso*, ser um desses nova-iorquinos brilhantes que andam por aí com histórias em suas mentes e papéis para interpretar e roteiros para escrever e cenas para filmar. Quero tanto isso que posso sentir seu doce gosto na boca. E enquanto estou aqui sentada dando *feedback* da história a Gabe O'Sullivan com as habilidades que tenho aprimorado durante as últimas semanas lendo roteiros na WTA, me sinto insanamente bem.

"Então, você realmente acha que isso é muito inverossímil, certo?", Gabe pergunta a respeito de uma cena em que a amante do personagem principal aparece sem saber no lançamento do livro de sua esposa.

"Uma coincidência grande demais", comento. "Mas e se ela tiver descoberto quem era a esposa e depois começasse a persegui-la... isso poderia funcionar?"

Gabe franze a testa. "Acho que poderia. Assustador, por outro lado."

"Sim, bastante", digo com um encolher de ombros. "É certamente o gênero mais assustador." Meu telefone toca e me faz pular. "Preciso atender", falo, vasculhando minha bolsa. "Pode ser Louisa."

"Vá em frente", diz Gabe, rabiscando o que estamos falando a lápis.

É um número que não reconheço, mas caso seja o telefone da casa da Louisa, eu atendo. "June?", pergunta uma voz desconhecida.

"A própria", respondo, toda profissional, como ouvi Louisa atendendo o telefone.

"Aqui é Charles Johnston, da The Slope Playhouse. Estou ligando porque gostaria de lhe oferecer o papel de Cecily."

"Ai, meu Deus!", exclamo. Gabe ergue os olhos do roteiro. Charles ri. "Isso é um sim?", me pergunta.

"Isso é definitivamente um sim", respondo, e então berro como não berrava desde que era jovem. Mal consigo me concentrar enquanto Charles repassa alguns detalhes, uma agenda de ensaios que vai me enviar por e-mail e algumas datas de apresentação. Agradeço profusamente e, quando desligamos o telefone, Gabe pergunta: "Boas notícias?".

"Ah, sim, ótimas notícias", respondo, meu sorriso quase partindo meu rosto ao meio. "Fiz uma audição ontem à noite, e... consegui o papel."

"Uau", exclama Gabe. "June, isso é fantástico. Vamos tomar uma bebida para comemorar? Rowan pode ir conosco. Ou Harrison. Ou quem você quiser."

"Isso é tão legal", comento. "Mas, na verdade, acho que preciso voltar para a zona norte. Mal posso esperar para contar a Louisa pessoalmente. Mas vamos nos encontrar, sim", falo. "Obrigado por me deixar ajudar com o roteiro. Isso fez com que me sentisse muito bem."

Gabe levanta a sobrancelha escura. "Tchau, June", diz ele.

QUARENTA E TRÊS

Rowan. Sexta-feira à noite. 11 de novembro.

Estou correndo pelo West Village entre o estrondo das sirenes. Meus braços estão em volta de Lila, a segurando perto e sussurrando em seu ouvido. As lágrimas correm quentes pelo meu rosto. Tento limpá-las, mas não adianta. Há uma fita de cena do crime no meu quarteirão. Ao primeiro oficial que vejo, digo: "Por favor, deixe-me passar", porém minha respiração está vindo tão rápido que é difícil de falar. "O detetive Mulvahey está me esperando", consigo dizer. "Ele me pediu para vir."

O rosto do policial está impassível, contudo ele levanta a fita para me deixar passar.

Viro a esquina e me deparo com o corpo de June sobre uma maca. Alguém está abrindo um saco preto vazio e não consigo evitar — vomito.

"Rowan", alguém murmura. Olho para cima e vejo Harrison e Gabe. Não sei qual deles disse meu nome. Eles vêm em minha direção e Gabe rapidamente envolve Lila e a mim em seus braços. Harrison coloca a mão no meu ombro e aperta. É óbvio que ele estava chorado. O brilho de um restaurante os ilumina, e vejo os clientes lá dentro olhando pela janela para a nossa tragédia. Uma criança com cabelos ruivos macios está com o rosto pressionado na janela até que um adulto invisível a puxa para longe, com as mãos grandes nos ombros, guardando a criança de volta no casulo de segurança, em um mundo onde ninguém se machuca, tão diferente do real.

O detetive Mulvahey aparece por trás de um carro com luzes piscando em vermelho e branco no ar da noite. Ele olha para todos nós. "Depois que Rowan identificar o corpo, vou levar vocês três para a delegacia para interrogatório. Vocês devem contar com a presença de um advogado, então, por favor, comecem a arranjar um."

O que fizemos com ela? *Todos nós.* O que fizemos?

QUARENTA E QUATRO

June. Três meses atrás. 10 de agosto.

Na quarta-feira à noite, estou no SoHo prestes a jantar perto do apartamento de Harrison, no Balthazar. O céu está dormindo, mas o SoHo está bem acordado. Estou me acomodando e ajustando minha bolsa, também tomada por tamanha animação que meus pés se sentem trêmulos em cima de meu salto alto. Eu o comprei na DSW e, sendo sincera, eles são incríveis: dez centímetros de altura, então estou com 1,80 e curtindo isso. Arranjei um vestido chique que peguei emprestado da Kai quando fui ao apartamento dela pela primeira vez esta semana, o que foi uma surpresa e um pouco mais ao descobrir que Kai mora em um apartamento que parece um museu. Nada que tivesse dito ou feito antes insinuava que fosse uma herdeira. Assim como eu, ela sempre vai a lugares baratos para comer e beber, além de reclamar de nosso pagamento na WTA, e acho que por isso nunca surgiu o assunto. Ou talvez esse fato tenha sido escondido de mim de propósito, o que parece uma encenação, pois por que agir como se tivesse que economizar dinheiro quando não precisa?

O vestido que Kai me emprestou é um exemplar conservador da Ralph Lauren, e o escolhi para essa noite porque acho que será uma surpresa. Tenho certeza de que Rowan e Gabe esperam que eu vá aparecer vestindo algo revelador e extremamente apelativo. Mas, essa noite, sou *uma adulta, a June que é sofisticada, leitora de roteiros, que tem muito a dizer.*

Mesmo as modelos que passam por aqui não têm nada no meu estilo essa noite. (Tente entrar no SoHo uma vez sem ver uma modelo: *c'est impossible!*)

Estou tonta com essa noite, nervosa para um encontro duplo com pessoas uma década mais velhas do que eu, mas também meio que pronta para isso, para experimentar se isso é mesmo para mim. E me sinto tão bem em Nova York sob o céu escuro, como se as possibilidades fossem infinitas. Um homem bonito em um terno passa por mim e nós trocamos olhares. Uma garota de jeans de boca larga e um top branco expondo seu abdome faz um vídeo de sua amiga posando perto de um hidrante. Um táxi buzina para um menino em uma bicicleta que desvia para a calçada. Uma mulher segurando um bebê lhe diz para ter cuidado.

Nossas reservas para o jantar são para as nove. Pego meu telefone para verificar as horas e vejo uma mensagem de Sean.

Cachorro mais fofo disponível! Veja só!

Tem um link para uma organização de resgate, e eu clico nele. Uma cruza patética de um Chihuahua chamada Boomer surge na minha tela.

Ele é perfeito. Temos que adotá-lo. Ainda que a gente sempre mate nossos peixes. Digito de volta com um emoji sorridente. As coisas têm sido um pouco melhores entre mim e Sean esta semana. Posso dizer que ele está fazendo um esforço para ser menos controlador sobre tudo, o que parece esgotá-lo por completo. Está fechando a porta por volta das oito todas as noites e desligando a luz às nove, embora ainda possa ver o brilho de seu computador vazando por baixo da porta. Porém estou começando a pensar que posso ficar.

Olho para trás depois de nossa troca de texto. Faróis cruzam o escuro e o brilho de lojas e telefones e pessoas ilumina a calçada. Há tanta vida acontecendo aqui. Cada vez que as portas da frente do Balthazar se abrem, o cheiro de pão fresco se mistura com o escape dos carros e o cheiro de lixo de uma lata próxima — e nunca nada foi tão perfeito.

Quando olho para o outro lado da rua Spring, vejo Rowan. Ela está sozinha na faixa de pedestres esperando o sinal abrir. Um poste faz sua pele parecer iridescente e ela está usando o mesmo brilho labial pálido que usou na leitura de Gabe. Respiro fundo, lembrando a mim mesma que tudo vai dar certo. O jantar foi ideia dela ou pelo menos foi assim que Harrison fez parecer. Talvez Harrison tenha dito isso com receio de que eu recusasse o convite. Agentes contam mentirinhas o tempo inteiro. Vi até Louisa fazendo isso.

O sinal abre e Rowan desce do meio-fio. Uma rajada quente de verão atinge sua calça de seda escura e a faz ondular enquanto ela atravessa a rua. Ela tem uma beleza natural, com apenas um toque de cor em seus lábios, rímel e nada mais. Seus dedos magros estão outra vez em sua barriga arredondada, assim como na leitura.

Ela olha e me vê, e quando sorri, é um sorriso grande e largo como se estivesse feliz de me ver ali. Ou talvez ela simplesmente ame a noite também: a sensação de ser jovem e viva em Nova York, todas as noites, é como começar um filme e ver para onde vai.

"Oi, June", diz, chegando ao meu lado da rua e se aproximando como se fôssemos velhas amigas.

"Oi", devolvo.

"Eu não posso acreditar", deixa escapar, com uma grande expiração. "Já estou tão sem fôlego!" Ela olha para a barriga e depois volta para mim. "Gêmeos", comenta, como se fosse um milagre — e suponho que seja.

"Que coisa incrível", exclamo. "Parabéns."

"Obrigada!", agradece. "*É realmente ótimo*, é só que estou grávida de apenas 29 semanas e estou sem fôlego o tempo inteiro. É tão louco."

Sorrio. Não parece estar me dizendo isso para que eu possa lamentar ou me sentir mal por ela: apenas parece surpresa com tudo o que está rolando. "Você deve estar muito animada", comento, pois agora que passei tanto tempo com Louisa, passei a entender. Essa semana, ela tirou apenas um dia de folga depois de seu aborto espontâneo, o que achei estranho, porém Louisa me disse que já havia tirado muitos dias de folga para tratamentos de fertilidade. Então, nós apenas trabalhamos lado a lado durante toda a semana e ela estava atordoada, mas não o suficiente para que eu achasse que alguém, além de mim, notasse. E, ainda assim, ela conseguiu fazer tudo.

"Estamos *muito* animados", afirma Rowan, esfregando a barriga no sentido horário. "Acabamos de comprar um carrinho e estamos montando o quartinho deles, e tudo parece próximo demais. Os bebês vão chegar em outubro, se tudo correr bem."

Sorrio. Não tenho muito mais a dizer, mas o assunto me interessa.

"Meninas!", surge a grande voz de Harrison, nos fazendo virar. Ele sorri, andando com o marido de Rowan. Gabe assume um olhar malicioso, andando um pouco mais devagar que Harrison, com as mãos nos bolsos. Ele é tão bonito — os dois são. Sinto como um tapa que essas são as pessoas com quem vou jantar e, de certa forma, o que me faz sentir como já tivesse começado a dar certo nessa cidade: ser respeitada por outras pessoas criativas, estar no mundo delas, além de amanhã ser o meu primeiro ensaio para *A Importância de Ser Prudente*, tudo parece meio surreal.

Observo enquanto Gabe e Harrison se aproximam. Eles são, *neste momento*, as pessoas ideais para se ter por perto, sei disso. Já posso sentir que não é provável que terei algo sério com Harrison, mas gosto dele, simples assim, e talvez não precise pensar demais em tudo. Eles pisam na calçada e Harrison se aproxima mais rápido do que acho que previ, e então seu braço está ao redor da minha cintura, seus dedos curvados sobre o lado do meu corpo com mais pressão do que estou preparada. Apenas tomamos um café juntos desde o nosso encontro na leitura de Gabe e nada mais, de modo que não nos tornamos mais íntimos fisicamente desde aquele dia, então isso parece tão rápido e perigoso quanto um raio. É preciso concentração para não recuar. "Oi", digo, com uma voz surpresa.

"Oi", responde Harrison. Ele se inclina para me dar um beijo na bochecha. "Você está linda", fala no meu ouvido. Juro que sinto cheiro de uísque, mas posso estar errada. Ele está sóbrio há três anos, então seria um grande problema se ele tivesse bebido em algum lugar. Olho para ele em tom de questionamento, porém não o conheço bem o suficiente para ler seu rosto.

Rowan se inclina para Gabe. Ele a abraça e beija seu cabelo loiro claro. "E aí", diz ele, com a voz descontraída. A cabeça de Rowan está pressionada contra o peito dele e há um pequeno sorriso contente no rosto dela. Gabe lhe olha como se estivesse genuinamente feliz de vê-la e seu braço tem um ar protetor ao cair na cintura dela. Isso me faz pensar como bebês dele estão dentro dela, e como tudo isso é estranho e o que deve significar para um relacionamento ir de apenas duas pessoas para uma família de quatro integrantes.

"June, que bom ver você", comenta Gabe por cima da cabeça de Rowan, e é quase como se eles só estivessem lá um com o outro. Rowan olha para cima e busca o rosto de Gabe, que retribui o olhar e sorri.

"Você também", respondo de volta para Gabe. Estou muito consciente da mão de Harrison pressionando meu corpo, e quanto mais ela pressiona, mais eu gosto. Seu rosto está recoberto por uma barba loira escura e seus grandes olhos azuis são envolvidos com cílios escuros. Sua covinha me coloca muito próxima do limite — ela apenas surge quando seu sorriso é muito largo. "E aí", digo quando trocamos olhares. Ele chama a minha atenção, admito.

"*E aí*", repete ele, e é tão sedutor que me contorço.

"Vamos entrar?", pergunto.

Harrison acena com a cabeça e abre a porta do Balthazar. Ele me dá um sorriso secreto enquanto passo por baixo de seu braço. Lá dentro, Gabe fala com a recepcionista, que nos leva a uma mesa no mesmo momento. Penso em como, quando estou com Kai, sempre temos que esperar em restaurantes. Essa noite, não.

Rowan abaixa a cabeça enquanto passamos pelo buffet vivo, repleto de mariscos iridescentes, e pelo bar com uma centena de garrafas brilhantes de bebidas de qualidade e vinhos envelhecidos. Nós nos curvamos entre as mesas e as pessoas se voltam para olhar para ela (e para mim também), mas Rowan parece não se importar. Deve ser tão bom não se importar. Nós duas nos acomodamos primeiro nas banquetas, sentadas uma de frente para outra e mais próximas da parede, e as listas de bebidas já estão esperando. Vejo os olhos de Rowan olhando para o menu laminado — ela tem essa coisa da distância, como se estivesse neste mundo e ao mesmo tempo em outro. Está usando um anel cocktail no dedo indicador e uma pequena aliança de casamento dourado no anelar, além do meio-sorriso sonhador no rosto que me lembro da leitura de Gabe. "Sinto falta de vinho branco", ela diz a ninguém em particular.

Há espelhos pendurados atrás de nós. Grandes globos dourados de luz pairam sobre o bar. O teto de madeira é dramático e a coisa toda é de uma beleza tão requintada que é difícil até mesmo colocá-la em palavras.

"Então, no que você está trabalhando?", pergunto a Rowan. Uma parte de mim se pergunta se seu trabalho é a causa de sua distração: ela está meio dentro do mundo de seu romance atual?

Rowan ergue os olhos e me analisa.

"Parece distraída", observo. "E isso me fez pensar se às vezes você está pensando nas personagens de seus livros e o que estão fazendo em seu mundo."

Rowan solta uma risada, mas não para mim, é quase como se estivesse surpresa. "É assim mesmo", diz ela enquanto Gabe se acomoda a seu lado, e Harrison ao meu. Os caras riem de algo que um deles disse e o jazz toca atrás de nós, fazendo com que tudo pareça elegante e antiquado. "Às vezes, até acho que vou encontrar com meus personagens, mesmo aqui, essa noite", comenta Rowan, gesticulando para a cena ao nosso redor. "Isso não é uma loucura?", exclama e sorri para mim. Parece muito mais gentil do que a noite na leitura. "É como se visse todas essas pessoas e acreditasse que um dos meus personagens poderia aparecer como garçom hoje à noite ou alguém sentado em uma mesa ao lado", completa Rowan, e então ela ri de si própria.

Quase lhe digo que isso acontece comigo com os roteiros. Mas ainda não estou confiante o suficiente para dizer isso em voz alta. Ela pode pensar que minha experiência é ínfima em comparação com a dela, e tenho certeza de que sim: ela está trabalhando nos mesmos personagens e história por meses a fio. Para mim, é uma imersão rápida, uma noite ou duas de leitura, no máximo.

"O que vamos pedir?", Gabe pergunta, segurando o cardápio tão perto de seus olhos que acho que deve ter hipermetropia. Posso sentir Harrison me admirando, esperando que eu responda, mas então Rowan se inclina para perto da mesa como se fôssemos apenas nós. "Estou escrevendo um personagem agora, realmente possessivo, fica com raiva muito rápido, esse tipo de coisa." Ela gesticula, e seu anel cocktail reflete a luz. "Ele vai ser o assassino, tenho certeza. Quero dizer, é a escolha óbvia, então posso mudar de ideia no final. Só que há algo nele que me aterroriza, me mantém acordada à noite e tudo mais." Ela abaixa a voz até que mal consigo entender suas palavras.

"Ele é como qualquer cara que conhecemos, sabem o que quero dizer? É uma diferença minúscula, não é? O que alguém poderia fazer nas circunstâncias certas?"

Engulo em seco. Ela está quase me assustando. Sinto meu corpo indo em direção a ela — quase quero chegar do outro lado da mesa e agarrar sua mão e dizer que entendo, mas é claro que não faço isso. "Tinha um cara na faculdade com quem eu costumava sair, nada sério", conto-lhe. A música é alta o suficiente para que eu não tenha certeza se os caras podem me ouvir, porque estou quase sussurrando. "Acho que saí disso bem a tempo. Ele era *assim*, como que você acabou de dizer: estava bem, e do nada enraivecia, muito rápido." Estalo os dedos para enfatizar meu ponto: em um segundo, bem, outro segundo, furioso. "Uma vez, nós tivemos uma briga insignificante e ele deu um soco na própria perna enquanto gritava comigo. Estávamos no carro dele. E quando parou, eu simplesmente saí e nunca mais liguei para ele ou respondi suas mensagens, só o vi algumas outras vezes no *campus* e simplesmente nos ignoramos."

"Ainda bem", reage ela, e sua voz está alta agora, chamando a atenção dos caras. "Você confiou em seus instintos, certo? Não seria isso?"

"Acho que sim", respondo no momento em que uma garçonete nos traz água.

Ficamos em silêncio e a garçonete anota nossos pedidos de bebida. Seltzers para Harrison e Rowan, cabernet para mim e Gabe. "Talvez aquela garçonete seja sua assassina", sugere Gabe com um sorriso malicioso quando a moça se afasta da mesa, e Rowan acerta um tapa nele.

"O que a fez querer escrever?", pergunto a Rowan.

"Ah", exclama Rowan com um aceno de mão. Os caras a observam. É tão óbvio que os dois a acham linda. Vejo no rosto de Harrison enquanto ele olha. "Sempre digo às pessoas que escrevo mistérios para chegar ao cerne do que aconteceu com meu pai", responde ela. "Ele foi morto quando eu tinha 5 anos." Meus olhos arregalam. Mesmo que tenha lido a mesma coisa em suas entrevistas, é diferente ouvi-la dizer isso para mim na vida real. "E sou muito fascinada pelo que as pessoas são capazes de fazer e como você deve evitar aqueles que têm pretensão de fazer coisas perigosas. Pois como podemos saber de verdade quem são esses?" Ela se ajeita, seus olhos azuis pálidos piscam. "Mas a verdade é que eu suponho que escrevo para chegar à verdade do que sou capaz." Ela me encara. "Entende o que quero dizer?"

Não sei ao certo o que ela quer dizer. Meus dedos esfriaram por apertar o copo com água gelada, desejando que ela continuasse. Gabe se inclina para trás em seu assento como se tivesse ouvido tudo antes. Está observando o lado do rosto dela, com seus ombros grandes relaxados.

Harrison também está olhando, e seu corpo ficou mais tenso, curvado como se fosse saltar sobre a mesa e se sentar ao lado dela se pudesse.

"Quero dizer, o que eu faria?", Rowan pergunta. "Para proteger minha família. Minha mãe, vamos dizer. Ou Gabe. Ou agora." Ela coloca a mão na barriga. "Meus bebês. Acho que faria qualquer coisa. E acho que a maioria de nós também faria. É só que não costumamos ser colocados no conjunto de circunstâncias que testam as coisas que nos são muito caras. Quero dizer, você pode pensar que nunca mataria por nada. Mas como você pode realmente saber?"

Uma descarga de arrepios varre a pele exposta no meu pescoço e nos meus braços. Não falo nada. A garçonete chega com nossas bebidas e as coloca na mesa. Agradeço e tomo um longo gole do meu vinho. "Você está pintando assassinos como valentes defensores de sua família", afirma Gabe a Rowan, sem malícia em sua voz, me deixando com a impressão de que sempre têm conversas como essa.

"Ela não os está defendendo", replica Harrison, espremendo um limão em sua bebida. "Está dizendo que nenhum de nós tem ideia do que faríamos se fôssemos levados ao limite. O que é verdade."

"Posso dizer com certeza que não mataria por certas coisas", sentencia Gabe.

"Seus bebês ainda não nasceram, Gabe, como você pode realmente saber?", Rowan pergunta, enquanto toma um gole da bebida e olha para o marido.

"Tudo bem, tudo bem, tire nossa família da conversa", diz Gabe. "Existem pessoas que matam por paixão e ciúme romântico."

"E isso é o que é aterrorizante", falo, girando meu copo de vinho escuro e profundo, um pouco rápido demais, quase ultrapassando a borda. Paro a tempo. "É tão assustador porque essas emoções estão em toda parte."

"Exatamente", concorda Rowan, fixando os olhos em mim.

Dou um gole e o cabernet desliza pela minha garganta como remédio. "Obviamente, as mulheres também podem ser violentas", continuo. "Mas as estatísticas são claras sobre qual gênero geralmente comete violência com o parceiro." Não me sinto mais tão jovem, me sinto como alguém com algo a dizer. "Vocês nunca vão saber como é ser uma mulher entrando em um relacionamento sem conhecer a capacidade de violência do seu parceiro."

"Bingo!", Rowan exclama. "E, às vezes, nem aparece por anos. Foi o que aconteceu com minha mãe."

Ela definitivamente não disse isso nas entrevistas. "Devemos mudar de assunto?", Gabe pergunta.

"Você gostaria disso?", pergunto de volta, com um desafio em meus olhos.

Ele ergue as sobrancelhas. "Gosto de *você*, June, e acredito que será boa para o meu amigo, aqui", afirma, e de alguma forma todos nós rimos, e, por fim, mudamos de assunto. Gabe bebe mais à medida que a noite avança e fica mais solto e (posso admitir) um pouco menos interessante. Mas é fofo como se torna mais afetuoso com Rowan.

Harrison faz o oposto: fica mais tenso e se torna mais afiado. Começa a ignorar Rowan e Gabe e se concentrar em mim. Por volta da meia-noite, preciso sair. Estou pronta para ficar sozinha com Harrison. Quero ver o que dirá quando formos apenas nós dois, ver como olha para mim, sentir como é beijá-lo.

"Preciso acordar cedo amanhã", explico, e isso faz com que todos nós lamentemos nossos horários de trabalho (que são ótimos em comparação com a maioria dos nova-iorquinos, mas nenhum de nós chama a atenção do outro), e, então, Harrison pede a conta e paga tudo. No começo, acho que está se exibindo, mas então Rowan me diz: "Ele nunca nos deixa pagar".

"Fiz milhões para ele, querida", afirma Gabe com uma risada, sua voz arrastada pelo álcool.

"Bem, não chegou nem perto de milhões, cara", corrige Harrison.

"Quase lá", retruca Gabe, e há um mínimo movimento de agressão aí. Mas então ambos riem, e Harrison assume: "Verdade".

Rowan olha melancolicamente para Harrison e não consigo decifrá-la. Acho que está cansada, mas então Harrison pega seu olhar também, e ele é o único que observa enquanto ela cuidadosamente se levanta. Sua gravidez parece muito mais avançada do que no início da noite. Gabe está indo em direção à porta de saída, mas Harrison fica para trás. "Precisa de ajuda?", pergunta a Rowan, a cabeça inclinada em direção a ela com mais intimidade do que eu esperava.

"Estou ficando tão inchada e cansada à noite", reclama Rowan em voz baixa. Qualquer entusiasmo que tinha em sua voz algumas horas atrás se foi. Tenho a estranha sensação de que devo deixá-los em paz. Saio e vou para onde Gabe está parado na esquina, olhando para as estrelas como faz qualquer pessoa bêbada.

"E aí", digo.

"June!", exclama. "Veja como a noite está clara." Ele inclina a cabeça para trás ainda mais. "Normalmente, não dá para ver as estrelas assim na cidade."

Olho para cima. Há uma bela lua quase cheia e um punhado de estrelas. Ele está certo: está clara e linda.

"Sabe", ele me diz, balançando um pouco. Os pedestres na rua passam longe dele. "Harrison é um dos bons."

"Ah, é?", respondo.

"Sim, de verdade", confirma. "É como um irmão para mim. Tem tantas coisas que fiz que não deveria ter feito, e Rowan e Harrison continuam me perdoando e me puxando de volta do limite."

Está bêbado demais para que eu possa perguntar o que quer dizer. Não quero que me conte uma verdade que não diria de outra forma. Apenas aceno com a cabeça, mantendo um olho nele e me certificando de que não se aproxime demais do meio-fio enquanto estuda o céu.

"Como vai sua revisão?", pergunto, pensando em nós dois dias atrás em seu quintal, repassando as anotações de seu roteiro.

Seu olhar cai do céu e se estreita em mim. "Rowan leu e rasgou ao meio", fala, franzindo os traços de seu rosto. "Ela disse que nem está torcendo pelo personagem principal." Sua voz fica mais irritada ao explicar: "Nem sempre entende que é o *ator* que determina muito disso.

É diferente em seus livros. Ela só tem palavras para colocar o leitor do lado de seu personagem. Mas eu tenho o poder de Hollywood como suporte. Você já *deixou* de torcer por Tom Hanks?".

Rio. "Acho que isso é verdade", afirmo, e então Harrison e Rowan saem. O rosto de Rowan está pálido. "Estou exausta", me diz, e depois para Gabe: "Temos que ir de táxi, meus pés estão me matando".

Todos nós dizemos coisas uns aos outros sobre como temos que fazer isso outra vez em breve, e parece real. Tenho a suspeita de que começaremos a nos encontrar dessa forma. Vejo Rowan e Gabe entrarem no táxi, e então Harrison se vira para mim. "Chamo um táxi para você?"

"Qual é a outra opção que tenho?", pergunto, sorrindo para ele.

Ele está pronto para esse momento, está pronto para mim. E então estende um braço longo. "Vê aquela janela ali?", pergunta, apontando a um quarteirão ou mais em direção ao centro. "Aquele é o meu apartamento."

"Sempre quis dar uma olhada nos imóveis do SoHo", comento. "Então, deveria aceitar o convite."

"Ah, isso não foi um convite", rebate ele.

Minhas bochechas queimam um pouco, mas ele está sorrindo.

"Não?", pergunto.

"Não", repete ele. "Isto é." E se aproxima, bem no meu momento favorito, e me beija, e seus lábios estão tão quentes e o beijo é tão incrivelmente doce e bom que juro que poderia desmaiar bem ali, mas sua mão forte está nas minhas costas, me puxando para ele. Sua outra mão desliza sobre a parte de trás do meu pescoço e calafrios percorrem a minha pele. Quero todos os lados disso e o desejo quase me derruba.

"Vamos para minha casa", diz, e partimos.

ELA NÃO

PARTE 3

PODE CONFIAR

QUARENTA E CINCO

June. Três dias atrás. Terça-feira, 8 de novembro.

Estou indo ao café para me encontrar com Rowan e tudo o que posso pensar é como acho todos eles horríveis por fazer isso com ela. Essa encenação horrível, essa farsa doentia. Harrison e eu nunca tivemos uma briga até que tudo começou, mas ele é tão ruim quanto Gabe e Sylvie por deixar Rowan continuar assim, sem se lembrar de Gray. Quanto tempo mais eles podem deixar isso continuar?

Abro a porta do café e examino as mesas.

Não. É. Possível. O que Sean está fazendo aqui? Por que está conversando com Rowan? Sabia que não deveríamos ter escolhido esse café — é o favorito dele. Corro em direção à mesa já que a última coisa de que preciso é que ele diga algo que perturbe Rowan.

Me aproximo de Sean e Rowan e é quando ouço Sean dizer:

"Você ao menos está autorizada a sair sozinha?"

Lila solta um pequeno gemido que me faz inflamar. Rowan abre a boca como se fosse se defender, mas não se defende. Seus olhos se enchem de lágrimas. E, então, chego junto, minhas palavras cortando o ar como uma lâmina. "O que foi que você disse?", pergunto a Sean.

Rowan olha para cima e me vê. Seu rosto parece em devoção, como se nunca tivesse ficado tão feliz em ver alguém antes. Removo meus protetores auriculares. "O que você está fazendo aqui?", pergunto a Sean.

Tenho certeza de que ele não pode acreditar que estou do lado de Rowan, mas a culpa por não conseguir me entender é dele, por querer que eu seja algo que não sou, algo que ele criou na própria mente. Uma fantasia. E enquanto ele estava ocupado construindo essa versão de mim, nunca chegou a conhecer o meu verdadeiro eu. Aquele que faria qualquer coisa por Rowan e Lila.

"Estou pegando um café, June", afirma Sean.

Eu o encaro. Ele não faz nenhum movimento para sair, então falo: "Vejo você mais tarde, *Sean*", e forço um sorriso.

Por fim, ele vai embora. E nem se incomoda de pegar um café, então deve estar super irritado comigo.

Sento. "Desculpa", peço a Rowan, desenrolando-me do cachecol e colocando-o no meu colo. "Eu costumava achar que ele tinha boas intenções e às vezes passava da conta. Agora, não tenho tanta certeza. Às vezes ele me preocupa."

"Cuidado, então", fala Rowan, mas gesticulo como se não fosse nada. A última coisa que Rowan precisa é se preocupar comigo. Tamborilo na mesa com as unhas e examino o menu na parede. Tento não gastar dinheiro em lugares como esse, embora Louisa diga que vou receber um aumento quando ela sair de licença-maternidade no ano que vem. Transportarei coisas para seu apartamento e nunca estive tão feliz com o fato de que ela seja antiquada e tantas das nossas coisas esteja no papel, porque dessa forma vou ter uma desculpa para ver Louisa e o bebê durante esses três meses. O bebê é uma menina e Louisa já escolheu um nome para ela, mas ela é muito nervosa e supersticiosa para me dizer qual é, o que entendo totalmente por causa de tudo o que ela passou.

"Comprei um *muffin* para você", Rowan diz. "Não tinha certeza se você bebia café."

"Obrigada", digo. Desembrulho e quero comer, porém meu estômago está bem doente dos nervos, com a ideia de lhe contar que não posso mais trabalhar para ela. Confie em mim, não é porque não a amo; é porque *amo* e não posso mais fazer parte do jogo egomaníaco de Sylvie. Até mesmo Louisa acha que é uma má ideia. Entendo, a Sylvie está no topo em sua área. Sylvie é *a* terapeuta de trauma, ela é a Miss Estados Unidos do mundo do TEPT. Mas não posso ver todos fazendo isso com Rowan, brincando com ela como se Gray nunca tivesse existido, escondendo a verdade sobre ele. O pior é a mãe de Gabe, Elena, que passa seu tempo nervosa e preocupada com o apartamento e mal faz uma pausa para chorar (o que entendo totalmente, uma vez que Gray era seu neto), mas é difícil de assistir, especialmente agora que Lila está começando a ficar mais acordada e a fazer contato visual.

Quando estou no apartamento de Gabe e Rowan e Lila olha para mim, o mundo para de girar por um mero segundo. Não acredito que estou dizendo isso, mas definitivamente quero ser mãe em algum momento. Quando Rowan e Louisa falam sobre bebês, é como se eu entendesse. Quero dizer, ainda não, obviamente.

"Como ela está?", pergunto a Rowan sobre Lila. "Adorei o vestidinho dela."

Um sorriso brota no rosto de Rowan. O amor e o orgulho que ela tem por Lila, sei que também teria por Gray, e quando penso nela o perdendo, como tentaram deixar que o segurasse e ela não era capaz de fazê-lo, mal posso suportar o peso disso. Começo a chorar, não consigo evitar. Quando será que vai conseguir se lembrar dele?

"June", começa Rowan. Ela atravessa a mesa e pega minha mão. "Sinto muito. Sinto muito pelo que fiz com você." Ela aperta meus dedos e, quando solta, desejo que não tivesse soltado. "O que fiz foi muito terrível e não há desculpa", me diz, soando quase desvairada. "Acho que tem algo de errado com o meu cérebro. Ou, pelo menos, com certeza tinha naquele momento. Não posso, não consigo nem explicar isso."

Você não precisa explicar para mim. Eu entendo. Isso é o que quero dizer, mas estou preocupada com a possibilidade de deixar toda a verdade escapar.

"Eu tinha certeza que você havia machucado o bebê", justifica-se Rowan em uma voz baixa que eu mal consigo entender em meio ao alvoroço do café. "E estava tão aterrorizada que nem conseguia pensar direito", continua. "Não sei se tive algum tipo de colapso mental ou algo assim. Sinto muito, mas muito mesmo, June", diz ela, e tento parar de chorar pois não quero que ela se sinta mal por nada disso. Essa é a última coisa que quero. "É tudo o que posso dizer", conclui. "Mesmo sabendo que não é o suficiente."

"Eu também sinto muito", falo, mal conseguindo pronunciar as palavras. *Sinto muito por ter feito parte disso, por ter mentido para você, por ter fingido não saber sobre seu filho, por não ter ajudado você a tentar se lembrar.*

"Você não fez nada de errado", diz Rowan.

"Você está..." começo, pois quero saber mais sobre o que está acontecendo com ela, quero saber se Sylvie está prestes a curá-la. Quero lamentar Gray com eles. Quero ir ao funeral, se houver um. Quero cuidar de Lila quando Rowan e Gabe precisarem de um descanso.

Uma criança na mesa ao lado grita pedindo mais calda em seu chocolate quente e duas mulheres idosas riem. "Você está recebendo a assistência necessária?", finalmente me obrigo a perguntar. "De um terapeuta, digo. Ou pelo menos está tomando alguma medicação?" Me sinto cúmplice por saber sobre Sylvie e agir como se não soubesse — é exatamente por essa razão que odeio tanto tudo isso.

Rowan parece surpresa por eu ter perguntado isso. "Estou", responde. "Uma especialista em trauma chamada Sylvie, que Louisa recomendou, na verdade. Embora eu não saiba se isso está adiantando de alguma coisa." Ela balança a cabeça. "Ainda não consigo me lembrar do parto. Ontem à noite sonhei com aquele dia em que desmaiei e alguém chamou a ambulância."

Olho para Lila e tento não voltar a chorar. "Graças a Deus o bebê ficou bem", comento, e entro em pânico porque obviamente Gray não ficou bem, e é claro que quero que Rowan se lembre de Gray, mas e se ela se lembrar dele bem aqui dentro desse café, com todas essas pessoas ao nosso redor, sem Gabe ao seu lado?

"June, escute", diz Rowan, e posso ouvir o esforço que ela faz para tentar soar como se tudo estivesse bem, como se nada disso fosse o fim do mundo. "Estou bem agora", conta, o que atinge direto minhas entranhas. Ela está muito longe de estar bem. "Bem, quer dizer, acho que estou", titubeia. "Nada daquilo se repetiu, o que aconteceu naquela noite." Ela fala isso e respira fundo, levando a mão para a xícara de café. "Tenho me sentido mais como eu mesma", acrescenta, como se estivesse se esforçando demais para se convencer disso. Ela toma um gole de café e evita meus olhos.

"Rowan", reajo, atenta ao som dos grãos sendo moídos. "Preciso parar de trabalhar para você por um tempo."

"Ah, claro", responde Rowan, parecendo que isso estava implícito, o que me deixa aliviada.

"Quero que saiba que não é por causa do que aconteceu", esclareço.

Posso afirmar que ela não acredita em mim quando diz: "Ok, claro".

Preciso que saiba que não foi o que ela fez. "Me importo muito com você e Lila", sigo me explicando. "É mais porque preciso passar um tempo longe de tudo, e vinha me sentindo assim mesmo antes de tudo acontecer. Vou para a casa dos meus pais no interior."

"Ah", exclama, e então, "Onde você cresceu?"

"Harbor Falls", respondo. Tiro um pedaço do *muffin* e tento comê-lo como se estivesse bem, como se meu estômago não estivesse tão agitado.

Rowan acena com a cabeça como se tivesse ouvido falar de Harbor Falls, mas geralmente ninguém que não seja do norte do estado de Nova York conhece. "É perto de Saratoga", explico.

Rowan sorri. "Gabe e eu visitamos o hipódromo alguns anos atrás, no verão", conta. "É linda aquela região."

"É, sim", confirmo, sem querer contar como foi crescer lá, porque é muito difícil falar da infância sem mencionar minha mãe. Sentar aqui falando de como o norte do estado de Nova York é lindo de alguma forma me parece desonesto, como se eu pintasse um quadro de algo que nunca existiu.

"Sinto muito, June", diz Rowan.

Percebo que estou prestes a chorar de novo. Preciso sair daqui. "Eu sei", falo, enquanto as lágrimas queimam o fundo dos meus olhos. "Também sinto", continuo, "por tudo que aconteceu. De verdade."

"Você não fez nada", ela repete, mas estou de pé agora.

"Tenho que ir", digo, pegando meus protetores auriculares do pulso e colocando-os na cabeça. Embalo meu bolinho e coloco meu telefone no bolso enquanto Rowan dá tapinhas na bunda de Lila, me observando, parecendo nervosa.

"Não vai ter problemas para voltar para casa com Lila?", pergunto, olhando para o perfil delicado do nariz e do queixo do bebê.

"Não, nenhum", responde Rowan, batendo mais depressa. "Nós vamos ficar bem. Obrigada por se encontrar comigo", diz, mas já estou me afastando delas, dessas pessoas que amo.

"Tchau, Rowan", digo.

No segundo em que me afasto delas, as lágrimas escorrem sobre minhas bochechas. Atravesso os clientes aos trancos, sentindo que não consigo recuperar o fôlego. Abro a porta e então estou na rua, atravessando para o outro lado, lágrimas turvando meus olhos e vendo o táxi tarde demais, correndo para sair do caminho e quase sendo atingida. Estou soluçando agora. Estou tão incrivelmente triste por Rowan e Lila que meu coração parece que vai escapar do meu peito, e então vejo Sean. Ele está parado na calçada, me observando horrorizado. Ele vem na minha direção, cauteloso no começo, depois estendendo os braços para mim. Sinto que vou desmaiar. Praticamente desabo em seus braços, não há nenhuma outra escolha se eu quiser ficar de pé. Ele coloca o rosto no meu cabelo e sussurra palavras de conforto no meu ouvido.

"Me tire daqui", peço, e andamos para longe, o braço de Sean ao meu redor me mantendo de pé.

QUARENTA E SEIS

June. Três dias atrás. Terça-feira, 8 de novembro.

Uma hora depois de ver Rowan (e trinta minutos depois de finalmente convencer Sean de que estou bem sozinha), estou sentada nos degraus de pedra da Biblioteca Pública de Nova York esperando por Harrison. Os leões esculpidos, Paciência e Coragem, se elevam acima de mim, com suas grandezas estoicas congeladas no tempo. Sei o que preciso fazer hoje e talvez meu *timing* esteja errado, e muito provavelmente não seja esse o melhor dia para isso. Mas quem está na chuva é para se molhar.

Contemplo os nova-iorquinos enrolados em cachecóis e segurando cafés, com seus telefones, ouvindo música, conversando uns com os outros. Até então, não vejo Harrison. Há um carrinho de cachorro-quente na esquina, mas ainda acho que não consigo suportar nada e, de qualquer forma, tenho o *muffin* que Rowan me deu guardado em um saco de papel amassado. Estou tentando tirá-la da minha cabeça para me concentrar nessa conversa que preciso ter com Harrison, mas é difícil: os olhos azuis de Rowan parecem que ainda estão me implorando para que a entenda e a perdoe. Mas nunca houve nada a ser perdoado.

Pego meu telefone e abro a câmera frontal para usá-la como espelho. Tento limpar o rímel sob meus olhos. Harrison nunca me viu assim, nem uma vez desde que começamos a namorar, então não faço ideia do que ele vai dizer quando chegar aqui e me ver com rímel borrado e nariz escorrendo. Ainda chamo isso de *namoro* porque é principalmente o que fazemos: saímos. Nós dormimos juntos, e vamos a encontros e flertamos e falamos da vida e sobre a indústria. Ele sabe quase tudo a meu respeito e, de certa forma, é um dos relacionamentos mais originais que já tive. De outras maneiras, sei que preciso acabar com isso porque ele gosta de mim mais do que eu gosto dele, e isso de repente parece injusto. Harrison está procurando uma esposa, e eu não sou essa pessoa. Tenho a sensação de que ele acha que, se formos devagar o bastante, vou mudar de ideia, me apaixonar profundamente e perceber que estou pronta para assumir um compromisso. Mas quando penso em qualquer coisa do tipo, me sinto sufocada. Ontem, saí da WTA como uma flecha depois que disse a Louisa que precisava de uma folga, e Harrison ficou chateado por ter ficado sabendo disso por intermédio dela, não de mim. E, então, ele foi grosseiro comigo e nós discutimos, e ele parecia sentir muita necessidade de se desculpar, mesmo que não tenha sido tão ruim. Deixei meu celular de propósito em casa para que eu pudesse sair e não me sentir mal ao ver suas ligações, e então ele ficou preocupado quando não conseguiu entrar em contato. Nós resolvemos isso ontem à noite quando voltei para casa e lhe telefonei e senti que parecia aliviado por eu estar bem.

Tiro os protetores auriculares e os jogo na bolsa. O sol de inverno está me aquecendo de qualquer maneira. Ainda estou na câmera ajeitando minha maquiagem quando ouço alguém dizer:

"Modo selfie. Não pode fazer o Instagram esperar."

Levanto os olhos e vejo Harrison, com seu sorriso largo.

"E aí", digo, e então ele olha mais de perto para mim.

"June?", pergunta, o rosto deformando de preocupação. "O que aconteceu?"

"Sente aqui", falo, dando um tapinha nos degraus ao meu lado. Ele senta. Começo a chorar e talvez se estivesse sozinha alguém iria parar para me ajudar, mas Harrison está aqui esfregando minhas costas como eu gosto, porque ele me observou com atenção nos últimos meses e sabe exatamente como cuidar de mim.

"Eu me encontrei com Rowan", conto, quando consigo recuperar o fôlego.

"E?", pergunta com delicadeza.

"Estou muito triste por ela", digo. "Nunca estive tão triste assim por ninguém, nunca."

"Ela vai se lembrar do que aconteceu com Gray", diz Harrison, sua voz tão firme como no trabalho, quando algo terrível acontece e ele tem que acalmar um de seus escritores.

"Quando?", pergunto, já muito estridente. "*Quando* ela vai se lembrar?"

"Um dia", responde. Seus olhos escurecem. Às vezes acho que ele está tão preocupado com Rowan quanto Gabe. Tudo o que qualquer um de nós quer é que ela fique bem.

"Isso não é bom o suficiente", retruco. "E acho que Louisa concorda comigo", acrescento, porque sinto que preciso do apoio dela. Sinto que ninguém quer me ouvir porque tenho apenas 22 anos e, para ser justa, não sou uma profissional de saúde mental. "Isso tudo é estranho demais", afirmo. "Todo esse fingimento."

"Gabe mencionou alguma terapia para TEPT que Sylvie lhe disse que poderia tentar com Rowan", informa Harrison, olhando para os botões pretos brilhantes em seu sobretudo. "Deve funcionar. Pesquisei todos os detalhes no Google."

Todos nós nos tornamos psicólogos amadores nas últimas semanas. Acho que Rowan tem sorte de ter tantas pessoas que a amam. Gabe tem mantido seus amigos atualizados, no entanto a maioria deles não apareceu. Talvez estejam com medo ou talvez não saibam o que dizer. Em vez disso, somos apenas eu, Gabe, Rowan e Elena o tempo todo, e é muito óbvio que Elena não gosta de mim. Rowan uma vez me disse que o pai de Gabe teve um caso com a babá, então ela considera todas as mulheres jovens desastres em potencial.

"Harrison", falo, com medo de começar o que estou prestes a fazer. "Tenho pensado ultimamente que devemos dar um tempo de..." gesticulo entre nós, sem saber como chamá-lo porque não decidimos um rótulo exato nos últimos meses. "Disso aqui", solto por fim.

Seus olhos se arregalam e, naquela fração de segundo, posso ver como está surpreso. Meu coração bate forte porque entendo o motivo de sua surpresa: tudo entre nós tem sido tão bom e ele não tinha ideia de que para mim não era bom *o suficiente* e, quanto mais me encara, mais eu começo a duvidar de mim mesma. Realmente vou jogar fora o primeiro cara que se importou de verdade comigo em muito tempo?

"Você quer dizer que devemos dar um tempo entre *nós*?", pergunta, como se sentisse uma dor física com aquelas palavras.

"Sim. Entre *nós*", respondo. "Posso estar cometendo um grande erro." Minha incerteza parece amolecê-lo um pouco — por um segundo seu rosto fica em branco e começo a sentir que ele talvez seja capaz de aceitar isso bem, absorver tudo com calma e racionalmente, assim como o vi lidar com tantas coisas no trabalho. Mas estou errada. Seus olhos ficam vermelhos e embaçados. Está piscando seus cílios escuros como se não pudesse acreditar no que estou fazendo, que estou arruinando essa coisa tão boa que ele queria levar ainda mais longe. Lembro da primeira vez que falou a respeito de casamento e como parecia esperançoso ao me perguntar se eu acreditava nisso, e de ter dito que ele acreditava, apesar de seus pais terem arruinado a vida um do outro. Naquela tarde, fiz questão de não encorajar a conversa de casamento e, em vez disso, a conduzi para os defeitos de nossos pais, que era um território no qual já tínhamos pisado.

"Você está falando sério, June?", Harrison pergunta agora, sua boca não se abre por completo, ela parece não cooperar, como se quisesse manter as palavras guardadas lá dentro. Tive a impressão de que ele iria chorar, mas nenhuma lágrima surge.

"Sei que é inesperado", afirmo, batendo meu pé com força nas escadas de pedra da biblioteca, morbidamente instável, querendo fazer isso do jeito certo. "Mas não estou pronta para um grande compromisso e sei que você está, e acho que merece alguém mais próximo da sua idade. Quero dizer, droga, não foi isso o que eu quis dizer."

"Então, o que você *quis dizer*, June?", me questiona. Ele parece tão triste e eu me sinto horrível. Deveria ter feito isso semanas atrás quando percebi onde estava a cabeça dele.

"June", começa a falar, o que me lembra da maneira como minha mãe costumava dizer meu nome às vezes, como se o próprio som dele machucasse seu cérebro. Isso me deixa desconcertada. Paro um segundo, quieta e esperando, e então Harrison prossegue: "Estou tão confuso. Pensei, parecia que você gostava do que estava acontecendo, essa coisa que estávamos fazendo, e...".

"Eu gostava — eu *gosto*. Mas você merece alguém parecido com você, alguém próximo de onde você está, alguém..."

"Alguém diferente de você?", me pergunta. Vejo um rubor perto de seu cabelo, o túnel de vento do ar de Nova York agitando seus cachos.

"Acho que não, eu acho", começo e tento continuar, mas ele está se levantando.

"Preciso ir, June, sinto muito", me interrompe.

Me ergo sobre minhas pernas trêmulas. "Harrison", começo, "por favor, fique mais um minuto."

"Não posso", responde ele. "Não agora. Eu vou chegar lá, só... gosto muito, muito de você", declara, incapaz de sequer olhar para mim. "E respeito que esteja terminando tudo. Mas não entendo e não posso simplesmente ficar aqui sentado e agir como se estivesse tudo bem e eu estivesse bem. Vai levar algum tempo, eu... Sinto muito, eu... Preciso ir." Ele se vira e olha para a multidão aglomerada em frente à biblioteca tirando fotos. Turistas. "Tenho que voltar para o escritório", fala para ninguém. Continua sem olhar para mim. Então passa a mão alisando seu longo casaco, seu rosto se tornando neutro outra vez, se prepara para voltar à WTA, o lugar onde éramos um *casal* há apenas algumas horas. "Isso vai ser ruim", diz com suavidade. E se volta para mim. "Preciso que você me dê espaço no trabalho. Não quero revelar aos nossos colegas como pensei que estávamos sérios e como agora tudo chegou ao fim. Podemos apenas tentar nos separar lentamente, eu, na verdade, é meio... bem, para ser sincero, é constrangedor."

"Ah", exclamo, surpresa. Não entendo onde ele quer chegar com isso. Éramos uma fofoca no escritório no começo, mas quase todo mundo seguiu em frente. Harrison até parou de vir ao meu cubículo como fazia quando começamos a namorar, o que deixou Kai entusiasmada. *Tenho você toda só para mim, finalmente*, ela disse.

"Ok", concordo sem pressa. "Não acho que você tenha por que se envergonhar", acrescento, porque não consigo entender bem o olhar em seu rosto. Ele parece quase envergonhado.

"Ah, você não entenderia", responde, e posso ver o esforço necessário para manter sua voz respeitosa como sempre. "Você é jovem. Pessoas da sua idade terminam e fazem as pazes o tempo todo. Na minha idade, é uma questão maior. Ao menos para mim. E antes que eu me envergonhe mais, June, acho que vou embora." Harrison tenta sorrir para mim. "Foi muito bom enquanto durou", fala com um tom de voz de que quem recitou uma frase de efeito que parece ter-lhe escapado, como se estivesse em uma reunião com produtores tentando vender um projeto criativo no qual não acredita de verdade.

"Foi, sim", respondo, sem ideia de para onde ir a partir daqui, sabendo que está terminado e sabendo no fundo dos meus ossos que não seremos capazes de ficar amigos. Vai ficar artificial no trabalho. A familiaridade desaparecida, as conversas breves, uma pedra fria na minha mão. Vai ser como Louisa me avisou que seria.

"Tchau, June", diz ele, e então caminha em direção ao trabalho. E eu apenas fico sentada ali, imaginando o quanto esse dia pode ficar pior. Meu telefone vibra com uma mensagem de Kai:

Você terminou? Finalmente? Me deixe te levar
para sair hoje à noite. Você escolhe o lugar.

QUARENTA E SETE

June. Três dias atrás. Terça-feira, 8 de novembro.

Naquela noite, Kai e eu estávamos enfurnadas dentro de um bar no West Village, bem perto do apartamento de Gabe e Rowan. Eu bebi demais e não sou uma grande bebedora, de modo que não tenho prática em lidar bem com isso. O barman é jovem, com cabelos ruivos encaracolados e, pela primeira vez em meses, penso romanticamente em outra pessoa. Imagino como seria sair com um cara da minha idade, como seria muito mais fácil.

O bar está escuro, há velas nas mesas e, apesar de estar me sentindo péssima hoje, sou grata por estar aqui com Kai, uma amiga de verdade. "As coisas estavam bem entre nós", lhe explico. Tomei apenas três drinques, porém minhas palavras já estão sentimentaloides. "Acho que ele ficou bem surpreso."

Kai revira os olhos. "Não dê desculpas para ele", afirma ela. "Ele é intenso. Intenso demais."

"Você é intensa", replico em tom provocativo, estendendo a mão para puxar de leve o longo colar trançado que ela está usando. "Você sabe que sim."

"Eu *sou* intensa", ressalta ela, tomando um gole de sua bebida. "Mas pelo menos uso meus poderes para o bem."

"Você usa seus poderes para conseguir o que quer", digo.

"Talvez esteja certa", concede, guardando uma mecha de franja longa sobre a parte raspada da cabeça, atrás da orelha. "Eu, de fato, pareço conseguir o que quero…"

Sorrio, mas ela não. Nós conversamos sobre as coisas por um tempo e eu não consigo parar de pensar em Rowan. Quanto mais bebemos, mais quero ir ao apartamento de Rowan e vê-la.

"Mais uma?", Kai pergunta e sei que não deveria tomar outra bebida, mas concordo. "Você precisa de alguém da sua idade", comenta Kai. "Os caras mais velhos são tão desesperados."

"Sério?", pergunto. "Você tem muita experiência com caras mais velhos?"

Kai sorri. "Para sua informação, sou extremamente observadora. Nosso mundo inteiro no trabalho é feito de caras mais velhos."

"Verdade", respondo, tomando gim tônica. Pedi porque uma vez Rowan me disse que era sua bebida favorita antes de estar grávida e ela não podia acreditar que eu tinha vivido tanto tempo sem experimentar um. E agora que estou bebendo, percebo que o gosto é péssimo. Mas custou nove dólares, então engulo de qualquer maneira.

"Vai com calma", diz Kai, enquanto dou um gole grande.

De alguma forma, em vez da bebida me acalmar e abrandar meu estresse, me dá uma vontade de ver Rowan e lhe contar a respeito de Gray, para, de alguma forma, fazê-la ficar bem de novo. Essa ideia martela em minha cabeça enquanto Kai tagarela sobre sua namorada, Angie, que fica enviando mensagens de texto e perguntando onde ela está. "Eu deveria ligar para ela", fala Kai, franzindo a testa. Quando finalmente liga para Angie, conta ao telefone: "Saí com June". Mas, então, ela parece nervosa como se tivesse cometido um erro. "June e seu namorado acabaram de terminar", conta devagar e claramente, como se estivesse tentando não parecer bêbada. Acho que Kai nunca se referiria a Harrison como meu namorado, mas acho que ela está tentando convencer Angie de que não sou uma ameaça.

Elas desligam o telefone e Kai me fala: "Acho que as coisas com ela acabaram".

"Sinto muito", respondo, apertando a mão dela.

"Ela é tão possessiva", afirma, o que me parece irônico, porque geralmente penso em Kai como a possessiva, com suas amizades e sua namorada.

"Vamos tomar um pouco de ar fresco", sugiro.

"Está muito frio para isso", retruca ela.

"Está bem, garota da Carolina do Norte", brinco. "Está lindo lá fora."

"Você está doida", comenta, enquanto pagamos nossa conta e pegamos nossos casacos. Lá fora, na rua, ela desliza seu braço pelo meu. "Você vai ficar bem, June?", me pergunta. Posso sentir os olhos dela no meu rosto, tentando descobrir o que estou pensando.

"Uhum", respondo. "Vou ficar bem sim."

"Ei", ela diz, animada, enquanto estamos ali na esquina da Perry com a Washington. "Quer dividir um táxi?"

Balanço a cabeça negativamente. "Vou andar um pouco", falo. "Preciso de ar fresco."

"Certeza?", pergunta, franzindo a testa. Aceno com a cabeça que sim e nos abraçamos na esquina. Ela chama um táxi e eu a lembro que vou para a casa de meus pais e não vamos nos ver até a próxima semana.

"Não posso acreditar que você está recebendo uma semana inteira de folga", reclama Kai, enquanto se dobra como um acordeão para dentro do táxi. "Tem certeza de que não quer dividir uma carona para casa?", pergunta, estreitando as sobrancelhas.

Balanço a cabeça e acenamos em despedida. Ando para o sul na rua Washington em direção ao apartamento de Gabe e Rowan. Se ao menos pudesse ver Rowan mais uma vez e convencê-la de verdade que ela não tem nada pelo que se desculpar, que nada disso é culpa sua. Minha cabeça está girando com o álcool, mas posso ver a cena com clareza: poderia apenas dar a Rowan, Gabe e Lila um último tchau antes de viajar para o norte do estado.

Alguns passos adiante na calçada, meu telefone toca. Não deveria atender porque já deixei a bateria descarregar muito, mas é Sean e sei que vai se preocupar se eu não atender.

"E aí", digo. "Pensei que estivesse com Michalis."

Michalis é o amigo programador que o tem evitado, mas Sean o incomodou o suficiente para que conversassem hoje à noite.

Ele não me responde sobre Michalis. Em vez disso, pergunta: "Você está bem? Você parece bêbada".

"Uhum", respondo. "Estou. Mas estou bem. Estou voltando para casa, só tenho que parar na casa de Rowan."

"Será que essa é uma boa ideia?", pergunta.

"Esqueci uma coisa lá", minto.

"Tudo bem", diz ele. "Ainda estou na rua, poderia ir encontrá-la."

"Estou bem, Sean, eu...", começo a falar, mas então meu telefone morre oficialmente. Merda — agora ele vai se preocupar com toda a certeza. Tremo quando lembro de uma vez em que Sean estava esperando por mim do lado de fora do apartamento de Gabe e Rowan depois que terminei meu turno como babá. Eram onze da noite e não posso nem imaginar quanto tempo ele deve ter ficado lá, porque comecei a trabalhar às sete e Sean não sabia qual era meu horário de saída. Ele fez isso duas vezes: a vez em que foi ao teatro no Brooklyn depois da minha audição e depois na noite em que fiquei de babá. Mas reclamei tanto em seu ouvido quando o vi parado do lado de fora do apartamento de Gabe e Rowan, que ele nunca mais fez isso.

Ouço passos atrás de mim, então me viro, mas não tem ninguém. Provavelmente estar bêbada me deixa um pouco paranoica. As ruas estão estranhamente silenciosas até que um sem-teto passa por mim com um carrinho de compras. Ele parece estar congelando, então lhe dou meus abafadores e meu cachecol, que ele pega, sorrindo para mim e me agradecendo bastante.

Viro para a rua de Gabe e Rowan, certa de que posso sentir alguém atrás de mim, com os olhos em cima de mim. Ando mais rápido em direção ao prédio. Um carro buzina à distância. Me viro e vejo um táxi se aproximando, porém ele muda de curso e vira logo à direita, e, no banco de trás, vejo uma garota parecida com a Kai. Um grupo de adolescentes está subindo a calçada na direção oposta, todos rindo. Ignoro meus nervos e finalmente estou no prédio de Gabe e Rowan, abrindo as portas da frente. "Olá", cumprimento Henri. "Como você está?" Estou tentando não parecer bêbada, mas não acho que esteja funcionando.

"Não tão bem quanto você, pelo que vejo", responde Henri, com a sobrancelha loira erguida.

"Rowan e Gabe estão me esperando", falo.

"Então pode subir, June", diz ele, seu olhar me seguindo como sempre. *Eca.*

Respiro fundo no banco em frente ao elevador. Poderia subir pelas escadas, mas Rowan sempre tem uma sensação estranha em relação à escada. Aperto o botão e espero. Realmente espero que não fiquem bravos comigo por ter vindo ou que não os pegue em alguma discussão estranha. Às vezes, a tensão em seu apartamento é concreta o suficiente para fazer você querer desistir. Mas nunca fiz isso, ao menos não até hoje. *Queria* ficar com eles, essa é a coisa que me faz sentir tão mal por sair.

Subo até o sexto andar. As portas do elevador se abrem com um tinido e piso no carpete. Estou tentando parecer sóbria, fazer meu rosto parecer natural, mas tenho uma leve sensação paranoica de que eu não deveria estar aqui. Passo pela escada com seus redemoinhos de ferro e caminho a passos lentos em direção ao apartamento deles, e, então, levanto a mão para bater. O calor percorre a minha coluna. Preciso tirar essa jaqueta.

Toc, toc. Bato suavemente no início, mas ouço vozes na parte de dentro, vozes urgentes, discutindo. Sei que provavelmente deveria ir embora, mas...

As vozes aumentam. O álcool me atinge com força. Não deveria ter tomado aquela última bebida. O corredor do lado de fora do apartamento de Rowan e Gabe parece girar, rodar e desfocar. Não acho que vou ficar enjoada, mas apenas por preocupação, me sento — acho que só preciso de um instante — e coloco minha cabeça entre os joelhos.

Fico sentada no corredor olhando para o carpete marrom entre meus pés. As lágrimas escorrem em minhas bochechas. Penso em Harrison, no olhar que vi em seu rosto antes de ele sair, e que nunca o tinha visto tão triste antes. Penso em meus pais e como vou pegar um trem amanhã cedo, e, então, penso em Rowan, que não se lembra de Gray, e, de repente, tudo parece tão incrivelmente escuro. É uma combinação de álcool e as coisas que me deixam triste, mas rapidamente estou em um lugar muito pior do que estive por muito tempo. Me levanto. Minhas pernas estão tremendo enquanto estou de pé. Deveria mesmo ir para casa e quase vou, mas juro que ouço algo dentro do apartamento. Ouço mais de perto e tenho certeza que é um choro. E presumo que seja Rowan, então bato com força. Imediatamente, pés batem em direção à porta. Ela está bem? Espero que esteja bem.

Gabe abre a porta. Parece arrasado, parado lá de moletom e cabelo desgrenhado, mesmo que não fosse como se estivesse dormindo.

"June?", diz com espanto, como se nunca tivesse me visto parada lá antes.

"Tenho mais a dizer", anuncio. *Ah, merda.* Estou bêbada demais. Nem sei o que quero dizer com isso, mas acho que pretendo lhe dizer que estou deixando esse trabalho de babá, por causa de toda essa farsa, porém não posso falar isso se Rowan puder me ouvir.

"Rowan está aqui?", pergunto, meio idiota, olhando para dentro do apartamento. Onde mais ela estaria?

"Ela está dormindo com Lila", responde Gabe, aparentando estar confuso, o que é compreensível, com o que eu estaria fazendo ali às dez e meia da noite.

"Ah", suspiro. "Ouvi uma mulher chorando. Você está escondendo alguém aqui?" Estou tentando fazer uma piada, mas não funciona.

"Tudo bem, June?", Gabe pergunta. Ele não é bobo, e percebe que estou bêbada.

Virando o corredor para o saguão vem a mãe de Gabe. Igual a um pássaro, como sempre. É quase como se ela flutuasse, seus pés minúsculos não fazem barulho. Olho para o rosto dela, os olhos tão escuros quanto os de Gabe, rodeados em vermelho. Ela tenta secá-los.

"June", diz ela, sua voz cheia de desgosto por mim.

"*Elena*", respondo de volta. Nunca a tinha chamado pelo primeiro nome.

Ela não perde um segundo. "O que a traz aqui na calada da noite?", pergunta, desconfiada, como se eu fosse a portadora de más notícias.

"A calada da noite ainda vai demorar", respondo.

Gabe não me convida para entrar. Ele apenas fica parado ali. "O que podemos fazer por você, June?", pergunta. Odeio o tom dele. É sempre diferente com a mãe por perto — está sendo muito mais profissional comigo, o que me faz sentir que ele acha errado quando conversamos casualmente sempre que a mãe não está.

Tento me orientar, sentir meus pés no chão para não parecer bêbada demais. Essa não era exatamente a recepção que esperava, então acho que posso muito bem ir ao ponto. "Me encontrei com Rowan hoje em um café no meu bairro", relato. "Conversamos sobre o que aconteceu.

Ela contou a você?", pergunto. Não olho para Elena, apenas para Gabe. E, pela maneira como seus olhos escuros se arregalam, sei que isso é novidade para ele. O que me faz sentir como se tivesse uma vantagem sobre ele, como se Rowan e eu tivéssemos algo importante entre nós, algo sagrado. "Queria falar com ela", digo, "para esclarecer tudo, para ter certeza de que Rowan sabia que não é culpa dela que não posso mais trabalhar aqui."

"Não é culpa dela?", Gabe pergunta. O olhar de Elena está me perfurando. Ela me odeia tanto. E percebo naquele momento que parte disso é provavelmente sua bagagem — seu próprio marido a traindo. Os seres humanos podem ser ao mesmo tempo complexos e muito simples no modo como pensam: se isso aconteceu com sua babá, por que todos os maridos não seriam vulneráveis a isso?

Abro a boca, mas nada sai. Penso em como era estúpida quando conheci o Gabe, quando senti aquela paixão insana. Graças a Deus nunca tentei fazer com que ele cometesse qualquer ato. Graças a Deus nunca me tornei o clichê que Elena pensa que sou. "Vejam", começo, e agora examino os rostos dos dois, tentando fazer com que enxerguem o que estou enxergando. "Nada disso está funcionando", digo, gesticulando ao redor de todo o apartamento. "Essa farsa."

"Você contou algo para Rowan hoje?", Gabe pergunta, seu corpo rígido de repente, ombros apertados e arqueados para a frente como se estivesse pronto para se lançar sobre mim.

"O quê? *Não*", respondo. Meu Deus, queria não ter bebido nada essa noite. Coloco a mão na cabeça e fecho os olhos. Quando os abro, ainda me sinto um pouco confusa. "Estou apenas tentando dizer que alguém precisa contar a Rowan sobre Gray."

"Fale baixo", rosna Gabe.

Abro a boca. Lágrimas queimam meus olhos.

"Você está fora do seu juízo", Elena retruca, e aí está: ela cortou direto para a verdade. Mas, mesmo sabendo que ela está certa, não posso deixar de pressionar, pelo bem de Rowan.

"Mas ela tem que se lembrar e se alguém pudesse conduzi-la em um espaço seguro...", explico.

Gabe se aproxima de mim. Isso me assusta e pulo para trás, o que parece assustá-lo. Ele paralisa.

"Eu poderia cuidar de Lila", falo, com as lágrimas ainda quentes no rosto. "Se você quisesse, eu poderia cuidar dela e você poderia estar com Rowan quando contar a ela..."

Elena ri. Ela ri *de verdade*. "Não precisamos que você *cuide de Lila*", grunhe, como se eu fosse uma garotinha estúpida.

"Por quê?", rebato. "Porque eles têm você? Você acha que está ajudando Rowan quando está aqui, segurando Lila e chorando o tempo todo?"

Elena recua como se tivesse recebido um tapa. Mordo o lábio, sem acreditar no que disse.

"Mãe, você precisa ir", ordena Gabe. "Eu gostaria de conversar com June. Sozinho." Ele pega seu longo casaco bege da prateleira e o estende para ela. Sua mãe desliza para dentro, recuperando apenas parte de sua compostura. "Entre, June", convida Gabe. Elena balança a cabeça furiosamente, os ombros rígidos enquanto caminha para o corredor. Entro no apartamento e ela não se vira para olhar para nenhum de nós, e então Gabe fecha e tranca a porta.

Ele se vira para mim. "June", diz. "O que você está fazendo?"

"Desculpa", respondo. "Pelo que disse à sua mãe."

Ele acena com a mão. "Não é isso", diz, sua voz abafada. "O que é tudo isso de querer contar a Rowan sobre Gray? Você não pode fazer isso, você sabe, não é?" Ele olha para mim como a caixa de surpresas que eu talvez seja. "Você poderia colocar *tudo* a perder", continua. "Tem noção disso? Você compreende como eu fico aterrorizado o tempo inteiro? Dou tudo de mim para esconder meu pânico de Rowan. Caminho alucinado de um lado para outro nesse apartamento, preocupado que eu vá perder minha esposa para os lados escuros da mente dela. Essa não é a primeira vez que ela entra em um lugar ruim, June, mas esta é de longe a mais assustadora. Você tem alguma ideia do que as últimas semanas têm sido para mim? Eu perdi meu filho." Sua mão entra em seu cabelo e ele me olha com intensidade. Não consigo dizer nada. Gabe passa os dedos para frente e para trás, puxando o cabelo para cima, e então rosna: "E você vem aqui agindo como se soubesse o que é melhor, e veja: talvez você esteja certa e talvez Sylvie esteja errada. Mas estou fazendo o que a profissional me diz para fazer. E se você não está a bordo, então caia fora".

Tento engolir o álcool que está subindo e queimando pela minha garganta.

"Tudo bem", respondo. "Entendo."

Ele me dá um breve aceno de cabeça. "Certo", diz. Então olha para o relógio. "Tenho que acordar Rowan e Lila para amamentação em alguns minutos. Preciso que você vá embora. E preciso que não conte a Rowan nem mesmo que veio aqui ou que tivemos uma conversa como essa."

"Entendo. E sinto muito, e..."

"Não precisa se desculpar", fala Gabe. "Você nos ajudou, June. Esteve aqui por nós quando quase ninguém mais poderia estar. Nunca vamos nos esquecer disso, está entendendo?"

É a melhor coisa que me disseram em muito tempo. "Entendo", respondo.

Ele concorda. Então dá um passo até a porta e a destranca. Ele abre e eu faço algo que não percebo que vou fazer — o envolvo em meus braços em um abraço apertado. Ele me abraça de volta, seus músculos suavizando apenas um pouco. "Obrigado, June", sussurra no meu ouvido. "Por tudo."

Entro no corredor com as lágrimas turvando meus olhos pela milésima vez hoje. A porta se fecha atrás de mim e imagino Gabe dentro de seu apartamento, indo até Rowan. Eu a imagino acordando sonolenta, sem saber onde está no início, talvez ainda sonhando com bebês como ela me disse que sempre faz. Imagino-a despertando no quarto escuro, olhando para Lila, tão grata por sua filhinha estar bem, tão feliz por sua filhinha ser *dela*.

Fico lá, deixando as lágrimas virem, pensando que estou sozinha.

Não estou.

A mãe de Gabe está lá, de costas para o papel de parede do corredor, fora de vista. Eu a ouço se mexendo antes de me virar para vê-la.

Respiro depressa. Não digo nada. Nós apenas olhamos uma para a outra.

"O que você está fazendo aqui?", pergunto quando consigo encontrar minha voz. "Esperando por você, June", diz ela. Suas mãos nodosas e pálidas estão entrelaçadas como se estivesse rezando.

Quero sair, correr escada abaixo ou passar por ela e pegar o elevador, mas ainda estou bêbada demais para essa noite — meus membros não se sentem aguçados o suficiente para cooperar com minhas ideias de fuga.

Ela se move em minha direção — apenas um passo no início.

"Eu não tenho nada a dizer para você", respondo. Acho que vou tentar passar por ela até o elevador. Ela não diz nada e, mesmo que seja uma mulher minúscula, o corredor é estreito o suficiente para que fique parada lá, o que torna muito constrangedor para que eu simplesmente passe. Então eu fico; e espero. Quase considero pedir desculpas pelo que disse no apartamento, a respeito da inutilidade de sua choradeira, mas então ela diz: "June, me deixe dizer o que você vai fazer", e eu sorrio, não posso evitar — é absurdo demais.

"Não vou fazer nada que você disser", resmungo, e agora a irritei outra vez. Seus lábios se curvam e ela se aproxima ainda mais. Dessa vez, ela estende o indicador. "Já conheci garotas como você antes", afirmo.

"*Garotas como eu?*", questiono, e agora também estou irritada. "Você nunca conheceu ninguém como eu, Elena", retruco. Me ergo, fico mais alta, diminuindo-a, mas ela continua vindo em minha direção, e então fala: "Ah, confie em mim, June, há jovens atrizes como você em cada esquina".

"Me deixe em paz", exclamo, recuando, porque agora me sinto como uma garotinha outra vez, impotente sob seu olhar.

"Ah, olha só, é aí que você está errada", diz ela, sua voz estranhamente sombria. "*Você* que vai deixar *eles* em paz. Você nunca mais vai ver Rowan, Gabe ou Lila. Eu percebo a maneira como você olha para eles, como se quisesse fazer parte. Presto atenção em você, June. Não sei se está apaixonada pelo meu filho ou apaixonada por Rowan ou apaixonada por toda a ideia de fazer parte dessa pequena família destruída." Ela me observa, seus olhos avermelhados vagando pelo meu rosto. "O que foi, June? Sua família também foi destruída? Papai foi embora? Mamãe bebia demais? *Eu posso ver isso em você*", afirma ela.

Ando de costas, cambaleando em direção à escada, meus quadris contra ela. "Me deixe em paz, sua puta", grito, porque não consigo pensar em uma única coisa mais criativa para arremessar nela. Dou um passo em direção à Elena para poder sair daqui. "*Saia da minha frente*", rosno.

Ela não sai.

"Se eu encontrar você aqui outra vez...", ameaça.

"Vai fazer o quê?", confronto. *"Não vou deixá-los."*

"Você vai arruiná-los", diz ela. Balanço a cabeça e começo a dizer que não, mas ela está vindo em minha direção. "Fique longe deles", praticamente grita.

"Me obrigue", devolvo a agressão e ela ataca.

Fico paralisada. As mãos dela estão nos meus ombros, me pressionando. "Saia de cima de mim", berro, e estou tentando me desvencilhar, mas ela apenas aperta com mais força. Me viro o mais rápido que posso e tenho quase certeza de que está me soltando, mas então percebo que ela perdeu o equilíbrio e, no segundo em que ela se recupera, está em cima de mim outra vez e não quero machucá-la, mas preciso afastá-la de mim e, então, a empurro para longe e seu cotovelo me atinge nas costelas e nós giramos e viramos e eu me volto, minha coluna acerta o corrimão, e então várias e várias vezes e vou para trás e ela está abaixo de mim, de repente ouço o som de osso batendo no corrimão e estou caindo para trás, me curvando sobre o corrimão da escada, minha cabeça *para baixo, para baixo, para baixo, para baixo*, o tempo fica lento ao meu redor, o azulejo frio do porão fica embaçado, sobe para me encontrar, até que sinto o primeiro osso se *quebrar*.

QUARENTA E OITO

Rowan. Sexta-feira à noite. 11 de novembro.

Ao lado do meu prédio, no ar frio, o detetive olha para Harrison, Gabe e para mim como se todos tivéssemos feito isso com June, como se fôssemos a razão pela qual ela está em uma maca prestes a ser guardada em um saco de cadáver. Ele deve ter certeza de que foi um de nós que a matou, senão quem mais seria? De repente, pergunta: "Gabe, você falou com sua mãe desde a noite de terça-feira?". O detetive levanta a mão. "E antes que você minta de novo para mim, sei que June veio vê-lo na noite em que ela provavelmente foi atacada dentro do seu prédio." Virando-se para Harrison também. "Que grupinho acolhedor esse de vocês", ironizou. "Vimos todos vocês pela câmera de segurança, vocês sabem." De volta a Gabe. "Sua mãe, Elena, chega por volta das sete e depois sai ofegante um pouco antes das onze. Tem sangue no casaco da sua mãe, é óbvio até pelas imagens de segurança. Mal posso esperar para colocar as mãos naquele casaco e fazer o teste de DNA. Ela é uma mulher violenta, sua mãe?"

Os olhos castanhos de Gabe se arregalam. "*O quê?*", pergunta.

"Sua mãe?", o detetive repete. "Ela já foi violenta com alguém?"

Gabe empalidece. Mais pessoas nos cercam agora, uma multidão de espectadores, atraídos para a tragédia como um ímã. Eles parecem se pressionar contra nós, olhando, esperando, *nos vendo*. Os clientes dos restaurantes seguram as mãos e pacotes para viagem, se amontoando na esquina em casacos pesados e rostos solenes.

Estendo minha mão e aperto a de Gabe.

"Ou talvez você seja o violento", pergunta-lhe o detetive Mulvahey, como se fosse um pensamento que acabou de lhe ocorrer. "Mãe violenta, filho violento?"

Agarro Lila com mais força com o outro braço. "Ele não é violento", afirmo. "Ele nunca machucou ninguém e nunca machucaria June."

"Gabe", diz Harrison com firmeza, caminhando na direção de meu marido como se pudesse afastar o detetive de nós, numa tentativa de nos proteger como sempre. Mas ele não pode, não agora. "Você e sua mãe precisam de um advogado", declara. "Não diga mais uma palavra."

"Espera aí", ordena Mulvahey a Harrison. "Pensei que estávamos todos juntos nisso. Pensei que todos nós queríamos ajudar a descobrir *quem fez isso com June.*"

Seus olhos nos interrogam com fúria. É tão óbvio que ele está acusando um de nós de assassinato. Minha mente não funciona rápido o suficiente, e então ouço uma voz chamar o nome de Gabe. Me viro e vejo Elena e minha mãe descendo pelo nosso quarteirão. Elena deve ter ido buscá-la para o bingo, e é bem provável que tentaram falar comigo e como não conseguiram, então vieram aqui. O braço da minha mãe está torto em um ângulo estranho e os dedos enluvados de Elena estão sobre o pulso dela. Ela está praticamente arrastando minha mãe pela calçada.

"Ah, *não*", exclamo.

Gabe se vira e vê as duas. "O que elas estão fazendo aqui?", pergunta com voz sussurrada.

"Que *timing* perfeito", diz Mulvahey, como um gato satisfeito.

"Gabe!", Elena grita de novo, observando a cena. "Você está bem?", ela exclama.

"Está tudo bem com eles?", minha mãe pergunta ao se aproximar, mas posso dizer que algo está errado com ela. Seu olhar desvairado indica que está confusa e não compreende o que aconteceu e nem onde está.

"Mãe", chamo, indo em direção a elas. Ela me encara, mas não tenho certeza se me reconhece.

"Fique aqui", ordena o detetive, com a voz severa.

Congelo. "Mas, minha mãe", digo, e começo a chorar — não consigo evitar. Mulvahey não tem piedade de mim, e por que teria? Ele espera e observa enquanto Elena arrasta minha mãe pelo meio dos pedestres aleatórios reunidos. "Deixe elas passarem", Mulvahey grita ao policial próximo da fita de cena do crime, e, quando elas se aproximam, Mulvahey analisa Elena como se ela fosse uma pintura no Metropolitan. Não suspeita que ela tenha machucado June. Seu tamanho não é suficiente para machucar ninguém.

"Mãe", falo quando ela finalmente está comigo. Quero abraçá-la, mas não o faço; vai assustá-la se ela não souber quem eu sou. "Sinto muito", digo, tentando manter minha voz calma para ver o quanto está confusa e não piorar a situação, "aconteceu uma coisa terrível com nossa babá... e nós..."

Minha mãe não está olhando para mim. Olha para Lila.

"Onde está o outro bebê?", pergunta.

Meu coração para. A mão de Gabe encontra a minha.

"Mãe", repito. "Meu Deus."

Seus olhos azuis estão arregalados e tomados de preocupação. Ela olha para mim. "Querida?", pergunta, como se não tivesse certeza se sou eu realmente. "Onde está seu filho?"

"Ai, mãe", exclamo, e então envolvo meus braços em volta dela. Estou segurando-a, mas meus olhos estão em Gabe. Ele está olhando para mim, paralisado. "Gray se foi", conto, com lágrimas no rosto, minha mãe e eu trememos. Gabe solta um longo suspiro e seus olhos escuros se enchem de lágrimas. Pego a mão de meu marido, me segurando a ele e a minha mãe.

"Rowan", diz minha mãe, me abraçando com tanta força, tão perfeitamente, bem o que preciso. "Sinto muito, minha querida", fala. "Sinto muito pelo seu garotinho."

QUARENTA E NOVE

June. Três dias atrás. Terça-feira, 8 de novembro.

Meu nariz está sangrando demais. Está quente e jorrando no meu rosto, na jaqueta de Elena e em toda a mão que ela usou para me bater. Meu nariz está quebrado, tenho certeza disso, e não consigo sentir o cotovelo que quebrei no corrimão. Odeio Elena agora — sinto a fúria passando por meus pés e na minha cabeça. Mas a visão de todo aquele sangue do meu nariz a assustou — ela está paralisada no lugar. Em seu rosto surge a consciência do que ela fez, e aproveito esse momento para sair do corrimão e me afastar dela.

"Você quase me empurrou por cima daquele corrimão e me matou, Elena", sibilo. "Me deixe em paz ou volto para dentro daquele apartamento e mostro a Gabe o quanto você me machucou." Ela parece apavorada, quase parece que está emergindo de alguma parte, como se tivesse sido arrebatada e cometido algo que não pretendia. Não faço ideia — apenas quero que vá embora. Ela olha outra vez horrorizada para o estrago que fez no meu rosto, e finalmente desce as escadas, com seus minúsculos pés batendo nos degraus de mármore.

Merda, digo para mim mesma quando ela vai embora. Verifico duas vezes se ela realmente foi embora, mas no piso abaixo de mim vejo um pedaço de cabelo loiro e uma voz masculina baixa que soa como Henri. Será que Henri está falando com Elena? Será que está se inteirando do ocorrido depois de ouvir a briga? Como Gabe não nos ouviu? Ele deve ter voltado para o quarto onde Rowan dormia com Lila. Está tão quieto aqui atrás. E onde estão Mart e a sra. Davis quando preciso deles? A sra. Davis geralmente é boa para colocar a cabeça para fora quando ouve a mim e Rowan no corredor, me olhando pelas costas de Rowan como se estivesse tentando telegrafar: *Ela já se lembrou do bebê?* Talvez tenham saído.

Levo um minuto e tento me limpar com o lenço de papel na bolsa. Então, ando pelo corredor e com o dedo tremendo pressiono o botão do elevador. Alguém no andar de baixo fala algo que me parece em sueco. É o Henri? Quase tento encontrá-lo para ver se ele pode me ajudar a me limpar, mas então decido pelo contrário. A última coisa que preciso é de Henri desfrutando da oportunidade de olhar para mim em seu escritório enquanto limpo meu rosto. Em vez disso, entro no elevador e desço, a coisa vibrando e se debatendo pelos andares como sempre faz. No saguão, saio para o piso de azulejos de xadrez. Henri não está em seu posto na mesa; talvez ainda esteja lá em cima. Estou correndo pelo corredor quando vejo Harrison entrar no saguão, a cor do frio intenso em suas bochechas.

Estou surpresa. Ele está olhando para mim, vindo rápido pelo corredor.

"O que você está fazendo aqui?", pergunto. Quase lhe aviso que Rowan está dormindo com Lila e é melhor ficar quieto se estiver planejando ver Gabe, mas em vez disso ele diz: "Preciso falar com você".

Comigo? Como soube que eu estava aqui? O que aconteceu com Elena me deixou um pouco sóbria, mas ainda estou bêbada demais para compreender isso.

"Isso é sangue?", Harrison pergunta, mas não há preocupação em sua voz.

"Hum, é sim", confirmo. "Como descobriu que eu estava aqui?", lhe pergunto. Gabe ligou para ele? "Vou contar o que aconteceu", afirmo, sem pressa, tentando me estabilizar. "Foi *aterrorizante*, na verdade, o que acabou de acontecer com Elena."

"A mãe de Gabe?", ele pergunta.

"Uhum", respondo. "Mas não quero falar aqui e Henri vai voltar logo e ficar nos espionando. E também quero falar com você a respeito do que aconteceu hoje conosco. Podemos ir a algum lugar, por favor?"

"Está congelando lá fora", diz Harrison, examinando o saguão. "Não quero voltar para lá."

"Tudo bem", suspiro, resignado a fazer tudo isso na frente de Henri, que sem dúvida vai estar de volta a qualquer momento.

Mas então Harrison fala: "Vamos para o salão de bilhar. Tem um banheiro lá embaixo e podemos limpar você".

"Tudo bem", digo, e o sigo em direção à porta que leva ao porão. Dentro da escada, olho para cima, para onde estava quase pendurada sobre o corrimão, cinco andares acima de nós. Estremeço. Aquela queda teria me matado. "Elena acabou de *me atacar*", conto a Harrison enquanto descemos os degraus para o porão.

"O quê?", pergunta, alguns passos à minha frente, sem esperar que eu o alcançasse. Seus pés estão batendo nas escadas de mármore. Ao chegar no fundo, olha para trás, com uma expressão questionadora no rosto. "É sério?", me questiona.

"É sério", respondo. "Foi uma loucura. Fui ver Gabe e Rowan porque, bem, bebi demais com Kai aqui perto e acho que no momento pensei que seria uma ótima ideia vir dizer a Gabe que achava que ele deveria contar a Rowan sobre Gray."

Harrison se vira. Há um choque em seu rosto. "Por que você faria isso?", pergunta.

Desço os próximos degraus e o encontro no fundo. Está congelante aqui embaixo. "Não sei, está bem? Acho que não estava convencida de que tudo isso fosse a coisa certa e pensei que talvez Sylvie estivesse errada..."

"E você sabe mais?"

"Não precisa ser grosseiro", retruco.

Ele balança a cabeça. "Às vezes, você parece tão madura", diz ele lentamente, como se estivesse percebendo algo muito profundo. "E às vezes você parece uma criança."

"Bem, se isso é tão incômodo, talvez você não devesse namorar garotas de 22 anos", respondo.

Ele ergue as sobrancelhas e ri, e sua risada é cruel o suficiente para me acertar no estômago. "Meu Deus, June, você provavelmente está certa", declara em tom sarcástico. "Você é muito sábia."

Coloco as mãos nos quadris, ciente de que esse movimento não está me fazendo parecer mais velha. "Minha juventude nunca pareceu incomodá-lo enquanto você estava passeando pela cidade de braços dados comigo."

"Exatamente", concorda, exasperado. "E é nisso que não consigo acreditar, em relação a tudo."

"Tudo o quê?", pergunto.

"Você terminando tudo", diz ele, acenando com a mão enluvada para o ar frio e úmido do porão.

"Fale baixo", digo, porque estamos bem na escada e está fazendo eco aqui. Passo por ele em direção à porta que leva ao salão de bilhar e a abro de uma vez. "O aquecedor está quebrado?", pergunto. Parece que estamos no meio da década de 1940. Envolvo meus braços ao redor do meu corpo, grata por ter saído com meu casaco mais quente. Está escuro aqui embaixo e cheira como se nenhum humano estivesse aqui há semanas. Mal posso enxergar a mesa no centro da sala. Minha mão procura pela luz na parede — acho que me lembro onde fica, mas continuo passando minha mão na parede e não acho nada. "Não consigo encontrar a luz", falo. Ele está bem perto de mim agora, perto demais para alguém de quem não gosto nesse momento. "Não consigo ver nada", repito, frustrada porque ele está apenas parado lá, sem tentar me ajudar a encontrar o interruptor. Meus olhos começam a se ajustar um pouco e posso distinguir sua silhueta sombria. Por fim, ele faz um movimento para me ajudar. E passa a mão pela parede acionando o interruptor.

A luz inunda a sala.

Não tem lugar para sentar aqui, então ficamos ao lado da mesa de bilhar, de frente um para o outro de forma constrangedora. Harrison está com os braços cruzados sobre o peito. Os círculos sob seus olhos estão mais escuros do que o habitual. Ele fica assim quando está com um grande negócio no trabalho e não consegue dormir, ou quando algo que queria muito está dando errado.

"Olha, desculpa", peço, tentando ceder um pouco, me curvar a essa situação, vê-la pelo lado dele.

Ele levanta uma sobrancelha. "Pelo que exatamente?"

"Por não ter dado certo entre nós", respondo.

"Não estou chateado simplesmente por isso não ter *funcionado*", declara ele, com um sorriso estúpido no rosto, como se eu devesse saber do que está falando.

"Não sei se entendi", falo.

"Você não foi honesta comigo desde o início", diz ele. "Você me usou."

"Do que você está falando?", pergunto, tentando enrolar, mas ele está me assustando — a questão é a terminologia usada: porque errado não está; houve *momentos* em que o usava para todos os tipos de coisas — acesso a lugares aos quais nunca teria conseguido ir por conta própria, uma entrada em um mundo do qual queria profundamente fazer parte, uma distração daquela onda de sentimentos por Gabe todos aqueles meses atrás. Porém, acima de tudo, o estava usando como um amigo em uma cidade onde quase não conhecia ninguém.

Ele está olhando para mim e seu rosto está ficando arrogante, o que me dá um nó no estômago. Desvio o olhar, meus olhos encontram a mesa de bilhar, as bolas brilhantes empilhadas dentro do triângulo. O tecido verde que reveste a mesa parece bem macio, embora eu nunca tenha visto ninguém descer aqui. "Eu já pedi desculpas", falo em voz baixa. Não consigo olhar em seus olhos. O álcool está me deixando tonta e cansada; só quero ir para casa.

Ele coloca a mão na bolsa e, por um segundo, tenho medo que ele pegue uma arma ou uma faca. Sei que parece completamente absurdo, mas odeio o que está acontecendo entre nós agora, uma lâmina afiada efervescendo no ar frio. Há tanta dor e constrangimento vindo dele e há culpa vindo de mim, e tudo isso é como uma tempestade ficando cada vez mais furiosa a cada segundo.

"Encontrei isso", afirma Harrison, segurando o diário que guardo escondido dentro da minha mesa no trabalho. A capa de couro marrom combina com suas luvas.

"O que você está fazendo com isso?", pergunto. "Você fuçou a minha mesa?" Estendo a mão para tentar tomar o diário, mas ele o afasta.

"Sim, *fucei*", responde ele. "Nossa, você parece ter 5 anos."

"Foi você quem roubou um diário da gaveta de uma mesa como se estivéssemos na escola primária", reajo. "Você mal consegue falar. Me devolva", ordeno. Mas ele não devolve. Em vez disso, ele abre. E bem na nossa frente está a página onde escrevi sobre o que senti por Gabe naquela primeira noite na leitura da Playwrights Horizons. E, pior ainda, na página seguinte escrevi que uma das maneiras que iria me distrair era saindo com Harrison para esquecer que me sentia assim por alguém que era casado. E, então, porque não sou uma grande escritora de diários, não há muitas outras entradas — lembro que escrevi algumas coisas que estavam acontecendo no trabalho ou com Sean, mas em nenhum lugar nesse diário começo a falar sobre como parei de me sentir dessa forma por Gabe ou como comecei a ter sentimentos reais por Harrison. "Veja", digo, "apenas escrevi isso porque me senti muito mal por pensar que uma pessoa casada era extremamente atraente. Mas não é como se tivesse fingido ou feito algo de errado, além de ter uma paixão passageira."

"Então me namorar foi como uma espécie de prêmio de consolação", diz Harrison.

"Não, não é assim", digo.

"É engraçado, na verdade", diz ele. "Não sei dizer de quantas maneiras perdi para esse cara antes."

"Para Gabe?", pergunto. Apenas vi Harrison tendo orgulho de Gabe, o carregando por aí como um animal de estimação. Além disso, ele recebe 15% de tudo o que Gabe ganha, o que é bastante, então não acho que Harrison estivesse abrigando sentimentos exatamente ruins em relação a ele.

"Sim", diz ele, rindo. É tão estranho, vê-lo rindo assim, como se tudo isso fosse engraçado quando está claro que não é engraçado para ele. Faz com que me sinta enjoada. E está ficando mais difícil respirar aqui. Há uma fina camada de poeira em quase tudo no salão de bilhar: nos livros antigos empilhados em uma prateleira, um globo aleatório, um bastão apontador como teria em uma antiga sala de aula.

"Bem, me deixe reformular", inicia Harrison. "Não é como se eu me importasse com seu grande ego e todas as maneiras pelas quais ele consegue ser a estrela, o roteirista, o diretor e *todas essas coisas*. Não me importo em ficar nos bastidores, o agente por trás do *grande Gabe O'Sullivan.*" Ele respira fundo nesse momento — está prestando atenção a todos os detalhes como se quisesse ter certeza de que estou entendendo. Me encara nos olhos. "*Rowan era minha primeiro*", prossegue, e deixa pairando no ar, para que eu possa ouvi-lo. "Ela estava lá uma noite esperando no bar, parecendo perfeita, de uma forma indescritível, e nós olhamos um para o outro. E juro que teria havido algo entre nós se não fosse por Gabe e seu", solta uma risada estrondosa e continua, "*seu vórtice de apelo sexual.* Quer dizer, vamos lá, June, foi isso que chamou sua atenção naquela noite na leitura, certo? O puro apelo sexual desse homem?"

Isso me dá um arrepio na espinha. Não quero ter essa conversa, mas não há nada que eu possa fazer quanto a isso. Algo tão afiado rasga o ar entre nós de modo que estou preocupada se ele vai tentar me impedir se eu tentar ir embora; ele vai me fazer ouvir o que está dizendo, quer eu queira ou não. "Foi o que arrastou Rowan", afirma Harrison. "E, pior, foi o que a manteve. Ela está apaixonada por ele. E tive que assistir de perto por anos."

"Uau", exclamo, balançando a cabeça. Solto um suspiro. Não quero que ele pense que o estou julgando, porque não estou, porque agora sei como é querer algo que você não pode ter. Mas eu quis Gabe por algumas horas — talvez até alguns dias — antes que esfriasse outra vez. Ele tem desejado Rowan por anos e anos. Resolvo perguntar: "Então por que você me levou lá, para a leitura de Gabe, se estava tão preocupado com todas as maneiras pelas quais ele atrai as mulheres e faz com que elas o queiram?".

Harrison dá de ombros. "Acho que estava ostentando você", responde.

"Pelo menos você é honesto", comento.

"Muita terapia para não ser."

"Está funcionando? A terapia?"

"Não", responde Harrison, ri de novo, e o ar muda e odeio esse momento. Quero tanto sair, que meus dentes doem de vontade.

"Então, você está apaixonado por Rowan", repito. "Podemos seguir em frente agora? Eu realmente quero sair daqui. Estou congelando e a poeira está dificultando minha respiração. Sou alérgica."

Harrison solta uma gargalhada. "Quem não estaria apaixonado por ela? Ela é a criatura mais atraente que já conheci."

Engulo em seco. Quase me sinto mal por ele agora. "Ela sabe?", pergunto.

Ele fica um pouco tenso. "Ah, acho que sim", responde. "Esse é o problema de vocês mulheres: vocês *gostam*, não é? Quando os olhos de um homem estão em cima de vocês, quando eles não conseguem o suficiente?" Ele tira um cachinho loiro rebelde da testa. "Você certamente gosta, June", afirma.

"Não é verdade absoluta", replico. Meu coração acelera.

"*Tem certeza?*", ele pergunta. "Tenho observado você nesses últimos meses. Você realmente nasceu para essa coisa de atriz ", declara. "Você adora estar no centro das atenções."

"Não estou fazendo nada de errado", digo, recuando um passo.

"Acho que está", ele retruca. E balança o diário. "Você desperdiçou meses da minha vida me usando para se aproximar de Gabe. Você esteve apaixonada por ele o tempo inteiro. E como isso é perturbador, que seja você quem vai para a casa deles para cuidar do bebê." Ele estala os dedos. "Ah, meu Deus", exclama. "Talvez Rowan não esteja completamente louca. Talvez você realmente tenha tentado machucar Lila."

Minha boca se abre. "Como se atreve?"

"Às vezes, a vida real é mais estranha do que a ficção", ele comenta com malícia. "Não é isso que os contadores de histórias adoram dizer? Na ficção, tudo tem que fazer sentido. Motivações dos personagens, linhas do tempo. Não há espaço para coincidências."

"Se você acabou seu discurso poético sobre contar histórias e me acusar de tentar ferir crianças, vou para casa agora. Mas, só para constar, *não estou* apaixonada por Gabe", sentencio. "Tive uma queda na primeira noite em que nos conhecemos, como você viu no meu diário quando o roubou. E você está certo, Harrison, era tudo por causa do apelo sexual dele, se é assim que você gostaria de chamar. Mas então conheci Rowan, passei a me importar com ela e, sem qualquer dúvida, não estou apaixonada por seu marido."

"Então, e agora?", Harrison pergunta. "Você está apenas ficando por perto, tentando fazer parte da vida deles? Tentando arruinar a vida de Rowan lhe contando a respeito de Gray antes que ela esteja pronta? Um pouco desesperado, não acha?" Esfrega as costas da mão em sua testa com fúria e rapidez. "Acho que não fui suficiente, né?", pergunta. "Todos aqueles lugares incríveis onde a levei, no entanto... valeu a pena dormir comigo por esse tipo de acesso, June?"

Suspiro. "Para mim, chega", exclamo, fazendo um movimento para passar por ele.

"Não, não acabou", insiste ele, e então agarra meu braço.

"Ai!", grito e isso está estampado em seu rosto, mas não consigo interpretar o olhar que vejo ali. É quase como se ele estivesse com medo do quanto foi longe e, por um segundo, acho que vai me deixar ir embora. "Você está me machucando", falo, enquanto ele continua me segurando.

"Você *me* machucou", diz ele. "Me manipulou como um fantoche." Ele balança a cabeça quase não podendo acreditar em como sou desprezível. "Tentei seguir em frente com Rowan várias vezes", conta. "E sempre acabo com mulheres como você. Autocentradas, imaturas, hipócritas. Existem muitas mulheres iguais a você e pouquíssimas como Rowan."

Contenho as lágrimas porque agora ele disse algo que me quebra, a coisa que temo ser a mais verdadeira: que não sou brilhante e boa, que sou apenas a *June, sem talento, egoísta e desagradável*. Começo a chorar, sufocando com as palavras enquanto as profiro: "Já pensou que talvez você também não seja bom o suficiente para ela? Por acaso considerou que Gabe é *mais* do que você — que ele é tudo o que Rowan quer, e não você?".

Tenho pouca intenção de falar essas palavras, enquanto as digo. Mas estou muito magoada. As feições de Harrison se transformam em algo aterrorizante, e abro minha boca para retirar o que disse, porém seus braços vêm em minha direção, suas mãos enluvadas na minha garganta, me pressionando. *Mais e mais forte.* A sala gira. O verde da mesa gira junto com os vermelhos e amarelos e laranjas das bolas de bilhar. Estou deslizando para algum lugar aonde não quero ir — não consigo respirar, o ar empoeirado mal desce pela minha garganta e ele a aperta com força. Meus joelhos dobram-se, desabam, vão abaixo, ao chão, e tudo fica cada vez mais escuro.

CINQUENTA

Rowan. Sexta-feira à noite. 11 de novembro.

Me desprendo dos braços de minha mãe e me viro para o meu marido. "Gabe", digo. Coloco minhas mãos em seu rosto. Penso em June, no quanto ela amava Lila, no quanto deve ter ficado com medo por saber tudo sobre Gray enquanto eu não me lembrava dele, e a maneira como continuou cuidando de nós mesmo assim. "Eu me lembrei de Gray", conto a Gabe, e todo o seu ser se eleva de uma maneira como nunca vi antes, o que me lembra que os casamentos estão cheios de coisas novas. "Você se lembra dele", repete, com a voz falhando.

Harrison se afasta, nos deixando em nossa tragédia compartilhada.

Seguro Lila mais perto, balanço-a suavemente, e olho apenas para Gabe. "Me lembrei", digo. "E sinto muito por tê-lo esquecido. Nunca mais vou esquecer, nunca mais."

Gabe balança a cabeça. Mal consegue falar, mas consegue dizer: "Eu te amo".

Digo o mesmo e ele envolve nossa filha e a mim em seus braços. Fecho os olhos. Quero ficar aqui para sempre — não quero abrir os olhos; não quero ver June dentro daquela bolsa, sendo levada para longe de nós.

O detetive finalmente nos deixa a sós. Talvez sejamos um grupo tão triste que ele percebe que sequer somos capazes de fugir. Harrison volta até nós e retoma o modo pleno de agente, nos dizendo de modo mecânico que precisamos de um advogado, mas em uma inspeção mais próxima posso ver que seu rosto está abatido, a lateral de sua boca alongada, seus olhos vermelhos. Ele se cortou fazendo a barba hoje, acho, porque tem uma mancha de sangue em seu pescoço.

As luzes da polícia se dispersam pelo céu noturno. O som de carros correndo pela West Side Highway se mistura aos sons de policiais e equipes de emergência falando por seus rádios.

Agentes de emergência inundam a cena. Continuo esperando que eles algemem nós três, mas ninguém faz isso. Nós apenas ficamos ali, inúteis, Elena vigiando a mim e minha mãe com uma expressão exausta em seu rosto, Harrison ficando furioso quando Gabe parece ignorar seus conselhos.

Os vizinhos saíram de suas casas, de outros edifícios e do nosso próprio. Henri está lá com nosso vizinho Mart, os dois com os braços cruzados sobre o peito como se já tivessem visto isso antes, como se babás há muito tempo fossem enterradas dentro desse prédio.

"O que fizemos com June?", pergunto encostada no peito de Gabe.

"Não entendo o que aconteceu com ela", afirma Gabe, afastando-se de mim. "Não entendo como ela ficou lá por três dias e ninguém a encontrou. Certamente aconteceu naquela noite em que ela esteve aqui em casa, tentando falar comigo sobre..."

Sua voz diminui.

Levanto o queixo para olhar para ele. "Sobre o quê?", pergunto, já com medo de chegar perto da resposta.

"Ela sempre quis contar a você sobre Gray. Estava convencida de que o que Sylvie estava fazendo era errado e injusto com você. E não é como se eu tivesse certeza absoluta sobre a coisa correta a fazer..." Ele balança a cabeça. "Naquela noite, ela estava bêbada quando apareceu em nosso apartamento. Chegou quando minha mãe estava aqui e nós dois fomos muito duros com ela, dissemos que não lhe cabia contar a você e que, se ela não estivesse a bordo conosco, deveria ir embora e não voltar mais."

Imagino isso se desenrolando: June lutando por mim, Gabe assustado e questionando a si mesmo, a Sylvie, a mim. "Eu que causei isso com todos vocês", assumo, mas as palavras mal mantêm seu peso no ar. Até eu sei que é mais complicado do que isso. Gabe passa os braços em volta do meu corpo outra vez. Fecho os olhos e, quando finalmente os abro, procuro Harrison, pensando que também deveria confortá-lo. Só que não o encontro em lugar algum. Faço uma varredura na multidão, e vejo apenas meus vizinhos. Talvez fosse demais para ele, perder a garota que amava, vê-la estirada daquele jeito. Bombeiros chegaram agora na cena, e estou distraída com a sua grande presença e a forma como falam com os policiais como se isso não fosse uma emergência, como se uma pessoa morta em um porão fosse apenas algo que eles veem o tempo todo.

Busco na multidão outra vez. Harrison desapareceu.

Paramédicos e outros agentes de emergência bloqueiam minha visão de June. Eles parecem tão ocupados, rodopiando ao redor dela. Agora, os homens uniformizados com a bolsa preta de cadáver se aproximam e mal posso suportar. Lila geme e quero usar isso como uma desculpa para ir a outro lugar, qualquer lugar menos aqui, mas não consigo. Me obrigo a assistir. June estava aqui, na minha casa, e então ela morreu. Era babá do meu bebê, namorada do meu amigo, cuidava de *mim*. Faço meus olhos seguirem os homens, mas em vez de parar ao lado do corpo de June e colocá-la dentro do saco de cadáveres, eles se movem em direção ao nosso prédio.

"Para onde estão indo?", pergunto a Gabe. Ele está observando enquanto Elena cuidadosamente leva minha mãe embora, todos nós preocupados que isso seja demais para ela em seu estado fragmentado de consciência. As lágrimas ainda estão escorrendo pelo rosto de Gabe, mas seu braço está enrolado na minha cintura e vejo uma frouxidão nele que não sinto há semanas. Ele se vira para ver os homens com a bolsa preta nos degraus do nosso prédio.

"Para o porão", responde Gabe. "É onde ele está."

Abro a boca para perguntar do que ele está falando, mas então Mulvahey está de repente ao nosso lado. "Está pronta?", pergunta. "Gostaria que você identificasse o corpo dele."

Me viro para olhar para o rosto de Mulvahey, mas é muito difícil distinguir sua expressão no escuro, com as luzes da polícia piscando, fazendo tudo parecer caótico. "Desculpe, o que você disse?", pergunto.

"Acredito que você tenha conhecido o jovem, certo?", Mulvahey me pergunta, agora impaciente. "Ele não porta nenhuma identificação com foto e prefiro começar esse processo logo agora do que deixar para fazer tudo no necrotério. Sei o nome dele pelos cartões de crédito, mas gostaria que você o visse para fazer a identificação, já que você parece ser a única pessoa que o conheceu."

Um tremor começa nas minhas pernas. Me inclino na direção de Gabe. "Acho que entendi algo errado", afirmo, minha voz mal consegue passar por cima da cena barulhenta ao nosso redor. Minha mão pressionada contra Lila, me prendendo à vida real, me fazendo ficar aqui.

"Quem está no porão?", pergunto.

CINQUENTA E UM

June. Três dias atrás. Terça-feira, 8 de novembro.

Estou no chão do salão de bilhar e Harrison ainda está em cima de mim, gritando: "Você entendeu agora? Você compreende o que fez?". Estou apagando e voltando, rezando para que ele tire as mãos do meu pescoço e me deixe respirar outra vez.

Há um rumor nas escadas. Alguém está vindo para nos ajudar; alguém ouviu Harrison gritando — alguém sabe que algo ruim está acontecendo aqui embaixo.

Gabe? Um dos vizinhos?

Se não tivermos fechado a porta de aço no topo da escada, alguém no saguão ainda poderia nos ouvir aqui embaixo. Pode ser Henri. Pode ser qualquer um.

Por favor, me ajude.

"Não queria fazer isso com você", diz Harrison, sua voz reprimida e selvagem, e quando abro os olhos, juro que vejo algo impossível: o rosto de Sean, contorcido e furioso, seu braço levantando, seu canivete suíço brilhando.

Fecho os olhos outra vez — não consigo mantê-los abertos.

Será que era ele mesmo?

Forço meus olhos a se abrirem, para tentar vê-lo novamente, e lá está ele: *Sean*. Não na minha imaginação — tenho quase certeza disso. Seu canivete suíço sobe acima de nós. Ele está aqui para me ajudar? Está, está. Ele está aqui para ajudar.

"Saia de cima dela!", grita. E, então, parte para cima de Harrison, mas ele é rápido demais; gira o corpo e acerta as costelas de Sean, que está caindo agora, os dois estão no chão, a faca entre eles.

CINQUENTA E DOIS

Rowan. Sexta-feira à noite. 11 de novembro.

"Sean está morto, Rowan", conta Gabe, seus olhos vagam pelo meu rosto como se estivesse tentando se certificar de que estou bem. "Ele e June estavam juntos lá embaixo no salão de bilhar."

"*O quê?*", pergunto. "Mas June está, eu pensei que June estava..." E então me viro para a maca e juro que vejo um lampejo de movimento entre as pessoas ao redor dela, amarrando coisas para ela, revirando seu corpo. Juro que vejo o pulso esguio de June se levantar do lado de seu corpo para descansar suavemente sobre seu estômago.

Caio de joelhos, agarrando Lila. "Rowan", diz Gabe, se curvando, me ajudando a levantar. "Rowan?"

"Eu pensei que", começo a dizer, mas em vez de lhe explicar qualquer coisa, meus pés começam a carregar Lila e a mim na direção de June. Posso sentir Gabe atrás de nós, chamando meu nome, mas não paro. Sigo em meio aos corpos aquecidos, tentando arduamente ser educada e dizer *com licença* e não os empurrar para o lado. Lágrimas quentes escorrem pelas minhas bochechas. Talvez por haver um recém-nascido no meu peito, todos me deixam passar, ninguém me restringe, de modo que consigo me posicionar diante da maca, tão perto que poderia esticar a mão e tocar em minha linda babá.

"*June*", falo. A palavra soa mágica em meus lábios.

Há sangue seco no cabelo da June e sangue cobrindo suas mãos. Está coberta de lençóis. Ela cheira como se tivesse morrido lá embaixo e tenho que lutar contra meu estômago para não ficar enjoada. "June", repito, sem conseguir evitar, quero ser forte por ela, mas não consigo parar de chorar. "Você está bem?", pergunto baixinho. Me aproximo e pego sua mão ensanguentada. E, ao contrário do café naquela manhã, dessa vez não a solto.

Ela não consegue me encarar. Seu olhar está vago enquanto olha para os dedos, e é difícil dizer se sabe que estou aqui. Nos minutos desde que a vi deitada na maca, os paramédicos colocaram um acesso intravenoso em seu braço e uma máscara de oxigênio em seu rosto. Eles estão berrando ordens um para o outro, e então um deles me diz: "Você a conhece?".

"*Sim*", respondo. Gabe está bem ao meu lado, olhando para June. "Nós a conhecemos", prossigo. "É nossa babá."

O paramédico assente. "Vocês podem ir com ela para o hospital", autoriza. "Dessa forma, ela não fica cercada por uma carrada de estranhos. Mas preciso que se afastem por um momento, enquanto a estabilizamos."

Lágrimas percorrem todo o meu rosto e minhas pernas estão tremendo. Volto para a multidão e, desse ângulo, posso ver Harrison: ele está em frente, perto da ambulância, conversando com o detetive Mulvahey. Vejo Louisa e Sylvie bem ali com ele — Sylvie deve ter ligado para Louisa quando recebi a ligação do detetive em seu escritório. Louisa está chorando, com a mão na barriga grávida. Sylvie presta atenção nas palavras de Harrison. Gabe me guia em direção a elas duas e eu o permito, mesmo que não queira deixar June. "Sean a perseguia", Harrison está explicando ao detetive. "Estava *obcecado* por ela. Ela disse isso a todos." Harrison olha para todos nós para confirmar isso, assim como o detetive Mulvahey.

"Ela me contou que às vezes ele a preocupava", relato. Preciso entender isso, saber o que aconteceu com June seis andares abaixo de onde tenho vivido e respirado nos últimos três dias, enquanto ela estava presa. "Tem certeza que foi Sean quem a machucou?", pergunto.

"Com certeza, parece que sim", diz Harrison. "Ela deve ter tentado lutar contra o rapaz e graças a Deus conseguiu."

O detetive Mulvahey me encara. "Há apenas impressões digitais de June e Sean na faca. Há uma parcial do polegar de June no cabo, junto com quatro impressões claras. Ela apenas a segurou uma vez, provavelmente para se defender, e depois nunca mais a tocou."

"Meu Deus", exclama Louisa. "June me contou coisas relacionadas a Sean, e como era intensamente protetor com ela... mas..." Louisa olha para as mãos. O detetive olha para seu rosto como se estivesse tentando ler algo importante lá, mas Louisa não diz mais nada.

"June está quase catatônica", declara Mulvahey. "Ela teve uma concussão e está severamente desidratada, embora os paramédicos pareçam convencidos de que ela vai se recuperar completamente. Talvez consiga se reestabelecer no hospital e nos contar o que aconteceu, contudo eu não me surpreenderia se ela não for capaz de se lembrar de nada do que ocorreu naquele porão. Nós vemos isso o tempo todo."

Sylvie acena com a cabeça para o detetive. "O tempo todo", repete, quase em reverência, e talvez fosse: quem sabe não exista beleza no modo falho pelo qual a mente nos protege.

"As feridas encontradas em June são condizentes com um ataque", prossegue o detetive, "e Sean recebeu uma única facada, provavelmente infligida por June em legítima defesa. A perícia está lá embaixo agora, e parece que June pegou a faca de Sean e a usou uma vez para esfaqueá-lo no abdome. Ele sangrou até a morte e ela estava traumatizada, sofrendo de uma concussão, e ferida demais para rastejar e obter ajuda. Rowan, gostaria de levá-la até lá agora para identificar o corpo."

A última coisa que quero é ver Sean morto. "Eu vou fazer isso", murmuro.

"Quando June estiver bem o suficiente, será interrogada", afirma o detetive.

"Não devemos forçá-la", acrescenta Harrison, com um ar de autocontrole, claramente sem medo do detetive. "Ela está obviamente mais do que traumatizada."

Sylvie está balançando a cabeça outra vez. Trauma: seu ganha-pão.

"Ele poderia tê-la *matado*", continua Harrison. "E eu me sinto péssimo. Deveria ter ficado com ela naquela noite, em vez de deixar minha namorada sozinha naquele prédio esperando que seu colega de apartamento insano a pegasse." Seu rosto se contorce como se fosse um ator em uma peça. Louisa está com os olhos fixos sobre ele. Nunca o ouvi usar a palavra *namorada* para descrever June.

Os olhos de Gabe miram em Harrison, porém não consigo ler seu rosto. Harrison continua: "Eu que vou cuidar dela. Eu que vou colocá-la de pé outra vez. Devo ao menos isso a ela".

Ninguém diz mais nada e o ar fica silencioso entre nós.

"Vou identificar o corpo de Sean agora, se você estiver pronto", aviso ao detetive. "E depois gostaria de ir com June para o hospital."

"Eu vou com ela", insiste Harrison. "Tem que ser eu."

Abro a boca para argumentar que isso não está certo, mas Gabe já está ao meu lado, me puxando em direção ao nosso prédio. "Vamos acabar logo com isso", diz.

CINQUENTA E TRÊS

Rowan. Sexta-feira à noite. 11 de novembro.

Eu e Gabe descemos a escada, seguindo o detetive. Policiais esbarram em nós nas escadas, se desculpam quando percebem Lila em meus braços. No salão de bilhar, o fedor me deixa enjoada, e Mulvahey me diz que só não está pior porque tem feito muito frio aqui embaixo. Meus olhos embaçam com as luzes brilhantes, a fita da cena do crime e os grandes lençóis de plástico tremulando como nos filmes. Uma equipe forense se move pela sala como animais selvagens em uma matança. Tem uma faca dentro de um saco plástico e as luzes no teto recaem na lâmina e enviam o reflexo para algum lugar além das minhas retinas, no fundo do meu cérebro, para todas as minhas tragédias. Retorno à faca usada para matar meu pai, caída no chão do quarto, e penso na mãe me puxando para perto. Penso em Lila e no que eu não faria por ela, e enfim posso me mover outra vez, pelo chão, passando pela faca, a mesa de bilhar até vê-lo: encolhido no canto, caído sobre si mesmo, ao lado de um balde e materiais de limpeza. *Sean.*

A equipe forense desliza para o lado para que possamos nos aproximar. O detetive Mulvahey está bem atrás de mim enquanto olho para Sean. Seu rosto redondo é idêntico à minha lembrança, seus olhos castanhos ainda abertos. Balancei a cabeça — mal posso acreditar que ele esteja caído assim ou que tenha machucado June.

"Sim, é Sean", confirmo, tremendo, incapaz de tirar os olhos dele. Ele parece tão jovem, como um garotinho assustado. A mão de Gabe está nas minhas costas e sua presença me estabiliza, assim como antes. "Tenho certeza", digo, com a voz mais firme.

CINQUENTA E QUATRO

Rowan. Sexta-feira à noite. 11 de novembro.

Lá vamos nós para o ar da noite. Ajusto o gorro de tricô de Lila nas orelhas, meus dedos tremem depois de ver Sean. Vou em direção à ambulância, mas eles estão fechando as portas.

"Não!", grito, acelerando os passos. Posso ver Harrison na ambulância, seus olhos olhando nos meus até que as portas da ambulância se fechem. Louisa ainda está do lado de fora na rua, parecendo atingida enquanto Sylvie esfrega as costas dela e diz algo que não consigo entender.

O motor da ambulância ronca e algo dentro de mim se torna animalesco. Estou correndo agora, empurrando através multidão, batendo na parte de trás da ambulância. Mas ela começa a se afastar. "Esperem!", grito. E, então, aquele mesmo paramédico com quem falei me vê no espelho retrovisor. Ele para a ambulância e sai pela porta do motorista. "Pode subir", fala, com grosseria. Gabe me alcança. O paramédico se dirige para a parte de trás da ambulância e começa a mexer no puxador. Ele abre as portas e vejo Harrison muito próximo da maca de June, os paramédicos afastados, ao lado. June parece mais desperta do que antes, agitada, mas é difícil dizer porque a máscara de oxigênio está sobre seu rosto. Gabe sobe na parte de trás da ambulância primeiro, e então me estende a mão e puxa a mim e a Lila para cima.

E aqui vamos nós. June se mexe de forma irregular, como se seus membros estivessem tentando se livrar dos cobertores. Vou direto para ela quando a ambulância começa a andar outra vez. Harrison passa a mão pelo cabelo. "Deixe ela descansar, Rowan", solicita. "Ela claramente não está bem."

Eu não a deixo. Coloco minha mão em seu braço. "Está tudo bem, June. Estamos todos aqui com você." June está tentando levantar o braço, mas é como se não tivesse controle de seus membros. "Você se machucou", explico, com cautela. "E sei que você não se lembra do que aconteceu, mas estaremos com você por todo o caminho. Não vou ficar longe de você, June."

Finalmente, June faz com que suas mãos cooperem e, em um movimento rápido, arranca sua máscara de oxigênio. Seus lábios estão no mesmo tom roxo azulado que os hematomas em seu pescoço. Um paramédico se aproxima dela com cuidado, com os olhos nos monitores. Ela tenta falar comigo, mas sua voz está falhando como um disco arranhado. Não consigo entendê-la. Então, me inclino para mais perto, Lila ainda amarrada a mim, nós duas quase esmagadas contra June. Meu ouvido se aproxima dos lábios de June para que eu possa entender.

"*Harrison me estrangulou*", ela sussurra. "*E então ele esfaqueou Sean e nos deixou para morrer.*"

Um grito sobe pela minha garganta como uma *banshee* esperando para ser libertada.

Meus dedos começam a tremer e quase perco a cabeça naquele momento e estrago o disfarce de June, e então Lila se contorce e penso em Gray, penso na mulher que eu era antes de meus filhos nascerem e, mesmo que não conhecesse o amor dessa forma, conhecia segredos e mistérios e o que as pessoas são capazes de fazer quando são levadas para além de sua capacidade, quando estão desesperadas. Os olhos de Harrison estão escuros, a pele pálida, os dedos agarrados à lateral da cama improvisada de June. Mantenho meu rosto muito, muito quieto, e então penso em como escreveria essa cena se quisesse que minhas heroínas ficassem a salvo.

Respiro fundo, sentindo meus pulmões inflar como balões, e sou tomada por uma memória nítida de estar grávida de Lila e Gray, quando era muito difícil respirar fundo, porque eles estavam encaixados em minhas costelas. E me lembro perfeitamente.

"Ela não está dizendo coisa com coisa", relato a todos na ambulância, usando cada gota de controle que tenho para manter minha voz neutra. Os olhos de Harrison estão sobre mim, tentando decifrar meu rosto para saber o que estou realmente pensando: sua especialidade. "Preciso muito amamentar Lila", afirmo, mais confiante agora, e então reviro atrás do meu telefone, como se precisasse dele para verificar meu aplicativo de amamentação, mas Harrison se aproxima de mim e fico aterrorizada por não conseguir enganá-lo. Minha confiança começa a se dissipar e meus dedos estão se atrapalhando enquanto envio uma mensagem para o detetive. Harrison estende a mão para mim.

Ela se lembra de tudo. Foi Harrison. Tirem ele desta ambulância.

Estou prestes a enviar, mas passamos por cima de um buraco e meu telefone despenca no chão.

"Deixa que eu pego para você", diz Harrison.

"*Não*", exclamo, frenética enquanto o telefone desliza sob a maca de June. Estou com Lila, e Harrison já está se curvando. Então Gabe se adianta e de alguma forma pega o celular e o vejo olhando para a tela.

Ele viu o que escrevi? Não consigo ler seu rosto. Ele toca na tela e depois guarda o telefone.

Sinto que vou vomitar. "Gabe?", pergunto. Ele pressionou "enviar"? "Pode devolver meu telefone?" Minha voz está tremendo.

Gabe se vira para mim. "Vou guardar para você até o hospital", afirma. O olhar dele é duro, fixo no meu. Não posso discutir com ele ou vai parecer muito suspeito. "Essa mensagem é recente?", ele me pergunta devagar.

Ficamos quietos por um momento. Os olhos de June estão fechados agora.

"Hum", enrolo.

"No seu telefone", acrescenta Gabe, impaciente. "É nova?" Sua voz está mais suave agora. Ele dá um tapinha no topo da cabeça de sua filha, com os olhos em mim.

"Sim", respondo, minha mente acelerando. "Estava prestes a enviar para Dave", continuo, imaginando meu agente em seu apartamento no

Brooklyn, imaginando o que ele diria se soubesse que estávamos vivendo uma cena de um dos meus romances.

"Acho que foi enviada", diz Gabe, retribuindo meu olhar. Então, eu entendo.

Eu me aproximo e pego a mão de June. Ela aperta, ou tenta, e seu aperto é muito fraco.

Os olhos de Harrison alternam entre olhar para mim e para Gabe.

A ambulância para de repente e tudo fica quieto. Harrison está olhando para baixo sobre seu colo, uma pequena veia pulsando em sua têmpora, e então avançamos outra vez.

O ar parece fatal.

Minha filhinha encolhe a cabeça contra mim. As luzes piscam e parece um sinal de Deus. Sirenes tocam.

"O que está acontecendo?", Harrison pergunta enquanto a ambulância vira para a direita e encosta na lateral da rodovia.

As luzes da polícia estão por toda parte — embora atrás de nós, podemos vê-las se espalhando pela noite. E, então, um carro da polícia estaciona na nossa frente, parando a poucos metros do para-choque.

O paramédico coloca de volta a máscara de oxigênio em June. Mas seus olhos verdes se abrem e nunca desviam dos meus.

As portas dos fundos da ambulância balançam diante do detetive Mulvahey e um esquadrão de policiais com as armas levantadas.

"Saia do veículo, sr. Russell", ordena Mulvahey a Harrison. Harrison protesta com uma série de palavrões. Mas obedece — ele sai, Gabe olha incrédulo enquanto o algemam encostado no veículo.

"June", digo com brandura, me aproximando de seu corpo imóvel. "Está tudo resolvido agora." Ponho um pedaço de cabelo loiro atrás de sua orelha. "Você vai ficar bem. Vou me certificar disso." Me inclino para abraçá-la. O braço de Gabe está ao meu redor enquanto seguro minha filha e June, minha família temporária finalmente a salvo.

EPÍLOGO

June. Um ano depois.

Estou de pé atrás da cortina, prestes a subir no palco.

As luzes da casa ainda estão acesas sobre as fileiras de assentos no minúsculo teatro de caixa preta. Espio por uma abertura na cortina e posso distinguir meus novos amigos da aula de atuação e, claro, Louisa, Rowan e Gabe. Elena está cuidando de Lila essa noite no apartamento deles. Eu ainda fico de babá uma vez por mês, principalmente para ficar conectada com Gabe e Rowan e porque amo Lila demais. Não preciso tanto do dinheiro extra quanto costumava, porque Louisa abriu sua própria agência e me paga muito bem para um cargo de assistente. Quase todos os clientes de Louisa a seguiram da WTA para sua nova empresa. Ela está trazendo outro agente no próximo mês e estamos procurando um lugar para o escritório; mas, por enquanto, somos só ela e eu, então trabalhamos em seu apartamento. Às vezes, durante o trabalho, damos uma escapada e brincamos com seu filhinho, Nate, enquanto a babá faz o almoço, apenas porque podemos.

Escrevi o espetáculo para atriz solo que vou apresentar essa noite. Não sou Shakespeare ou qualquer coisa assim, mas minhas coisas são meio engraçadas. Acho que nunca percebi que poderia ser engraçada no palco. Sempre fui tão atraída para o drama. No entanto me sinto mais leve no palco quando estou fazendo as pessoas rirem, e é uma fuga da vida cotidiana e de tudo o que aconteceu no ano passado. É uma fuga de esperar pelas notícias da sentença de Harrison. E é uma fuga da realidade de que Sean está morto e o quanto sinto que sua morte é minha culpa. Sei que não o matei, mas o arrastei para o meu caos e terei que viver com a culpa esmagadora de colocar em ação a noite de sua morte. Quando a polícia tentou encontrar a família do Sean, soubemos que ele não tinha ninguém. Acho que estava tentando criar uma comigo, e perceber essa terrível verdade quase me matou. Minha mãe veio ficar comigo por algumas semanas depois que saí do hospital e Sylvie tem trabalhado comigo todas as sextas-feiras desde o ano passado. Finalmente, os pesadelos e *flashbacks* pararam, mas penso que existem coisas das quais nunca vou me livrar, como a minha culpa ou a memória de Sean, meu corpo frio e tremendo no chão onde Harrison nos deixou para morrer, Sean sangrando enquanto eu tentava, delirante e em vão, ajudá-lo. Não me lembro bem do tempo que passou depois que percebi que ele estava morto. Lembro de entrar e sair da consciência, e do pensamento irracional e incessante de que não podia deixar Sean sozinho; eu simplesmente não conseguia.

Expiro. Fecho os olhos e faço um dos exercícios respiratórios de Sylvie, que tanto me ajudam a sair daquele porão e voltar para o momento presente com um pouco mais de facilidade. Abro os olhos lentamente, tento me concentrar no meu entorno, nas imagens, sons e cheiros que me ancoram. Posso ver o público se apressando, se sentando, analisando o programa, desembrulhando balas de menta, tomando goles de água e, no geral, parecendo animados e satisfeitos por estar aqui.

Eu me sinto um pouco mais calma quando vejo Rowan. Ela definitivamente parece feliz. Posso ver no rosto dela: o meio-sorriso onírico, a mão apertada à de Gabe. A sobrancelha escura de Gabe está franzida com a expressão artística séria que usa em eventos como esse, porque isso faz parte de quem ele é: *Gabe O'Sullivan, escritor, potência criativa*. Ele também é o pai de Lila e o marido de Rowan, e a pessoa que enterrou seu filho depois de um funeral católico em uma catedral na cidade natal de Rowan. Talvez todos nós sejamos mais do que podemos contar.

As luzes piscam, avisando ao público que o espetáculo começará em breve. Fico com a mesma emoção que sempre fico antes de ir em frente. Tenho a sensação de que Louisa, Rowan e Gabe vão adorar essa peça.

É a minha quarta performance e me saí bem todas as vezes, as linhas de riso recebendo a reação que eu esperava. Existe muito mais controle artístico em escrever minhas próprias coisas. E estou progredindo: no mês passado, assinei com uma pequena agência de atuação. Não é tão prestigiosa quanto a WTA, mas Louisa respeita minha nova agente, Cherise. E Cherise tem mais experiência no teatro do que em cinema e TV, e acontece que no teatro é onde me sinto mais em casa.

Casa.

Que palavra. Comecei a ir ao norte do estado todos os meses para passar uma noite na casa dos meus pais. Às vezes é bom, e às vezes não é. Mas é a minha família, a única que tenho. Minha mãe e meu pai vêm a todas as noites de abertura das minhas apresentações e sempre consigo distinguir o ruído exato da risada do meu pai na plateia. Chegou ao ponto em que, quando escrevo, sei as falas que ele vai achar engraçadas e, às vezes, quando tenho bloqueio criativo, imagino escrever apenas para ele, e acho que é mais fácil continuar. Na noite de abertura do fim de semana passado, minha mãe me trouxe um buquê de rosas vermelhas. Suas mãos tremiam quando as deu para mim.

As luzes escurecem a casa. Respiro fundo, minhas falas de abertura percorrem meu cérebro.

Os holofotes sobem, brilhando sobre mim. Respiro fundo e sorrio.

Estou em cena.

AGRADECIMENTOS

Minha maior gratidão a todos os leitores, especialmente aqueles que se identificaram com qualquer aspecto desta história. Me sinto grata que a conversa em torno da saúde mental materna esteja se tornando cada vez mais aberta e que a conscientização está se expandindo em torno da infertilidade, aborto espontâneo, bebês natimortos, partos traumáticos, mortalidade materna e depressão e ansiedade pós-parto. Se você precisar de ajuda por ser uma mãe de primeira viagem, pode sempre começar por pedir um ginecologista obstetra ou médico de cuidados primários. Saiba que não está sozinha.

Agradeço à minha editora Carmen Johnson, que entendeu este livro desde a nossa primeira conversa. Sempre confio em seu olhar afiado e seu talento como editora — e ainda mais com esse livro. Sou muito grata por ser uma de seus vários autores.

Meu agente, Dan Mandel, é ainda mais maravilhoso do que o agente fictício de Rowan, Dave. Não há ninguém mais capaz, sábio, solidário, encorajador e gentil.

Um obrigado a todos na Amazon Publishing e Little A. Aprecio cada passo do processo de trabalhar com vocês e sua dedicação faz esses livros cantarem. Um obrigado especial a Jeff Belle, Emma Reh, Michael Schuler, Amy VO Snyder, Kristin Lunghamer, Erica Mena e Adrienne Krogh, e Zoe Norvell por uma capa incrivelmente bonita. Agradeço a Jennifer Mullowney pela foto de autora em que me sinto como eu.

Sou grata a todos meus amigos e familiares — eles sabem quem são. Depois de escrever os primeiros dias da maternidade em *Ela Não Pode Confiar*, me sinto especialmente grata as minhas amigas mais próximas durante os primeiros anos do meu primeiro filho, Kate Brochu e Maria Manger.

Agradeço também a um grupo de mulheres muito criativas dos meus vinte anos que me rodeavam na loja de roupas onde trabalhei como vendedora, que sempre me fizeram sentir como se pudesse fazer qualquer coisa, especialmente Stacia Canon, Jenna Yankun, Jen Cohn, Asli Filinta e Nesha Russell. Dessa mesma época, as escritoras Micol Ostow, Kristin Harmel, Alecia Whitaker, Taiia Smart Young, Sara Polsky, Anna Carey, Allison Yarrow e Noelle Hancock foram tão encorajadoras que me fizeram acreditar que eu poderia escrever ficção e sou muito grata a elas. Agradeço também às escritoras Jen Calonita, Kieran Scott, Melissa Walker, Fiona Davis, Mary Kubica, Mary McCluskey e Kimberly Rae Miller, e a todas as escritoras da minha comunidade, especialmente Fran Hauser, Jimin Han e Isabel Murphy, e aos jovens escritores que encontro todos os anos nos concursos de escrita da nossa biblioteca. Obrigada às editoras com quem aprendi muito ao longo do caminho: Brenda Bowen, Alessandra Balzer, Kelsey Murphy, Sara Sargent, Jennifer Kasius, Lanie Davis e Sara Shandler.

Obrigada a todos os leitores, revisores, bibliotecários, livreiros, blogueiros e bookstagrammers que passaram algum tempo nessas páginas. É emocionante ouvir as pessoas falando sobre o mundo dos livros e personagens como se fossem reais, e sou muito grata a qualquer um que gasta seu tempo e dinheiro lendo um dos meus romances. Obrigada.

Obrigada às primeiras leitoras que me deram retornos muito importantes: Chrissie Irwin, Artika Loganathan, Megan Mazza, Tricia DeFosse, Caroline Rodetis, Janine O'Dowd, Wendy Levey, Brinn Daniels, Annie Manning, Molly Hirschel, Antonia Davis, Liv Peters, Lauren Locke, Nina Levine, Ally Reuben, minha tia Joan e minha cunhada incrivelmente solidária, Ali Sise. Obrigada à dra. Audrey Birnbaum por sua edição afiada e atenção aos detalhes. Um agradecimento especial ao meu pai e ao meu tio Bill, que leram os primeiros rascunhos e tiveram longas conversas comigo sobre personagens e enredos. Minha parte favorita de cada livro é o momento quando envio um rascunho aos dois. Obrigada à minha mãe, uma terapeuta especializada em trauma que me ajudou com detalhes específicos relacionados ao trauma. Obrigada à minha amiga mais próxima da infância, a assistente social Erika Grevelding, que leu um rascunho inicial e me deixou aproveitar sua ideia sobre o relacionamento terapeuta-cliente e a vida real *versus* a ficção. Obrigada à ginecologista obstetra Jessica Salinas, que tem sido uma amiga desde a faculdade e que me ajudou a navegar por alguns dos detalhes da experiência do parto de Rowan. Obrigada à doula pós-parto e especialista em lactação Alexandra White, que me deu conselhos tão atenciosos sobre os primeiros dias pós-parto e muito mais. Obrigada ao meu cunhado, o dr. Roby Bhattacharyya, e à minha irmã, a dra. Meghan Sise, por me darem retornos e encorajamentos tão sábios. Obrigada a Stacey Armand, cujo senso afiado sobre livros é inestimável para a minha escrita. Obrigada ao investigador James Castiglione, que recebeu telefonemas do meu tio Bill e de mim para discutir cenas de crime nos meus livros. Todos os erros, como sempre, são meus.

Muito obrigada a Zibby Owens, que é a madrinha de muitos, muitos livros e certamente do meu. Que sorte termos nos conhecido. Obrigada a todos os meus amigos que demonstram apoio de tantas maneiras. Saudações especiais a Kinga Gartner, Felipe Osses-König, Antoine Sanchez, Josh Laka, Johnny Pallotta, Rob Caldwell, Heidi Rojas, Jamie Greenberg, Sarah Webb, Sarah Mottl, Heather Trotta, Katelyn Butch, Ali Tejtel, Jesse Randol, Gabriela Hurtarte, Tracy Weiss, Bianca De La Cruz e Patti Osborne. Obrigada Raj, Artika e Nikhil Loganathan por sua amizade com toda a minha família. Obrigada aos seguintes amigos que estiveram por perto desde que eu era adolescente e apenas sonhava em escrever e trabalhar com entretenimento: Caroline Moore, Jessica Bailey, Megan Mazza, Kim Hoggatt, Tricia DeFosse, Claire Noble, J. J. Area, Erin Lutterbach e Mike Bolognino.

Muito obrigada aos incríveis professores de meus filhos e a todos os meus professores, especialmente aqueles que incentivaram minha escrita: sra. Harrison, sra. Orr, sr. Bedell, dr. Danaher, sra. Betro, sra. Kuthy, dr. Pilkinton, Shannon Doyne e Siiri Scott.

Muito obrigada à minha família, incluindo todas as minhas tias, tios e primos. Obrigada a Linda e Bob Harrison, e à família amorosa e solidária de meu esposo: Ray, Carole, Christine, Tait, Walker e Josey. Obrigada ao meu irmão incrível, Jack, e sua esposa, Ali, e seus filhos incríveis: Jack, Darcy e Schuyler. Obrigada à incrível família Bhattacharyya: meu cunhado, Roby; minha sobrinha, Rose; e meu sobrinho, Owen; e à minha irmã, Meghan, que é minha melhor amiga, confidente mais próxima e para quem ligo todos os dias. Obrigada aos meus amáveis e amorosos pais, Jack e Mary Sise, que leram cada palavra que escrevi. Tenho muita sorte de ter vocês.

Muito obrigada Lorena, a quem amo como família, por me fazer rir e por amar nossa família além de qualquer coisa que poderia ter previsto no dia em que ela entrou em nossas vidas.

Obrigada ao meu marido, Brian, que é, mesmo depois de todos esses anos, meu verdadeiro amor. Obrigada aos meus filhos, os amores absolutos da minha vida: Luke, William, Isabel e Eloise. Amarei vocês por todo o universo, para todo o sempre.

Quem é ELA?

KATIE SISE é a autora *best-seller* de *Open House* e
We Were Mothers. Seus romances foram incluídos
nas listas de melhores do *Good Morning America,
The New York Post, E! Online, PureWow, POPSUGAR*
e *Parade Magazine*. Ela também é designer de
joias e apresentadora de televisão, e escreveu
vários romances para jovens adultos, incluindo *The
Academy, The Pretty App* e *The Boyfriend App,* bem
como o guia de carreira *Creative Girl.* katiesise.com

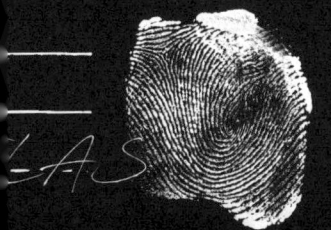

E.L.A.S EM EVIDÊNCIA.

Suspect _____

Victim _____

ESPECIALISTAS LITERÁRIAS NA ANATOMIA DO SUSPENSE

Capture o QRcode e descubra.

Conheça agora todos os títulos do projeto especial **E.L.A.S — Especialistas Literárias na Anatomia do Suspense**, que integra a marca Crime Scene® Fiction, da DarkSide® Books, para apresentar uma seleção criteriosa das mais criativas e inovadoras autoras contemporâneas do suspense mundial.

CRIME SCENE® FICTION

CONHEÇA, LEIA E COMPARTILHE NOSSA COLEÇÃO DE EVIDÊNCIAS

Case No. _____ Inventory # _____

Type of offense _____

Description of evidence *BOOKS*

DANYA KUKAFKA ANATOMIA DE UMA EXECUÇÃO

Um suspense que disseca a mente de um serial killer. Uma reflexão sobre a estranha obsessão cultural por histórias de crimes reais e uma sociedade que cultua e reproduz essa violência.

KATE ALICE MARSHALL O QUE ESTÁ LÁ FORA

Um thriller poderoso e inventivo. Uma história cruel e real sobre amizade, segredos e mentiras, inspirada em um crime real, e que evoca as grandes fábulas literárias.

ALICE FEENEY PEDRA PAPEL TESOURA

Dez anos de casamento. Dez anos de segredos. E um aniversário que eles nunca esquecerão. Um relacionamento construído entre mentiras e pedradas.

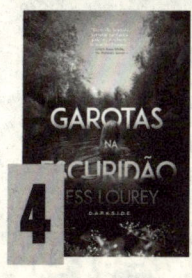

JESS LOUREY GAROTAS NA ESCURIDÃO

Um thriller atmosférico que evoca o verão de 1977 e a vida de toda uma cidade que será transformada para sempre — para o bem e para o mal.

E.L.A.S

Suspect _____

Victim _____

ESPECIALISTAS
LITERÁRIAS NA
ANATOMIA DO
SUSPENSE

CRIME SCENE
F I C T I O N

DARKSIDEBOOKS.COM